LES PREMIÈRES FUNÉRAILLES

ALEXANDRE DELAS

LES PREMIÈRES FUNÉRAILLES

roman

l'Archipel

Notre catalogue est consultable à l'adresse suivante :
www.editionsarchipel.com

Éditions de l'Archipel
92, avenue de France
75013 Paris

ISBN 978-2-8098-4648-5

Comment savoir ce qui est vrai ou ce qui est faux
quand rien n'a de sens ?

J'ai déjà vu la fin de l'histoire : Paris brûle en entier et elle ne brûle pas d'amour. Pour moi, le feu est déjà là, même si je suis le seul à le voir ; les images sont vivantes, tout est réel.

Je ne saurai jamais d'où me viennent ces visions

Je ne dors pas. J'attends. Je ne vais pas appeler à l'aide. Je ne vais pas prier. Je me suis déjà tourné vers le ciel, même quand j'ai voulu y croire, ça n'a rien changé.

Je ne suis plus un enfant, je sais que la pluie ne lave pas

Je ne suis pas seul ; j'entends des hurlements dans la cellule d'à côté ; les gardiens interviennent et le silence revient. J'ai crié moi aussi avant, mais ils m'ont fait taire ; ils n'ont épargné aucune veine.

Et j'ai fait semblant d'avaler leurs mensonges

— Dites à vos enfants que vous les aimez ! Un jour, il sera trop tard !

J'ai prévenu les gardiens, mais ils ne m'ont pas cru. Ils ne voient pas le feu.

Ils pensent tous que c'est moi le fou

— Je vais sortir. Demain, je serai libre. Et vous, vous serez toujours enfermé ici.

Dans quelques heures, ils verront et ils me croiront

Ils m'ont amené à l'infirmerie. Le médecin de service m'a assuré que demain tout irait bien. Je ne l'ai pas écouté ; à la fin de sa garde, il rentrera dans sa maison bien au chaud où ses enfants l'attendent, et il pourra les serrer dans ses bras. Moi, j'habite un carré noir sur fond noir de trois mètres par trois ; mon seul horizon, c'est un mur sombre.

Il y a longtemps j'y ai perdu mes ongles

C'est ma dernière nuit, elle compte ; je ne dois pas dormir. J'ai envie de dire quelque chose qui donnerait un sens au reste, mais je ne trouve pas les mots.

On n'apprend pas à faire ses adieux au monde

Je pense à la petite fille au papillon. Je pense aux douze enfants qui n'ont jamais grandi. Je revois leurs corps.

Je me souviens de leur sang sur mes doigts

Ils m'appellent. Ils m'attendent. Ils ne veulent pas que je les laisse seuls de l'autre côté ; eux aussi, ils ont peur dans le noir.

Je traverserai cette nuit pour les retrouver

Je suis à genoux. Le froid du béton m'engourdit peu à peu les jambes, mais j'ai très chaud, la sueur coule le long de mes tempes.

Je n'ai plus rien à cacher ni à espérer

Pourtant il y a cette lumière, je ne sais pas d'où elle vient, car les gardiens ont barricadé la fenêtre depuis la dernière fois ; elle entre au fond de mon œil mort, elle m'éblouit à travers une forêt d'épines, elle oblitère tout, même la prison. Elle me fait mal. Je la sens monter à l'intérieur de moi.

Comme un incendie

Le brasier monte plus haut, toujours plus haut.

Je me consume

La douleur est réelle, la douleur est belle. J'aime cette douleur, elle me rappelle que je suis toujours en vie, alors je la serre contre moi, avant qu'elle ne s'éteigne à son tour dans les premières lueurs du jour.

Je tape du poing contre les parois en métal et je crie : « IL Y A QUELQU'UN ? »

Pas de réponse.

Je frappe. Je ne sens plus rien à cause de la M. Ou de loin. Comme si c'était le corps d'un autre. Je frappe encore. Encore, et encore. À bout de forces. Je tombe.

Je suis à genoux

Un gardien arrive enfin. Le judas s'ouvre, un œil me regarde. Il entre. Ce n'est pas le gardien habituel.

— Il ne faut plus crier comme ça… Vous allez réveiller les autres.

Il me regarde comme s'il découvrait mon visage.

Il croit savoir qui je suis

Mon corps connaît la procédure par cœur. J'écarte les jambes et je tends les bras ; l'œil de la caméra est fixé sur moi, le point rouge clignote.

Je veux savoir l'heure qu'il est.

Le gardien regarde sa montre, il me répond. Je calcule le temps qu'il me reste. Je m'approche de lui. Il recule d'un pas, il a toujours la main sur sa matraque, il hésite.

— Reculez, doucement… Reculez !

Je ressens sa peur, il a dû lire mon dossier, il sait que je suis dangereux

J'ai besoin de sentir une dernière fois un peu de chaleur humaine. Je le remercie et je tends la main, mais elle ne trouve que le vide. Il sort en prenant soin de ne pas me tourner le dos. La porte reste ouverte un moment ; l'illusion de la liberté se moque encore de moi.

La porte se referme.

— Je vais m'enfuir d'ici. Vous, vous restez parce que vous ne pouvez pas voir ce que je vois.

— Personne ne va s'enfuir. Tout va bien. Ce n'est qu'un mauvais rêve.

Lui non plus, il ne me croit pas. Un œil me regarde à travers le judas et j'entends : « Il faut dormir ! »

Le judas se referme. La lumière s'éteint. Je me rallonge sur le lit. Je ferme les yeux. Le gardien est parti.

J'entends le bruit de la pluie, le tapotement sourd se fait de plus en plus régulier, et j'imagine une brume épaisse caresser la ville.

Je veux plus qu'un corps

J'entends une prière dans le noir ; ce n'est pas ma voix. Je sens une présence : L. est dans ma cellule.

Elle sait quel jour nous sommes

— Qu'est-ce que je peux te souhaiter pour cette nouvelle année ?

Elle a parlé, j'en suis sûr.

Souhaite-moi une joyeuse apocalypse

Elle est cruelle. Elle, elle sait. La date n'a aucune importance. Je n'ai plus de futur, mais le passé me cherche encore : il aime lécher mes points de suture.

Maintenant, j'entends des pleurs.

J'ai cru que c'était L., mais c'était moi

J'entends à nouveau sa voix : « Ne pleure pas, j'étais malheureuse ici entre ces murs, ce n'est pas ta faute, c'est comme ça. »

J'étais déjà morte quand on s'est connu

Je sens un souffle froid sur ma peau. J'ai l'impression d'être nu. Je répète dans ma tête les gestes que je vais faire quand le soleil se lèvera. Je sais ce que je cache entre les lattes du lit, là où les gardiens n'ont pas fouillé tout à l'heure. Je glisse la main dans l'interstice, mon secret, je passe les doigts sur l'acier dur et froid. Je n'ai plus peur.

Quand je relève la tête, il y a toujours cette lumière qui m'appelle. Je me perds un instant dans cette abstraction au-delà des murs, le monde du dehors et ce qu'il en reste : le panorama est grandiose, les couleurs ont l'air plus belles, plus vraies qu'hier, et elles le sont ; je vois des milliards de points lumineux et la vie circule de l'un à l'autre. Je n'ai jamais vu ces couleurs-là avant, je le jure.

Qu'est-ce que tu attends ?

J'ai cru entendre L. murmurer : « Ne regarde pas en arrière. Je t'attendrai de l'autre côté. »

Je sais qu'elle ment.

Elle m'a déjà menti quand elle m'a dit : « Je t'aime »

L'Homme en Noir voulait savoir qui était « L. », mais je n'ai rien dit.

Quand il a voulu savoir si je lui avais fait du mal, je lui ai répondu : « La violence, on m'a forcé à l'apprendre par cœur, comme une prière. »

Je n'ai plus le temps pour les regrets

J'ai sorti les ciseaux de leur cachette. Je les tiens dans ma main. J'approche la lame de mon visage et je ne vois rien dans le reflet du métal.

STATION 1

Ils disent que la Guerre blanche n'a jamais eu lieu, que notre monde a toujours été celui qu'ils nous laissent voir. Pour eux, le passé et le futur sont des inventions, seul le présent compte.

Au début, je les ai crus, j'étais sincère, et ensuite je me suis forcé à les croire ; on possède seulement ce qu'on connaît.

Vous voyez seulement ce que vos yeux veulent voir

Pourtant, quand ils nous ont enfermés, moi et les autres, nous avions les mêmes visions ; avant on appelait ça des rêves, une des dernières choses humaines qu'ils n'avaient pas encore réussi à effacer.

Aujourd'hui, plus personne ne rêve ; on nous donne de la M pour dormir, ici c'est obligatoire, c'est la loi. La M tue les rêves ; on s'endort calme et paisible, on tombe dans une longue nuit de silicone, belle mais factice.

Pour l'Homme en Noir, tout ça n'est que le fruit de mon imagination et de ma tête malade, c'est écrit dans mon dossier, pourtant je sais : la Guerre blanche est arrivée avant ma naissance et plus personne n'a le droit d'en parler.

Moi, je l'ai vue ; la fin du monde d'avant a commencé comme ça : quelques traits blancs qui se déploient dans l'immensité bleue du ciel comme la traînée d'un avion de ligne.

Depuis que je suis enfant, je fais ce rêve : des amoureux étaient en train d'admirer, de leur fenêtre ouverte, le plus beau lever de soleil après leur première nuit d'amour et ils en savouraient les promesses ; oui, c'était beau, plus beau encore s'ils avaient pu savoir qu'ils vivaient leur dernier matin ensemble…

Je suis avec eux dans la chambre, mais ils ne peuvent pas mc voir.

J'aurais voulu crier pour les avertir, mais aucun son ne peut sortir de ma gorge

Les missiles Hellfire ont frappé Paris les uns après les autres. Il y a eu le bruit des explosions et des bâtiments qui s'effondrent ; il aura suffi d'un souffle, tout tenait déjà dans un équilibre précaire depuis des siècles.

J'ai l'impression d'être avec eux

Personne ne comprend ce qu'il se passe : depuis la grande explosion, le ciel est devenu rouge.

L'incendie se propage dans les rues, il dévore les restes de la ville.

Je peux cueillir dans mon iris des milliers de narcisses sauvages ; ils se nourrissent de ce qu'on avait toujours connu : les vitrines des grands magasins brûlent, la tour Eiffel brûle, le Louvre brûle, le Panthéon brûle…

Tout brûle

Le bruit du feu s'accompagne de craquements sinistres. La mort se rapproche. Plus près. Plus près. Toujours plus près.

Où sont les amoureux ?

Tout est arrivé si vite, ils n'ont pas eu le temps de s'enfuir : un missile a explosé juste en bas de leur rue, et la boulangerie des dimanches matin heureux n'existe déjà plus ; ils sont plongés dans une épaisse fumée blanche, qui les empêche de respirer.

Ils n'ont plus aucune chance de s'en sortir

Le silence a été de courte durée, le sol s'est ouvert sous leurs pieds, et ils ont disparu dans un nuage artificiel, un nuage des hommes. Ils ont eu le temps de regarder le ciel une dernière fois ; les grands oiseaux d'argent étaient déjà redevenus des petites taches scintillantes dans le lointain.

J'ai joué à la guerre il y a longtemps, eux, ils sont morts pour de vrai

Je vois des ombres à l'apparence humaine courir au hasard des rues, mais il est trop tard : il n'y a nulle part où aller, il n'y a plus rien à sauver ; toutes les mains sont restées vides.

L'alarme a sonné longtemps mais elle aussi, elle a fini par se taire.

Plus rien à faire, plus rien à croire, plus rien à espérer ; le pire est déjà arrivé. Tout l'argent du monde n'aurait rien pu changer, aucune armée n'aurait pu les défendre, aucun bunker n'aurait été assez grand pour les accueillir tous.

Les survivants se sont cachés dans les ruines, derrière les carcasses des machines arrêtées, ils ont attendu un message des autorités qui leur diraient quoi faire, mais le bruit et la fureur sont redevenus des murmures.

J'espère seulement qu'ils n'ont pas trop souffert à la fin, mais j'en doute

Le feu les a trouvés. Et après, il y a eu le Grand Silence.

Les coupables et les innocents meurent ensemble

Beaubourg brûle, Orsay brûle, la tour Montparnasse brûle, le Sacré-Cœur brûle, tout brûle. Du Grand Palais à l'Arc de triomphe, les Champs-Élysées brûlent. Une dernière mythologie s'effondre. Tout disparaît. Tout brûle.

Soudain on n'est plus l'élite de rien

Je ne résiste pas à la tentation, j'admire cette beauté barbare comme l'incendie d'une forêt l'été.

Si j'avais été avec L., on aurait levé nos verres au carnage, on aurait dansé, on aurait partagé une dernière fois le même corps, on se serait arraché quelques secondes de plaisir avant d'être emportés à notre tour par les vagues incendiaires.

On brûlerait tous les deux

C'est mal d'aimer ça, alors je ferme les yeux. Je peux encore entendre leurs souffrances se répondre.

Quand je rouvre les yeux, il n'y a plus d'or, il n'y a plus de royaume ; Paris est devenue une plage infinie comme un désert.

Je ressens tout comme si c'était réel

Le feu est là, dans ma cellule. Sa chaleur dessine des ombres sur mon corps. Les flammes lèchent ma peau comme mes larmes. Je les laisse faire, j'attends la morsure.

Elle ne vient pas

J'ai toujours eu cette pensée étrange : un jour les ponts, les livres, les écoles, les temples et les sorcières de notre époque brûleront ensemble. Hier, c'était l'heure des décombres. Aujourd'hui, c'est l'heure du décompte. Et demain, il y aura le feu à nouveau.

C'est écrit quelque part.

La violence et la guerre n'ont toujours été qu'un volcan endormi

On ne nous a jamais dit ce qui s'était vraiment passé, on ne savait pas exactement combien de temps elle avait duré ni ses causes, ni le nombre exact de ses morts, il n'y avait plus aucune certitude.

Savoir fait mal au cœur, rend nostalgique ou fou, comme je l'apprendrai plus tard à mes dépens

On ne nous a rien appris, mais on avait tous perdu quelqu'un. À l'extérieur de la ville, on a bâti à la hâte un immense cimetière, rempli à ras bord de tombes sans noms à fleurir, mais nous n'avons pas le droit d'aller nous y recueillir à cause de la « contamination ».

Je sais qu'ils nous mentent : ils ne veulent pas que nous sachions la vérité, et que nous voyions ce qui se cache vraiment derrière ces murs ; je ne peux pas être le seul à le savoir !

Les psychiatres, eux, sont d'accord avec l'Homme en Noir, ils ont peur de moi et c'est pour ça qu'ils ne me laisseront jamais sortir. Quand ils me demandent qui je suis, je leur réponds toujours la même chose : j'appartiens à la « Génération Zéro », celle de la « renaissance ».

J'ai grandi dans un pays qui ne connaissait pas son histoire la plus récente ; le traumatisme était trop fort, personne ne voulait penser à ces plaies-là ; elle a été réécrite pour que les survivants puissent vivre ensemble.

Et par un paradoxe mortifère, notre unité venait de cette souffrance commune

La seule chose dont j'étais sûr, c'est que lorsque je suis né, la trêve durait depuis au moins sept ans ; le temps pour tous les pays ravagés de panser leurs blessures.

La violence avait seulement laissé ses marques dans la ville

Certains vieux vous le diront, surtout ceux qui avaient connu le Paris d'avant ; au fond, pour eux, la guerre avait été une bonne chose, les plus extrêmes utilisaient même le nom de « Bénédiction ». Ils ne le disaient pas ouvertement, mais j'avais l'impression qu'ils étaient contents que la ville ait été rasée ; ils voyaient ça comme un nouveau départ, car la Jeunesse d'avant était « pourrie ».

Elle était malade ; c'était elle, le « cancer » ; il fallait « trancher dans le vif »

La grande saignée de la guerre nous avait débarrassés de la « racaille » ; c'était un « mal nécessaire », comme lorsque le sang dégorgeait des caniveaux depuis la place de Grève au temps de la Terreur.

C'est peut-être un rêve tout ça et parfois je me demande si ce monde-là a vraiment existé

Tout a été reconstruit en plus grand, en plus beau ; c'était facile, on était parti d'une feuille blanche.

Comme Moïse dans le désert

Et tout ce qu'on n'avait pas réussi à refaire, on l'a caché derrière un grand Mur ; on avait laissé la terre siliciée aux Minoritaires stériles. Certains avaient une autorisation spéciale pour venir travailler entre les murs, mais ils n'avaient pas le droit de parler, et de toute façon, on ne parlait plus la même langue. On ne savait pas vraiment ce qu'il se passait dans les zones laissées à l'abandon, et personne ne posait de questions ; il valait mieux pour nous. De notre côté de l'Hyperphérique, on ne risquait plus rien, la vie d'après a été sécurisée, contenue, protégée.

Dehors, on meurt : il y a une ville entière construite sur de la souffrance

Quand j'ai été en âge de le faire, j'ai mené ma propre enquête, guidé par une curiosité morbide, et par un goût précoce pour le viol des secrets. Ce que j'ai cru comprendre, c'est qu'à travers le monde, les villes de l'époque n'avaient pas su s'adapter à la croissance accélérée de leurs populations et de leurs désirs contradictoires. J'ai vite arrêté mes recherches, je n'obtenais jamais de réponses claires à mes questions ; le mensonge avait l'air trop réel, je ne savais plus qui croire.

Comment savoir ce qui est vrai ou ce qui est faux quand rien n'a de sens ?

Moi-même, je ne suis pas sûr de savoir qui je suis. Je pensais être différent. Je me trompais. J'étais comme tous les autres, un mouton qui a peur du loup alors qu'il devrait se révolter contre son berger.

Je me suis laissé faire.

J'ai appris à faire semblant

Et l'Homme en Noir le sait. Il est revenu. Il est là. Il souffle sur les braises d'un mauvais souvenir. Je sens déjà la fumée blanche de mon passé noircir mes poumons. J'ai mal.

L'Homme en Noir aime me voir souffrir, il dit que je le mérite.

Et je suis d'accord avec lui

Il me demande si je vais avoir assez de courage cette fois. Il ne dit plus rien. Il attend que je parle le premier.

Il me tourne le dos, car il sait que je n'aime pas quand il me regarde.

Une question demeure : comment en suis-je arrivé là ?

Je ne veux pas me rappeler mon enfance avant l'Accident. Je n'aime pas ça. Je vous l'ai dit, je ne sais plus qui je suis. Ni pourquoi. J'ai laissé depuis longtemps toutes les questions ouvertes derrière moi ; là où je ne voulais plus être.

Cet ancien moi est mort en emportant mon vrai visage

Je ne veux pas le faire revivre. Je ne veux pas me retrouver devant lui.

Je ne veux pas me rappeler de quoi j'avais l'air quand j'étais innocent

Si vous pensez encore pouvoir me guérir, vous perdez votre temps. J'ai déjà suivi tous les traitements possibles. C'est ce que j'ai dit aux médecins, mais ils ne veulent rien entendre. Rien à faire. Je suis incurable ! Demandez à mon père ! Tous ces médicaments, c'était sa façon à lui de m'aimer, mais j'ai trop entendu ces « je t'aime »-là, ils ne me font plus rien.

Quand on m'a forcé à avaler j'ai tout recraché

J'avais perdu l'espoir. J'avais attendu trois jours, et toujours rien. Le sol de ma cellule est un tout petit carré de liberté, le dernier qu'il me reste. Je n'ai plus rien à perdre. Je n'ai plus rien à cacher.

Si on me demandait, aujourd'hui, s'il y a une chose dont je suis fier, je répondrais : j'ai transgressé toutes les règles hypocrites de nos Pères, je n'ai pas de Terre promise, je n'écoute rien ni personne, ni les belles phrases, ni les cris, ni les ordres.

Plutôt mourir que vivre en esclave

Je ne demande pas votre pitié.

Je suis né et j'ai grandi loin des décombres dans un des plus beaux endroits de la ville sans lumière : nous habitions *Le Bois sacré*, la résidence conçue par [redacted]®, construite sur les ruines de la montagne Sainte-Geneviève, près du Panthéon, dans l'un des quartiers de haute sécurité de la Ligne verte, inaugurée en grande pompe par le ministre du Vivre-ensemble en personne.

C'était un petit paradis à ma portée où tout était parfaitement beau ; nous étions en sécurité derrière les remparts en béton composite bio-intelligent, qui encadraient un grand parc très vert en été, et rouge en automne.

J'ai connu toutes les saisons

Nous vivions en parfaite autarcie à l'abri de toutes les pénuries, grâce à l'énergie des panneaux photovoltaïques, et à son grand potager entretenu par des robots jardiniers.

C'était mon Éden et j'y ai poussé comme une mauvaise herbe

Tout ça me fait sourire maintenant car il n'était pas si grand. Et au fond, il n'était pas si beau.

Plus on vieillit, plus le monde devient petit et laid

Le mensonge a toujours été intimement lié à mon existence. Quand j'avais demandé à ma mère pourquoi je n'avais pas de code Source comme les autres enfants, elle m'avait répondu que, contrairement à tous les nouveau-nés de ma caste protégée, je n'avais pas été « sublimé » : mon fœtus ne s'était pas développé dans un ventre artificiel dans une de ces usines ultramodernes de la Superstructure.

Elle a désobéi à la loi ; c'était un premier secret qu'il fallait garder. Les autorités ont voulu l'obliger à montrer l'exemple à cause de sa position exemplaire dans le régime, mais elle s'est enfuie loin de Paris, et les agents de la BAT ne l'ont pas retrouvée à temps ; elle a accouché dans une clinique clandestine dans une petite ville dont j'ai oublié le nom.

Quand je lui ai demandé pourquoi elle avait voulu que je naisse de façon archaïque, elle m'a fait croire qu'elle refusait que mon code génétique soit optimisé par un généticien, car elle avait le pressentiment que la perfection ne pouvait être créée, et que cette illusion nous conduirait tous à notre perte.

Elle avait raison.

Je ne serai jamais un des leurs

J'ai longtemps cru à cette histoire mais maintenant je sais la vérité sur mes origines : elle n'était pas ma mère biologique, mais elle m'a aimé plus fort encore.

Je ne saurai jamais qui était ma vraie mère

Une seule chose sera toujours vraie : je suis né dans sa douleur.

La vie commence toujours par un viol

C'est un long cri qu'on a partagé elle et moi, c'est comme ça que j'imagine mon arrivée sur Terre : rien de divin, rien de beau. Juste un appel à l'aide. Qui rime avec : « Tu es en vie. Maintenant, apprends la violence comme une langue maternelle. Fais-la tienne. »

L'amour auquel ma vraie mère a cru une nuit ou un matin il y a neuf mois et quelques jours n'y changera rien.

L'amour imparfait de la mère qui m'a élevé, m'a donné mes forces et mes faiblesses, un équilibre fragile qui m'a gardé dans le droit chemin aussi longtemps que j'y ai cru.

Moi, j'étais pur et innocent. De première main. Des lèvres encore vierges de tout cérémonial, de tout mensonge. J'étais aussi vrai qu'on puisse l'être.

Quand on ne sait pas parler on ne ment jamais

Ma mère, elle, ne m'a pas dit que mon statut ou plutôt son absence officielle m'interdirait d'avoir une vie normale.

J'ai été circoncis le 8e jour avant le crépuscule, conformément à la tradition. On m'a marqué dans ma chair. J'ai réclamé qu'on m'aime, et on m'a tendu un couteau.

Je n'avais encore rien fait et on voulait déjà que je saigne

L'homme en noir a prié pour moi.

Son souffle m'a chanté les voix du passé, et avec elles les millénaires de peurs des hommes, la poussière d'étoiles mortes tombée sur Terre et qu'on a prise pour des oracles, les fous en haillons qui vocifèrent et qu'on a pris pour les messagers d'un dieu cannibale, les mystères irrésolus de nos existences, les fruits volés aux arbres et les animaux sacrifiés pour que l'on survive, les corps qui se resserrent autour d'un feu de fortune au milieu d'un monde hostile ; toutes ces nuits blanches de la sentinelle qui veille contre la Mort, et tous ceux qui leur ont survécu jusqu'à moi.

J'étais déjà étrange mais la différence fait moins peur quand elle n'a que quelques heures

Ma mère m'a raconté que ma bouche n'émettait aucun son, je ne souriais pas comme les autres bébés, même quand les grandes personnes me regardaient et agitaient des jouets multicolores par-dessus mon berceau. Je ne marchandais pas de tendresse. Je ne pleurais pas non plus. J'avais les premiers symptômes d'une dyslexie des sens, mais personne ne s'en rendait compte. En apparence, j'avais l'air normal. Je l'étais : j'avais une tête, un corps, deux bras, deux jambes. J'étais né avec le pouvoir de créer la Beauté et l'Horreur, comme tous les autres êtres humains.

J'étais encore sauvage même si je n'avais pas conscience de l'être. On a fait de moi ce qu'on a voulu.

J'ai obéi, car je ne pouvais pas encore me défendre

En grandissant, j'ai toujours senti que mon père me regardait avec méfiance. J'ai cru qu'il ne m'aimait pas, sans en comprendre la raison profonde ; je l'ai découvert bien plus tard. Ce dont je me souviens, c'est qu'il était très attaché aux apparences, aux bonnes manières, à tout ce qui se voit, mais pas ce qui se comprend. Et je ne lui ressemblais pas.

Il ne m'a pas fait de mal. Comme son père avant lui, comme tous les autres hommes, il a dit des choses et il a fait le contraire, mais il n'a jamais réussi à me façonner à son image.

Je suis resté sauvage

En fait je suis comme lui, plus qu'il ne le croit. Mon mal vient aussi de là. Peu importe le lieu ou la saison, j'ai toujours été attiré par la Nuit, l'obscurité des choses ; je sais que le Mal existe ; sentir sa caresse, entendre son Appel et lui résister me donnait la sensation d'être vivant.

C'est une école moins naïve que la vraie

J'ai longtemps marché sur notre lien de sang comme un funambule, mais il m'a poussé dans le vide.

Je n'étais pas le premier enfant de mes parents.

Ils ne m'ont rien dit sur ma sœur, avant que je découvre par hasard, si le hasard existe, un vieil exemplaire illustré du *Petit Prince* recouvert de dessins d'enfants et un petit nœud en papier en forme de papillon où quelques cheveux longs étaient restés accrochés, et qui n'étaient pas les miens.

Une voix m'avait dit de chercher sous le matelas de mon lit

Mes parents ont été obligés de me raconter son histoire, en commençant par la fin : elle était morte pendant la Guerre blanche. Elle, elle avait été conçue in vitro par « Sublimation » ; son ADN a été décodé, séquencé et réorganisé dans sa version la plus pure. Elle était prédestinée à une longue vie, libérée de toutes les trahisons de la chair et de la nature aléatoire de la vie.

Pourtant la perfection est une anomalie comme les autres

Personne n'a compris quand elle est subitement tombée malade à l'âge de sept ans : une forme inconnue d'hémophilie foudroyante. Seule une transfusion sanguine aurait pu la sauver, mais mes parents n'étaient pas des donneurs compatibles. Les réserves de sang étaient très basse et la priorité était donnée aux soldats blessés au front.

Son état s'est détérioré.

Elle était condamnée

Ils l'avaient veillée à tour de rôle jusqu'à la fin ; elle était morte dans leurs bras. Ma mère m'a dit qu'elle avait l'air si paisible qu'on aurait dit qu'elle était juste endormie.

Où vont les enfants quand ils meurent ?

Je n'ai pas osé poser d'autres questions à mes parents, je les ai gardées pour moi. Ma mère m'a dit que ma sœur morte veillait sur moi.

Je n'ai jamais su à quoi elle ressemblait ; ils n'avaient gardé aucune photo d'elle ; la souffrance était trop cruelle.

Le mariage de mes parents n'avait pas survécu à ce drame ; quand je suis né, ils dormaient déjà dans deux chambres séparées par un long couloir. Instinctivement, je sentais que quelque chose n'allait pas : un regard gêné, un cri de colère qui s'étouffe quand je rentrais dans une pièce, des portes qui claquent, des assiettes brisées qu'on a soustraites à ma vue, des larmes qu'on ravale comme un orgasme secret ; pour ne pas que l'Enfant entende.

Plus on me cachait les choses plus je les ressentais

J'ai vécu mes premières années à l'intérieur de cette fausse paix. Je n'avais pas peur, mais je sentais au fond de moi que quelque chose de grave allait arriver, sans pouvoir mettre de mot sur ce pressentiment.

C'était écrit quelque part, en quatre lettres capitales : « A, C, G, U » ; un code génétique à usage unique.

Au fond, nous sommes tous à quelques anagrammes génétiques d'être une œuvre d'art

À cet âge-là bien sûr, on n'a personne à qui plaire. On peut jouer avec les enfants de son âge. On est accepté parmi eux.

On n'a pas encore d'odeur

Je sentais que quelque chose n'allait pas chez moi. Je n'étais pas l'un des leurs. On ne me le disait pas. On ne disait rien et c'était pire.

J'ai préféré tout oublier

La seule chose dont je me souvienne vraiment, c'était le Silence. Celui qui me suivait. Et qui collait à ma peau. La Laideur et la Beauté ont ça en commun, elles provoquent ce même grand calme hostile. Ce bruit de mort qui plane au milieu des vivants, et dont j'ai fait l'intime expérience, quand je surprenais mon père et les adultes poser leurs regards sur moi alors que je jouais tout seul dans mon coin, et que je relevais la tête, me sentant observé. C'était le même silence que dehors, au-delà des murs en béton, armé pour nous défendre.

Je ne me souviens plus à quoi je ressemblais vraiment. J'ai oublié mon ancien visage. Celui qu'on m'a enlevé. La seule chose dont je suis sûr, c'est que je ne ressemblais ni à mon père ni à ma mère.

Mes parents ne prenaient jamais de photo de moi, car ma mère détestait ça. Comme tout ce qui capturait la vie. Et toutes les autres formes de mensonge. Quand on fait semblant d'incarner l'image qu'on se fait du bonheur pour ceux qui nous regardent, seulement parce que les spectateurs nous l'ordonnent.

Il n'y a que les très jeunes enfants qui ne savent pas mentir sur les images

Plus tard, on perd ça.

Je n'ai jamais vu non plus une seule photo de mes parents ensemble. Je ne sais pas à quoi ils ressemblaient quand ils étaient jeunes, idéalistes et amoureux ; rien n'a été sauvegardé, aucun signe de leur amour n'a résisté aux black-out.

J'ai appris à lire et à compter très vite mais je n'ai jamais su sourire

Pourtant mon enfance n'a pas été malheureuse, je n'ai manqué de rien.

J'ai enfoui en moi la clé du paradis pour ne pas la retrouver

J'ai appris les derniers mots qui me manquaient grâce à un petit lecteur de CD « My first [redacted]® » d'un autre âge, une antiquité en plastique rouge qui me racontait les belles histoires que mes parents ne me racontaient jamais. Il marchait mal, mais que je l'adorais ! À cet âge-là, j'aimais les autres et les objets sans distinction. Quand il s'est éteint, je l'ai pleuré. Si même les objets qu'on aime meurent, alors...

Enfant, je voyais peu mes parents car ils travaillaient beaucoup à l'hôpital [redacted] : ma mère faisait de la recherche fondamentale et mon père l'appliquait. Ils s'étaient connus à la fac de médecine et, après l'internat, ils avaient tous les deux obtenu la médaille d'or des hôpitaux de Paris ; ils menaient une carrière brillante dans le domaine de la chirurgie reconstructrice.

Ma mère a été la plus jeune chef de service de France

Quand je lui demandais ce qu'ils faisaient si longtemps loin de moi, elle me répondait : « Nous créons des sourires. »

Au sens propre c'était vrai

Après des années de recherche acharnée, ils avaient mis au point un procédé révolutionnaire qui permettait de créer une peau synthétique universelle ; les perspectives thérapeutiques étaient immenses.

Ils ont été les premiers médecins à réussir ce type de greffe sur un enfant, dont le corps avait été brûlé à plus de 50 %. Cet enfant avait pu retrouver une vie normale, sans traitement lourd, ce qui était considéré comme impossible jusqu'alors.

Le monde entier en a parlé et ils ont reçu la Légion d'honneur.

Pour mes parents, la médecine était plus qu'un travail, c'était un sacerdoce, une mission sacrée, et une éthique de vie ; ils opéraient gratuitement les victimes d'attentats et les vétérans de la Guerre blanche quand ils n'en avaient pas les moyens. Ils avaient vécu si longtemps dans la laideur de ce monde que pour eux la beauté n'existait plus.

Je ne sais pas combien de temps on peut tenir sans devenir insensible à tout

J'ai compris plus tard que ma mère s'enfermait dans le travail comme dans un scaphandre qui la protégeait de la douleur d'avoir perdu son enfant, et que mon père, lui, même s'il le cachait, supportait de plus en plus mal de vivre aussi près de la mort.

Et puis, le destin, ou appelez-le comme vous voulez, leur a tendu un piège : ils se sont rendus compte que cette peau synthétique vieillissait mille fois plus lentement qu'une peau naturelle, ce qui ouvrait de nouvelles perspectives de recherche vertigineuses pour la chirurgie esthétique.

Ils tenaient entre les mains une nouvelle boîte de Pandore

Un article paru dans une revue scientifique de référence a scellé leur destin. Jusque-là, ils avaient toujours refusé de donner des cours dans les plus prestigieuses universités chinoises de peur que leur invention ne soit récupérée à des fins mercantiles, mais désormais les propositions mirifiques affluaient des plus grandes firmes de biotechnologie mondiales.

Certaines inventions ont le pouvoir de rendre le monde meilleur, mais il y aura toujours un homme ou une femme en costume, diplômés d'une grande école pour demander où mettre le compteur et collecter l'argent.

Son sourire sera un miroir qui révélera la vraie nature de votre âme

Aucun principe, si beau soit-il, n'a jamais fait avancer le monde ; seuls l'argent et son désir ont ce pouvoir. Rien n'est jamais gratuit. C'est la seule loi universelle.

Il suffit d'une signature

Mon père a trahi ma mère, et il a déposé un brevet mondial à son nom.

Ma mère a accusé mon père de ne plus avoir de principe, d'être un lâche, d'être à vendre. En réalité, elle lui en voulait de l'avoir abandonnée.

Je lui en ai beaucoup voulu pour le mal qu'il lui avait fait, mais plus aujourd'hui.

C'était leur histoire d'amour pas la mienne

Bien plus tard, j'ai aussi compris mon père ; j'ai vu de mes propres yeux ce que la cruauté des hommes pouvait faire pendant une guerre. Cette violence-là n'a rien à avoir avec celle des livres, des films ou des jeux vidéo. Elle a une odeur, elle vous colle aux doigts, elle coule sur votre peau comme de la sueur. Elle ne vous quitte plus. Elle reste avec vous comme un reflet dans le miroir. Elle existe dans vos yeux. Elle connaît toutes vos faiblesses car elle vit avec vous. Elle vient dormir chez vous. Elle vous regarde faire l'amour. Elle se nourrit de tout ce que vous avez de plus cher, de plus intime.

Elle se délecte de tout salir

Peu de temps après, mon père a fondé une clinique de chirurgie esthétique ; il s'est spécialisé dans les apparences. Il voyageait de plus en plus à Los Angeles, à Néo-Séoul, à Pékin, à Dubaï ; il faisait des affaires. Et c'est vrai, il y avait beaucoup d'argent à faire ; la beauté intérieure n'a jamais intéressé personne.

Ne vous inquiétez pas, il vous fera à toutes et à tous les mêmes visages et vous allez aimer ça

Il mentait souvent. À ma mère. À moi.

Moi, je lui pardonnais toujours : il me ramenait un jouet de ses voyages, et cela suffisait encore à m'acheter.

J'ai bien appris ma leçon : enfant, le mensonge s'imprime dans notre ADN ; on apprend en imitant les adultes comme pour le reste : manger, dormir, marcher, aimer et faire semblant d'aimer ; j'ai regardé mes parents ne pas s'embrasser, ne pas se toucher, ni se murmurer des belles choses à l'oreille.

Mon père a proposé à ma mère de venir travailler avec lui, mais elle a refusé. Elle a continué ses recherches chez nous. Elle a transformé une partie de l'appartement en laboratoire et elle recevait ses patients en cachette des autorités médicales, surtout des Minoritaires, qui travaillaient en ville sans identification et venaient de l'autre côté du mur, même si mon père s'y opposait ; c'était illégal.

Je voyais ces hommes et ces femmes aux regards irradiés hanter les couloirs de ma maison. Je ressentais la tristesse des autres comme si c'était la mienne ; ils n'avaient pas besoin de parler, leurs émotions entraient en moi avec une violence à m'en couper le souffle.

Ma mère m'a raconté plus tard que je donnais mes jouets à d'autres enfants, mais aussi aux adultes. Quand elle me demandait pourquoi, je répondais : « Pour qu'ils arrêtent de pleurer. » Elle a compris que je voyais des choses que les autres ne voyaient pas, car je lui demandais souvent pourquoi il y avait autant de grandes personnes qui avaient mal.

Elle m'a mis en garde : il ne fallait jamais se fier aux apparences, ni aux larmes, et encore moins aux sourires ; ceux et celles qui souffrent le plus ne le montrent jamais, mais je n'avais pas compris ce qu'elle voulait dire.

C'était l'époque des « premières fois ». Les sensations naissaient et s'effaçaient les unes après les autres dans ma mémoire encore vierge de tout. J'avais déjà du mal à distinguer le vrai du faux quand je regardais un écran ou quand on me racontait une histoire.

Le parc de la résidence était le seul endroit où j'avais le droit de jouer. J'étais autorisé à rejoindre les autres enfants seulement après 16 heures, quand le soleil était moins dangereux. J'ai connu mes premières blessures d'impatience, elles m'ont appris à compter. Et à lire l'heure.

Avant de me laisser sortir, ma mère vérifiait toujours que j'avais bien mis de la crème solaire.

Je pouvais jouer avec eux, mais je n'avais pas le droit de les suivre quand ils allaient dans la ville. J'avais beau pleurer, ma mère me répondait toujours que le monde des adultes était trop dangereux ; j'en avais déduit que j'étais trop faible et que les Gens du Dehors étaient mauvais.

Ma mère a eu très peur quand, pendant sa ronde, un des gardes m'a retrouvé devant le sas de sécurité, à quelques pas de l'interdit. Pour la première fois, elle m'a raconté les vrais dangers du Dehors. Elle m'a parlé de la violence qui n'épargnait pas les enfants de mon âge.

Quand je lui ai demandé de qui il fallait avoir peur elle m'a répondu : « les Terroristes »

Pour me rassurer, elle m'a montré les images des soldats qui montaient la garde dans les rues pour nous protéger, mais elle ne m'a pas parlé des miradors, ni des check-points, ni des trous béants laissés par les bombes dans les façades des immeubles ; notre monde était violent, mais elle ne voulait pas que je m'en rende compte.

Elle aurait donné sa vie pour que mon monde intérieur reste beau

Elle m'a protégé aussi longtemps qu'elle en a eu la force, mais j'ai compris ce jour-là que mon paradis était une construction, que le ciel bleu au-dessus de notre tête n'avait rien de réel.

Les parents s'étonnent toujours d'être trahis, ils ont oublié qu'eux aussi, ils ont trahi leurs enfants

Ma maison est devenue une prison, cachée à l'intérieur d'une prison plus grande dont on ne pouvait pas s'enfuir : notre pays en guerre.

Seules les sirènes qui retentissaient au hasard des jours et des heures nous rappelaient à cette réalité

La menace était là, rampante.

On nous a appris à accéder à l'immense bunker de sécurité sous la dalle de béton de la résidence, et on a dû répéter les manœuvres d'évacuation tous les mois : on devait suivre le marquage au sol, enfiler une tenue stérile et mettre un masque à gaz, toujours en silence.

J'ai appris la violence comme les autres, en regardant les adultes faire

Avec les autres enfants, on jouait à la guerre avec des répliques d'armes très réalistes. Personne ne voulait être « les terroristes », alors nous tirions sur un ennemi imaginaire, invisible, mais sans pitié.

J'ai promis à ma mère de ne jamais sortir.

C'était important pour moi à cette époque-là quand je jurais

Mais je n'ai pas tenu ma parole.

Je traînais de plus en plus près du sas de sécurité, il n'y avait qu'une porte à pousser.

L'inconnu m'appelait

Et il y a eu ce soir de décembre ; c'était le jour de mon baptême avec le feu ; un vendredi comme les autres. Je venais de quitter mes camarades de jeu et je rentrais chez moi. Il faisait très noir dans les couloirs à cause de la coupure d'électricité qui durait depuis quelques jours déjà ; je n'ai pas vu le Minoritaire qui avait réussi à s'introduire dans la résidence.

Une lumière étrange a attiré mon regard et quand j'ai relevé les yeux, une grande silhouette d'homme se tenait juste de l'autre côté de la grande porte vitrée qui donnait sur le Dehors ; nous étions à quelques mètres l'un de l'autre.

Il était très grand et très maigre, habillé tout en noir. Je ne pouvais pas voir son visage, mais il me regardait ; je ne pouvais pas détacher mon regard de ses pupilles irradiées : elles brillaient dans la nuit.

La fascination s'est transformée en compte à rebours

Il tenait un cocktail Molotov à la main. J'ai compris instinctivement que quelque chose de grave allait se passer. Il a allumé la mèche sans me quitter des yeux. La flamme montait, et la lueur de la torche s'est faite de plus en plus intense ; le mélange d'ombres et de lumières créaient une intimité étrange entre nous, comme si nous partagions un secret.

Le feu a murmuré à mon oreille : c'est la fin

J'allais mourir. Je le sentais. Et sans réellement comprendre ce qui se passait en moi, je l'avais accepté. La peur m'a quitté. J'ai fermé les yeux. J'ai compté dans ma tête : un, deux, trois, quatre, cinq, six…

J'ai entendu quelqu'un crier mon nom

J'ai rouvert les yeux, et le feu était encore là. Je n'ai pas eu le temps de me retourner ; j'ai vu la bouteille enflammée fendre l'air au ralenti dans ma direction et il y a eu soudain le bruit sourd d'une explosion, suivi d'un éclair aveuglant.

Quand j'ai rouvert les yeux, ma mère me tenait dans ses bras, elle serrait très fort. Je n'avais rien. Le système de sécurité lui avait signalé une anomalie et elle avait accouru aussi vite qu'elle avait pu. La porte blindée avait amorti l'explosion, et les flammes survivantes ont vite été éteintes par le système de sécurité.

Il n'y avait plus aucune trace de ce qui s'était passé

Le Minoritaire, lui, n'a jamais été retrouvé ; il devait s'agir d'un rôdeur des zones grises, car l'identification faciale ne donnait aucun résultat. Ces attaques étaient de plus en plus fréquentes, même dans les quartiers très sécurisés comme le nôtre. Personne ne savait comment ces intrus franchissaient les checkpoints ; car personne n'avait encore entendu parler des tunnels clandestins.

Mon père n'a pas porté plainte, il avait peur d'une mauvaise publicité, mais la BAT est venue poser des questions ; ils ont fait des relevés d'empreintes ADN, et ils ont retrouvé les traces d'un génotype inconnu dans leur base de données officielle : ce n'était pas celui du Minoritaire, c'était le mien.

Je n'étais pas le fils de mes parents

Les résultats des tests étaient formels : j'étais un Minoritaire.

Sous la pression de la BAT, mes parents n'ont pas eu d'autre choix que de me signaler aux autorités du ministère du Vivre-ensemble ; ils risquaient gros car le délai de prescription pour la déclaration d'un Minoritaire à l'intérieur des murs avait été largement dépassé en ce qui me concernait.

Le recensement était pourtant obligatoire

J'ai eu droit à un traitement de faveur grâce à l'intervention d'amis haut placés de mes parents : je n'ai pas été mis en quarantaine, ni déporté dans les zones intermédiaires, mais quand nos voisins ont appris pour mon statut, ils ne m'ont plus laissé jouer avec leurs enfants, de peur que je les contamine. J'avais peur que ma mère cesse de m'aimer, mais elle m'a assuré que cela ne changeait rien à l'amour qu'elle me portait. Elle me disait que ma différence me donnerait un jour une grande force.

Pour elle, j'étais spécial. Et c'était une belle chose.

Je n'avais jamais entendu parler des lois de « Préférence Génétique »

Elle m'a fait croire que j'avais autant de chances de faire ce que je voulais plus tard que tous les autres enfants. Je l'ai crue. Je lui ai juré qu'un jour je deviendrais un grand médecin comme elle, et que j'aiderais les autres ; j'étais prêt à tout pour qu'elle soit fière de moi.

J'ai eu une éducation à part : je n'allais pas à l'école, des professeurs particuliers venaient chez nous. Je travaillais dur, et ils louaient mes capacités d'apprentissage, ma vivacité d'esprit et ma curiosité.

Je n'avais pas le droit de me connecter au Nuage, il n'y avait pas d'écran chez moi, seulement des livres ; ils ont longtemps été mon seul moyen de connaître le monde, ils me laissaient entrevoir un ailleurs sans limite ; j'ai pu imaginer ce qui se cachait au-delà de l'horizon gris des murs, leurs pages m'ont aidé à creuser des petits trous à travers lesquels une autre vie m'appelait déjà.

La solitude se faisait parfois cruelle

De ma chambre, je regardais le monde d'en bas, je contemplais ce nouvel interdit de long en large, comme si c'était un film triste dont on connaît déjà la fin mais qu'on ne peut s'empêcher de regarder. Je voulais rejoindre les enfants qui jouaient au foot au loin, je leur faisais des grands signes, je les appelais, mais ils ne me répondaient jamais. Comme si je n'existais plus.

J'ai commencé à envier le vide.

La Voix m'a demandé si j'avais souffert

Je n'avais pas de référence ; j'ai appris à jouer seul, et mon imagination m'a sauvé. À la tombée de la nuit, quand les autres enfants étaient rentrés chez eux, j'allais souvent parler à mon saule pleureur. Il était mon refuge vivant à l'écart du monde. Il m'accueillait sous ses branches, je lui confiais mes sensations d'enfant sans avoir à parler : les bonheurs si grands, les chagrins si violents, les rêves si réels.

Il me répondait et c'était mon secret

Ma folie était encore innocente, enfantine, imaginaire, inoffensive, créatrice d'un infini de mondes possibles.

Grandir c'est apprendre à désobéir

L'appel de la désobéissance a commencé à mûrir en moi comme une tumeur orageuse, elle allait finir par exploser. Je commençais à sentir une force intérieure, impérieuse, prendre le contrôle de mes désirs.

J'avais peur des adultes. Ils avaient tellement de pouvoir sur moi : j'étais si petit, ils étaient si grands.

Qui ose se retourner contre ses dieux ?

Un soir, elle était là sous le saule pleureur, comme si elle m'attendait. C'était une petite fille de mon âge. Elle portait un papillon en papier noir et pourpre attaché dans ses cheveux. Elle m'a dit qu'elle habitait la Résidence il y a longtemps, et qu'elle aimait revenir jouer ici, elle aussi. Elle connaissait bien la Vallée. Et tous ses recoins que je pensais être le seul à connaître.

On s'est revu souvent. J'aimais nos rendez-vous secrets sous la lune. Elle, elle me comprenait.

Elle pouvait lire dans mes pensées

Elle savait des choses sur moi que même mes parents ignoraient.

Je voulais voler le feu

Elle m'a encouragé à aller voir ce qui se cachait derrière les murs de ma prison dorée.

Je me souviens très bien de la première fois où j'ai désobéi en pleine conscience de ce que je faisais : ça a commencé par un jouet que j'aimais ; je l'ai laissé tomber par la fenêtre. C'était un prétexte. Pour me donner du courage. Et une excuse, au cas où mes parents se seraient rendu compte de ma disparition.

Je me suis faufilé par l'entrée de service où la résidence recevait chaque jour des réservoirs d'eau potable. J'ai attendu tapi dans l'ombre la relève des gardiens. Quand j'ai été sûr que personne ne pouvait me voir, j'ai posé mon doigt sur le panneau de contrôle ; la porte sécurisée s'est ouverte.

Je ne savais pas où aller, mais ça m'était égal. Je faisais l'expérience de la liberté sans connaître son prix. J'ai marché droit devant moi. Sans me retourner.

J'adorais les histoires d'Alexandre le Grand, et ma première conquête a été le jardin du Luxembourg. Je n'avais jamais rien vu d'aussi beau de toute ma courte existence.

J'ai aimé la fuite dès la première fugue

J'ai recommencé ; les rues de la ville sont devenues mon nouveau terrain de jeu ; le monde me paraissait sans fin. Mes parents ne se rendaient compte de rien, alors je repoussais chaque jour un peu plus les frontières de mon nouveau royaume.

C'est à cette période que ma mère a été radiée de l'ordre des médecins pour « pratique illégale de la médecine ».

Son seul crime était de poser des questions

Elle a été abandonnée par tous ses anciens confrères, pourtant hier encore ils l'encensaient ; aucun ne l'a défendue, ils avaient tous peur de se faire mal voir par leurs chefs et de ne pas avoir leur promotion ; au fond, ils avaient toujours été jaloux de son succès, et ils se délectaient secrètement de la voir tomber. Certains étaient allés jusqu'à témoigner contre elle, en espérant prendre sa place.

Elle avait le goût du travail, moi j'ai hérité du goût du drame

Ma mère a refusé de se soumettre, et ils ont mis leurs menaces à exécution ; ils lui ont retiré tout ce qui lui tenait le plus à cœur. Elle a pu éviter la prison grâce à l'intervention de mon père, mais elle est tombée très malade et nos vies n'ont plus jamais été les mêmes.

STATION 2

Le jour de mes douze ans, un homme en uniforme noir est venu chez nous. Il a dit à mes parents que mon statut « particulier » avait créé un dilemme inédit au sein des autorités éducatives. J'avais l'âge d'être en sixième, et je ne pouvais plus prendre de cours à la maison, c'était la loi. Or, mon dossier faisait état de ma condition génétique. La position en vue de mon père obligeait le système à m'intégrer dans une école « normale » dans le cadre d'un programme pilote d'insertion des Minoritaires.

L'homme a fait des prélèvements de ma salive pour voir si je présentais un risque sanitaire, il n'a rien trouvé, je pouvais donc intégrer le système scolaire. Il avait cependant prévenu mes parents de ne pas se faire d'illusions : je n'aurais certainement pas le niveau intellectuel pour suivre les cours au milieu des autres enfants « augmentés ». Si je n'arrivais pas à suivre, je devrais être envoyé dans une école de l'autre côté du mur. Je n'avais jamais vu ma mère crier comme ça avant. Même mon père a eu du mal à la calmer, et j'ai réellement cru qu'elle allait se battre avec l'officier de la BAT.

J'ai été inscrit dans un collège privé avec une très bonne réputation.

« C'est important de se faire des amis. »

Mon père me le répétait sans cesse, comme si c'était une promesse. Je ne savais plus comment faire, mais j'étais heureux de quitter cette solitude.

Je me souviens très bien de mon premier jour de cours ; ma mère m'avait accompagné sur le chemin de l'école. Quand on est arrivé devant l'entrée du collège, il y avait déjà la Foule. J'étais le seul garçon à être accompagné par un adulte, alors j'ai marché plus vite et j'ai passé la grande porte d'entrée, sans lui rendre son signe de la main.

J'étais en avance

Dans le couloir, j'ai fait comme les autres, et j'ai lu sur le grand panneau d'affichage mon nom et le numéro de ma classe. Je n'avais aucun repère. Je tenais mon sac contre moi, car je ne savais pas quoi faire de mes mains. Je ne savais pas où aller. Les autres savaient tout : ils se connaissaient tous.

J'ai suivi le torrent d'élèves, je me suis laissé emporter et je me suis retrouvé dans la cour principale, au milieu d'une partie de foot. J'ai demandé d'une voix timide à un des gamins : « Je peux jouer avec vous ? »

En guise de réponse, j'ai reçu un ballon en pleine tête et je me suis vite replié sous le préau, attiré par son ombre bienveillante, le cœur transpercé par les rires, tandis que je découvrais le sentiment de honte.

Une petite fille attendait là, toute seule ; elle aussi, elle avait l'air perdue.

J'ai tout de suite vu que son visage n'était pas « normal »

Elle m'a fait un petit geste de la main. Je me suis approché d'elle. Le masque holographique de mauvaise qualité qu'elle portait cachait mal sa vraie peau. J'ai essayé de détourner le regard, mais malgré moi j'étais fasciné par les cicatrices violacées autour de sa bouche et de ses yeux ; on aurait dit le dessin d'enfant d'un papillon. J'ai senti sa honte. Elle connaissait bien ce regard. Et sans que je ne dise rien, elle s'est excusée pour son apparence.

J'ai senti une immense tristesse couler sur moi

— Tu saignes.

Elle a approché sa main de mon visage et a appuyé sur un point qui me faisait très mal maintenant. Elle avait un peu de mon sang sur le bout du doigt. Elle s'est essuyé la main sur un mouchoir qu'elle a sorti de son sac.

— Tu es tout sale.

Elle m'a pris par la main et elle m'a amené jusqu'au lavabo. Elle a mouillé son mouchoir avec de l'eau froide et elle m'a essuyé le front.

— Toi aussi, tu es un Minoritaire ?

Je m'apprêtais à réciter ce que ma mère m'avait dit de répondre dans ces cas-là. Mais elle a ajouté : « Ça se voit que tu n'es pas comme eux... »

— Je suis normal. Je suis un enfant naturel, je n'ai pas été « sublimé », c'est tout.

Quand elle a entendu ça, j'ai ressenti une peur soudaine s'emparer d'elle. Elle, elle venait des quartiers extérieurs. Elle m'a demandé si cela me posait un problème. Elle m'a assuré que son code sanitaire était en règle, et elle s'est mise à répéter des phrases incompréhensibles pour moi, et qu'elle semblait elle aussi avoir apprises par cœur. J'ai répondu que non, que cela ne posait aucun problème, alors elle m'a remercié comme si je lui faisais une immense faveur.

Elle m'a souri, mais le contraste avec ses cicatrices était effrayant

Elle n'avait rien à dire de plus, je pouvais lire sur son visage ce qui lui était arrivé ; elle venait de l'autre côté du mur, des quartiers périphériques, là où la violence et la dureté de la vie avaient emporté à jamais son innocence.

— C'est la première fois que je vais dans une école normale. C'est beau ici. C'est grand. Il y a même un parc avec de la vraie herbe verte. Tu as vu ?

J'ai regardé autour de nous. Cela ressemblait à ce que j'avais toujours connu, alors j'ai haussé les épaules.

Elle a ajouté : « Il y a tellement d'espace que j'ai un peu peur de me perdre. Pas toi ? »

Elle m'a demandé si je pouvais rester avec elle en attendant le début des cours. J'avais très peur de ne pas trouver ma salle de classe et d'être en retard, mais une force encore plus puissante m'intimait l'ordre de rester avec elle ; et je suis resté planté là, les bras ballants, ne sachant quoi dire ni quoi faire.

Je me suis mis à chanter une chanson enfantine qui n'était plus de mon âge et que m'avait apprise ma mère ; elle a applaudi. J'ai vu le papillon noir et pourpre se rapprocher de plus en plus près de mon visage, et j'ai senti sa bouche se poser sur ma joue pendant une fraction de seconde ; je suis devenu tout rouge.

La sonnerie de la cloche a retenti. La petite fille m'a fait un petit geste de la main avant de partir en courant et de disparaître dans le flot indiscipliné des élèves.

J'ai suivi le mouvement. J'ai marché vers ma salle de classe. Et mes ennuis ont commencé.

— C'est ta mère, la vieille ?

— Non, c'est pas ma mère.

— C'est qui alors ?

J'ai demandé à ma mère de ne plus m'accompagner le matin et de ne plus venir me chercher ; j'avais toujours été fier d'elle, et on m'apprenait qu'elle était vieille et ridée, et que je devais en avoir honte.

Elle avait toujours refusé de faire de la chirurgie esthétique contrairement aux mères des autres.

Pour elle, il fallait être fier de ne pas être comme tout le monde.

Mais moi, je voulais l'être

À cet âge-là, j'étais très timide avec les inconnus ; j'analysais froidement les gestes de la vie humaine. Je vivais ma vie scolaire comme une série d'actions répétitives : dire « bonjour » ; serrer la main ; dire « oui » ; dire « je ne sais pas » ; répondre quand on me demandait quelque chose ; proposer mon aide ; mettre ma main devant la bouche quand je bâille ; me taire quand on ne me parlait pas ; avoir l'air intéressé ; et les variations des sourires : sourire timide ; sourire sûr de moi, etc. Parfois j'oubliais, et je mélangeais les réactions.

Les autres élèves se moquaient souvent de moi

Les professeurs le voyaient, ils entendaient les insultes, ils ne pouvaient pas ignorer les crachats, mais ils ne prenaient jamais ma défense. Ils avaient eu accès à mon dossier, ils savaient que je présentais un « risque génétique » et mon cas ébranlait leurs convictions sur la Sublimation : j'étais le premier de la classe, sans avoir besoin de travailler ; ils pensaient que je trichais.

Il y avait la race des seigneurs, et il y avait les autres, moi, j'étais l'un des autres

Mon apparence n'arrangeait rien. J'étais laid, tout le monde me le disait, maintenant je le savais ; avant je n'y faisais pas attention. Je n'avais jamais pris conscience de ce à quoi je ressemblais, car il n'y avait pas de miroir chez moi à cause des patients de ma mère.

Alors j'ai eu honte de mon apparence.

La première fois que je me suis vu, j'ai cru qu'il s'agissait de quelqu'un d'autre

J'étais différent, c'est vrai. Quelque chose dans le regard.

Moi, j'avais du mal à comprendre ce que je voyais dans le reflet de la glace quand je l'interrogeais. Je n'arrivais pas à faire le lien entre moi et cette forme vague. Je me disais qu'il fallait faire semblant et que je finirais bien par ressembler à quelque chose.

Je suis confronté à la réalité, j'apprends la vie en observant celle des autres

Je décodais ce que je voyais en séquences simples, reproductibles, comme un petit singe savant qu'on s'apprêtait à envoyer dans l'espace, mais à qui personne n'avait dit qu'il n'en reviendrait jamais.

Je me brossais les dents, je me coiffais, j'enfilais mon uniforme d'enfant sage, et je m'entraînais à sourire dans les reflets de la porte d'entrée de l'immeuble.

J'ai joué mon rôle du mieux que je pouvais, mais ça ne suffisait pas à me faire accepter. Je flottais dans la cour, en passant d'un petit groupe à un autre à la recherche d'un ami, mais je restais toujours invisible. J'étais un fantôme à la recherche d'une maison.

Les enfants sont des monstres et ils le restent

— Tu peux pas m'envoyer des *nudes* ?

— Non, mais je peux t'en vendre si tu veux.

J'écoutais les conversations entre les garçons et les filles, mais je ne comprenais pas de quoi ils parlaient ; je n'avais aucune des références culturelles évidentes pour tous les autres, car je n'avais jamais eu d'écran. J'ai appris à me taire et à ne pas poser de questions : en grandissant seul le décor change, la pièce qui se joue, elle, reste la même.

Toute la société des adultes existe déjà au collège

Ils se moquaient souvent de moi, car je n'étais pas à la mode. Je n'avais jamais attaché d'importance à ma façon de m'habiller, car j'avais toujours laissé ma mère choisir mes vêtements pour moi.

— T'as vu ? [redacted] a les dernières [redacted]® ce bâtard ! Je lui avais dit que je les voulais. Et il les a achetées quand même.

— Je l'ai dit à ma mère : si elle m'achète pas les dernières [redacted]® comme mon frère, je vais dire à mon père ce qu'elle fait avec le prof de tennis.

Ne leur pardonnez pas, car ils savent ce qu'ils font

J'ai grandi au milieu des clones : dans ce collège privé, il n'y avait pas d'uniforme, mais j'avais l'impression que tous les élèves se ressemblaient ; la seule mode, c'était le cher.

Dès que je me suis habillé tout seul, j'ai choisi le noir.

Souvent les autres m'insultaient sans raison

Je ne les ai pas insultés en retour, j'ai tendu l'autre joue. Je me suis acharné à être aimable avec la force du désespoir. Je croyais encore au Dieu de mon père, même si j'avais l'impression qu'il avait regardé ailleurs, quand la Haine s'était répandue partout : je l'ai regardé faire comme on regarde passer les nuages. En cours de sport, j'attendais mon tour avec les autres perdants, que quelqu'un dise mon nom, mais personne ne voulait me choisir dans son équipe. Je restais sur le côté, jusqu'à ce que le professeur finisse enfin par obliger une équipe à me prendre.

Les autres pensaient que j'étais faible

J'ai voulu leur prouver qu'ils avaient tort.

J'étais prêt à tout même au pire

J'ai eu une mauvaise idée : je me suis faufilé dans le bureau de mon père, et j'ai ouvert la porte secrète qui cachait son coffre-fort.

Je savais que la combinaison était ma date de naissance

L'arme était là. J'ai ressenti le frisson de l'interdit me parcourir la peau. Je l'ai sortie de son étui en cuir noir et luisant comme mes yeux dans la lumière. Elle était dans ma main, prête à m'obéir, j'avais le doigt sur la détente. J'ai regardé mon reflet déformé dans ses mécanismes compliqués.

J'avais l'impression d'être un homme

L'arme était chargée. J'ai retiré la sécurité. J'ai regardé longtemps le trou noir au bout du canon comme si je pouvais y trouver les réponses à toutes mes questions. Je savais ce que je devais faire. J'ai entendu la balle rentrer dans le mécanisme, et je l'ai pointé droit devant moi, j'ai visé le ciel et l'invisible aussi.

Toutes les victimes peuvent un jour devenir des bourreaux

Demain, les autres allaient enfin voir qui j'étais vraiment. Ils auraient peur de moi. Et ils me respecteraient enfin.

Le lendemain, la rumeur s'est propagée dans l'école comme une flamme le long d'un trait de poudre noire. Je l'ai d'abord dit à un, puis à un autre, qui l'a répété ; quand l'heure de la récréation a sonné, tout le monde savait.

Tout le monde voulait voir

J'ai donné rendez-vous aux rares élus dans les vestiaires de la piste d'athlétisme. Sans dire un mot, j'ai sorti l'arme de mon sac, et j'ai retiré avec précaution le T-shirt avec lequel je l'avais emballée.

Ils voulaient tous la toucher, mais je repoussais leurs bras.

On regarde mais on ne touche pas

C'était bien une vraie arme d'avant le Protocole de Paix universelle ; ils n'arrivaient pas à me croire ; leur conciliabule intrigué avait un goût de victoire. Ils se sont tous tournés vers moi et ils attendaient que je révèle mes intentions.

— Si on a une arme, c'est pour tuer. Alors ? Tu vas tuer qui ?

— Je ne sais pas encore. Donc t'approche pas.

Ça devait mal tourner

Un des garçons plus grands que les autres m'a pris l'arme des mains, j'ai essayé de l'en empêcher, mais il était plus fort que moi.

J'ai regardé impuissant, l'arme passer de main en main

Je voulais la reprendre, mais les autres m'ont retenu. Je savais qu'elle était chargée avec de vraies balles. Un des garçons a pointé l'arme dans ma direction : « Lève les mains en l'air ! »

Les autres ont arrêté de rire, et tout s'est accéléré. Je l'ai regardé droit dans les yeux et, je ne sais pas pourquoi, j'ai dit : « Ben vas-y. Tire ! »

Il a armé le chien. On a tous entendu le déclic. Il a fermé un de ses yeux pour mieux viser, même si à cette distance il ne pouvait pas me rater. J'ai entendu quelqu'un dire : « Il va le faire ! »

Je voyais la bouche béante de l'arme à quelques mètres de moi me susurrer des menaces comme des mots d'amour. L'attente est devenue de plus en plus lente. J'ai hurlé, pour que ça s'arrête : « TIRE ! »

L'écho de mon cri s'est répercuté dans le gymnase.

J'ai attendu.

J'avais toujours l'arme pointée vers moi. Il a approché le canon de mon visage. J'ai senti le métal froid caresser ma joue. Il a remonté lentement près de mon oreille. J'ai fermé les yeux. Il a dit : « Mets-toi à genoux. »

J'ai répondu : « Jamais. Tire. Je m'en fous. »

Suite à un accident grave de voyageur…

Il y a eu un éclat de rire et une bousculade. L'arme lui a échappé des mains. Je me souviens du bruit sinistre de la déflagration. Nous avons tous poussé le même cri.

En une seconde éclair, j'ai eu l'impression que mon cœur explosait dans ma poitrine avant que le reste de mon corps ne puisse réagir. La douille a roulé au sol, et a serpenté au ralenti entre nos pieds.

La détonation avait été tellement forte qu'elle vibrait dans mon oreille comme si j'avais pris un coup violent. J'ai cherché du sang sur mon corps, un trou peut-être, mais il n'y avait rien sur mes doigts, juste le grand silence annonciateur d'orage, et l'odeur de la poudre. Un des gamins a crié : « On va te dénoncer, TERRORISTE ! »

Je me suis vite retrouvé seul avec l'arme ; elle était au sol devant moi, inerte, seul le canon fumait encore, la seule preuve tangible qu'il venait de se passer quelque chose de grave.

J'ai pensé à ma mère, j'ai pensé à mon père

Les surveillants allaient arriver d'un instant à l'autre ; ils devaient déjà m'attendre dehors, j'allais être renvoyé du collège. Pire encore, je risquais peut-être la prison.

J'ai regardé l'arme ; l'idée de la retourner contre moi m'a traversé l'esprit une fraction de seconde. Et puis j'ai pensé à la douleur de ma mère quand elle m'avait parlé des derniers instants de ma sœur.

J'ai ressenti sa tristesse

J'ai ravalé mes larmes, et j'ai ramassé le pistolet. Je l'ai caché dans mon pantalon, le canon était encore brûlant, mais je ne voulais pas sortir du bâtiment, j'avais peur.

J'ai attendu

Je me suis mis à prier de toutes mes forces. J'ai supplié le ciel pour sa clémence de toute mon âme d'enfant.

J'attendais les cris des surveillants mais ils ne venaient pas

Au bout d'un temps qui m'a paru très long, je suis enfin sorti ; la piste d'athlétisme était déserte, il n'y avait personne dans les gradins. J'ai regardé l'heure sur la grande horloge, j'étais resté deux heures tout seul, et les cours avaient repris.

J'ai couru chez moi, j'ai remis l'arme à sa place dans le bureau de mon père, sans qu'il ne s'en aperçoive, mais la chance n'a pas duré, et tout est devenu pire.

J'étais fou

Le verdict était tombé, le bruit s'était répandu de classe en classe comme une tumeur. J'ai marché aussi calmement que j'ai pu au milieu de la foule qui s'interrogeait. Tout le monde avait peur de moi.

J'ai appris la leçon, le monde se divise en trois catégories : il y a les gens qui s'aiment, il y a les victimes et il y a les fous.

Les autres ont choisi pour moi qui j'étais

Dès nos plus jeunes années, nous sommes entraînés à adorer les symboles : de réussite ou de déchéance, mais rien pour les autres, les « 99,99 % » des moyens, qui ne feront rien de très beau, ni de très grand, ni de très mal ; les grandes personnes ne nous ont pas dit comment survivre à ce néant, à part reproduire cette absence de sens. Les autres enfants génétiquement parfaits n'avaient aucun souci à se faire pour leur avenir, il était tracé : ils occuperaient des postes prestigieux comme leurs pères et leurs mères avant eux, et ils donneraient des ordres aux masses des Minoritaires qui travailleraient pour eux.

Quand j'avais dit devant toute la classe qu'un jour je serai médecin, le professeur de mathématiques s'était mis à rire, et il m'avait dit que c'était impossible pour « les gens comme moi » ; pour lui, mon seul avenir, c'était de travailler dans les usines de la Superstructure.

J'ai voulu lui prouver qu'il avait tort, alors j'ai redoublé d'efforts en classe pour avoir les meilleures notes ; j'étais premier dans toutes les matières.

Pour moi c'était devenu une question de vie et de mort

Les autres professeurs se méfiaient de moi et de mes résultats scolaires, car ma réussite n'avait rien à voir avec leur pédagogie : elle remettait en cause la perfection de leur système et toutes les croyances officielles sur la supériorité génétique.

Un jour, j'ai saigné du nez et le professeur de biologie a fait sortir toute la salle de classe en m'interdisant d'en sortir, il m'a enfermé à l'intérieur : j'ai dû attendre que l'équipe sanitaire d'urgence pratique le protocole nécessaire pour m'évacuer de l'école et me renvoyer chez moi ; c'est comme ça que les autres élèves ont appris pour mon code génétique.

J'ai attendu la sentence et elle est arrivée très vite

Il y a eu les premières violences et personne ne m'a défendu.

Mon calvaire a d'abord pris la forme d'un miracle

La fille la plus jolie et la plus populaire du collège est venue me voir, et elle m'a dit qu'elle avait entendu parler de moi. Elle m'a demandé si je voulais bien la retrouver devant la porte du collège après les cours, elle voulait me connaître et, naïvement, je l'ai crue.

Je n'ai même pas réussi à parler, j'ai bafouillé un « oui »

J'ai attendu la fin des cours, comme s'il s'agissait du moment le plus important de ma vie. Je me suis présenté à l'heure au rendez-vous, légèrement à l'écart de l'endroit où elle était censée m'attendre, mais elle n'était pas là.

Je n'ai pas eu à attendre longtemps pour comprendre ce qu'il allait se passer ; tous les plus grands élèves de l'école étaient autour de moi.

Je ne me suis pas enfui. Je n'ai pas cherché à me défendre. Je suis resté debout aussi longtemps que je l'ai pu. Les coups ne s'arrêtaient jamais, je ne perdais toujours pas conscience, le sang s'est mis à couler sur mes yeux, mais j'ai eu le temps de voir les surveillants regarder ailleurs.

Moi, j'ai gardé les yeux ouverts

Je suis resté par terre, en attendant que les coups cessent. J'étais un ver de terre qui s'enroule au bout du bâton d'un enfant en colère et qui a toujours la force de s'enrouler ; on m'a murmuré à l'oreille : « T'as vu ? On a mis des gants pour ne pas se salir ! »

On m'a craché dessus.

On m'a soulevé, et amené de force sur le terrain de basket désert.

On m'a attaché les mains dans le dos et on m'a mis un sac opaque sur la tête, je ne pouvais plus rien voir.

Suite à un accident grave de voyageur, le trafic est interrompu sur la ligne

Un dernier coup. Et j'ai fait le mort jusqu'à ce que le silence revienne.

Je suis resté hors du temps assez longtemps pour ne plus rien ressentir

J'ai senti une main se poser sur ma nuque et j'ai sursauté : quelqu'un a retiré la cagoule, mais c'était toujours la nuit.

Mes yeux étaient habitués au noir

Un visage monstrueux était penché sur moi ; c'était une fille. Dans le flou de mes larmes, je la voyais de si loin, et elle me regardait de si haut que j'avais l'impression d'être à nouveau un enfant.

Elle a évité mon regard, mais c'était trop tard, j'ai senti sa pitié. J'ai reconnu la fille au maquillage holographique de papillon. Elle m'a aidé à me relever.

Deux pilules ont glissé dans la paume de ma main : l'une était rouge, l'autre était bleue. Elle m'a dit à l'oreille : « Pour la douleur. »

Et pour tout oublier

Je l'ai remercié. J'ai tout avalé.

— Nous, personne ne nous aimera jamais. Perds tout espoir maintenant, tu seras moins triste.

Elle, elle avait appris à se taire et à ne pas être aimée.

Elle a partagé ma douleur en silence

Elle m'a souri.

— Toi et moi, on est pareil…

J'ai ressenti sa détresse.

— Tu veux être mon ami ?

Et cette fois, c'est moi qui ai détourné le regard. Je ne sais pas pourquoi, j'ai soudain eu peur d'être comme elle, et d'être condamné à une solitude éternelle. Sans lui dire un mot, je l'ai abandonnée là, et je suis rentré chez moi sans me retourner.

On a appris le lendemain que la fille au maquillage holographique de papillon avait mis fin à ses jours ; elle s'était jetée sous un train en rentrant chez elle. On avait retrouvé son corps sur les rails d'une petite gare dont je n'avais jamais entendu le nom, loin d'ici, dans les quartiers de l'autre côté de l'Hyperphérique ; elle avait filmé ses derniers instants et les avait diffusés en direct ; tout le monde avait vu la vidéo. Moi, j'ai refusé de la regarder.

J'étais peut-être la dernière personne à l'avoir vue en vie

Toute la classe a dû faire une minute de silence, mais cela ne couvrait pas certains rires quand sa photo a été projetée sur le tableau. Je n'ai ressenti aucune tristesse, aucune émotion.

J'ai tout gardé enfermé quelque part

Je ne comprenais pas pourquoi je ne ressentais rien. Certains soirs, j'y repense, et j'ai envie de lui demander pardon de n'avoir rien fait, de n'avoir rien dit, de n'avoir pas accepté son don d'elle-même.

Quelque chose n'allait pas chez moi

Après sa mort, les autres ont arrêté de vouloir me faire du mal, car une nouvelle directive officielle voulait prévenir la violence à l'école ; des caméras ont été installées partout. Des gardiens en treillis militaire nous surveillaient tous.

Et moi, je suis redevenu invisible

J'avais l'impression d'être déjà mort, et de flotter parmi les vivants, enfermé dans une coquille de chair vide. Je n'avais plus de monde intérieur où me réfugier, car je n'y trouvais plus que des visions de cauchemars : la violence, toujours.

Mes parents ne comprenaient pas ce qui m'arrivait. Il fallait parfois que je me force à parler ; mes interactions avec les adultes étaient devenues si difficiles que j'ai cru que je n'en deviendrais jamais un.

J'avais juste du mal à distinguer le Réel de l'Imaginaire

Écoutant les conseils d'un ami médecin, mon père a pris rendez-vous chez un pédopsychiatre réputé. Il m'a fait passer des tests, mais il n'a rien détecté de spécial ; pour lui, j'étais normal.

On a connecté mon cerveau à une machine, et je devais regarder des petites vidéos qui montraient des scènes d'une vie parfaite ou des beaux paysages ; c'était censé stimuler mes taux d'endorphine, de sérotonine et de dopamine.

Certains jours ça marchait, d'autres non

Je ne m'endormais plus seul, je tombais dans un coma surveillé par une machine.

Il n'y a que l'insomnie qui protège des mauvais rêves

Mon traitement n'a rien changé. Je n'allais pas mieux. Les résultats des analyses n'étaient pas bons, et ma mère était très inquiète. Elle commençait à avoir vraiment peur de ce que je pouvais faire ou devenir.

Elle ne me le disait pas, mais je pouvais le lire dans ses yeux. J'aurais voulu faire disparaître ses larmes, mais je n'y pouvais rien, je donnais envie de pleurer. Hier encore j'étais son bébé, j'étais promis à un grand avenir, j'étais le petit prodige, le singe savant, la prunelle de ses yeux, j'étais devenu le noir violet tout autour.

Elle a essayé de me sauver de moi-même, coûte que coûte. Elle privilégiait la médecine naturelle, les thérapies les plus rares ; les salles d'attente et les médecins se sont succédé.

Je me souviens d'avoir pris le train pour aller dans une campagne triste ; et elle était prête à se battre avec le soldat qui refusait de nous faire monter parce que mon scan d'identité n'était pas en règle. C'était il y a si longtemps maintenant qu'il n'y avait pas d'équipe de déminage dans les gares des petites villes.

J'ai honte aujourd'hui d'avoir eu honte de ses cris devant tout le monde

J'ai rencontré une sorte de magnétiseur, un gourou des énergies, qui m'a posé des pierres de toutes les couleurs sur le corps, en me demandant de réciter les lettres de l'alphabet. Je me suis arrêté à la lettre « M ».

— « M » comme « mal » ?

— « M » comme « malédiction ». Quelqu'un vous veut du mal.

J'ai peu de souvenirs de cette période à cause des médicaments de toutes les couleurs.

Ils faisaient des trous dans ma mémoire et dans la réalité

Je me rappelle seulement de la seule fois où je suis parti hors de France, juste avant la fin de la Grande Trêve. J'ai accompagné mon père à l'étranger où il devait donner une conférence ; il pensait que ça me ferait du bien.

Ma mère n'était pas venue avec nous

Dans la piscine de l'hôtel où j'attendais son retour, je faisais semblant de me noyer.

Comme tous les enfants

Du fond de la piscine, je regardais la réalité du monde des adultes se déformer. Je ne voulais plus les rejoindre. Mon père n'est jamais venu me sauver ; je ne faisais pas assez bien semblant de mourir ou peut-être que si, car un client de l'hôtel a plongé, et m'a saisi pour me remonter à la surface ; mais pas mon père.

En dépit de mes résultats scolaires hors norme, la directrice de l'école voulait cacher l'anomalie que je représentais et rassurer les parents des autres élèves aux capacités génétiques augmentées. J'ai été interdit de suivre les cours normaux, je devais continuer l'année scolaire dans une classe restreinte avec les plus mauvais élèves.

Eux, ils me laissaient traîner avec eux, car je faisais leurs devoirs

Au fond, j'étais content d'avoir des amis après la grande solitude que j'avais connue. Notre bande avait un chef, il était plus âgé que nous tous, parce qu'il avait déjà redoublé trois classes. Sa voix avait mué, il parlait beaucoup et très fort, mais quand il ouvrait la bouche, seul brillait son appareil dentaire. Il était grand et gras, et je me souviens de ses petits seins pointus de fillette qui s'agitaient sous son T-shirt quand il courait. Son père était très riche et il en était très fier. Sadique, il aimait humilier dès qu'il en avait l'occasion un des garçons de la bande, le fils de la gardienne de sa résidence, car il était un Minoritaire comme moi, et il était un peu « lent ».

Moi, ma réputation me protégeait

Je ressentais sa peur, mais comme je ne voulais pas être rejeté par les autres, je ne disais rien, jusqu'à ce jour où je ne l'ai plus supportée.

C'était la première fois que je ressentais une colère aussi forte

La haine est montée en moi ; il y avait cette voix qui me hurlait de répondre au mal par le mal ; j'étais entré dans une sorte de transe. Je me suis interposé et j'ai dit au gamin de partir et de ne jamais revenir. J'ai vu la peur dans ses yeux quand j'ai plongé mon regard dans le sien, il a obéi et il s'est enfui.

Je me suis jeté sur son bourreau en hurlant : « Je vais te tuer ! »

Mon cri est sorti comme la lame d'un cran d'arrêt.

Si j'en avais eu un dans la main, je le lui aurais planté dans la gorge

J'ai senti ses mains énormes se refermer sur moi. Nous avons roulé par terre. Il m'a attrapé à la gorge et il serrait fort, et moi aussi, je serrais la sienne aussi fort que je pouvais.

Je sentais son pouls battre entre mes doigts

Je me suis retrouvé sous lui. Il s'appuyait de tout son poids sur moi. Il était beaucoup plus grand et plus lourd. Son genou s'enfonçait inexorablement dans ma poitrine. J'ai senti une immense fatigue m'envahir ; j'allais m'évanouir, mais je ne lâchais pas ma prise. Plutôt mourir.

Je me suis senti partir très loin

J'ai vu nos corps au milieu de la cour de récréation silencieuse, de plus en plus petits alors que je montais vers le ciel, avant de retourner brutalement dans le présent ; je n'avais plus de force, et l'instinct de peur a soudain repris le dessus. Il a enfin desserré son étreinte. Je l'ai repoussé, et j'ai réussi à me remettre debout. Il m'a regardé en souriant : « T'en veux encore ? »

Je me suis enfui en courant, mais il m'a poursuivi et j'entendais ses menaces dans mon dos.

J'ai parcouru le chemin de l'école en sens inverse, et il était toujours là.

J'ai cru un instant l'avoir semé, je suis arrivé jusqu'au portail sécurisé de ma résidence, mais je l'ai vu marcher dans ma direction. Il a lentement fait glisser son pouce sur sa gorge, parfaitement parallèle à son sourire malsain. Il m'a ordonné de le laisser entrer.

De l'autre côté de la grille, j'étais en sécurité.

Une voix m'a dit : « Fais-le ! »

Et je lui ai obéi sans réfléchir.

Je me suis à nouveau retrouvé face à lui. J'ai frappé le premier. Je lui ai donné un coup de poing en pleine tête de toutes mes forces catalysées par la peur. J'ai senti ma main se déchirer sur ses dents de devant qui sont tombées d'un coup comme des gouttes de pluie ; j'ai gardé une petite cicatrice sur l'auriculaire de ma main droite pour le reste de ma vie.

C'était ma première cicatrice d'homme

Depuis ce jour, je n'ai plus jamais eu peur des autres, mais plus personne ne m'a adressé la parole jusqu'à la fin de l'année scolaire ; j'étais dangereux, j'étais sale, je n'étais pas normal, j'étais contagieux, j'étais tout ce qu'ils voulaient, cela n'avait plus d'importance.

J'ai retrouvé ma solitude, cette vieille amie qui disait toujours oui

Peu de temps après, des hommes en noir sont venus chez moi, et ils ont emmené ma mère, après avoir saisi tout son matériel de recherche ; un de nos voisins avait dû nous dénoncer, car ils se plaignaient du va-et-vient des Minoritaires dans les couloirs des parties communes.

Mon père n'a rien fait pour l'aider, il était accaparé par ses affaires : les célébrités et les politiciens se bousculaient dans sa clinique pour se faire poser une nouvelle peau.

Il leur promettait à tous la jeunesse éternelle

Il opérait encore quelques personnes dans le besoin, mais c'était seulement pour préserver son image.

[redacted]® avait titré : « La réussite fulgurante du chirurgien au grand cœur ».

Pas assez grand pour ma mère et moi : nous n'étions pas sur la photo

À la maison, ma mère était là sans l'être. Elle passait de plus en plus de journées enfermée dans sa chambre, je devais la laisser dormir et ne pas faire de bruit.

Je ressentais le manque d'elle, mais je ne disais rien

Ma mère a été internée dans une clinique psychiatrique, loin de chez nous, et elle n'est jamais rentrée à la maison. Je n'avais pas le droit de lui rendre visite. Elle n'a pas eu le temps de me dire comment elle était tombée amoureuse de mon père et pourquoi l'amour ne dure pas assez longtemps pour avoir une vie heureuse. Elle ne m'a pas laissé de modèle à suivre, aucun exemple de bonheur, mais elle m'a aimé beaucoup. Comme si j'en valais la peine. Comme s'il fallait que je lui survive.

Elle, elle m'avait toujours dit que je pourrais devenir médecin un jour si je le voulais, et que je ne devais laisser personne me faire croire le contraire.

Je me suis souvent demandé si je devais remercier mes vrais parents de s'être rencontrés, de s'être aimés, d'avoir fait l'amour, et d'avoir permis à leurs cellules de se multiplier

Elle a laissé mon père décider de ce qui était bon pour moi ; mon père a embauché [redacted], une Minoritaire testée et en règle pour s'occuper de moi ; elle était très traditionnelle, et c'était pour ça qu'il l'avait choisie.

J'appartiens à une génération d'enfants blancs élevés par des femmes noires

J'ai grandi encore. Cette Voix qui n'était pas la mienne a recommencé à m'appeler. Elle voulait que je lui obéisse. J'ai résisté à ses ordres aussi longtemps que j'ai pu, mais une nuit j'ai fini par céder à la tentation : il fallait que j'allume quelque chose, n'importe quoi, comme s'il faisait un peu trop sombre sur le monde, alors j'ai sorti tous mes vêtements des placards de ma chambre, j'ai formé douze petits corps à ma taille avec mes pantalons, mes chemises et mes chaussures, j'ai aspergé le tout de *white spirit*.

La Voix m'a dit : « Fais-le ! »

J'ai craqué le phosphore d'une allumette, je l'ai jetée, rien, puis une autre, toujours rien, et à la troisième, j'ai regardé les flammes monter, monter. J'étais fasciné par la fumée blanche ; la sensation de chaleur douloureuse sur mon corps était délicieuse.

Quand j'ai repris mes esprits, [redacted] était dans ma chambre et les robots de sécurité avaient pu tout éteindre avant qu'il n'y ait des dégâts irréversibles. Elle m'a serré dans ses bras, je tremblais, et elle a serré plus fort. Elle m'a demandé ce qui m'avait pris de faire ça. Je lui ai fait promettre de ne rien dire à mon père. Elle a tenu parole, mais tout avait été filmé par les caméras.

Mon père a vu les flammes, et moi qui dansais autour

Il est entré dans ma chambre. Je ne l'avais jamais vu dans cet état-là ; il m'a frappé.

La première fois, on n'a pas peur des coups de son père

Ma tête a rebondi contre le mur, et je me suis retrouvé par terre. Je n'avais pas mal, mais j'ai feint la douleur pour qu'il arrête.

— J'ai toujours su que quelque chose n'allait pas chez toi.

J'ai vu qu'il s'en voulait d'avoir dit ça à voix haute, mais il était trop tard pour ravaler ses paroles.

Moi, j'ai ravalé mes larmes

— Qu'est-ce que je vais faire de toi ?

Mon père a peur de moi

Ces mots ont résonné en moi comme une condamnation.

Le lendemain, des hommes en noir sont venus me chercher. Mon père m'a dit de leur obéir et de les suivre.

Bienvenue au Centre de lavage de cerveau

Les médecins m'ont assuré qu'ils allaient retirer les mauvaises pensées de ma tête. Pour ça, je devais suivre le traitement sérieusement.

Je n'étais plus un enfant, j'étais un festin pour les psychiatres

Ils m'ont interrogé longtemps : je devais dire la vérité. Ensuite, ils ont enfoncé une puce sous ma peau, elle allait réguler mon humeur.

La marque qu'elle m'a laissé s'est vite estompée

Tous les médecins étaient contents, ils m'ont dit que j'étais guéri.

Aux larmes citoyens

Sur les écrans des salles d'attente, le ministre du Vivre-ensemble parlait à la foule en deuil place de la République, il comblait le vide avec une rhétorique que j'avais fini par apprendre par cœur : « La France est la cible principale d'une armée invisible aux moyens illimités... nous sommes entrés dans un état d'urgence permanent... aujourd'hui, la menace est à un niveau maximal... nous savons tous que le terrorisme est une surenchère, il faut aller plus loin, frapper plus fort... les jours sombres sont devant nous... les ennemis de la France ont les moyens, l'argent et la faculté d'organiser des attaques de masse... nous faisons face à un ennemi qui tue sans pitié... par la force des choses, notre guerre est devenue une guerre sans frontières... le protocole Overhead est la réponse... le seul but du protocole Overhead est le maintien de la paix... personne ne regrette la mort d'innocents autant que nous... j'aimerais pouvoir vous dire que nous éviterons le recours à la violence… nous prenons des précautions extrêmes pour éviter l'utilisation de la force en présence de femmes et d'enfants… malheureusement nos cibles utilisent des femmes et des enfants comme boucliers… nous devons mettre en balance leurs vies et les intérêts de la France… »

Une larme a coulé le long de sa joue.

Ce n'était pas encore la guerre, ce n'était pas la paix

La militarisation du pays était en cours : le ministère du Vivre-ensemble envoyait des uniformes à tous les mineurs de plus de quinze ans, et les écoles organisaient des défilés paramilitaires dans les rues.

L'armée menait une campagne de don du sang. Il y avait des soldats en uniforme, et un grand chapiteau transparent avait été installé dans la cour principale de l'école ; tout le monde donnait.

J'ai demandé à mon père quel était mon groupe sanguin, il m'a répondu : « O négatif. »

— Ça veut dire quoi, « négatif » ?

Il m'a demandé pourquoi je voulais savoir, mais il ne m'a pas donné la réponse. J'ai insisté pour donner mon sang comme les autres.

— Toi, tu ne peux pas.

J'ai à nouveau demandé pourquoi.

— À cause des médicaments, tu le sais bien. Ils sont aussi dans ton sang. Et ce qui est bon pour toi n'est pas forcément bon pour les autres.

J'ai regardé un gros moustique se poser sur mon bras nu, il a planté sa trompe dans une grosse veine bleue, il a aspiré mon sang, il s'est délecté, je l'ai laissé faire.

« La liberté conduit à la décadence et à la violence. »

C'est ce que disait le ministre du Vivre-ensemble pour se faire élire, c'est devenu l'hymne national.

Sa cote de popularité était anormalement élevée

Il y avait aussi des votes presque toutes les semaines : la démocratie était proclamée sur tous les écrans, sur tous les réseaux. Toutes les interactions citoyennes se faisaient par l'intermédiaire des Innerphones, dont l'implantation sous-cutanée était subventionnée pour les adultes de seize à trente-cinq ans, même si ce n'était pas encore obligatoire.

Sur les écrans, il y avait des héros : des soldats rentraient du front et ils serraient leurs familles dans leurs bras ; eux, ils pleuraient tous de joie ; ils avaient une maison.

L'amour existe ailleurs

Pour moi, toujours rien.

STATION 3

J'avais seize ans la première fois que je suis mort ; c'était la veille de Noël. Les décorations scintillaient dans les rues joyeuses et je marchais sans but, les mains dans les poches, ivre et hagard du bonheur des autres. Je suis passé devant un magasin de jouets, c'était le dernier de la ville encore ouvert ; des enfants criaient de joie quand ils choisissaient leurs cadeaux.

Perdu un instant dans cette sensation émouvante de naïveté enfantine, mon attention a été attirée par une petite fille. Elle était un peu à l'écart. Son maquillage de papillon sur le visage ne pouvait cacher une mélancolie qui n'était pas de son âge. Quand elle m'a regardé, elle m'a souri comme si elle me connaissait. Elle a marché vers moi. Elle m'a dit qu'elle attendait sa mère et elle m'a demandé si je pouvais l'attendre avec elle, car elle ne voulait pas rester toute seule. Je n'avais rien de mieux à faire et je ne savais pas comment dire non à ses grands yeux verts et tristes. Elle m'a tendu la main pour que je la prenne. Sa peau était très froide.

— Tu t'appelles comment ?

Elle allait me répondre, mais elle a gardé la bouche ouverte, elle a froncé les sourcils, et une expression de peur a déformé en un instant son petit visage.

J'ai entendu le vrombissement d'un drone fendre le ciel dans notre direction. Au loin, des sirènes de police se rapprochaient. D'un seul coup, les gens se sont mis à courir dans toutes les directions.

Nous nous sommes tous retrouvés dans la lumière aveuglante des projecteurs

Un homme a fait irruption devant nous, un fusil d'assaut à la main comme sur une scène de théâtre. Il y a eu des tirs et en une fraction de seconde le terroriste s'est écroulé à nos pieds. Une flaque de sang a commencé à se former sous son corps recroquevillé comme s'il dormait.

Il avait deux trous rouges sur le côté comme dans le poème

La petite fille a éclaté en sanglots. Elle a lâché ma main. Le drone volait au-dessus de nous. J'ai vu une flamme sous les ailes noires de la machine, et une boule de feu s'est abattue sur nous. Le missile allait si vite que l'image s'est imprimée dans ma rétine, comme s'il était immobile.

J'ai voulu prendre la petite fille dans mes bras, mais je n'en ai pas eu le temps ; la fusée a traversé la vitrine du magasin de jouets derrière nous. J'ai entendu le craquement sourd des morceaux de verre. Le souffle de l'explosion a happé la petite fille à l'intérieur. Et j'ai été projeté en arrière.

Soudain, c'était le noir

Quand j'ai rouvert les yeux, la première chose que j'ai vue, c'était le rouge sombre. Partout. Sur moi, et sur mes pieds nus.

Plus de jeux plus de joie

Seulement le feu. L'explosion sifflait toujours dans mes oreilles. Un larsen lancinant hurlait dans ma tête. Je n'entendais plus que les bruits de très loin.

J'ai survécu

L'armée a enfin maîtrisé l'incendie. J'ai réussi à me relever. Je devais retrouver la petite fille. J'ai voulu interrompre le va-et-vient d'un soldat.

J'ai marché vers lui, mais quand j'ai essayé de lui parler, j'ai senti un liquide chaud et épais s'écouler de ma bouche. Aucun son ne pouvait sortir, seulement le rouge sombre qui tachait mes vêtements en lambeaux. Une longue traînée chaude en forme de cravate s'est collée à ma peau.

Je n'ai pas osé toucher

Le soldat m'a regardé et j'ai vu la peur dans ses yeux. J'ai commencé à avoir peur moi aussi. Je voyais ses lèvres remuer. Il a crié quelque chose, mais je ne pouvais pas entendre. Il m'a agrippé par les épaules, je me suis débattu.

C'est à ce moment-là que j'ai senti la brûlure

J'ai ressenti une douleur atroce sur mon visage, comme des coups de poignard qui me lacérait la chair. J'ai fermé les yeux pour que ça s'arrête, j'ai respiré aussi fort que j'ai pu, mais cela devenait de plus en plus difficile à cause du sang qui coulait au fond de ma gorge et que rien ne pouvait arrêter.

Je suis tombé par terre.

Quand j'ai ouvert à nouveau les yeux, des infirmiers étaient autour de moi, ils dépliaient un brancard. La douleur était toujours là, de plus en plus présente, de plus en plus réelle. J'ai vu les corps des autres enfants.

J'ai cherché la petite fille du regard. Elle n'était pas parmi eux.

Je devais la retrouver

J'ai essayé de me relever, mais je n'avais plus la force de lutter. La souffrance m'a transpercé le corps quand ils m'ont soulevé pour me mettre sur le brancard ; ils ont posé un masque à oxygène sur ma douleur comme pour l'enfermer et j'ai perdu connaissance.

La première chose que j'ai vue en ouvrant les yeux : le néant. Il faisait très nuit dans la chambre sans fenêtre, j'ai cru avoir rêvé tout ce qui s'était passé, mais quand je me suis aperçu que j'étais attaché à l'armature de mon lit médicalisé et que je ne pouvais plus bouger les jambes, j'ai appelé à l'aide. Un infirmier avec une longue cicatrice sur la joue est entré dans la chambre.

— Bienvenue parmi les vivants.

Il m'a donné des pilules et il m'a dit que je verrais bientôt le médecin : le médecin en question, c'était mon père. J'avais été placé quatre-vingt-dix jours dans un coma artificiel, m'a-t-il expliqué.

L'Après, c'est le Grand Blanc

J'ai donné un nom au requin qui a dévoré les chairs de mon visage et m'a recraché à moitié vivant, ou à moitié mort suivant mon humeur du jour. Tout était blanc : blanc des murs des couloirs, blanc des infirmières.

Ils ne voulaient plus que je me regarde

Ils ont mis un masque sur mesure sur mon visage et ils m'ont dit de ne le retirer sous aucun prétexte.

De toute façon, il n'y avait pas de miroir dans cette partie de l'hôpital. Je n'avais plus à me cacher, le malheur était déjà arrivé. Une seule chose état sûre, j'étais défiguré.

Je n'avais pas encore connu l'amour et j'ai cru que personne ne m'aimerait jamais plus

Je suis resté immobile neuf longs mois, dans une cloche stérile, en soins intensifs, au service des grands brûlés de la Pitié-Salpêtrière ; on se relayait à mon chevet, j'étais devenu un feu qui ne devait pas s'éteindre, j'étais une bête curieuse, une salamandre.

Dans les campagnes nationales d'information publique, le ministère du Vivre-ensemble nous apprenait qu'on avait plus de chances de mourir suite à une chute de météorite que d'être frappé par la foudre, un événement lui-même quatre fois plus probable que de mourir dans une attaque terroriste.

Le pire, ce n'est pas de mourir, c'est de survivre

J'ai avalé tous les médicaments qu'on m'a demandé de prendre, et j'ai fait tout ce qu'on m'a dit de faire.

Je pouvais fermer les yeux, je garderai toujours l'attentat dans le regard

J'ai eu de la chance d'être le fils de mon père ; il a sauvé mon visage grâce à un traitement expérimental dont lui seul avait le secret ; l'opération a duré sept heures, elle a été diffusée en direct sur la chaîne officielle. Je me souviens du bruit du robot qui a cautérisé les plaies, du bruit effrayant de la chair qu'on découpe, qu'on lacère, et qu'on recoud.

Et on m'a greffé une nouvelle peau artificielle. Encore plus belle que l'ancienne. L'opération s'est bien passée et mon père était confiant ; toute l'équipe a applaudi sur notre passage quand il m'a raccompagné à ma chambre.

Quand la greffe a cicatrisé, j'ai enfin eu le droit de sortir de la bulle stérile, mais je n'étais pas encore autorisé à voir mon visage.

Je ne voyais plus qu'un grand feu

Mes yeux non plus n'étaient plus habitués à la vie.

J'ai dû réapprendre à regarder le monde

Dès que j'ai repris un peu de forces, j'ai désobéi au couvre-feu, et j'ai fait quelques pas dehors, au milieu des parterres de fleurs disciplinées ; tout avait l'air calme et paisible dans ce grand jardin à l'anglaise, pourtant ici la souffrance suintait des murs, elle m'appelait même la nuit ; surtout du côté du bâtiment des cancers des enfants.

J'ai cru entendre un cri. J'ai aperçu une silhouette dans la noirceur, c'était la petite fille de mon enfance ; j'ai reconnu le papillon.

Elle se tenait à quelques mètres de moi. Elle m'avait retrouvé ! Elle m'a reconnu derrière les bandages ! La petite fille au papillon m'a montré du doigt, et j'ai entendu sa voix.

Elle connaissait mon prénom

Elle est sortie de l'ombre, éclairé par la pleine lune, son visage n'était plus qu'un amas de poussières, de débris de verre et de chairs rouges calcinées. J'ai ressenti sa douleur aussi dévorante que celle que j'avais connue, et si forte que j'ai cru que tout recommençait.

J'ai soudain ressenti autre chose prendre le dessus sur la souffrance ; c'était sa haine.

J'ai entendu : « Venge-moi ! »

— Qui es-tu ?

Je suis à l'intérieur de ta tête, je suis toi

J'ai appelé au secours, et les infirmiers ont accouru avec un fauteuil roulant.

J'ai demandé la permission de me connecter au Nuage de l'hôpital ; j'ai cherché tout ce que j'ai pu sur le « Noël noir », mais j'avais beau regarder les images en boucle, je ne comprenais pas ce que je voyais à l'écran : officiellement, c'était le terroriste qui avait jeté une grenade dans le magasin de jouets après la fermeture, et il n'y avait pas eu de victime. Je savais qu'ils mentaient : on ne voyait jamais le drone ni le missile ni la petite fille ni les enfants morts ni moi.

J'ai repris mes recherches.

About : Blank

Je tombais toujours sur des pages vides.

Ils ont nié notre existence

Pourtant, j'étais là, j'ai vu les enfants mourir. Où étaient-ils ? J'avais compté les corps alignés par terre par les équipes de secours, il y en avait douze. Je ne pouvais pas être le seul à savoir.

Où sont les mères ? Comment ont-ils pu les faire taire ?

Pendant la thérapie cognitive qui a suivi, le psychiatre me montrait des articles qui parlaient de « Noël noir », je disais oui, mais je savais que ce n'était pas la vérité.

Le mensonge ne guérit jamais

À l'intérieur de moi, tout était cassé, mais mon apparence a été sauvée. Mon père m'a dit qu'il me rendrait beau et il a tenu parole.

J'ai eu droit à une deuxième naissance

J'ai été créé à son image, je suis devenu la perfection incarnée. Il était content de lui, et quand son regard se posait sur moi désormais, je sentais une fierté qui ne m'était pas destinée.

— Eh bien, qu'est-ce que tu en penses ? Regarde-toi !

Il m'a tendu un miroir, en souriant, et j'ai posé mon regard sur la surface réfléchissante. C'était bien un visage. C'était bien moi. Je fronçais les sourcils et le visage fronçait les sourcils. Je tirais la langue et le visage tirait la langue. Quand je le touchais, je ressentais mes doigts parcourir la peau.

Une infirmière a dit que j'étais très « beau » ; le mot a glissé sur moi. C'était la première fois qu'on l'utilisait pour me décrire.

Mon père m'a parlé des effets secondaires : je n'allais plus jamais vieillir. Du moins en apparence. À différents stades de ma vie, il changerait ma peau pour me donner un visage plus conforme à mon âge.

Les infirmières le félicitaient comme s'il avait accompli un miracle, et elles me regardaient maintenant avec des yeux d'envie dont je ne saisissais pas le sens ; c'était comme si leurs regards me caressaient, j'en surprenais certaines qui me fixaient et quand je les regardais à mon tour, elles faisaient semblant de faire autre chose, certaines rougissaient.

Je ne reconnaissais pas mon silence

L'ancien moi n'était plus. J'étais devenu un autre. Je ressentais aussi qu'au-delà de mon apparence, mon aura avait changé elle aussi : j'existais.

Dans les jours qui ont suivi, il y a eu de nombreux reportages sur mon père et sur moi. Des journalistes du monde entier sont venus à mon chevet, et on m'a dit quoi répondre ; on me posait toujours les mêmes questions et l'Homme en Noir veillait à ce que je récite bien ma leçon.

On me disait aussi souvent que j'étais très beau, et que je pourrais devenir un acteur de cinéma. On m'a pris en photo, on a filmé chaque parcelle de ma nouvelle peau, encore et encore.

Je ne les écoutais plus.

J'ai voulu parler des enfants morts et de ce qu'avait fait l'armée. Un jour, je l'ai crié. Un journaliste m'a demandé de répéter ce que je venais de dire, mais je n'en ai pas eu le temps : l'Homme en Noir a mis sa main gantée sur ma bouche pour m'empêcher de parler tandis que le journaliste était raccompagné de force hors de la chambre par le service de sécurité de l'hôpital.

L'Homme en Noir a disparu aussi vite qu'il était apparu

Je n'ai rien dit à mon père.

Il y a eu un dernier flash : sur cette photo, on le voit qui m'embrasse sur le front.

Je crois que c'est la dernière photo où nous sommes ensemble et où il sourit

Il est devenu très célèbre, et moi aussi, à travers lui. Ses nouvelles obligations m'ont séparé de lui. Je suis resté seul avec mon nouveau visage. Je me croyais capable du pire, car dans les reflets du miroir, désormais, j'avais la beauté du diable.

Quand je suis retourné en cours, j'ai été accueilli en héros. Le directeur de l'école en personne est entré dans ma classe pour être pris en photo avec moi. Il a dit à mon père à quel point il était fier pour la France. Tout le monde voulait me parler. Tout le monde faisait semblant de m'aimer.

J'étais une nouvelle personne

Pour la première fois de ma vie, j'ai senti qu'on me regardait et qu'on me voyait ; quand je marchais dans les couloirs, quand j'entrais dans une salle de cour, quand je poussais mon plateau-repas à la cantine le long du rail métallique qui menait à un repas d'ordinaire solitaire. Maintenant, j'avais de la compagnie. On se battait pour être assis à mes côtés. On me servait à boire. On m'offrait des desserts.

Les filles me souriaient, elles me parlaient avant, pendant et après les cours.

Elles n'avaient jamais soupçonné mon existence

Elles aussi, elles voulaient toutes une photo avec moi ; jusque-là, les contacts physiques que j'avais avec elles étaient limités à la nécessité, les microsecondes étaient comptées, maintenant, je sentais leurs doigts traîner un peu sur ma peau, assez pour que je m'en rende compte ; elles me touchaient vraiment.

Il y avait de la délicatesse, il y avait de l'envie, il y avait la preuve tangible d'un désir

Pourtant, je ne disais pas un mot.

— Alors c'est toi « l'Enfant Miracle » ?

Elles projetaient ce qu'elles voulaient sur moi. Elles me trouvaient mystérieux. Elles me trouvaient intéressant. Elles me trouvaient drôle.

Elles se trompaient, j'étais toujours le même

Et avec les garçons, c'était pire. J'ouvrais la bouche et ils m'écoutaient, comme si ce que j'allais dire avait de l'importance, mais je n'avais rien à leur dire, alors je me taisais.

J'étais juste un mauvais miroir

S'ils pouvaient voir l'image que j'avais d'eux, ils auraient tous peur de moi. J'avais pris l'habitude d'être seul, je n'avais besoin de personne.

J'ai voulu changer de lycée, tout recommencer à zéro. J'ai demandé à mon père si je pouvais arrêter les cours pour suivre une formation professionnelle, n'importe quoi. De toute façon, j'étais devenu incapable d'apprendre quoi que ce soit. Tous les médicaments que j'avais pris avaient fait des trous irréversibles dans ma mémoire. Il a refusé.

Mon père m'encourageait pour que j'aie de bonnes notes ; il me disait qu'après ce que j'avais vécu, c'était normal que ce soit un peu plus difficile, j'avais besoin de reprendre mes marques – il savait manier les euphémismes, c'était son métier après tout.

Je lui ai promis que je ferais de mon mieux. Je lui ai menti aussi longtemps que je l'ai pu, comme lorsqu'on dit « moi aussi, je t'aime » quand on ne fait que répondre à une question. Il m'a assuré qu'il croyait en moi et j'ai fait semblant d'y croire encore un peu ; mais mes notes, elles, baissaient inexorablement.

— Si on compare le parcours scolaire de votre fils, l'année dernière et cette année, c'est le jour et la nuit.

Quand venait mon tour de me défendre au conseil de classe, je racontais ce qu'il m'était arrivé et je m'en servais comme une excuse. Ça marchait, les professeurs avaient pitié de moi.

Je décevais mon père, mais je m'en foutais ; je ne prenais même plus la peine de cacher mes bulletins de notes. Il ne me disait rien, mais je le sentais. Il soupirait. Mes bruits se sont mis à l'exaspérer.

Lui, je ne l'écoutais plus

Il partait de plus en plus souvent à des congrès à Dubaï, à Miami, ou à Bornéo. Il me laissait les clés, de l'argent et [redacted] me préparait à manger. Je tuais le temps, je regardais des films pornos.

J'avais des goûts carnivores

Le réel me décevait toujours, je bouillonnais d'impuissance.

Jusqu'ici, toutes les portes que j'avais connues donnaient sur des murs

Je voulais grandir et m'enfuir, alors j'ai grandi aussi vite que j'ai pu.

Une petite voix en moi me murmurait : « Viens te promener là où c'est sauvage »

Je ne cherchais pas encore à écrire ma vie, je la caressais en songes éveillés. Je commençais à appréhender sa forme, je l'apercevais comme une image superposée au Réel.

À dix-huit ans, l'interdit n'est pas une limite, c'est une frontière

Je rêvais de l'enfer. Et de toutes les saisons que j'avais perdues.

C'était une poésie que j'étais le seul à comprendre

J'hésitais encore entre les bas-fonds et un beau futur. Rien à lire dans les lignes de ma main, aucun destin glorieux, ma paume était brûlée depuis « l'accident ». Il paraît qu'à mon âge rien n'est encore écrit ; j'avais le choix.

J'ai lancé une vieille pièce en l'air pour que le hasard décide

Je revois la rue ; elle était mal fréquentée. Le Mal me cherchait. Il m'appelait. Il m'avait fait à son image.

Tout le monde me reconnaissait où que j'aille, on prenait des photos encore et encore, et je détestais ça.

Je me souviens bien de la première fille que j'ai connue. Les beaux jours étaient de retour, c'était la période du bac, les terminales fêtaient la fin du lycée, toute la journée ils s'étaient donné une guerre joyeuse avec de la farine et des œufs, c'était la tradition. Je me souviens des guirlandes vertes et jaunes accrochées dans la cour en signe de solidarité pour les favelas de Rio qui venaient d'être détruites par l'armée brésilienne.

Quand j'ai traversé un petit groupe tapageur, ils m'ont encerclé et invité à les suivre pour continuer la fête dans un appartement où je me suis retrouvé assis par terre à côté d'une fille, que je trouvais jolie. Elle me regardait. Je la connaissais seulement de vue. Elle m'a passé la bouteille d'alcool dans laquelle elle venait de boire, et elle a dit : « Je crois que j'en ai marre de Paris… J'ai envie de partir loin. Pas toi ? »

— Pour aller où ?

— Je me demande à quoi ressemble la campagne. N'importe laquelle.

J'ai regardé autour de moi, mais je ne connaissais toujours rien du monde

Je n'avais pas grand-chose à dire, le silence commençait à devenir très gênant quand une chanson qu'elle aimait est passée, et elle s'est mise à danser. Son regard et la lenteur de son déhanché étaient un appel, je l'ai senti remplir en moi un dédale obscur dont je ne soupçonnais pas l'existence ; ce n'était pas du sang, c'était autre chose, de violent et pur. Je ne sais plus trop comment, elle m'a attrapé par le bras et elle m'a entraîné contre elle. Ce n'était pas le hasard, je ne rêvais pas, c'était sa volonté à elle, elle m'avait choisi.

Je me souviens encore de notre balancement, joue contre joue, l'un contre l'autre

Elle frottait son bassin contre le mien. Je sentais une chaleur étrange nous parcourir, à travers nos jeans. Je suivais ses mouvements du mieux que je pouvais, mais je regardais surtout mes pieds, de peur de marcher sur les siens ou de faire n'importe quoi qui briserait l'alchimie de nos corps et de l'instant ; je pouvais me voir dedans.

J'étais tellement ému que je n'ai même pas pensé à l'embrasser

C'était le moment le plus érotique de ma jeune vie ; juste quelques secondes pour mon éternité.

Il y a eu des coups de feu en ville ; beaucoup de bruit pour rien. Les factions d'autodéfense religieuses s'accusaient, on ne savait pas vraiment qui était responsable. Pour certains, c'était la secte [redacted], pour d'autres, des militants d'extrême droite ; sur les réseaux d'information, on a parlé de dérive fasciste de la Jeunesse, on a parlé des germes d'une insurrection à venir. C'était autre chose. Les vraies rébellions sont fondées sur l'espoir, ici on vend du désespoir : plus c'est mal, plus c'est beau.

Le cynisme est un marketing.

Même les marques de sportswear à la mode vendaient des gilets pare-balles

Les contrôles s'intensifiaient dans les lieux publics, un exosquelette de combat était désormais en faction sous ma fenêtre, j'entendais le bruit de ses pas lourds sur le trottoir.

Le gouvernement nommé pendant l'état d'urgence a construit des prisons, ils avaient de l'argent pour les murs, mais pas pour nourrir tout le monde. La peur est revenue. Des agents du ministère menaient maintenant des interrogatoires dans les lycées, on les reconnaissait à leur tenue noire. De plus en plus de jeunes de mon âge voulaient leur ressembler.

Mon père m'a obligé à passer les vacances en Normandie dans un camp pour gosses de riches dans un trou perdu « garanti sans Nuage ».

L'ennui était total

On a eu droit à un après-midi à Deauville. Je me souviens de la jetée. Au bout de la longue passerelle en bois, un garçon et une fille s'embrassaient. Ils devaient avoir quinze ans, pas plus ; ils avaient des boutons suintants sur les joues, leur peau était constellée de points rouges, ils avaient des appareils dentaires, ils se ressemblaient et ils avaient l'air très amoureux. J'étais fasciné par la beauté de leur instant et j'en ai volé quelques miettes. Je me suis dit : alors c'est ça, l'amour ?

Leur innocence m'a touché malgré moi

Je ne suis pas retourné au point de rendez-vous et je me suis enfui de la colonie de vacances. J'ai fait du stop. Une femme s'est arrêtée pour me prendre. Je lui ai dit que j'avais raté mon train pour rejoindre mes parents dans le Sud et qu'on avait volé ma valise avec tout mon argent.

Je n'avais plus à me forcer beaucoup pour que les larmes sortent, et les adultes ne pouvaient rien me refuser. Elle a eu pitié de moi. Comme les autres.

Trois voitures plus tard, j'arrivais sur la Côte d'Azur, avec de l'argent plein les poches.

J'ai reconnu la villa Belle Époque en haut de la colline. 1-7-8-9, le code de sécurité du grand portail doré n'avait pas changé. Il s'est ouvert et je suis entré. J'ai traversé la longue allée bordée d'oliviers et de bougainvilliers, en serpentant vers l'entrée principale.

J'ai sonné à la grande porte noire. La porte s'est ouverte. Et la main squelettique couverte de taches de rousseur de [redacted] a pris appui sur le chambranle. Elle portait un plumeau à la main et sa tenue noire et blanche de femme de chambre d'un autre siècle. Elle m'a regardé stupéfaite, les sourcils froncés, car elle ne connaissait pas mon nouveau visage. Elle allait refermer la porte et j'ai dû mettre mon pied dans l'embrasure.

— [redacted] ! C'est moi !

Elle a reconnu ma voix. Elle a travaillé plus de quarante ans au service de ma grand-mère, qui l'appelait « sa colocataire », car depuis sa retraite du monde, elle était la seule personne qui partageait sa vie. Elle m'avait connu enfant, mais elle m'avait toujours vouvoyé.

— Excusez-moi, je ne vous avais pas reconnu. Je... je n'ai pas fait votre chambre... Je ne savais pas... que... vous veniez. Votre grand-mère ne m'a rien dit.

[redacted] a refermé rapidement la porte derrière moi. Je l'ai suivie à travers l'enchevêtrement compliqué de pièces où régnaient des couleurs et des meubles qui allaient bizarrement ensemble.

On aurait pu y tourner un clip de rap

J'adorais cet endroit. J'avais besoin de repères et ce décor en était un ; il me donnait l'impression d'une grande fête permanente à une époque où, malgré tout, l'histoire la plus désespérée avait eu une fin heureuse.

— Vous n'avez pas de valise ?

[redacted] donnait l'impression d'avoir en elle un secret très triste, qu'elle ne dirait jamais à personne. Elle observait toujours du coin de l'œil mes moindres faits et gestes de peur que je déplace ou que je salisse quelque chose. Elle m'a indiqué le grand escalier à damier noir et blanc.

— C'est bien toi ?

La voix de ma grand-mère était désincarnée, mais j'étais heureux qu'elle me reconnaisse. La dernière fois que j'étais venu la voir, elle m'avait pris pour son grand frère, un marin disparu dans le triangle des Bermudes longtemps avant ma naissance. Je l'ai serrée dans mes bras et je n'ai pas pu m'empêcher de regarder notre reflet dans la grande baie vitrée derrière son lit, celle qui donne sur l'infini bleu foncé.

— Ne reste pas dans l'ombre, mets-toi dans la lumière, que je te voie !

Elle me trouvait plus beau que dans son souvenir, et elle était contente.

Pour ma grand-mère, seuls les gens beaux méritaient de vivre

Quand j'étais enfant, elle me faisait patienter parfois une heure dans le vestibule de sa chambre pour se rendre « présentable ». Elle me répétait : Norma Jean Baker mettait quatre heures tous les jours pour devenir [redacted]®.

Je ne savais pas de qui elle parlait

Elle avait toujours les traits fins, la peau très blanche, et les cheveux blond vénitien ; ses manières étaient encore celles du temps où elle était très belle, ce qui avait quelque chose d'émouvant et de très triste à la fois.

Je ne l'ai jamais appelée « grand-mère » ni « mamie »

Son goût des mondanités s'en était allé quand sa beauté, autrefois lumineuse, s'était obscurcie sous le cancer des jours, et elle avait fini par s'enfermer dans sa villa toute blanche, sans jamais plus recevoir personne. Le faste de la grande maison ne survivait que dans ses histoires, qu'elle ressassait sans cesse, ce qui exaspérait ma mère. Ses invités faisaient semblant de les entendre pour la première fois tout en profitant de son hospitalité.

Elle ne parlait jamais de ses histoires de guerre. Tout ce que je savais, c'est que lorsqu'elle avait fui la Pologne, son grand-père et son frère avaient rejoint l'armée anglaise pour continuer à se battre. Une seule fois, où elle avait pris ses médicaments avec de la vodka, elle m'avait raconté l'histoire de sa cousine qui avait survécu à la libération du camp. C'était l'hiver, il y avait de la neige. Quand les Russes les avaient laissés sortir, et qu'ils avaient tous tellement faim, ils s'étaient dispersés dans les bois alentour à la recherche de nourriture. Sa cousine avait survécu au pire, et elle était morte après avoir mangé des champignons empoisonnés. Cette histoire m'avait horrifié, et je n'en avais plus jamais mangé.

Je parlais lentement et fort, car elle perdait son français

Quand je n'avais plus rien à raconter, j'inventais. J'embellissais ma vie, je lui ai promis qu'un jour je serais un grand médecin comme mon père, et je sentais que ça la rendait heureuse.

On ne ment qu'à ceux qu'on aime

Elle a soupiré de contentement. Elle a regardé vers l'horizon bleu qu'elle connaissait par cœur. Autrefois ma grand-mère parlait beaucoup, elle parlait bien, elle connaissait le monde.

Les informations lui faisaient peur, elle voulait que je parte « en Amérique »

Elle voulait que je parte loin.

— Tu ne devrais pas regarder cet écran toute la journée, ça rend fou.

Elle avait déjà connu tout ça, elle savait que ça finirait mal ; je l'ai écoutée parler et je lui ai expliqué que cela ne servait à rien de s'enfuir, car nous n'étions en sécurité nulle part.

Je n'ai pas tout dit car je ne voulais pas lui faire peur. Maintenant, c'était trop tard. Les minutes comptaient plus qu'hier.

Elle était là, sans l'être

Elle allait mourir, j'avais eu une prémonition. C'est aussi pour ça que j'étais venu. Sa mort était toute proche, je le sentais. Elle allait me quitter pour toujours, et tout ce qu'il me resterait d'elle, serait des boîtes dont personne ne voulait, remplies à ras bord de photographies d'elle à tous les âges, d'enfant sans parent jusqu'à maintenant, de robe de bal, de bijoux, une vie entière, et dont j'ignorerais le sens, car tous les témoins de sa vie étaient déjà morts. Je ne connaîtrais jamais son histoire, ni d'où je viens vraiment. Enfant, j'avais pris conscience de sa vieillesse lorsque j'avais trouvé dans son frigo une bouteille de [redacted]® de 1984, une date qui m'évoquait une éternité.

On pense toujours à tort qu'on a le temps de poser des questions

J'ai voulu chasser cette pensée, c'était trop triste de la sentir partir là où je ne la retrouverais jamais plus.

Quand elle s'est endormie, j'ai réajusté ses lunettes de soleil et sa couverture et je suis sorti sans faire de bruit.

Dans l'entrée, [redacted] est venue me voir et m'a tendu une lettre que ma grand-mère n'avait pas pu poster à cause de son accident. J'ai reconnu son écriture pleine et déliée qui formait mon prénom sur l'enveloppe, et je l'ai remerciée.

À l'intérieur, il y avait deux billets de 100 francs et deux billets de 50 et une petite carte avec écrit : « Joyeux anniversaire. » J'ai senti l'émotion monter, j'avais l'impression d'avoir découvert les vestiges d'un château de sable abandonné aux vagues, une cabane merveilleuse où l'enfant que j'étais survivait toujours. J'ai dû m'appuyer contre un mur, la lettre m'a échappé des doigts et je n'ai pas pu retenir mes larmes.

Elles avaient le goût de la candeur originelle

J'ai remarqué que les mocassins achetés sur la route pour lui faire plaisir étaient recouverts de poussière blanche. Je les ai essuyés au revers de mon pantalon noir, et ils se sont remis à briller instantanément.

Partir, c'est ne plus penser au présent

Je suis descendu dans le garage, et j'ai emprunté la Silver Shadow. Il y avait assez d'essence dans le réservoir pour une virée dans les vestiges de mon passé et j'avais appris à me servir de la boîte manuelle le dernier été de ma vie d'avant.

Je me suis garé au milieu de la place de l'église, non loin de la pinède et son bateau de pirates où j'ai joué dans une autre vie. J'ai fumé une cigarette sur le parvis désert, et j'ai donné mes lunettes de soleil à une petite fille des rues ; elles étaient trop grandes pour elle. Alors je lui ai tendu l'enveloppe pleine de billets en lui disant de la donner à ses parents. Elle ne m'a pas dit merci, elle s'est enfuie ; au fond, j'espérais qu'elle garderait tout pour elle.

Je suis allé à l'hippodrome de Cagnes-sur-Mer, j'ai parié sur le cheval qui ne gagnerait jamais, et j'ai empoché 400 francs vite dépensés au bar en « Holden Caulfields » sans glace.

J'ai repris la voiture en direction de Nice, un peu ivre. Sur la corniche, les roues mordaient la ride du précipice le long d'un cimetière sans fin, la mer. J'entendais le ressac si réel qu'on eût dit des milliers de cris qui imitaient le bruit des vagues. Là-bas sur la Baie des Anges, la lumière était aveuglante.

J'ai marché sur la Promenade des Anglais et j'ai fumé ma dernière vraie cigarette près du Mémorial du 14 Juillet, entre les immeubles blancs et le Grand Bleu ; un orgue électrique jouait un air triste.

Quand je suis rentré à la tombée de la nuit chez ma grand-mère, elle ne s'était toujours pas réveillée.

Les jours qui ont suivi, sa santé s'est dégradée, et j'étais réveillé par sa souffrance. J'entendais sa voix qui m'appelait, elle me disait combien elle avait mal, mais c'était seulement dans ma tête, car quand je montais dans sa chambre, elle avait toujours les yeux fermés.

Où es-tu ?

Pour seule réponse, j'entendais les bips-bips réguliers de la machine qui la maintenait en vie.

Je ne sais pas combien de temps je l'ai imaginée me parler du temps d'avant

Elle ne dira plus rien. Elle ne parlera plus. Elle se reposait de sa trop longue vie et moi, je pensais encore être immortel. J'ai regardé la perfusion qui lentement se vidait dans son bras. Qu'est-ce qu'elle pourrait me dire sur le monde qu'elle était en train de quitter ?

C'était trop tard maintenant

J'ai grandi, et tout ce qui me paraissait merveilleux quand j'étais enfant m'ennuyait ou me rendait triste. La piscine vide dehors ne se confondait plus avec la mer ; les mauvaises herbes avaient colonisé les espaces entre les carrés de mosaïques brisées. J'ai entendu un cancan familier ; ma grand-mère élevait des canards très laids, et ils avaient pris leurs quartiers dans le jardin. Quand elle le pouvait encore, elle leur donnait à manger et elle les appelait : « Katiouchka ! Katiouchka ! » et ils arrivaient tous autour d'elle en se dodelinant.

Mon regard était irrésistiblement attiré par la photo en noir et blanc posée sur sa table de chevet, la dernière que ma grand-mère n'avait pas retournée ni fait disparaître.

Sur cette photo, elle a dix-huit ans

Elle prend la pose en bikini, allongée sur le capot de la même Silver Shadow, qui aujourd'hui rouille dans le garage. Je ne savais pas grand-chose de cette photo et de cette grand-mère-là. Il y avait une date inscrite au crayon à papier derrière le cadre : elle avait été prise avant qu'elle et sa famille ne quittent la Pologne.

Ils avaient tout perdu pendant la guerre

Je savais également que la voiture était le cadeau de mariage de son père à mon grand-père, car elle me l'avait dit. Elle en avait racheté une identique ici dès qu'elle avait pu, mais elle ne la conduisait jamais et j'ai compris que c'était juste pour elle une relique de sa jeunesse perdue.

J'ai regardé la photo et j'ai regardé le lit sur lequel elle était en train de mourir. C'était bien la même personne. Dans une dimension, belle, confiante en l'avenir s'ouvrant devant elle, son corps offert à la vie comme une promesse, et dans l'autre, ce même corps n'était plus qu'une poupée vaudoue, invoquant un esprit qui aspirera bientôt le sien, emportant son histoire à jamais dans l'oubli.

Il faisait chaud, mais j'avais froid

J'avais besoin de penser à autre chose ; ici, même les odeurs me donnaient envie de pleurer. J'avais besoin d'alcool comme d'une entrée de secours.

J'ai passé le reste de l'été à siroter des « Siroccos Sans Fin » au bar d'un vieil hôtel du Cap d'Antibes où des légendes avaient vécu il y a longtemps ; j'ai traîné au bord d'une piscine à fond noir, traversée par des jolies filles qui sentaient « Chance ».

Elles se ressemblaient, elles étaient toutes un peu farouches. Elles avaient mon âge, mais elles étaient déjà des femmes. Je voyais les épaules. Je voyais les nuques graciles. Je voyais les poitrines qui se soulevaient quand l'eau froide leur arrachait des cris et des rires.

Elles sortaient des vagues apprivoisées avec lenteur, sûres d'elles, et tout avait l'air facile. Quand elles passaient près de moi, je voyais les jambes, je devinais leur extrême beauté, et je n'osais pas relever les yeux de peur d'être ébloui.

Elles avaient un bel avenir devant elles

Comme moi, elles n'étaient pas innocentes, elles comptaient déjà leurs pas.

J'aimais les regarder marcher pieds nus sur les pierres chaudes

Le soleil, le bruit de la mer toute proche, les corps découverts et la jeunesse se confondaient dans un mariage impudique qu'elles avaient l'orgueil de croire éternel.

Toutes ces apparitions, je les ai serrées dans mes yeux, quand ils n'étaient pas plongés dans un livre ou un verre plus ou moins vide, à côté du cendrier plein.

Je me fondais dans le décor quand [redacted], une Ukrainienne de vingt ans, est venue me parler. On se regardait à travers nos lunettes de soleil ultralarges depuis un moment déjà. Sa démarche hautaine a fait fondre la tache obscure qui nous séparait pour s'imprimer sur ma peau. J'ai levé les yeux. Elle était debout, devant moi, intimidante et fière. J'ai vu sa bouche pulpeuse et très rouge s'ouvrir, et elle m'a demandé dans un anglais qui roulait les « R », si le transat à côté de moi était libre, en le désignant d'un de ses ongles très long et très noir.

Je pouvais déjà sentir sa griffure

J'ai essayé de prendre un air détaché, en anglais c'était un peu plus facile, mais elle a retiré ses lunettes de soleil, et j'ai été tellement saisi par la profondeur de ses yeux bleus que j'ai retiré instinctivement les miennes, pour lui répondre que j'étais tout seul, et qu'il l'était.

Elle m'a remercié, elle a posé ses affaires couvertes de monogrammes inconnus. Elle s'est allongée. Elle a parlé la première.

— Je t'ai déjà vu ici, tu restes toute la journée, mais tu ne te baignes jamais… Pourquoi ?

Pris de court, j'ai dit la vérité : j'ai vu *Les Dents de la mer* trop jeune.

Elle n'a pas compris. Elle a fait une moue que j'ai prise pour de l'ennui. Je me suis vite réfugié dans mon livre.

Elle m'a déjà vu ici, elle m'a déjà remarqué

Cette pensée m'obsédait. Je n'étais toujours pas habitué à ne plus être invisible. Je n'entendais plus les cris des mouettes dans le lointain ni le bruit des éclaboussures des enfants qui jouaient. Je cherchais quelque chose à dire. Le silence s'est alourdi.

Je n'arrivais plus à me concentrer sur *L'Enfer* de Dante, je relisais encore et encore la même ligne, sans rien y comprendre. L'enfer le plus beau m'était offert, là, devant mes yeux. Si j'avais tendu la main, j'aurais pu lui caresser la peau et m'y brûler les doigts. [redacted], elle, rafraîchissait sa gorge et sa poitrine avec un éventail. Feignant d'être innocente à mon trouble.

J'arrivais à sentir son parfum délicat dans l'air

Elle a enfilé un peignoir très court, et elle est allée regarder la mer en contrebas. J'ai suivi le balancement de ses hanches, et sa silhouette offerte au bleu de l'azur me troublait comme si j'avais aperçu le mirage d'une palmeraie après l'errance au pays de la soif sans fin ; l'amour était mon désert.

L'air de rien, elle se cambre

Elle s'est penchée sur la pointe des pieds par-dessus la rambarde. Sa baigneuse s'est relevée sur le commencement de ses fesses.

Je me suis dit qu'elle le savait

Elle est revenue s'allonger sur son transat après avoir glissé un instant ses jambes dans la piscine. J'ai jeté le livre et j'ai allumé une cigarette. Elle m'a demandé si elle pouvait en avoir une, je lui ai tendu mon paquet. Elle m'a remercié. Elle n'avait pas de feu, je lui ai tendu une boîte d'allumettes, mais elle avait les mains mouillées, alors elle m'a demandé si je pouvais l'allumer pour elle. Elle a attrapé mon poignet, quand elle a récupéré la cigarette en feu au bout de mes lèvres.

On a fumé l'un à côté de l'autre sans rien dire.

Je fumais les mains derrière la tête parce que je l'avais vu faire dans un film, mais un coup de vent a fait dériver ma cigarette, elle m'a brûlé la joue, et j'ai sauté d'un bond hors de mon transat en poussant un cri comme si je venais d'être piqué par une guêpe.

[redacted] a éclaté de rire, et elle m'a demandé si ça allait. Je lui ai répondu que tout allait bien, mais je transpirais, rouge de honte. J'ai essayé de reprendre contenance. J'avais de plus en plus de mal à retrouver mon air désabusé. Je me suis rassis et j'ai ramassé mon livre.

— Tu lis quoi ?

Je lui ai montré le titre, mais elle a haussé les épaules, j'ai épelé : « L'E-N-F-E-R ».

Elle a levé les yeux au ciel, et elle a ri pour elle-même en me regardant, mais il y avait de la tendresse, du désir et une promesse lascive enlacés dans ce rire.

Sans rien dire, elle s'est retournée, elle a glissé ses doigts dans son maillot de bain et elle a fait claquer le cordon sur la hanche pour le remettre en place. Et j'avais la tentation devant moi, je la vivais.

J'ai aperçu un peu de peau plus blanche

Elle savait que je la regardais. Mes yeux perdus dans le détail. Je n'arrivais pas à feindre l'allure de quelqu'un indifférent à la beauté, elle n'était plus dupe et elle a souri. Elle voulait jouer avec moi.

Coup de grâce

Elle a retiré le haut de son maillot de bain. Mes yeux ont rebondi sur son corps. J'avais la gorge sèche. Quand je suis tombé à nouveau sur son regard, j'arrivais à peine à me retenir de lui sourire. Je ne disais rien. C'est elle qui a parlé.

Elle était ici pour les vacances avec son père, ses deux petites sœurs, et sa nouvelle belle-mère qu'elle n'aimait pas, car elle lui volait ses affaires. Sa famille logeait dans les trois plus grandes suites de l'hôtel. Le chef était l'un des plus réputés de la côte. Elle, elle n'aimait pas la cuisine française, elle ne mangeait que « des sushis et des noisettes », qu'elle se faisait livrer en jet-ski directement sur leur voilier, qui mouillait dans la baie d'Antibes.

Il s'appelait Odessa, Dasha, *un nom exotique comme elle*

Ne sachant pas trop quoi dire, et désirant toujours avoir l'air cool, j'ai dit : « C'est marrant, les initiales O.D, c'est comme dans Over Dose. »

Elle a ignoré ma remarque, qui n'était pas drôle du tout en y repensant. Dasha, c'était le nom de sa mère et Odessa, la ville d'où elle venait. Elle donnait l'impression d'être très sûre d'elle : elle parlait beaucoup, elle n'écoutait pas ce que je disais ou elle ne répondait qu'à une question sur deux. Je me suis risqué à lui demander pourquoi elle portait un pansement sur la main.

Elle venait de se faire enlever le « M » qu'elle s'était fait tatouer sur la base du pouce sur un coup de tête pour ses dix-sept ans, mais maintenant, elle ne l'aimait plus.

— « M » comme... ?

C'est comme ça que j'ai su qu'elle s'appelait [redacted]. Je me suis présenté à mon tour.

— C'est joli ton prénom.

Elle l'a répété plusieurs fois.

— Et ton accent aussi.

Elle m'a tendu la main : « Enchantée ! »

J'ai tenu sa main jusqu'à ce qu'elle la retire. Elle a défait ses beaux cheveux noirs très brillants comme de la soie, qui lui arrivaient au-dessus de la cambrure des reins. Quand elle m'a demandé ce que je faisais ici, je lui ai dit pour ma grand-mère, et elle m'a pris dans ses bras comme si elle voulait me consoler.

J'étais tellement surpris par cette familiarité soudaine que je me suis laissé faire. J'ai senti son corps tout contre le mien. Elle m'a expliqué qu'elle avait perdu sa grand-mère l'année dernière et qu'elle avait été très triste quand elle était « partie au paradis ».

Quand je lui ai demandé si elle croyait vraiment que le paradis existait, elle a froncé les sourcils comme si c'était une évidence, alors j'ai changé de sujet.

— Tu es déjà allée à Paris ?

Quand je lui ai dit que j'habitais là-bas, elle s'est exclamée en russe, puis elle a traduit en anglais : « J'étais sûre que tu étais parisien ! Si je viens un jour, tu me feras visiter ? »

J'ai répondu : « Bien sûr. »

Je te montrerai les plus belles ruines

Elle a attrapé ma main en enserrant mon pouce avec le sien pour que je jure.

J'aurais juré ce qu'elle voulait

— Tes mains sont froides comme la mort…

Elles l'étaient. Elle a noué ses cheveux et elle a sorti un pot de crème solaire de son sac.

— Ils disent qu'il y a du vrai or dans cette crème, tu y crois ?

Elle a étalé l'onguent sur son corps, elle prenait son temps, on aurait dit qu'elle se caressait. J'ai regardé la mer, mais l'attraction était trop forte. Elle s'est mise sur le ventre. Elle s'est retournée, lentement, elle m'a regardé du coin de l'œil et elle m'a demandé si je pouvais lui en passer sur le dos ; j'ai obéi.

Elle a remis en place son maillot, en tirant sur la toile qui rentrait entre ses fesses bombées, j'ai aperçu un liseré de peau plus blanche, j'ai senti fondre en moi quelque chose d'indéfinissable, mais qui rendait tout beau. Elle jouait avec moi ; je m'en rendais compte à ses coups d'œil complices.

— Toi, tu as besoin de prendre le soleil, on dirait que tu es un vampire.

Ma gêne l'a fait sourire.

J'ai fait oui de la tête.

Elle croyait au paradis, mais pas aux vampires

L'après-midi touchait à sa fin, on a échangé nos contacts. On s'est donné rendez-vous le lendemain. Au même endroit.

Et le lendemain, elle était à l'heure au rendez-vous

On a passé l'après-midi ensemble. Elle m'a demandé si son maillot lui allait bien, c'était le cas. Elle m'a demandé de la prendre en photo, ce que j'ai fait, elle prenait des poses lascives, on aurait dit qu'elle avait fait ça toute sa vie.

— Suis-moi !

Je connaissais une crique à l'écart, où personne ne va, il suffisait de sauter une barrière si on sait où elle se trouve. Je l'ai emmenée là-bas, et on se tenait par la main. On s'est baigné. On a nagé jusqu'à une bouée lointaine, elle nageait mieux que moi. J'ai cru que j'allais me noyer, mais j'ai puisé dans mon envie de lui plaire une force insoupçonnée, et je l'ai attrapée par la cheville, j'ai chatouillé tout ce que j'ai pu, elle a ri, et dans l'immensité bleu foncé, elle m'a embrassé.

Nos langues se sont mélangées avec un peu d'eau salée ; elle a ri et elle a dit : « C'est mon premier vrai *French kiss.* »

J'ai senti battre mon cœur dans tout mon corps.

C'est comme si je venais de découvrir qu'il existait

Elle a dit : « Viens, on rentre à l'hôtel. Je veux te montrer quelque chose. »

Cela sonnait comme un ordre

— Quoi ?

— C'est une surprise.

Elle m'a lancé un regard équivoque, mais j'étais tellement loin de tout ça que je n'ai pas compris le sous-entendu.

On est rentré à l'hôtel, on est allé dans sa chambre et quand la porte s'est refermée, elle a attrapé mes mains et les a posées sur ses seins.

— Mes parents vont rentrer dans une heure.

Nos bouches se sont rapprochées l'une de l'autre. La sienne dessinait en rouge une forme parfaite. Je sentais la peau de son ventre contre la mienne. Elle était chaude et très douce.

On était dans le réel, ça paraissait si vrai

— Qu'est-ce qui t'arrive ? T'avais pas peur tout à l'heure…

— J'ai pas peur.

— Pourquoi t'as les mains moites ? Tu as peur de moi ?

— Non.

Je mentais, j'étais très timide, et sa beauté m'intimidait encore plus

Elle m'a dit : « Fais-moi l'amour, tu peux y aller fort… »

Elle s'est tournée vers moi, maintenant elle me parlait avec une voix mi-amusée, mi-autoritaire : « *Don't be shy* ! »

J'avais peur d'être nu devant elle, c'était la première fois de ma vie que je me retrouvais seul dans une chambre avec une fille.

Elle, elle savait ce qu'il fallait faire

Elle avait déjà fait glisser son maillot de bain le long de ses hanches, et elle m'attendait dans une nudité parfaite sur le lit, plus grand que ma chambre d'enfant.

Je n'avais encore jamais vu de vraie fille nue

— Pourquoi tu restes planté là ? Viens !

Je me suis approché timidement du lit comme si je repassais l'oral du bac sans avoir révisé la leçon qu'on me demandait de réciter.

— Viens ! Qu'est-ce que tu attends ?

Je me suis assis sur le rebord du lit. Mon cœur battait par à-coups désordonnés.

— Tu peux me faire ce que tu veux.

Je la trouvais trop belle pour lui faire l'amour. Surtout d'aussi près. Je ne savais pas si je devais la toucher, je ne voulais pas lui faire mal. Je me suis allongé à côté d'elle. Elle s'est mise sur moi, elle a caressé mes cicatrices. Elle a léché leurs lèvres. J'étais paralysé.

— Juste une chose... Ne jouis pas à l'intérieur de moi.

J'étais tétanisé et [redacted] ne comprenait pas.

— Tu veux pas ? Je te plais pas ?

Elle était surprise que je ne me sois pas déjà jeté sur elle. Elle s'est mise à quatre pattes, et elle a tourné la tête vers moi avec des yeux où brûlaient ensemble son désir et son orgueil d'être si belle dans le reflet du grand miroir sur le mur ; elle ne se quittait pas des yeux.

Je voyais la pureté de ses fesses parfaites et offertes

Je pouvais les toucher.

— Qu'est-ce que tu veux que je fasse ? Je peux faire tout ce que tu veux...

Je ne sais pas

— Pourquoi tu ne dis rien ?

— Je ne sais pas.

— T'es un mec bizarre.

Comme je ne faisais toujours rien, elle m'a demandé si j'aimais les garçons. Je lui ai répondu que non. Elle ne m'a pas cru. J'ai ramassé mes affaires.

— Mais qu'est-ce que tu fais ?

Je lui ai dit au revoir du bout des lèvres, et je me suis enfui.

Je suis un garçon bizarre

À nouveau seul, loin du désastre, j'ai ressassé l'échec et la honte, j'ai serré mes poings, je me suis frappé la poitrine, j'avais envie de pleurer de rage.

Sur la plage, mes pas même les plus profonds se sont estompés dans le sable

J'ai dû trouver un autre hôtel pour étancher ma soif d'oubli et je l'ai trouvé. Il avait le luxe d'un autre âge : ici, il y avait des grandes photos de gens en noir et blanc sur les murs, et je ne connaissais personne, mais les femmes étaient belles et les hommes, bien habillés.

J'étais seul avec mon verre devant la grande baie vitrée et le paysage d'une mer sans fin, bleu très foncé, un bleu sinistre, mélancoliquement agité de vagues inégales.

J'attire les gens tristes et beaux, et la beauté ne dure pas, la tristesse, oui

— Je vous connais.

J'ai senti une main se poser sur ma nuque. J'ai sursauté. Une femme se tenait derrière moi, je ne l'avais pas entendue arriver. Elle devait avoir une cinquantaine d'années, et elle était habillée d'une longue tunique aux motifs de couleurs qui allaient peu ensemble, trop bronzée pour avoir l'air naturelle, très jet-set d'une époque révolue. J'ai reconnu la version filtrée par l'âge de la femme dont le portrait immense en noir et blanc offrait sa poitrine nue depuis le mur derrière nous. Elle aussi, elle m'avait reconnu.

— Votre père, c'est ce fameux chirurgien... Son nom m'échappe...

J'ai fait oui de la tête.

— J'étais sûre que c'était vous !

Elle m'a invité à la rejoindre à sa table, j'ai accepté. Elle m'a posé les questions que tout le monde me posait. Après quelques verres, elle m'a proposé de fumer un [redacted]. Elle m'a dit qu'elle avait de la très bonne herbe, « pas de la Pseudo, quelle horreur ! », qu'un ami à elle, un « grand businessman », importait lui-même directement des États-Unis dans son jet privé.

Elle m'a expliqué que tous les « grands businessmen » faisaient pareil.

— Vous, vous faites quoi dans la vie ?

— Rien de spécial.

Elle m'a tendu le [redacted].

— Pour l'instant. Je cherche l'inspiration.

Comme tout le monde, je voulais être un artiste sans rien avoir à créer

— On dirait que je suis un businessman…

J'ai tiré une longue bouffée et j'ai toussé très fort. Elle a ri. Son herbe était forte, elle n'avait pas menti. Un barrage de fumée s'est infiltré lentement entre ma gêne et la réalité de l'instant ; je me suis senti partir, j'étais bien.

— Qu'est-ce qui vous amène ici ?

— Je suis en vacances. Chez ma grand-mère. Et vous ?

C'était la propriétaire de l'hôtel. Elle m'a proposé de dîner avec elle le soir même. C'était une belle femme, mais je la trouvais un peu vieille avec ses dents trop blanches, sa bouche énorme, son regard inexpressif, ses seins refaits, et sa peau couleur rouille. Voyant mon hésitation, elle n'a pas insisté. Elle voulait savoir ce que je voulais faire plus tard. J'ai répondu que je voulais devenir écrivain.

— Ah, c'est bien. Vous avez déjà écrit quelque chose ?

— Euh... non.

— Vous avez quel âge ?

J'ai rougi. Je lui ai repassé le joint. J'ai expiré la fumée.

— Euh... Dix-huit ans...

— Vous n'en êtes pas sûr ?

— Euh si... J'aurai dix-huit ans... dans un an.

Elle a ri.

— Je me disais bien que [redacted] n'aurait pas dû vous servir à boire...

J'ai baissé les yeux.

— Ne faites pas cette tête, ce n'est pas grave, ça sera notre secret... Ça vous ennuierait que je fasse quelques photos ?

— De quoi ?

— De vous.

— De moi ?

Elle m'a expliqué que son ex-mari était un photographe de mode très célèbre et très mort ; il avait volé les reflets à la surface de toutes les plus belles femmes du monde.

Son nom ne me disait rien

— Il m'a appris à me servir d'un argentique. Nous pouvons aller dans une des suites. Vous n'avez jamais pensé à devenir mannequin ?

— Non, pourquoi ?

— Parce que vous êtes très beau ! Vous avez cette lumière.

Je ne comprenais pas de quelle lumière elle parlait. Je ne voulais pas paraître impoli, et je n'avais rien de mieux à faire, alors j'ai dit oui. Je l'ai suivi. Elle ne parlait plus. Nous sommes entrés dans une grande suite. Elle m'a désigné la salle de bains : « Peut-être avez-vous envie de prendre une douche ? »

Je n'en avais pas envie, mais j'ai retiré mon jean et mon T-shirt. J'ai évité mon image dans l'immense miroir. Je me suis lavé. Je me suis séché. J'ai attrapé un des flacons de parfum parmi les centaines de toutes les couleurs et de toutes les formes qui habillaient les murs, j'en ai déposé quelques gouttes contre ma poitrine. J'ai passé une serviette autour de mes hanches et je suis retourné dans le salon. Elle m'attendait avec un vieil appareil photo à la main. Elle m'a désigné un caftan pour homme pourpre et noir.

— Mets ça !

Sa voix a claqué comme un ordre. Plus de « vous », elle m'avait dit « tu ». Je ne comprenais pas ce qui allait se passer. Je n'avais pas assez d'expérience pour comprendre les nuances d'intimité des femmes. J'ai laissé tomber la serviette. J'étais nu devant elle. J'ai vu son regard s'attarder sur ma cicatrice. J'ai enfilé la tunique. Elle s'est levée pour nouer la ceinture, elle a serré très fort. Elle voulait que j'aille sur la terrasse. Derrière moi, il faisait nuit. On entendait le ressac de la mer toute proche et les cris de quelques mouettes emportées par le vent du soir.

Clic, clic, clic. Les photos ont commencé. J'ai regardé l'objectif. Elle m'a dit quoi faire, par des petits ordres très brefs.

— C'est drôle, on dirait que tu ne sais pas sourire… Il n'y a qu'un seul coin de ta bouche qui bouge…

Je n'aimais pas ça, mais je me suis forcé.

Une dernière photo et elle m'a dit qu'elle avait terminé et que je devais l'attendre là. J'ai repris mes affaires. J'ai fumé plusieurs cigarettes face à la mer, qui n'apportait pas plus de réponses.

L'attente m'a paru très longue. Je ne savais pas quoi faire : est-ce que je devais partir ?

Finalement, elle est réapparue, et elle m'a tendu une enveloppe.

— Les meilleures photos sont dedans.

Et c'était tout. J'ai dit merci et j'étais déjà dans la rue. J'ai ouvert l'enveloppe. Ce n'était pas moi sur les photos. À qui appartient ce visage ?

C'est tellement cruel d'être ce qu'on n'est pas

J'ai jeté l'enveloppe dans la poubelle pleine d'un vendeur de glaces italiennes à l'enseigne endormie et je suis rentré chez ma grand-mère.

31 août, 32 août, 33 août, c'était la fin de l'été

Tout prenait un sens plus profond en vacances, car on sait que rien ne dure. J'imaginais que c'était la raison qui rend si beau un amour imprévu, un baiser adolescent qu'on échange pour de vrai et pour rien, sans futur, avant de rentrer chacun dans sa ville d'origine. Quand les vacances étaient finies, tout redevenait triste et d'un ennui sans fin.

J'ai toujours espéré un monde qui n'existait pas

Ici, je regardais la mer, mais ce n'était pas pareil ; je la regardais comme si j'espérais un bateau venu d'une terre lointaine, d'où sortirait un marin imaginaire et qui m'emmènerait dans de vraies aventures.

La mélancolie s'est amarrée à ma vie.

Je n'ai pas de point de repère et le spleen est mon seul Amer

Je suis remonté dans la voiture, j'ai roulé longtemps dans la nuit noire, sans but, la musique à fond, une vieille cassette usée dans l'autoradio d'époque, qui ne tournait plus tout à fait rond.

« *Daddy's rich and Mama's good looking...* »

Je voulais rouler jusqu'à ce qu'il n'y ait plus d'essence

« Se meurt time... »

La Silver Shadow roulait au ralenti dans l'entrée de la propriété, je n'ai pas arrêté le moteur. Il y avait les flashs rouge et bleu dans la nuit d'une grande ambulance garée devant les grilles, et qui bloquait le passage. Les infirmiers dépliaient un lit en métal.

J'ai compris qu'il était déjà trop tard

Je n'ai pas eu la force d'aller dire adieu, je voulais être loin d'ici : je devais rentrer. Sur la route longeant la mer, je me suis rangé sur le bas-côté pour pleurer. Le soleil se levait à peine, j'ai jeté mes mocassins l'un après l'autre, le plus loin que j'ai pu. J'ai remis mes [redacted] avant de reprendre ma route vers Paris. J'ai roulé d'une traite.

Quand je suis arrivé aux postes de sécurité à l'entrée de l'Hyperphérique, j'ai senti l'épuisement gagner sur mon impatience d'être chez moi, et je me suis endormi sur l'aire de repos la plus proche.

Au réveil, j'ai déchiré un pan de ma chemise, j'ai glissé la mèche de fortune dans le réservoir d'essence. J'ai allumé la mèche et j'ai abandonné la voiture. J'ai marché droit devant moi, sans me retourner. Je n'ai pas entendu d'explosion.

Rien ne se passait plus comme dans les films

J'ai longtemps gardé l'emblème chromé « Spirit of Ecstasy » en souvenir et puis comme tout, je l'ai perdu. J'ai échappé de peu à un contrôle à quelques rues de chez moi.

J'ai demandé à mon père si je pouvais travailler pour lui, et il m'a laissé faire le ménage dans la clinique. J'observais le va-et-vient des clients qui défilaient, à travers un petit trou que j'avais creusé dans le mur et qui donnait sur la salle d'attente des VIP. J'essayais de deviner ce qu'ils n'aimaient pas chez eux, et je me trompais rarement.

Il fallait être beau pour réussir

En plus des célébrités, il y avait aussi des hommes politiques accompagnés d'un ou de plusieurs gardes du corps, en nombre proportionnel à leur importance dans le régime.

Ce jeu-là commençait à me lasser, quand un matin une voix m'a intimé l'ordre de regarder de l'autre côté du trou noir. Il était très tôt, la clinique devait être fermée, pourtant il y avait de la lumière. Et je l'ai vue.

Impossible de se soustraire à son attraction

Elle devait avoir mon âge. Elle ne portait pas de filtre. Elle était entourée d'un halo, l'aura inexplicable des vraies beautés.

Son visage m'était familier, mais je n'aurais su dire d'où me venait cette réminiscence, cet écho lointain. Elle n'était pas seule ; un homme dont j'ai compris qu'il était son père parlait à voix haute à ce qui semblait être un avocat. Il marchait de long en large dans le grand salon dans son costume cher et ses baskets trop rares pour son âge.

En tendant l'oreille, je pouvais entendre quelques bribes de leur conversation : « Risques contrôlés... Le contrat a été signé... Tu connais les Américains... Pour ma fille, toujours le meilleur pour ma fille... L'argent n'est pas une option, c'est une condition sine qua non... Son avenir... Sa carrière... Notre futur... Elle sera la plus belle... Écraser la compétition... »

Il a répété plusieurs fois le nom de mon père.

Elle, elle ne disait rien

Je ne connaissais rien de ce monde-là. Pour moi, c'était tel père tel fils. Tous pareils : actrice comme son père, athlète de haut niveau comme sa mère, mannequin comme sa mère, chanteur comme son père, courtisan comme son père. Etc., etc.

Son père a fait fortune en jouant du rock contre le système et son fils fait des pubs pour [redacted]®

Mon père est entré dans la salle d'attente. Il a salué l'autre homme, et il s'est approché d'elle. Ils se connaissaient. Elle l'a salué, elle a posé ses lèvres sur sa joue une longue seconde, et cette intimité m'a mis mal à l'aise ; il lui a rendu un regard enflammé de fierté, identique à celui qu'il posait sur mon nouveau visage. Il les a invités à entrer dans son bureau, mais elle, elle ne les a pas suivis tout de suite.

Et il s'est passé quelque chose

Elle a détourné la tête et elle a regardé dans ma direction. Elle s'est approchée plus près, toujours plus près. Elle a posé son front contre le mur et son œil contre le trou d'où je l'observais de l'autre côté, comme si elle savait que j'étais là. Je ne savais pas quoi faire. Je n'avais pas le droit d'être là. Je ne pouvais plus bouger. J'ai fermé les yeux.

Une voix m'a dit : « Elle aussi, elle est morte de la main de son père »

J'ai commencé à bredouiller intérieurement des excuses. J'ai compté jusqu'à dix. Quand j'ai rouverts les yeux, son œil me regardait sans ciller. Je pouvais distinguer chaque pixel de son iris autour de la pupille noir infini. Je ne pouvais plus respirer, je me suis senti défaillir, et je me suis appuyé contre le mur pour ne pas perdre l'équilibre. Je ne pouvais pas détacher mon œil du sien. J'ai ressenti la tempête qu'elle cachait derrière l'apparence de la beauté. Comme moi, elle mentait. Il y avait un lien invisible entre nous, je le sentais. J'ai entendu la voix de son père la rappeler à l'ordre, et elle a dit : « Je viens, Papa. »

Ne pars pas, attends, dis-moi ton vrai nom

Elle a fermé les yeux, elle a rompu le charme, et tout est redevenu noir en une fraction de seconde.

Le dimanche suivant, la clinique était fermée, et je faisais le ménage, je me suis décomposé quand j'ai poussé la porte de la salle d'attente, et qu'elle s'est retrouvée devant moi.

Elle, elle n'aurait pas dû être là

Cette fois, elle était seule. J'ai bredouillé des excuses, comme si je la dérangeais.

— B-bonjour. V-vous... avez rendez-vous ?

Elle a levé les yeux vers moi et mes habits de travail. Elle a posé son doigt sur ses lèvres : c'est un secret.

J'ai fait mine d'attraper un livre dans la bibliothèque, pour lui montrer que j'étais familier avec les lieux, je me suis assis à l'autre bout de la pièce et j'ai fait semblant de lire sans pouvoir m'empêcher de la regarder du coin de l'œil.

Elle a senti que je la regardais. Gêné, je me suis levé et j'ai frappé à la porte du bureau de mon père. Pas de réponse.

— Je crois que j'ai rendez-vous avant toi...

Ce n'était pas un reproche, elle était amusée.

— Oui, excuse-moi, je viens voir mon père.

Elle a soudain compris et son visage s'est illuminé.

— Ton père, c'est le docteur...

Je l'ai interrompu : « Oui. »

— C'est toi le garçon de l'opération miracle ? Je savais que ton visage me disait quelque chose. Ton père est un génie. Ça doit être bien d'avoir un père comme lui, tu dois être fier...

Elle avait vraiment l'air impressionnée. J'ai haussé les épaules.

— Tu sais qui je suis ?

— Euh... Non.

Elle m'a regardé comme si je l'avais insultée.

— D'où tu sors, toi ? Je suis...

Elle n'a pas terminé. Elle s'est ravisée, et elle a vite repris une expression presque enfantine. Elle a souri, ses dents étaient trop blanches pour être vraies.

— Tu me trouves belle ?

J'ai hoché la tête à nouveau, surpris par la brutalité triste de sa question. Elle avait l'air contente de ma réponse. La porte du bureau s'est ouverte, et mon père est entré dans la salle d'attente. Il ne m'a pas regardé, il la regardait elle.

Il l'a fait entrer dans son bureau, et avant de fermer la porte, il s'est retourné vers moi comme s'il réalisait soudain ma présence et, à son tour, il a posé son doigt sur ses lèvres.

J'ai plaqué mon oreille contre la porte, impossible d'entendre ce qui se passait de l'autre côté.

Quand elle est enfin ressortie, elle portait des lunettes de soleil et elle est passée devant moi comme si je n'existais plus.

J'ai ressenti une bouffée de tristesse étrange, mais elle ne venait pas de moi

Mon père l'a raccompagnée à la porte de service, où une voiture aux vitres teintées devait l'attendre, comme pour tous les autres patients « spéciaux ».

Mon père a interrompu le silence par un « Tu sais qui c'était ? »

— Non. C'était qui ?

Il ne m'a pas répondu, absorbé par la contemplation des chiffres et des lettres qui défilaient sur l'écran de contrôle derrière moi, relié à une tige en métal planté dans ma peau. Je lui ai demandé si je pouvais lui faire passer un message.

— Non. Tu ne peux pas lui parler. Tu n'aurais pas dû la voir. Ne répète à personne, je dis bien à personne, ce que tu as vu aujourd'hui, je pourrais avoir de gros problèmes...

— Pourquoi ?

— La thérapie qu'elle suit est expérimentale. C'est un grand risque pour moi. Je pourrais tout perdre. Je peux compter sur toi ?

Maman est morte le jour de la rentrée des classes.

Maman est morte

J'avais dû me le répéter longtemps pour y croire. Pourtant c'était vrai. Je me souviens, je récitais le poème « Guerre civile », que j'avais appris par cœur, quand le directeur a interrompu le cours de français pour me dire de prendre mes affaires et d'aller dans son bureau, où mon père m'attendait.

Je ne voulais pas me retrouver seul avec lui.

Tout était sa faute

J'ai prié pour qu'elle revienne, et pour que tout soit à nouveau comme avant, mais Dieu n'a pas écouté ma prière. Soit Il ne nous entend pas. Soit Il ne nous voit pas.

Soit Il se branle dans nos souffrances

Pour moi, elle n'était pas morte. Je la sentais vivre. Elle était toujours là. Les adultes m'ont expliqué que c'était impossible, il ne restait plus qu'un corps sans vie, un corps vide, et j'ai fait semblant de les croire pour qu'ils arrêtent de me parler.

STATION 4

Je me souviens avoir eu le temps de boire trois bouteilles entières de vin rouge avant que mon père ne rentre à la maison ; j'ai choisi les plus chères de la cave, et je les ai cassées les unes après les autres. Je portais encore mes plus beaux habits de deuil, leur noirceur se reflétait sur l'acier des grands réfrigérateurs [redacted]®, comme ceux d'une morgue.

J'ai jeté à terre le brassard noir.

Mon père trouvera les cadavres de bouteilles et au milieu une lettre d'adieu

J'ai choisi les mots pour qu'il en crève. Ceux qui m'étranglaient. J'ai tout mis au pluriel. Pour qu'il ait mal. Un dernier os à ronger, un « Je te hais », recouvert de mouches à éclore.

Des lettres d'amour s'écrivent aussi comme ça

Je me suis trop noyé de toutes les larmes qu'il n'a jamais versées. Je suis enfermé dans un trou. J'étouffe et l'eau monte chaque minute un peu plus. Bientôt, j'en aurai jusqu'à la bouche, jusqu'au front, jusqu'à ce qu'elle déborde par tous les côtés de ma prison de chair.

Je suis malade et il le sait

Dans notre monde, se parler transmet le virus. Se toucher aussi. Moi, j'ai craché. Partout où j'ai pu.

Je n'ai pas gardé de place pour toi dans mon tombeau

Dans la rue, j'ai marché vers ma fin, en titubant. J'étais désorienté. L'ivresse était dure. Je me suis perdu à plusieurs coins de rue. J'ai évité de justesse un contrôle de la BAT. Je ne voulais pas finir en cellule, je voulais mourir.

Je cherchais une belle scène pour la dernière

J'espérais un pont très haut et pas trop laid. Pour me couper définitivement du monde. J'avais la bouteille survivante à la main, elle allait me donner le courage qu'il me manquait.

Il ne devait pas être loin de minuit, je croyais être seul et j'ai bousculé une fille sans le faire exprès. J'ai bredouillé des excuses, et il m'a semblé qu'elle était ivre, elle aussi, mais je n'en étais pas sûr.

J'ai parlé le premier : « Je cherche la Seine. »

— Et moi, je cherche du feu.

Elle était très grande, plus grande que moi, et une épaisse frange de cheveux noirs cachait ses yeux. Elle a sorti une vraie cigarette. J'ai cherché un briquet dans ma poche, et je me suis rendu compte que j'avais toujours ma lettre de suicide sur moi.

— J'en ai pas.

— Tant pis. La Seine, c'est tout droit.

Elle m'a montré du doigt une direction vague, et elle a repris sa route. J'ai porté la bouteille à mes lèvres entrouvertes. Le vin rouge a giclé partout. De rage, je l'ai jetée contre une vitre devant moi.

La fille au loin s'est arrêtée. J'ai entendu le claquement de ses talons revenir dans ma direction. Elle m'a regardé comme si j'étais un animal, je lui ai rendu un sourire de toutes mes dents rouges de cannibale.

— Merde.

J'ai contemplé mon œuvre en titubant, stupide et fier.

— Mais ça va pas ? T'es malade ?

Oui madame

Je me rappelle son regard noir aux grands cils qui me fixait, intensément, comme si elle voulait traverser le mien. J'ai baissé les yeux. La lumière s'est allumée au premier étage, et une vieille dame a passé la tête par la fenêtre.

Elle nous a vus et elle a crié : « J'AI APPELÉ LA POLICE ! »

Dans mon esprit embrumé, je me suis dit que c'était une bonne nouvelle. Je n'avais qu'à résister à mon arrestation, je pouvais toujours les insulter tous, et ils me tireraient dessus.

Comme ils l'avaient fait la semaine dernière avec un Minoritaire

Ils n'avaient laissé aucune chance à... j'ai oublié son nom. On le connaissait tous hier. Il avait mon âge et lui, il voulait vivre. Mais la fille m'a attrapé par le bras. Elle a serré assez fort pour avoir toute mon attention. Et je l'ai senti. C'était immédiat. Son regard. Je le connaissais. Je l'avais déjà vu ailleurs. Je lui plaisais, il n'y avait rien à faire.

— Reste pas là. Tu vas avoir des ennuis.

— Tu m'as dit que c'était par où la Seine ?

— Tu la chercheras plus tard. Si la BAT te trouve ici, tu vas aller en prison. Ou pire.

— Et si je les insulte, tu penses qu'ils vont tirer ?

— Qu'est-ce que tu racontes ? Viens !

— Où ça ?

— En sûreté.

— Je veux l'inverse de la sûreté.

— Si tu restes là, monsieur le Barbare, il y a des chances que ton vœu se réalise. Alors ?

Je n'ai jamais su dire non à une fille

Elle, elle savait où il fallait aller, je l'ai suivie. Très vite, elle me tenait par la main, et je l'ai entraîné dans ma chute. Je lui ai barbouillé des mots gentils à l'oreille, mais je voulais seulement être poli.

Très vite, on s'est embrassé

On a marché encore plus vite, on a entendu des sirènes de police et on a couru. Et notre course est devenue la chorégraphie imaginaire d'un bal fou. J'ai ralenti, pour reprendre mon souffle. J'ai senti son rythme se caler lentement sur le mien ; elle faisait semblant de rire, pour ne pas se trahir, mais elle m'attendait un peu.

On s'est retrouvé devant l'entrée de son immeuble. Elle m'a demandé si je voulais monter, j'ai répondu oui. Ce qu'on a fait. Elle habitait au septième et dernier étage sans ascenseur, un appartement minuscule. Elle a ouvert la fenêtre, mais il n'y avait pas d'air à faire entrer. Elle m'a dit : « Viens. Suis-moi. »

— Où ça ?

— Je vais te montrer quelque chose.

Elle avait une grande clé en fer à la main.

— C'est quoi ?

On est ressorti de son appartement. On a monté les dernières marches orphelines de l'escalier de service vers une porte condamnée, qu'elle a ouverte avec la clé. Il y avait une échelle pliable. On a grimpé. J'ai failli tomber, et elle m'a retenu par le col de mon imperméable.

On s'est retrouvé tous les deux dehors sur un belvédère, et le paysage d'un Paris dangereux déroulait son panorama, tout autour de nous et du jardin suspendu, un horizon de toits sans début ni fin.

— Pas mal non ?

— Pas mal.

— Tu t'appelles comment ?

J'ai réfléchi. Les secondes passaient. J'ai cherché. Je n'ai rien trouvé de beau à dire.

— Je ne sais plus.

— Tu te moques de moi ?

Je ne mentais pas.

— Euh non… J'ai trop bu, je crois… Tu vois cette île là-bas ?

— Euh, oui.

— Tu peux m'emmener sur cette île ? Elle s'appelle comment ?

— C'est l'île Saint-Louis.

Elle a ri.

— T'es drôle, toi. Oui, je peux t'emmener là-bas.

— Allons-y maintenant ! Où est ta barque ? Je vais ramer, tu n'auras qu'à m'indiquer la direction.

Elle a ri à nouveau :

— Il n'y a pas besoin de barque pour aller sur l'île Saint-Louis. Il y a un pont.

— Ah… Et il est haut ce pont ?

— Pas tellement.

J'étais déçu. J'ai dit : « Je dois partir. »

— Tu ne veux pas rester un peu ?

— J'aime pas les filles faciles...

— Moi, je n'aime pas les garçons arrogants... T'es sûr que ça va ? T'as pas l'air bien...

— Je peux pas rester. J'ai quelque chose d'important à faire.

J'ai souri malgré moi. J'ai dissipé mon trouble comme j'ai pu : j'ai désigné du doigt la prochaine proie du soleil au-dessus de nos têtes ; elle était pleine, ronde, blanche comme une pilule.

— La lune quand elle est comme ça, elle porte malheur, je crois. Ou bonheur, je sais plus...

J'ai répété : « Je dois partir ».

Elle a dit : « Moi, quand c'est la pleine lune, je n'arrive pas à dormir... »

Elle m'a fait un clin d'œil, et il y avait une lueur d'espoir charnel dans ses yeux. Elle a ajouté, comme si elle avait lu dans mes pensées : « Tu pars avant de te transformer en monstre, c'est ça ? »

J'ai hoché la tête.

Le ciel se couvrait d'une aube malsaine, une réalité glacée commençait à prendre possession de mon cœur, elle en dessinait les cicatrices, et elle en ravivait les blessures ; je sentais l'ivresse m'en délivrer de plus en plus loin, de moins en moins fort.

Elle a insisté pour que je prenne son contact « au cas où ». Comme si elle avait peur de me perdre. Elle ne pouvait pas le savoir, mais pour moi, demain ou après-demain n'avaient plus d'importance.

— Reste un peu... Il faut pas que je sois toute seule cette nuit. S'il te plaît...

Il y avait tellement de tristesse dans cet aveu que je suis resté. Elle a frissonné, je lui ai proposé mon manteau, elle l'a refusé, mais déjà ses grands yeux noirs me contaminaient de son besoin d'aimer et d'être aimée.

De retour dans le petit deux-pièces, elle voulait rester dans le noir, ne rien montrer. Je lui ai demandé ce qu'elle faisait dehors dans la rue pendant le couvre-feu, quand on s'était rencontré. Elle rentrait du travail ; elle avait une autorisation spéciale du ministère. Elle travaillait pour un styliste en vogue pour payer ses études, et c'était le début de la Semaine de la Mode.

Chez elle, on a bu encore et parlé un peu.

Elle venait d'un trou perdu au nom sinistre dont je n'avais jamais entendu parler ; elle était à Paris pour étudier la philosophie, et elle a évoqué [redacted], je ne sais plus pourquoi. Elle m'a dit qu'avant elle avait aussi été mannequin cabine. J'avais dit : « C'est cool... », même si je ne savais pas en quoi cela consistait.

— Non, ça l'était pas.

Je lui ai demandé pourquoi et j'ai regretté de l'avoir fait

— Mon boss a essayé de me baiser.

Quand elle l'a dit en détachant chaque mot, sa main qui était posée sur la mienne est devenue tremblante. Elle m'a jeté un regard perçant ; j'ai eu l'impression d'être coupable moi aussi.

Un homme l'avait abîmée, et maintenant c'était à mon tour

Je ne disais rien, et elle a cru qu'elle devait se justifier.

— C'était une petite équipe, on travaillait ensemble, on sortait ensemble, on faisait la fête ensemble, j'ai cru qu'on était une sorte de famille, on était proche, je lui ai dit des choses sur moi, très personnelles… Et il en a abusé… Il y avait souvent des soirées, on picolait, rien de spécial, rien.

Et je lui avais dit que j'avais eu des problèmes avec la coke avant… qu'il ne fallait surtout pas que j'en reprenne, et ce soir-là, il m'a mis de la coke sous le nez et…

J'ai vu sa main trembler sur la bouteille et ça m'a rendu triste. J'aurais voulu avaler ses larmes. Je l'ai prise dans mes bras, ne trouvant rien à dire, et rien de mieux à faire.

Ce silence qu'on a partagé a duré longtemps

— Et toi ? Qu'est-ce que tu faisais là-bas, en plein couvre-feu, seul avec ta bouteille ?

Je lui ai tendu la lettre. Elle l'a parcourue du regard.

— Et alors ? Qu'est-ce que ça veut dire ?

— C'est écrit.

Elle ne comprenait pas. J'ai regardé à mon tour, la feuille était blanche. Je voyais trouble. Je l'ai déchirée et j'ai laissé filer ses restes froissés entre mes doigts.

— T'es quand même bizarre, toi…

— Je suis pas bizarre, je voulais… Je ne sais plus… Ça avait de l'importance pourtant…

— Et là, maintenant, t'as envie de quoi ?

— De la même chose que toi.

On allait faire l'amour.

Pour moi, c'était la première fois, elle ne le savait pas, et je n'ai rien dit, mais avant ça, on s'est fabriqué un petit coma. Elle en avait besoin. Pour ce qui allait suivre. Elle voulait se protéger de moi. Elle préférait le vertige du fantasme à la présence dans le réel ; elle aussi vivait une longue fuite ; elle a sorti de sa poche une boîte de médicament qui m'était familière.

— T'en veux ?

J'ai dit oui.

Elle m'a tendu la prison d'aluminium à palindromes, [redacted]®. J'ai libéré une pilule que j'ai cassée en trois, elle s'est servie. J'ai pris les deux morceaux qu'il restait. On a trinqué à nos goûts pharmaceutiques communs. Elle m'a pris par la main et je l'ai suivie.

Je ne me souviens ni des couleurs ni des formes

Elle m'a demandé d'éteindre les lumières, ce que j'ai fait. Elle s'est allongée sur le lit. Je me suis allongé à côté d'elle. Elle me tournait le dos. Je me suis rapproché d'elle. D'une main, j'ai déboutonné sa chemise, bouton après bouton, du mieux que je pouvais dans l'obscurité, qui lentement quittait mes yeux éblouis.

Lentement j'ai arraché chaque pétale

J'ai jeté sa chemise de l'autre côté du lit. J'ai remarqué qu'elle avait un tatouage égyptien étrange, une sorte de cartouche d'Akhenaton de la nuque jusqu'à la trente-troisième vertèbre, que j'ai comptées du bout des doigts.

J'ai libéré sa poitrine, elle s'est laissé faire. J'ai pris ses seins dans mes mains.

Dans ma bouche la pointe tenait en entier

J'ai dessiné avec ma langue la spirale d'une rose de cathédrale. Elle a gémi un peu, mais son corps restait inerte.

Elle n'avait pas d'odeur

Nous étions face à face, l'un contre l'autre. Nos corps se sont entrelacés pendant de longues minutes comme s'ils se connaissaient. Je tenais toutes ses fesses dans mes mains, elle frottait son bassin de plus en plus fort contre le mien. Nous bougions lentement. Très lentement.

J'ai senti monter en elle la chaleur

Ma main a cherché un chemin dans le revers de son jean, mes doigts se sont glissés à l'intérieur. J'avais peur dc lui faire mal. J'ai poussé un peu plus fort. Je l'ai entendue soupirer. De très loin. J'ai continué. Elle a dit mon prénom. Une fois, puis deux.

Elle m'avait menti tout à l'heure ; elle savait qui j'étais

La troisième fois qu'elle a dit mon nom, c'était presque inaudible. Son corps était tour à tour dur et vague. J'ai fait sauter les boutons un à un, j'ai tiré sur son jean, elle était si maigre que le tissu a coulé sans résistance. Elle était nue maintenant, le pantalon enroulé sur ses chevilles, comme une camisole sans force.

J'ai regardé sa chatte. Longtemps. Elle, elle me regardait, interdite. J'ai posé ma main sur son cou, j'ai laissé aller et venir mes doigts le long de son ventre, j'allais descendre, et j'allais me pencher pour la lécher, mais elle a retenu mon visage et ma bouche, elle m'a fait non de la tête. Elle a dénoué ma ceinture, qui a claqué contre ma cuisse.

J'étais nu à mon tour

Elle m'a obligé à m'allonger sur le dos, elle est descendue le long de mon corps. Sur son passage j'ai senti ma bite caresser ses seins. Elle me regardait droit dans les yeux avec un désir animal qui s'emparait peu à peu de moi.

Et pour la première fois je l'ai trouvée belle

Ses longs cheveux ont caressé mon bas-ventre. J'ai vu ma bite disparaître dans sa bouche. Et réapparaître. Encore et encore. Elle l'enfonçait en entier ; je sentais les muscles de sa gorge se détendre. Mais je n'ai rien ressenti d'autre ; absorbé par les images, comme dans un film porno à la première personne.

L'amour c'est cru

Ou alors je suis cruel. Elle y mettait tout son cœur. Quand j'ai été très dur, je l'ai retenue avec ma main sur sa joue et j'ai relevé sa tête. Elle, elle savait quoi faire après : elle a sorti une capote de son emballage d'un coup de dents et elle m'a aidé à la mettre.

Je l'ai couchée sur le côté, elle a écartée les jambes et je suis entré en elle d'un coup. Elle a poussé un petit cri. Et j'ai commencé le va-et-vient.

Cette fille c'était le crime parfait

J'ai arrêté de compter les allers-retours quand le [redacted]® a commencé à faire son effet ; je perdais peu à peu le contrôle : mon corps était devenu une marionnette.

Je dirigeais ses mouvements par des fils, de très loin au bout d'un long corridor étroit et sombre, d'où je pouvais me regarder faire pour la première fois.

Je n'ai pas réussi à jouir dans le plastique à usage unique, mais je l'avais pénétrée assez longtemps. Elle avait les pupilles dilatées, je me voyais à l'intérieur ; j'ai fermé les yeux.

Quand tout fut fini, on est restés enlacé sans rien dire

Je n'étais pas sûr qu'elle ait vraiment aimé, mais moi, je n'étais plus vierge, ça, j'en étais sûr. Cette fois, ça comptait. J'ai eu l'impression qu'elle voulait encore faire l'amour.

Pour tuer le silence dans la chambre

On l'a fait comme si on savait tous les deux que ce serait pour la dernière fois.

Elle voulait que je ressente tout cette fois

On ne s'est pas protégé, j'ai joui sur son ventre, je l'ai essuyé comme j'ai pu avec les draps. Elle ne disait rien, elle n'avait pas envie de se relever, elle ne pouvait plus, elle était déjà loin. Je ne savais toujours pas si elle avait aimé. Je ne savais toujours pas si j'avais aimé.

Je me sentais triste ; la trêve de beauté avait pris fin, et tout était redevenu laid. Après l'amour, rien.

Je ne t'aime pas et je ne t'aimerai jamais

On n'avait plus grand-chose à se dire, car on ne se connaissait pas plus. Je ne savais plus quoi faire de mes doigts. De cette peau à nouveau étrangère contre la mienne. J'avais la bouche sèche. Ma langue se collait contre mon palais. Je n'arrivais plus à parler.

— J'ai soif.

Elle a dit ça en reprenant vie d'un coup, elle a attrapé une bouteille de vodka sous le lit, elle a bu une grande lampée, comme si elle voulait la finir d'un trait. J'ai essayé de retenir sa main, elle m'a repoussé, elle a continué à boire, et j'ai regardé le niveau de la bouteille descendre, descendre, gorgée après gorgée.

Quand elle s'est enfin arrêtée, elle a fermé les yeux si longtemps que j'ai cru qu'elle cherchait quelque chose à l'intérieur d'elle-même.

Elle n'a trouvé qu'un haut-le-cœur

J'ai eu peur qu'elle me vomisse dessus. J'étais mal à l'aise. Comme si ce silence me criait de partir, et de partir vite. J'attendais qu'elle me dise de le faire.

Elle n'a rien dit

Elle a repris sa respiration, elle a porté à nouveau la bouteille à ses lèvres, et elle a bu une dernière gorgée.

Elle a remis sa chemise, et elle a essayé de la reboutonner de sa main libre, mais les boutons se sont décalés et elle a abandonné. Je lui ai pris la bouteille.

Cette fois, elle m'a laissé la prendre

J'ai bu à mon tour. La vodka m'a brûlé la gorge. J'avais envie de tousser, mais je me suis forcé à ne pas le faire. Je ne voulais pas qu'elle me voie. Je ne voulais pas qu'elle me regarde. Il y avait quelque chose de triste qui émanait de notre rencontre, l'impression d'un gâchis immense comme une fleur coupée. J'avais encore le goût amer de son amour à la bouche, ça devait être joli, pourtant ça sentait à nouveau la mort tout autour de nous. J'ai compris ce qui n'allait pas.

Elle me ressemblait. Elle était comme moi.

Nous étions des frère et sœur de la nuit, nous n'aurions pas dû faire l'amour

Quand il ne resta plus qu'une gorgée, je lui ai rendu la bouteille, sans la regarder, mais elle ne l'a pas attrapée. J'ai entendu un bruit sourd.

La mariée ira mal

Quand je me suis tourné vers elle, elle s'était évanouie. Sa tête pendait dangereusement sur le rebord du lit, de tout son poids. J'ai cru qu'elle allait se détacher de son corps. Je l'ai retenue comme j'ai pu, mais je me sentais partir moi aussi. Mon nez s'est mis à saigner, quelques gouttes ont éclaboussé son visage et autour de son cou.

La première fois que j'ai fait l'amour, j'ai saigné comme une fille

Je me suis contorsionné pour soutenir sa nuque, tout en maintenant la tête en arrière pour que mon sang ne se répande pas partout. J'ai ramené vers moi un oreiller du bout du pied, et je l'ai placé sous sa nuque.

J'ai dessiné ses contours à la craie rouge. J'ai tendu l'oreille. Aucun bruit.

Est-ce qu'elle est morte ?

Une mouche s'est posée sur le coin de sa bouche pour picorer mes dernières traces. Par la fenêtre ouverte, j'ai réalisé que les voisins avaient une vue plongeante sur la chambre.

J'avais du sang sur les mains

J'ai regardé autour de moi, on aurait dit une scène de crime ; j'avais laissé assez d'ADN ici pour que la BAT me retrouve facilement. Je ne connaissais pas cette fille, je n'avais rien à faire chez elle. J'ai tâté son pouls. J'ai enfin senti quelque chose ; son cœur se battait encore.

J'ai fermé les rideaux et la fenêtre. J'ai allumé la lampe de chevet. J'ai vu les cicatrices sur les poignets, les entailles profondes, les taches atroces, pires que les miennes et qu'elle cachait jusque-là sous ses manches longues.

Elle avait les mots « Never Again » *tatoués sur le poignet*

Au hasard de notre rencontre, cette fille, dont je n'ai jamais su le nom, m'a sauvé la vie.

Sans le savoir, elle m'a donné un amour qui n'a pas de prix

Dans la rue, j'ai regardé vers le ciel, un chasseur HyperRafale a traversé le ciel, et le sillage blanc qui s'échappait du réacteur a barré l'horizon. J'ai suivi des yeux la traînée de la condensation jusqu'à ce que je le perde de vue.

Je suis rentré chez moi. La porte de la chambre de ma mère était ouverte, mais je savais qu'elle donnait sur le vide. Je voulais lui parler, j'avais tellement de choses à lui dire, mais c'était trop tard.

Mon père a payé des cours particuliers ; j'ai fait des stages intensifs dans les meilleures écoles de soutien, j'ai travaillé pendant les vacances, et tout ça comblait tant bien que mal les trous noirs et les vides blancs dans mon cerveau.

Je suis devenu une machine pour ne plus rien ressentir

J'ai réussi à avoir la moyenne à l'épreuve de citoyenneté, et j'ai eu une très bonne note au bac de français ; on m'a cité en exemple dans tout le lycée, comme si j'avais accompli quelque chose d'important ; je suis encore passé sur tous les écrans.

Mon père m'a félicité ; il était rassuré. Il m'a donné de l'argent avec le droit d'en faire ce que je voulais.

Il m'a offert une montre très chère avec mon nom gravé dessus ; c'était le même que le sien au cas où je l'oublierais. Je l'ai remercié, mais c'est notre silence qui a créé un lien invisible entre nous.

Et j'ai perdu la montre. L'heure n'avait plus aucune importance.

J'avais mal au cœur mais je n'étais pas le seul

L'épidémie s'était propagée chez les jeunes : la vague de suicides était sans précédent. Les autorités ont même été obligées d'interdire l'accès au sommet de la Nouvelle tour Eiffel, car le Trocadéro était devenu un point de chute, et cela faisait peur aux touristes. Souvent, on ne retrouvait même pas les corps ; des légendes urbaines se sont propagées, tout a été dit.

Ma souffrance s'est perdue au milieu de celle des autres, une de plus, rien de plus

On ne savait pas exactement quand tout cela avait commencé. On ne pouvait pas donner de date précise. Le phénomène était latent. Hier encore, les familles en parlaient à demi-mot, mais les langues s'étaient déliées ; les petits points noirs s'étaient reliés entre eux pour mettre au jour ce que certains prêcheurs de l'Ancien Monde appelaient « la fin des temps ».

Certains y ont vu un châtiment divin, d'autres le début d'une nouvelle guerre

« Qui est l'ennemi ? »

« Qui veut notre mort ? »

« Où sont les corps ? »

« Mon fils avait fait [redacted]®, et ma fille [redacted]®, ils avaient un brillant avenir et... »

« L'heure n'est pas aux larmes, mais à l'action, était la réponse de la France. »

La natalité du pays était en péril ; c'était devenu une Grande Cause Nationale et le ministre du Vivre-ensemble appelait à la générosité de donateurs ; les milliardaires philanthropes de tous les pays étaient d'accord, il fallait nous sauver ; l'implantation des Innerphones était maintenant obligatoire.

Pour être normal, il suffisait de tendre le poignet

J'ai arrêté de me plaindre. J'ai arrêté de chercher un sens.

Je suis toujours vivant.

Certains s'en remettaient à Dieu

Moi, mon ciel s'est oxydé inexorablement. Et quand je regardais au loin, rien ne signalait l'horizon, si ce n'est les sommets décrépits des immeubles condamnés dans les quartiers détruits et pas encore reconstruits. Comme tous les plus beaux paysages qu'on a gâchés avant la guerre, juste en y allant.

Un des garçons les plus populaires du lycée avait organisé une grande fête chez ses parents, pour célébrer le début des grandes vacances. J'avais été invité moi aussi, ce qui m'avait surpris, car je ne lui avais jamais adressé la parole. Je me souvenais très bien de ses rires quand il me montrait du doigt.

On se fait toujours avoir quand quelqu'un pense à nous

J'y suis allé, mais je n'ai pas pu rester, j'étouffais. Je n'aimais pas cette foule-là, je détestais son sourire. Il y avait trop de lumière artificielle, trop de linge propre, trop de parfums chers.

Tous les garçons et les filles de mon âge arboraient tous les tics de l'époque, tout en fausse nonchalance, tout exagérément... Ils portaient les cheveux à une longueur non réglementaire, car comme moi ils avaient tous été exemptés du service militaire.

Je les connaissais de vue, ils avaient tous des noms néo-rétro à la mode. Il y avait aussi quelques miliciens qui arboraient leurs armes flambant neuves comme des trophées.

Les garçons et les filles portaient bien leurs noms d'esclaves

J'ai erré sans but au milieu de la foule qui s'amuse. Un verre plein à la main, je me suis frayé un chemin dans les couloirs comme si j'allais quelque part. Les autres me regardaient ; ils pensent qu'ils savent qui je suis, ce que je vaux, et eux, ce qu'ils valent, insouciant comme on peut l'être, quand on a dix-sept ans et qu'on a des parents qui ne nous ont rien appris de la vraie vie, mais seulement protégé, par leur argent. Je ne me sentais pas à ma place au milieu de toute une faune trop heureuse de ramasser quelques miettes d'ivresse facile car sans risque. À se convaincre qu'il était courageux de vivre dans l'instant présent. Ils ne se posaient aucune question ; ils méritaient leurs privilèges, et pour les autres, pas de chance !

« Dieu seul sait ce qu'ont fait les Minoritaires dans leurs vies antérieures, peut-être qu'ils méritent ce qu'il leur arrive... » J'ai entendu une fille d'oligarque dire ça à haute voix et elle était sincère.

La seule chose que je partageais avec eux, c'était mon âge

Les meubles avaient été repoussés contre les murs de l'immense appartement dans un empilement hétéroclite, surtout du faux d'excellente facture de style néo-chinois « [redacted] », et au centre, dans l'espace devenu libre, tout le monde dansait sur de la techno satanique.

Je les ai regardé faire.

J'ai fait un pas de plus dans la nuit

Une fille en robe de deuil haute couture m'a agrippé par le poignet, et elle m'a proposé une ligne de N sur une carte de membre d'une salle de gym très chic.

J'ai décliné poliment, en rougissant, autant à cause de ses yeux incandescents que de sa proposition ; je n'avais jamais goûté à la N, et j'avais encore peur de la déchéance. Elle a vu que je fixais la carte et elle m'a dit qu'elle faisait beaucoup de sport.

— Je suis encore plus belle toute nue. Tu peux me croire sur parole. Mais si tu t'appelles [redacted], tu peux vérifier par toi-même…

Elle s'attendait à ce que je la touche. Elle jouait avec moi. Elle a fait semblant de ne pas me reconnaître ; quand elle m'a demandé mon nom, j'ai répondu « Ludwig Van », mais elle n'a pas compris la référence.

Elle, elle m'a dit qu'elle s'appelait [redacted]

Elle m'avait vu errer avec mon verre vide et je lui avais fait de la peine. Je lui ai demandé si elle aussi, elle était en deuil, en désignant sa robe. Elle a fait un tour sur elle-même, j'ai vu son dos nu jusqu'au commencement de ses fesses, qu'on devinait dures comme de la pierre.

— Oui, je viens d'enterrer mon innocence, juste avant de venir… Et puis, tu as entendu les rumeurs, c'est bientôt la fin de la trêve, la guerre, ça se fête ! C'est peut-être la dernière fois qu'on s'amuse, alors j'ai fait un effort…

Je me suis senti vide d'un coup. J'avais un goût de fumée et de sang au fond de la gorge.

— Alors ?

— Je crois que je vais rentrer chez moi.

— Si tu changes d'avis, je serai pas loin.

Soudain pris d'un haut-le-cœur, je me suis précipité vers la première fenêtre qui donnait sur la rue. Je l'ai ouverte. Et j'ai passé la tête à travers pour vomir. Rien n'est sorti. Dehors, la guerre était bien en cours : au bout de l'avenue, un char avait pris position devant le parvis du Panthéon. De l'autre côté, un exosquelette de combat « Patriote » était posté en faction devant le [redacted]®.

Je savais que je n'avais pas le droit d'ouvrir une fenêtre pendant le black-out.

« Rentrez chez vous, ceci est un exercice... »

Les lasers de visée des snipers balayaient sans relâche les façades des immeubles ; j'ai imaginé qu'un point rouge de plus en plus gros se formait sur mon front. J'ai fermé les yeux et j'ai attendu.

Rien, toujours rien

Quand les bouteilles de champagne ont explosé et que les cris des filles ont couvert un instant la musique, j'ai sursauté en retard à cause de l'inertie sensorielle causée par les pilules que j'avais avalées pour arrêter le tremblement de mes paupières. J'ai senti monter en moi une panique indicible. Je ne sais pas comment elle avait fait pour se frayer un chemin jusqu'à ma conscience, mais elle a pris le contrôle.

J'ai retraversé l'immense appartement en sens inverse vers la sortie. J'ai recroisé notre hôte devant la porte. J'ai voulu le remercier de m'avoir invité et j'étais sincère.

— Ce n'est pas mon idée... Mes parents m'ont obligé... Ils ont su pour ta mère...

Encore merci pour la fête

Cette nuit-là, j'ai embrassé l'absurdité de ce monde, je n'en voulais à personne : à la rentrée, j'allais être en terminale, j'aurais bientôt dix-huit ans et, naïvement, je pensais encore qu'à cet âge-là je serais enfin libre. Mais on ne peut plus s'échapper. À dix-huit ans, on a juste légalement le droit de se détruire ; c'est à la mode depuis la nuit des temps, rien de plus.

J'ai fini la nuit au club *Neuf Neuf Neuf*, qui venait d'ouvrir. Je n'avais pas l'âge, mais on m'a laissé passer devant la foule stylée qui attendait dehors. Le portier avec son brassard orange m'a reconnu. Il m'a serré la main, comme si j'étais un habitué.

— Vous vous trompez de personne.

— Ben non. C'est toi... le garçon à qui on a...

— Non, c'est pas moi.

Il m'a fait un clin d'œil : « Entre. Sois le bienvenu ! Ici, tu es chez toi... »

Je l'ai remercié, même si je ne savais pas pourquoi.

À l'intérieur du club, une jolie fille est venue me parler : « Ton visage me dit quelque chose. On s'est déjà vu, non ? »

— Non, je ne suis pas d'ici.

Je suis un étranger

Je l'ai déjà dit : ici-bas, c'est Kafka. Aucun sens. Rien de sérieux. Rien de vrai. Rien de beau. Les jeunes gens de mon âge portaient du « [redacted]® », c'était de l'hyperstreetwear. La seule valeur, c'était le choc : il fallait vendre en prétendant détester les acheteurs.

Il fallait être un bon consommateur de clichés

Je ressentais autre chose : un besoin de la même liberté que j'avais ressenti quand on m'avait appris à marcher et que j'avais compris qu'on pouvait aussi courir.

J'en voulais toujours plus

— Toi, ton père est connu. Et les gens connaissent ton visage, ils savent que tu existes, ça doit être plus facile d'être heureux.

— Ouais, c'est cool. C'est très cool.

Le carré VIP est un cercle

Je ne savais toujours pas parler aux filles, alors je ne disais rien. J'ai regardé les glaçons fluorescents dans mon verre, et j'ai pensé aux neiges éternelles du Kilimandjaro, à la Paix en haut de ces montagnes bleues; c'était un pays où je n'irais jamais.

Ma neige à moi est dure et elle fond très vite

J'ai bu des « Harem-Harams » avec la jolie fille jusqu'à ce que le barman nous jette dehors. Et comme je ne savais pas quoi faire, et que je ne voulais pas rentrer chez moi et réveiller mon père, je l'ai suivie chez elle. Au petit matin, je suis parti, et elle ne m'a pas vu pleurer.

Je suis allé me recueillir sur la tombe de ma mère, je n'avais rien de beau à lui dire, j'avais honte. J'ai acheté des graines de saule pleureur et je les ai plantées dans la terre du cimetière.

Pour qu'un jour un arbre pousse et que ses racines veillent sur elle

Je n'y croyais pas vraiment. Je lui ai demandé pardon pour ce que j'allais devenir. J'avais perdu l'innocence de mes jeunes années et je ne pouvais pas m'en nourrir chez les autres, car ici tout le monde ment.

Je me suis réfugié dans la Violence. Elle n'était pas surprise de me revoir, je crois même qu'elle m'attendait. Place de la République, il y avait encore des manifestations pour la guerre ou pour la paix.

Dans toutes les langues.

Certains avaient encore la force de hurler

Moi, je faisais du tourisme dans les émeutes; je voulais apprendre à me battre. Je n'étais pas ici pour la politique, je n'avais rien à revendiquer, je n'avais pas de cause à défendre, j'étais là pour le sang.

Pour tester mon courage.

Je voulais être de la fête, quand la police tirerait dans la foule.

L'adrénaline naturelle ne montait jamais assez vite

J'avais besoin de sentir quelque chose de fort. Au milieu des charges de la BAT, j'avais l'impression de vivre. J'avais passé trop de temps les sens anesthésiés. Il me fallait une dose de plus en plus forte pour que l'adrénaline se fraie un chemin dans mon cerveau malade.

La violence m'a aspiré

J'aurais aimé être cette bouteille en verre remplie aux deux tiers d'alcool, d'un peu d'acide sulfurique et d'un morceau de tissu imbibé d'essence qu'on enflamme avant de la jeter sur une cible.

Je revois les couleurs de cette France

Les girophares blanc et rouge, le bleu de la peinture dont la BAT nous aspergeait pour que les caméras puissent nous suivre alors que nous nous enfuyions sous la charge des drones de combat, étaient les seules couleurs sur mon drapeau ; je savais ce que j'étais venu chercher.

L'adolescence, c'est un tiers d'innocence, deux tiers de vice

Je criais le nom de mon père et je disais : « Allons détruire cette clinique pour riches ! » Certains étaient prêts à me suivre. J'aurais voulu qu'il voie ça.

Qu'il sache enfin qui je suis vraiment

C'est lui que je voyais en face de moi. N'oubliez jamais une chose : votre père a peur de ce que vous pouvez devenir, car votre père a peur de vous !

Si vous recroisez le mien un jour, dites-lui que je lui ai tranché la gorge dans ce rêve que j'ai fait

Quand la police a vraiment tiré dans la foule, j'ai eu peur ; je suis rentré en courant chez moi.

En chemin, quelque chose a attiré mon regard sur une façade blanche sans néons ; la peinture encore fraîche dégoulinait sur toute la surface des murs et des vitres vandalisés.

J'ai arrêté ma course un moment.

On pouvait lire dans un éclat de lettres rouges très grandes : « SALE JUIF »

À côté, deux hommes étaient en conciliabule, ils parlaient d'une voix grave : l'un portait un chapeau de feutre, dont les larges bords étaient ornés de fourrure, et dont les pans de sa redingote noire effleuraient ses chaussures et l'autre avait le teint si pâle qu'on pouvait voir des veines bleues sinueuses sur ses tempes.

C'est lui qui parlait et c'est le rabbin qui écoutait

— Je le laisserai là quarante jours et quarante nuits.

— Mais tu es devenu fou ? Qu'est-ce que tu racontes ?

— Quarante jours et quarante nuits. Aujourd'hui, c'est la septième.

— C'est un blasphème ! Tu n'as pas honte ?

— Honte ? Honte de quoi ? Honte pour les faibles ? Honte pour les humains si loin de Dieu ? Si j'ai honte, c'est la honte d'être un humain, c'est la honte de n'avoir rien fait pour les aider à s'élever rabbi voilà de quoi j'ai honte.

— C'est une injure ! Tu dois la faire disparaître.

— Est-ce que si je l'efface, l'offense disparaît ? Ma décision est prise, je vais la laisser quarante jours et quarante nuits.

— Mais pourquoi ?

— Pour que tout le monde sache et pour que le monde apprenne.

J'ai passé mon chemin et j'ai eu honte, moi aussi.

J'ai eu honte de ne rien faire

Mais je ne savais pas quoi faire, ni par où commencer. J'ai retrouvé mon semblant de vie facile, où on accepte l'asservissement parce qu'on l'appelle « le Confort » ou « le Succès » dans la vie en société.

Et puis, il n'y a plus jamais eu de manifestation, la BAT a gagné pour toujours dans l'indifférence générale.

J'ai toujours eu cette attirance pour la Nuit et j'ai arrêté de résister à son Appel. Quand le soir tombait sur Paris dorénavant, je faisais tout ce que je voulais et il y avait tellement de choses dont j'avais envie (aucune n'était bonne pour la santé). Les pilules qu'on me donnait pour que j'aille mieux étaient une prison, elles ne dissipaient pas l'angoisse, seul l'alcool effaçait instantanément la mémoire.

Ivre seulement je m'aimais, et je comprenais ce que je ressentais.

Ivre seulement je pouvais regarder le monde extérieur et l'aimer un peu

Je suis tombé amoureux à la première gorgée. Je suis monté dans le train fantôme, j'ai juste découvert trop tôt le subterfuge. Et comme pour le reste, mes limites étaient le commencement de tout.

Je bois pur

Très vite, l'alcool est devenu mon passe-temps favori, il me faisait aimer le monde entier. Au début, je comptais les verres.

J'ai arrêté de compter quand il n'y a plus rien eu à boire

Je voulais grandir plus vite. Je voulais devenir dur, et aiguiser mon âme vierge comme si c'était une lame. Ma sensibilité extrême était ma nouvelle peau : quand dans la vie tout nous caresse pour la première fois, et qu'on ressent tout plus fort, comme si les terminaisons nerveuses du plaisir et de la souffrance se créaient sous nos doigts, avant que l'habitude du monde lisse notre part la plus belle.

Je préférais faire mal qu'avoir mal

La rue m'appelait. Je ne savais pas de quoi demain serait fait, je savais une seule chose, il fallait sortir, c'était dehors que tout se jouait. J'ai commencé à inverser le jour et la nuit. Je voulais être : a) un poète, b) un rebelle, c) une icône, ou les trois à la fois.

Je n'étais que : d) une marchandise

Je me suis promis de ne pas me contenter d'être en vie. Je me suis promis de ne pas être comme mon père. Et de ne pas être comme tous les autres. De ne jamais devenir vieux.

Je n'existais pas encore, mais j'avais de grandes espérances. Je voulais tout et son contraire. Je me rêvais en artiste : j'écrivais beaucoup, je vivais peu, je croyais naïvement que l'art était un « je ». Je noircissais des pages, mais je n'avais rien à dire. Seul dans ma chambre, j'écrivais des chansons qui parlaient d'amour, impossible ou fou ; je croyais composer des symphonies de poche à portée d'oreille, mais personne ne m'écoutait. Je me sentais déjà mort.

C'était déjà un luxe de pouvoir vivre n'importe comment

— Où étais-tu la nuit dernière ?

— Je suis allé voir un ami.

J'avais une double vie : la mienne, et celle que je montrais à mon père. Il ne me surveillait plus comme avant. Maintenant, j'avais le droit de sortir. Et si je n'avais pas le droit, je faisais le mur.

Peut-être qu'il me faisait confiance ou peut-être que ça lui était égal qu'il m'arrive quelque chose.

Il laissait faire.

Je traînais ma jeunesse empoisonnée dans les quartiers sécurisés de la ville. J'avais la nuit devant moi. Mais même ça, ce n'était pas assez. Je devais aller encore plus loin, à la limite de mon monde, au plus près de la zone frontière, de ses barbelés, de son no man's land. Là où la fête est clandestine.

Je n'ai rien inventé, c'était la mode

J'ai erré hagard, de hangar en hangar, d'usines désaffectées en champs de ruines en fête. Plusieurs jours de suite. N'importe où. N'importe quoi. Tant que c'était illégal. Je recevais l'adresse une heure avant. Un lieu. Un mot de passe. On était des centaines, on était des milliers : même âge, même musique, même drogue, mêmes pulsations. Et quand les autres reconnaissaient mon visage, je m'enfuyais.

J'ai pris le chemin de l'école buissonnière

On me voyait à la sortie du lycée une vraie cigarette à la bouche. Les mères de mes camarades de classe me montraient du doigt et disaient que je faisais mauvais genre et ils me le répétaient : « Tu fais "mauvais genre". » Ouais, mauvais genre, j'acquiesçais ; je prenais ça pour un compliment.

Je connaissais les bonnes manières, je m'en servais peu, elles m'avaient été inculquées contre mon gré. Je traînais dans la rue, sans vraiment savoir où j'allais. Je partais boire dans un bar sale, un PMU à côté des boîtes de nuit à la mode, avant qu'il ne devienne à son tour un endroit où il fallait être vu.

La mort n'était jamais très loin

Dans un bar en bas de chez moi, j'ai rencontré un Américain, un ingénieur qui venait de faire fortune en revendant son entreprise de guidage de missiles, il devait avoir trente-cinq ans, pas plus, et il était en train de mourir d'un cancer fulgurant du pancréas ; je ne lui avais rien demandé, mais il me l'a dit.

La mort donne envie de parler à des étrangers plus qu'à ses proches

Il allait mourir, lui, c'est là où il allait, il sniffait de la coke, il buvait tous les soirs et il passait la fin de ses nuits dans des chambres d'hôtel chères avec des escorts. Je crois que la première fois où j'ai trouvé la vie sans espoir chez quelqu'un d'autre, c'est quand j'ai vu ses yeux. Je ne sais pas pourquoi il s'est mis à me parler. Avant d'apprendre le diagnostic fatal, il venait de se marier, et sa femme, de lui donner son premier enfant. Il m'a expliqué sur un ton étrangement calme qu'il les avait abandonnés parce qu'il ne supportait plus leurs pleurs, même s'il me jurait qu'il les aimait.

J'ai senti que c'était important pour lui que je le croie alors je lui ai dit que je le croyais

Il m'a parlé de tout cet argent inutile sur son compte en banque, à l'image de sa carrière au succès à moitié posthume ; et qui servait maintenant à offrir des tournées générales de « W&C » (un mélange de [redacted] et de [redacted]).

— Et toi, tu sais ce que tu veux faire plus tard ?

J'ai haussé les épaules.

— Ah… Fais attention, sans vocation, la vie, c'est très long.

L'inspiration n'était pas là, mais j'avais 2 000 francs dans la poche, j'avais de quoi faire la fête.

J'ai eu beaucoup de chance, je ne mérite pas de pitié

Mon père me laissait de l'argent.

Et qu'est-ce que j'en faisais ?

J'achetais de la drogue. Je ne touchais pas à la Pseudo, la drogue légale, je passais mon tour ; je restais fidèle à l'illégale. J'avalais des Papillons psychotropes importés d'Angleterre ou de l'herbe organique directement d'Amsterdam. J'avais des contacts qui m'envoyaient des cartes postales pleines de rêves ; à Paris, tout le monde faisait ça depuis que l'Orage, la version clandestine du Nuage, était sous écoute.

La BAT fermait les yeux tant que la Jeunesse s'endormait

Officiellement, le ministre du Vivre-ensemble avait dit qu'il y avait une guerre en cours contre la drogue dure, mais il ne devait pas beaucoup sortir du ministère, car la drogue avait déjà gagné dehors.

— Tu n'as pas peur de croiser un Minoritaire la nuit ? Il paraît qu'il y en a qui rôdent près de la Zone Frontière.

— C'est là-bas qu'il y a les meilleures fêtes.

La seule personne dont j'avais peur, c'était moi. Je n'avais pas peur des dealers, mais je rougissais encore quand je croisais le regard d'une jolie fille.

— Est-ce que tu veux de l'[redacted] pour couper ta ligne ?

— Non merci. J'ai arrêté.

Je ne tiens pas mes promesses

— Un « Bloody Paris » et une ligne de [redacted].

— On n'a que du [redacted], c'est bon ?

— Euh... OK.

J'ai dissous ma tristesse dans du [redacted]® sale pour faire comme dans les chansons populaires. J'ai brûlé ma gorge à la vodka et à l'herbe de bison. À en vomir, à en éclater de rire.

J'ai coché quelques blasphèmes de plus

Grâce à l'argent de mon père, j'ai marché au bord du vide dans un Paris perdu.

Il n'y a que ceux qui regardent en bas qui tombent

Je n'étais pas le seul, c'était déjà la nuit sur notre jeunesse.

C'était une époque de crise existentielle, sans existence, et sans ciel

J'ai aussi croisé une diseuse de bonne aventure dans les toilettes d'un club. Elle m'a dit qu'elle pouvait connaître mon avenir, et elle m'a tiré les cartes : la première représentait un crâne, la deuxième, une montagne.

Je n'avais plus rien à perdre

Toujours seul, je regardais autour de moi, j'aimais bien voir les gens heureux.

Je me disais encore qu'un jour je serais comme eux

Je fréquentais les endroits qui ont une histoire, mais pas de futur.

Partout où des écrivains ont bu il y a des siècles

On me reconnaissait, on me laissait entrer et on me laissait boire.

— Mais si, c'est le fils de... Tu sais...

Au bar du Ritz, je commandais un « Rêve ultraviolet », je le finissais d'un trait et je commandais deux « Pensées ultraviolentes », puis des « Pur Vice », puis des « Instant meurtrier » pour chasser le goût amer du premier, etc., jusqu'à l'ivresse la plus triste.

Dehors, les autres n'allaient pas mieux. On était de plus en plus enfant et on avait de moins en moins de merveilleux. On s'efforçait de croire à la paix, mais on avait vite trouvé des relais à la violence ; la religion était devenue une folie comme les autres. Les actes désespérés de terrorisme se multipliaient.

On n'appelait plus ça « terrorisme », on parlait de « démence isolée » ou de « délire mystique suicidaire »

Des gens comme vous et moi, des employés modèles, des pères de famille, des fonctionnaires, qui ont acheté ou se sont fabriqué des armes pour ouvrir le feu au hasard sur leurs semblables. Sans explication. Sans raison apparente. Et il n'y avait jamais de signe avant-coureur dans leur comportement les jours précédant les drames. Juste comme ça. Les proches ne comprenaient pas et ils n'obtiendraient jamais de réponse. Pas de commanditaire. Juste une arme achetée au marché noir. Ils avaient tous été tués par la police ou l'armée avant d'avoir pu expliquer leur geste. Pour eux, pas de grand pardon.

Dans les biberons de nos enfants, c'est de l'amok en bouteille

L'idée de rétablir la peine de mort pour les tueurs de masse commençait à faire son chemin dans l'opinion publique, et certains partis politiques menaient une campagne virulente pour le « Rétablissement ».

Je ne m'intéressais pas à tout ça, je vivais dans mon coin en quête d'absolu, sans jamais rien comprendre du vrai monde au-delà des grands murs.

Au Club Paradis toute sortie est définitive les portiers étaient catégoriques

Je me souviens d'un matin de fête dans mes beaux habits débraillés, sur des rues au hasard, j'ai cassé les rétroviseurs, j'ai écorché et j'ai défiguré les carrosseries des belles voitures des honnêtes gens qui dormaient, j'ai ramassé un bout de verre par terre, je m'y suis contemplé un moment et je n'ai rien vu. Plus loin, j'ai volé un vélo. Le Panthéon dans mon dos et les lueurs de l'aube dans le ciel, j'ai pédalé à toute allure, en criant : « CREVEZ TOUS SALES RICHES ! » sous le regard absent de la faune du matin qui partait travailler. « AU MUR, LES BOURGEOIS ! AU MUR, LA POURRITURE ! »

C'était étrangement facile de crier la bouche pleine

J'ai abandonné plus loin le fruit du péché à un enfant endormi contre une bouche d'aération. J'avais conscience qu'on ne pouvait pas être riche quand il y a autant de misère autour de nous.

Parce que j'ai honte d'être ce que je suis j'ai honte d'être en vie

Dehors, il y avait les bombes, l'armée, les jeunes volontaires qui traînaient en uniformes noirs et les miliciens en blanc ; ils avaient mon âge, et pour eux la promesse de la guerre finale qu'on agitait sur les écrans ; les nouvelles recrues ne manquaient pas : les Minoritaires d'un côté pour devenir citoyens ou avoir le droit de faire des enfants, et les gosses de riches pour le prestige de l'uniforme et parce que cela permettait de monter plus vite dans la hiérarchie du pouvoir.

Je n'avais encore aucune idée de ces choses-là

Je voulais régler mes comptes avec mon enfance. Au cours de ce voyage toujours trop lent vers l'âge adulte, j'ai appris deux-trois choses: la culpabilité est une lâcheté, la liberté se vole. La joie, mon corps en produit peu. Surtout au milieu de tous ces gens qui font semblant d'être heureux.

Le bonheur est un mirage qui sert à vendre des choses ou accepter son rôle d'esclave

Je suis retourné souvent sur le pont Marie, à regarder en bas, à imaginer le bruit que ça ferait si je sautais.

Dans l'eau froide des profondeurs je pourrais cacher mes larmes

J'ai été tiré de ma rêverie par un flash dans la nuit. J'ai entendu un rire. Je me suis retourné. Et une fille s'est approchée de moi.

— C'est bien toi, « l'Enfant miracle » ?

— Non, moi c'est « l'Enfant mirage ».

— J'étais sûre que c'était toi.

— Ne fais pas un pas de plus. Ou je vais boire ton sang et manger ton âme.

Elle a ri, mais elle ne s'est pas enfuie. Je l'avais prévenue pourtant.

Pas besoin de mordre j'ai juste eu à sourire pour en faire mon esclave

— Tu connais le club *Neuf Neuf Neuf*?

— Tout le monde connaît.

— Ça te dit d'y aller avec moi ?

— Pourquoi pas...

Là-bas, j'ai bu tout ce qu'il y avait à boire. J'ai pris toutes les drogues qu'on m'a proposées. On me prenait en photo encore et encore, alors j'ai dansé les yeux fermés pour ne plus rien voir. J'ai dépensé tout l'argent que m'avait donné mon père et bien plus encore, car pour moi tout était gratuit.

J'ai voulu abîmer mon nouveau visage

Comme ça, peut-être qu'ils ne me reconnaîtront plus.

Je voulais détruire ma peau

— T'habites loin d'ici ?

— Non... Tout près...

— On peut aller chez toi boire un dernier verre, si tu veux.

Ce n'est pas moi qu'elle aime c'est ma lumière

Une seule chose me retenait : j'avais encore peur d'utiliser cette fille. J'avais la naïveté de croire qu'elle pouvait tomber amoureuse.

Je suis devenu beau, que vais-je en faire ?

Ma nouvelle amie a claqué des doigts devant mon regard inerte : « Hé, ho, t'es là ? »

J'ai repris conscience de l'instant.

— T'étais où ? C'est drôle, on aurait dit que tu priais ! Hein ? Qu'est-ce qui t'arrive ? Tu dors ? Alors, qu'est-ce que tu veux faire ?

Elle a insisté : « On va chez toi ? »

— Je n'ai pas de maison. Elle a brûlé.

J'y ai mis le feu

On est allé chez elle, on a fait l'amour, mais je n'ai rien ressenti d'assez fort. J'ai décidé de faire semblant ; ma peur de ne pas être normal a fait quelques pas à ma rencontre, et elle est tombée dans mes bras, je l'ai bercée un moment.

Quand elle est morte je lui ai fermée les yeux

J'ai assez rampé. On ne m'avait rien épargné, et j'étais prêt à mordre le monde en retour : j'allais enfin accorder mon âme à ma nouvelle apparence. J'ai choisi de passer de l'autre côté du miroir, et de devenir ce que les autres voyaient déjà ; j'avais dix-sept ans, et je devais rattraper tout le temps perdu à vouloir être aimé pour qui j'étais à l'intérieur.

Je n'avais plus que ma peau à offrir

J'étais devenu une arme et je venais de le comprendre pour la première fois.

J'ai décidé de partir à la recherche d'un animal nocturne plus fort et plus grand que moi ; qui chasse et qui tue ; je voulais défier sa griffure. Savoir enfin si ma peau était assez dure.

Mon père a accepté de me laisser prendre une année sabbatique à la seule condition d'avoir une mention au bac quand je retournerais en cours. J'ai promis tout ce qu'il voulait ; je savais mentir comme lui.

J'avais le droit à un an sans échéance.

J'avais trois cent soixante-cinq nuits devant moi

Je voulais tout faire, tout voir, tout cocher ; l'amour, je croyais pouvoir m'en foutre. Et grâce à mon nouveau visage, avec les filles, dorénavant c'était facile.

STATION 5

— Je veux que tu me fasses vraiment mal.

Je n'ai pas rêvé, c'est bien ce qu'elle a dit. J'ai regardé le pistolet entre mes gants de chirurgien en latex noir, il ressemblait à un moulin à prières tibétain. Elle m'avait obligé à revêtir une espèce de tunique en cuir qu'elle avait cousue elle-même ; j'avais l'air d'une sorte d'inquisiteur du futur, et je devais me forcer à ne pas me regarder dans le miroir pour que le ridicule de la scène ne me sorte pas du rôle que je devais jouer.

J'ai ouvert le Livre des morts

— Tu le veux où déjà ?

— N'importe où.

Pour elle, c'était un rituel. J'avais dit oui pour l'expérience. Je n'avais jamais fait ça. Je ne lui ai pas dit, mais elle a vu ma main trembler.

— Ne me rate pas.

Elle aimait repousser les limites de son corps, et de ce qui était physiquement possible. Elle enjolivait un peu le trip, façon « rite de passage ». Pour moi, c'était juste une mode de plus. Un truc qu'on oubliera ou dont on aura honte dans un an à peine.

— J'aime la violence.

Je me disais : encore une fille perdue qui se donne un genre. Il y avait du sang sur le filtre blanc de ma cigarette, car elle m'avait arraché une partie de la lèvre inférieure quand elle m'avait embrassé.

Je m'étais retenu de me venger sur les siennes

Je le lui ai dit, mais elle ne m'a pas dit merci.

— Quatre heures de suite, c'est le maximum.

Elle n'était pas jolie, mais j'aimais bien ses yeux tout noirs assoiffés de perversion et le contraste avec son apparente banalité. Elle voulait quelque chose qui se rapproche le plus de la « vraie torture » ; je savais qu'elle était étudiante en histoire médiévale à la Sorbonne, et je trouvais ça plutôt drôle.

C'était une « littéraire », elle m'avait envoyé un message : « Quand je pense à toi j'ai très chaud, si tu pouvais voir sous ma jupe, dans ma culotte, c'est Léthé. »

J'avais dû chercher ce que « Léthée » voulait dire

Je l'avais prévenue que j'étais mauvais en arts plastiques, mais elle ne voulait pas un joli dessin.

— Je veux que ça fasse vraiment primitif. Si tu n'as pas d'inspiration, écris ce qu'il te passe par la tête. Ce que tu veux. Ton nom, ta liste de courses, des croix gammées...

Elle recherchait une forme masochiste de liberté extrême : elle voulait se libérer de toutes ses peurs. Et elle était prête à me supplier pour ça.

— Donne-moi le chaos. Et rien d'autre. Sur mon visage. Sur mes seins. Sur mes côtes. Cherche les points les plus sensibles. Surprends-moi. Et si je me plains ou si je crie, insulte-moi ! Il faut que tu passes l'aiguille autant de fois que nécessaire. Je veux que ça devienne ultranoir.

Elle a ralenti sa respiration. J'ai démarré les aiguilles. Le bruit de la vibration était le seul son dans la chambre insonorisée qu'elle avait louée pour l'occasion. J'ai approché le pistolet de son œil gauche de plus en plus près de la pupille.

— Tu as peur ?

— Ne te méprends pas sur mes intentions. Ce n'est pas de la soumission. Au contraire.

La peur est juste une sensation

Elle n'est négative que pour les sociétés qui valorisent la fuite plus que la vie, et qui ont peur de la mort, comme si elle était sacrée. Elle récitait par cœur que les mères apprennent à leurs enfants à avoir peur et à fuir plutôt que de l'affronter.

— C'est un instinct de survie qui confine à la bassesse, m'avait-elle dit. C'est un truc qui empêche de grandir. Je veux dépasser ma peur. Repousser ses limites, c'est le seul but de la vie. Sinon, à quoi bon vivre ? Je ne suis pas une pauvre petite chose. Continue. Même si je t'implore d'arrêter. Même si je pleure. Même si j'ai l'air d'une enfant sans défense.

Elle savait qu'il y aurait beaucoup de douleur. Et beaucoup de sang.

— Si je meurs, je tue le monstre.

Elle souriait, mais je voyais bien qu'elle était nerveuse elle aussi.

J'ai dit : « OK. Maintenant, arrête de bouger. Arrête de parler. J'ai besoin de me concentrer. »

Pour moi, c'était juste une accro à l'adrénaline, mais elle a dit : « Je m'en fous de toute façon. Je changerai ma peau pour une neuve quand j'aurai trop usé celle-là. »

Cela m'a rassuré qu'elle dise ça, c'était juste une fille à papa, elle ne risquait pas vraiment grand chose dans le le réel.

Les peaux humaines sont à vendre c'est comme ça que mon père a fait fortune

Je lui ai donné ce qu'elle voulait. Elle a tenu trois heures.

Elle n'a pas crié mais les images me hanteront longtemps

Elle a voulu qu'on se revoie pour une autre session, pour remplir les zones restées blanches, mais j'ai dit non.

Vous avez manqué un appel : SATAN

— Ouvre la bouche !

Je suis à genoux, je suis à ses pieds. La Nuit veut que je lui demande pardon. Elle veut que je l'implore, je refuse. Elle écarte les doigts et laisse tomber la drogue. Elle sourit. Elle crache dans ma bouche grande ouverte, et j'avale tout, son crachat et la N.

Je me relève. Je la saisis par la gorge, je la plaque contre le mur. Elle éclate de rire. Je serre plus fort.

— Tu fais quoi là ?

Je crache dans la paume de ma main libre, je relève sa jupe. Je sens son sexe. Je le dessine du bout des doigts. J'étale la salive et j'entre mes doigts en elle. Lentement. Je les sors et je les rentre. Elle a mes empreintes digitales. Elle gémit. Elle aime.

— Tu fais quoi ? Pourquoi t'arrêtes ?

— Maintenant tu es à moi ! T'entends ? Je veux que tu me gardes sur toi, quand tu retourneras danser. Dis-le ! Tu es à moi. Comme je suis à toi.

Quelqu'un frappe à la porte.

— Putain ça fait une heure que vous êtes à l'intérieur. Nous aussi, on veut se défoncer, soyez cool, sortez !

Les coups contre la porte se font plus forts. Elle se libère de l'emprise de ma main, elle sourit.

— Tu es fou, toi.

— Oui.

Elle tire violemment sur mon T-shirt, m'attire à elle, et elle me mord le cou. Elle me fait mal. Je vois du rouge sur ses dents de porcelaine quand elle se retire. Elle me susurre : « Tu veux mon corps, je te le donne. Moi, j'ai ton sang. »

Elle a ri, mauvaise.

Elle m'attrape le bras, et je sens une pointe très dure entrer dans ma chair.

Elle n'a pas tremblé, elle a trouvé la veine du premier coup

Je sens une vague de chaleur monter en moi. C'est encore plus fort que la première fois. Et elle murmure à mon oreille : « Maintenant, viens danser avec moi. »

Demain, je ne sais pas, mais cette nuit je suis à toi

Je la suis.

— Tu voulais savoir si l'enfer existe. Sois le bienvenu...

La porte des toilettes s'ouvre, la musique envahit tout. Les gens s'écartent pour nous laisser passer.

La mer noire est devenue une mer rouge sombre

Je me déplace dans la foule. Un flash, et je me vois marcher. Un flash, et je suis ailleurs.

La drogue était trop dure, la dose était trop forte, trop longue la défonce, et trop blanche la nuit. Je me sens partir loin et je dois faire un effort pour que mon esprit garde le contrôle de mon corps.

Mes pupilles sont dilatées, un message d'erreur apparaît, il clignote à l'infini sur un fond noir, il m'avertit que mes battements de cœur sont anormalement bas.

Je déconnecte mon Innerphone. Je regarde l'étendue obscure et sans fin de mon cerveau vide. Je ne sais pas depuis combien de temps on est là. Ni comment je suis arrivé.

La Nuit me tient encore par la main, c'est mon seul point de repère. Elle bouscule les danseurs pour s'approcher de la scène où l'orage apprivoisé des éclats stroboscopiques éclaire le visage du DJ par intermittence, et derrière lui il y a écrit « Apocalypse joyeuse 1986© » en lettres de sang holographiques, une date qui n'a aucun sens pour moi ; nous sommes en adoration devant Lui, son nom est sur toutes les lèvres.

Le club déborde. Il y a trop de monde. Trop de corps. Trop de visages. Trop de sueurs. Je n'aime pas ça.

Je suis une minuscule tache rouge sur un immense fond blanc

Tout le monde a bu de l'endorphine de synthèse, je vois le sourire béat aux lèvres et les yeux qui ne sont plus que des pupilles, comme s'ils avaient joui dans quelqu'un qu'ils aiment.

Je sens le regard des garçons qui évitent le mien, pourtant je porte mes lunettes de soleil. Je ne peux m'empêcher de fixer les fesses de la fille qui danse tout près de nous dans son short en jean déchiré.

On la dépasse.

Mes yeux remontent sur son T-shirt « No Religion is the New Religion »

J'ai vu briller un piercing sur son nombril quand le *drop* a explosé et qu'elle a levé les mains au ciel. La foule crie. La messe basse bat son plein. On danse, on s'amuse encore tant qu'on peut. Ici on danse fort, il y a des morts. Des corps s'écroulent les uns après les autres et des agents de sécurité en manteau long en plastique transparent, l'arme sur l'épaule, passent et repassent lentement au milieu des danseurs et ils ramassent les corps pour les emporter ailleurs, loin d'ici, avant de jeter leurs dépouilles dans une fosse commune. C'est bientôt à mon tour, on dirait.

La drogue ne fait plus rien, on n'en meurt plus

— Tu devrais essayer ça !

Le sexe comme la drogue ne faisaient plus d'effet ; tous les jeunes étaient d'accord, la seule chose qui nous restait, c'était de frôler la mort : « Near Death Experience », la mode était venue des États-Unis.

Ça a commencé avec la drogue

En prendre toujours plus, au-delà de la limite, jusqu'à ce que le système de survie automatique implanté dans notre corps s'enclenche, ce qui laissait toujours quelques secondes, parfois une minute suivant les témoignages, en suspension totale au-dessus de la vie.

On peut tout avoir : tous les génomes des virus mortels créés dans des laboratoires clandestins, tous les nanorobots programmés pour dupliquer et déconstruire la matière

— La NDE, c'est le plus gros orgasme de ma vie.

Je ne veux pas d'amour je veux plus de drogue

La Nuit lâche ma main, je titube, j'ai peur du vide, je dois me forcer à rester concentré sur elle, qui dit bonjour à des filles que je ne connais pas et qui font semblant de ne pas me voir. L'une d'elles passe une mèche de cheveux derrière son oreille et j'aperçois une petite croix tatouée sur sa pommette. Elles parlent très près l'une de l'autre, si proches que la pointe de leurs seins se touchent.

Elle se retourne enfin et me regarde, j'ai la sensation qu'elle ne me voit pas, qu'elle ne ressent rien : ni la drogue, ni l'amour, ni la tentation de l'une ou de l'autre.

Je ne sens plus battre mon cœur. Le message d'erreur a cessé. Je suis un point de suspension. J'ai besoin d'une vraie cigarette pour m'accrocher à quelque chose de solide comme une bouée dans cette mer humaine. Je palpe mes poches, elles sont vides, et je suis pieds nus.

Je ne ressens plus rien

Cette nuit ne sera plus jamais belle et pour moi, la montée est sans fin, les vagues d'adrénaline parcourent mon corps, serpentent à l'intérieur de mes entrailles.

Je sens la N dans mes veines, elle remonte dans mes artères, explose dans mes neurones survivants et s'abreuve aux sources d'endorphine. Je veux dire quelque chose, mais mes dents sont collées.

J'avais chaud, maintenant j'ai froid, ma nuque est glacée. Je ferme les yeux, je suis une statue, je suis de retour au Louvre où nous étions tout à l'heure, je m'en souviens. Je ne sens plus ma main.

La drogue me monte au cerveau par à-coups. La Nuit ne m'a donné qu'un seul parachute, mais ce n'est pas la même sensation que la dernière fois. Elle est plus forte ou c'est moi qui le suis moins. Je n'aurais pas dû prendre l'autre moitié tout de suite. Comme avant, quand je voulais tout oublier.

Elle avait raison, je n'écoute jamais ce qu'on me dit de faire

Je danse avec elle, elle attrape ma main et la guide toujours plus près de son intimité. Il n'y a plus de passé, plus de futur, nous sommes tous prisonniers d'une boucle acide et sans fin. Je sens les mouvements de son bassin contre le mien, je sens le balancement de ses fesses. Elle ralentit, elle accélère. Je l'attrape par les hanches. Je serre aussi fort que je peux pour ne pas tomber. D'aussi près, je ne reconnais pas la couleur de ses longs cheveux. Je ne reconnais pas son odeur.

— C'est toi ?

Je lui demande qui elle est. Elle me dit son nom à l'oreille, et je l'oublie.

Autour de nous, les murs sales transpirent. Les vagues violentes des *subs* font trembler le sol. J'entends le son des chairs qui s'entrechoquent. Un garçon et une fille s'écroulent devant nous, les yeux révulsés et la bave aux lèvres. Déjà des mains gantées de noir saisissent les corps et les font disparaître.

J'attends mon tour. Je ne ressens rien. Ni peur, ni douleur, ni plaisir. Mes promesses ne sont plus que des mots. Il n'y a plus rien de beau. Plus rien de vrai, plus rien qui vaille la peine d'exister. J'aurais voulu être héroïque, j'ai voulu être extrême, j'ai échoué. Je suis comme tous les autres.

Maintenant, je parle au présent, car c'est l'indicatif de l'ennui.

Vous avez manqué un appel : SATAN

— Beauté vulgaire, beauté triste, beauté classique, beauté bizarre, enlève ta lingerie ou garde-la sur toi si elle est chère, écarte les jambes, montre-moi ce que tu sais faire, mais ne me dis pas où tu l'as appris... Viens maintenant ! Viens ici !

Je suis parti à la recherche d'une fleur qui ne pousse que sur du noir

— Qu'est-ce que tu as dit ?

— C'est rien, c'était de la poésie.

Tu connais Céline ? Tu sais l'écrivain pas les sacs chers...

J'ai vécu douze mois dans un présent éternel, prisonnier d'une boucle infinie comme la musique que j'écoutais.

Bienvenue dans une longue nuit sans début ni fin

Je me suis ennuyé plus vite que je ne l'imaginais.

J'ai déjà fait les « 18 positions pour qu'elle atteigne l'orgasme » d'après [redacted]® Magazine

Je connais tous les points où il faut appuyer pour faire pleurer. J'ai déjà couché avec le diable et je l'ai fait jouir six-cent soixante-cinq fois. Je ne ressens jamais rien d'assez fort ; on m'a encore menti.

Quand je repense à ces semaines passées dans le noir je ne ressens toujours rien

Plus d'exaltation des premières fois, même quand on se force un peu à y croire, à se laisser aller à une vague excitation. J'avais beaucoup trop conscience de la laideur de ce monde. Je n'étais pas aveugle, je voyais le papier peint doré qui recouvrait les trous dans les murs des clubs chics, le maquillage outrancier qui cachait grossièrement les cicatrices esthétiques des courtisans et des courtisanes, le parfum qui masquait les odeurs nauséabondes de transpiration sur les dancefloors, l'armure flambant neuve qu'on a posée à la hâte sur les plaies encore à vif d'une bataille déjà perdue contre la nuit.

Je ne suis pas seul. Il y a une fleur qui partage mon mal. J'ai arraché ses pétales. J'ai pris mon temps pour goûter ce qu'elle me cachait encore quand elle était une parfaite inconnue.

Elle a le même goût que les autres

Sur le départ, elle m'a piégé : « Je m'appelle comment ? »

Je ne savais plus faire semblant : je crois qu'il y a un N dedans…

— Oh ! Tu te moques de moi ? Je te l'ai dit dix fois déjà ! C'est un prénom de princesse…

Tout à l'heure je l'avais sur le bout de la langue

— Je ne vois pas, désolé. J'ai une très, très mauvaise mémoire.

— [redacted] ! [redacted] !

Vous avez manqué un appel : SATAN

— Tu crois au coup de foudre ?

Il n'y a que les gens désespérés qui croient en l'amour : nos doigts se sont effleurés, les informations ont explosé dans nos cerveaux : « Compatibilité socioculturelle : 72,3 % / Religion : non déterminé / Compatibilité génétique : 36,8 % / Compatibilité sexuelle : 88,8 % / Probabilité d'une nouvelle rencontre : 22,3 % / Mode de vie : urbain, compatible à 77 % / Facteurs risques relationnels : habitudes de sommeil, consommation d'alcool. »

Le rapprochement était inévitable.

Je suis incapable d'aimer vraiment. Je me rassure comme je peux en me disant que c'est à cause de tous les médicaments que je prends, si je n'arrive pas à m'attacher.

J'oublie : les noms, les lieux, les dates, les visages. Il ne me restera rien de ces moments de fausse perdition, cette comédie de l'autodestruction quand on est encore persuadé d'être immortel.

Même pas de quoi écrire un poème

Je ne me souviens pas des actrices principales, ni des figurantes. À part quelques bribes de conversation sans intérêt, quelques détails insignifiants. Si j'en parle, c'est pour me rappeler l'ennui que tout ça m'inspire aujourd'hui, et peut-être aussi pour conjurer les regrets de ce temps perdu : comme tous ceux de mon âge, je voulais être enterré dans une tombe sans nom, pour que personne ne la trouve.

Je voulais cultiver une forme accessible de transgression

C'était l'âge des rébellions faciles, gorgées de marketing ; on est vraiment con quand on a dix-huit ans.

C'est trop tard, je m'ennuie

J'ai coché toutes les listes de clichés, je me suis empressé de tout connaître, de tout compter.

Chacun ses raisons, et je ne juge personne

Je m'étais trouvé une fausse excuse : donner à manger aux chiens ma propre peau et oublier mon ancien visage qu'on a jeté quelque part. J'avais souffert, c'est vrai, j'étais perdu moi aussi.

Je me mentais, je me cherchais des excuses

Il existe des êtres plus forts que d'autres : tous les orphelins ne deviennent pas des tueurs en série.

Tous les enfants battus ne battent pas leurs enfants à leur tour

Je suis une exception qui suit la règle : j'avais pris l'habitude de vérifier qui j'étais, dans toutes les surfaces lisses disponibles. On m'en avait déjà fait la remarque, on prenait ça pour du narcissisme ; les filles me répétaient sans cesse que j'étais beau en croyant me rassurer, et les garçons aussi mais eux, c'était pour me manipuler.

Ils se trompaient tous. Je n'aimais pas mon nouveau visage. Si j'étais beau, c'était à cause de la malchance ; je profitais d'une injustice.

Et mon vieux visage me hantait toujours

Lui, il sait qui je suis vraiment.

Il me cherche.

Un jour, j'espère, il me trouvera, car je n'arrive pas à me libérer de sa colère.

En dépit de ma nouvelle apparence, et du pouvoir qu'elle inspirait aux autres, j'étais toujours aussi faible. Je n'avais pas confiance en moi, alors comme tous les soirs, je remettais ma plus belle chemise et je retournais au *Neuf Neuf Neuf.* Il était vraiment très tard, mais ce n'était pas une si mauvaise heure, les garçons y étaient comme les filles, à la merci d'un mauvais sourire, guidés par l'envie vague d'un corps, et de la caresse d'une main étrangère.

J'étais comme eux

À cette heure-là, pour moi la techno, ce n'était pas assez dur. J'ai cherché quelque chose de plus pur pour faire taire la petite voix. Juste pour le plaisir de donner des coups. L'ivresse me ramenait sans cesse dans ce marché aux orphelines.

On était tous un peu orphelins

C'était le temps où je n'attirais que les gens qui ne se sentaient pas bien dans leur peau. J'avais l'impression qu'on se cousait nos peaux les uns aux autres pour devenir quelqu'un de plus grand.

Il y a de la place sur le bateau de croisière qui vogue sur le Nihil

Comme avant, j'allumais les vraies cigarettes et les fumais d'une traite jusqu'au filtre. Les nuits passaient vite, les jours passaient lentement.

J'ai goûté à la transe. À toutes les musiques sans virgule, et je m'étonnais encore du silence. Et j'en ai redemandé. J'étais faible. Je n'avais pas confiance en moi. Je l'ai déjà dit.

Et le capitalisme se nourrit de nos faiblesses

Je m'étais détruit consciencieusement du mieux que je pouvais, je faisais semblant d'avoir peur pour moi, mais au fond je savais que je ne risquais rien de réel. Tout le monde le sait : les drogues même les plus dures ne font plus rien de grave à notre époque, personne ne pouvait mourir, ni se salir assez, tout se change, tout se remplace : il y a un médicament pour tout, et pour la moindre blessure, on pouvait acheter une nouvelle peau et repartir à zéro ; il y en avait de plusieurs marques, de plusieurs qualités, de toutes les couleurs, à tous les prix ; et l'ironie de l'histoire, c'est que je sais que c'est mon père qui les leur vend.

Il suffisait d'avoir l'argent pour, et dans mon monde, tout le monde l'a

Je me regarde dans le miroir, toujours rien. Aucune marque.

Je les ai seulement dans le crâne

J'en voulais encore. Il fallait augmenter les doses. Je m'évaporais dans l'After avant qu'il nous dévore tous. Je ne me sentais pas meilleur que les autres, j'étais une réplique un peu cassée, un peu bancale, mais moi, j'en avais conscience. Je parlais aux filles avec toutes les acnés du langage à la mode, je restais premier degré, j'évitais tous les sujets qui fâchent, et toute forme sarcastique de pitié.

Je mentais beaucoup. Comme lorsqu'on promet qu'on aime, juste pour qu'on nous aime un peu en retour.

Il y avait toujours une fille qui répondait à mes descentes

Je sentais bien qu'elles ne voulaient pas finir très tristes ou toutes seules comme leurs mères. Comme elles, j'ai fait l'amour pour partager le secret de mon existence.

Pour moi, le sexe était seulement un monologue intérieur.

Je ne me souviens pas de la dernière fois où j'ai aimé sans être ivre

Petit à petit je me suis détaché des choses du jour, la nuit était devenue le dernier fil qui me rattachait à la terre, elle est devenue mon seul but ; c'était le seul miroir propre que j'ai trouvé.

Je m'y expose comme on s'expose au soleil

Pour ça, j'ai dû renier tout ce que j'avais appris : bonnes manières, bienveillance, solidarité.

Je sponsorisais les dealers, c'était ma seule façon de faire du social

Et surtout d'oublier la honte de la récidive. J'avais dix-huit ans et je perpétuais l'ordre des choses. De mon milieu, de mon âge, de ma classe, de ma race ; même si j'étais un imposteur. Et je m'en voulais d'être comme les autres.

Je sortais dans les soirées clandestines à la mode, sans l'être moi-même, et sans attacher un soin particulier à sa poursuite ; je laissais les choses faire ce qui j'imagine tient pour du charme dans notre époque où tout se calcule.

J'avais un régime décadent, je donnais dans l'autodestruction *light*, je portais un T-shirt : « *Support Your Local Drug Dealer* », je faisais de la provoc facile, à l'américaine, et certaines filles aimaient ça. Je m'habillais sans le savoir à l'inverse de la mode du jour, ce qui me donnait l'air cool et nonchalant, et du coup je pouvais entrer partout.

Nous évoluions dans une zone grise

À quelques rares exceptions, on habitait tous les mêmes quartiers sécurisés et on sortait dans les mêmes endroits dangereux.

Toujours dans ce sens, jamais dans l'autre

La BAT n'intervenait pas. On pouvait payer des passeurs. Ou soudoyer des agents qui avaient un mandat pour escorter les noctambules jusqu'aux lieux de fêtes prévus à cet effet.

Par capillarité sociale, je rencontrais des gens vaguement connus ou qui connaissaient quelqu'un de vaguement connu ou qui couchaient avec quelqu'un de vaguement connu. Ils m'aimaient bien, et ils se sentaient assez à l'aise pour se défoncer devant moi, mais je n'étais pas l'un des leurs.

On m'adoptait parce que l'on connaissait l'histoire de mon visage, mais je ne me sentais pas à ma place dans leur bohème facile.

Moi j'assiste à un banquet de corps pourrissants

Il y a une autre fête qui efface la précédente, qui efface la précédente, qui efface la précédence dans un grand cercle joyeux et sans fin, au goût de cimetière : les invités ont l'air de s'amuser, je les regarde se débattre. J'ai reçu un message : « Retrouve-moi à l'hôtel Nazareth. Dans 20 minutes. »

— Tu m'écoutes ?

— Euh… oui. Je t'écoute.

— On dirait que tu penses à autre chose. Que t'es là, mais que t'es pas là. Regarde-moi !

J'ai reçu un autre message : « Je t'attendrai toute nue, mais pas toute la nuit. »

Vous avez manqué un appel : SATAN

— T'es croyant ?

— Non.

— C'est quoi cette chaîne alors ?

— C'est juste un souvenir de ma grand-mère. Je crois que ça me protège.

— Je peux te dire une prière si tu veux.

Tes mots ne peuvent rien faire pour me soigner, ta bouche peut le faire mieux

J'observais les poissons de toutes les couleurs qui regardaient entre ses jambes dans l'aquarium sous nos pieds. Je savais qu'il y avait des bombes dans nos verres d'eau, la défonce nous montait déjà au cerveau. On est rentré chez elle. On avait la bouche pâteuse, on ne pouvait plus vraiment parler.

J'ai apprivoisé son corps et son odeur à la hâte, pendant qu'elle twerkait sur moi comme dans un clip.

Plus tard, je le sais, mon bas-ventre tapera contre ses fesses

Je lui ai fait l'amour comme si je voulais lui faire très mal. Elle a crié très fort comme si elle aimait ça. On aurait dit une actrice X des vieux pornos, ses gémissements couvraient le saxo de [redacted]®.

C'est elle qui a voulu que je la prenne contre la fenêtre ouverte.

Je lui ai fait l'amour comme si je m'en foutais de son plaisir et elle le prenait quand même, elle me le disait. J'étais high comme elle, j'étais là, sans l'être vraiment, j'ai mis un dernier à-coup, ses fesses ont claqué contre mes hanches, et j'ai joui dans un immense vertige autour du vide.

L'amour, l'amour, l'amour

J'ai fumé une vraie cigarette. J'ai consumé mon dernier idéalisme.

Je n'ai plus de prière à dire à Dieu

— Tu sais pourquoi le requin est dangereux ?

— Non.

— Parce que c'est un animal idiot. Il réagit, il ne réfléchit pas. Il voit une proie, il mord. On le blesse, il mord. On lui envoie un morceau de viande, il mord. Il ne comprend pas, il mord. Tous les terroristes siliciés ont une intelligence en dessous de la moyenne, t'as pas remarqué ? Je te parle pas des commanditaires, je te parle de ceux qui tirent. Ils sont tous cons comme des requins. C'est pour ça qu'ils sont dangereux.

— On peut parler d'autre chose ? D'où est-ce que tu sors ? On vient de faire l'amour et c'est le premier truc qui te vient à l'esprit ?

J'ai cru qu'elle parlait à un autre. Toujours pas d'amour, mes verres d'alcool ne débouchent plus que sur du vomi. Comme avant, les idées noires sont revenues. Je vois mes yeux vides se refléter dans la baie vitrée, dont la seule lumière est le carré blanc de mon Innerphone allumé. Je portais le peignoir du spa, je m'ennuyais devant un vieil épisode de [redacted] que j'avais déjà vu mille fois. On était au 42ᵉ ou au 45ᵉ étage de la tour Montparnasse, je ne savais déjà plus. C'était elle qui avait insisté pour qu'on prenne une chambre ici.

Je l'ai regardé se prendre en photo dans toutes les positions.

Et j'ai refusé de l'aider.

Je regardais en bas. La drogue était bonne, je domptais le sentiment de vertige. J'expirai une bouffée de fumée en regardant les vies en face dans les boîtes éclairées, l'immense vivarium de béton, encerclé de panneaux photovoltaïques, les paysages contaminés par les petites tourelles antimissiles au loin dans le brouillard. L'inconnue était là derrière moi. Je voyais les carrés blancs dans ses yeux.

— T'as vu la vidéo de l'agent de la BAT qui se fait buter devant le Panthéon ?

— Quoi ?

— Tu vois la tête du type qui éclate comme une pastèque.

— Oui, j'ai vu, c'est affreux. Pourquoi tu penses à ça ?

— J'sais pas, peut-être que ce flic, il le méritait...

— C'est mal de dire ça.

— Je sais.

— Tu me fais vraiment peur, on dirait que tu ne ressens jamais rien, t'as déjà pensé à aller voir un psy ?

C'est pas un psy qui peut me sauver, c'est Dieu

— Tu as vraiment peur de moi ?

— Non, c'est juste pour toi, j'ai l'impression que tu souffres et je ne comprends pas ce qui se passe dans ta tête. Je sais que tu ne me le diras jamais. Personne ne veut le dire.

— Je vais bien. Je t'assure.

— Oui, mais peut-être qu'un psy pourrait te soigner quand tu vas mal.

— C'est pas un psy qui peut me soigner, je ne suis pas malade. C'est le monde qui est malade.

Vous avez manqué un appel : SATAN

J'aurais encore pu sauver mon âme, mais je ne savais pas comment faire. Qui a un peu de Rédemption à vendre ? J'aurais aimé être chrétien pour pouvoir me faire pardonner en cas de besoin, mais les églises faisaient de la mauvaise publicité.

Et tous les clients avaient déserté la Cène

Je marchais devant la Madeleine, et sur le fronton néoclassique, on pouvait lire en néons blancs : « Ici, on recharge les humains. »

J'ai dépassé une file d'ombres hagardes, devant la salle de shoot la plus chic de Paris. J'y avais mes habitudes. Si je rencontrais une fille, je pouvais savoir avec une précision effrayante comment elle aimait faire l'amour, sans qu'elle me le dise ; c'était l'époque où les sites pornos documentaient encore les sexualités humaines. Du coup les filles et les garçons faisaient l'amour comme dans les pornos contemporains. Ils reproduisaient ce qu'ils avaient vu enfants, sans donner vraiment l'impression de vivre l'instant avec l'autre ; ils jouaient tous un rôle.

« Le porno a besoin de toi. »

BUCCAL/VAGINAL/ANAL, et tu mélanges autant que tu peux, dans l'ordre que tu veux

Avec trois mots, on tournait vite en rond, alors nous sommes tous devenus des clones. La masturbation, seul ou à plusieurs, s'est imposée comme le mode sexuel majoritaire pour tous les sexes.

Je m'ennuie.

Tous mes fantasmes sont aliénés par une machine

Sans l'avoir jamais expérimenté moi-même, j'avais pourtant l'intuition qu'il n'y a que lorsque l'on aime, que le sexe devient un poème.

Joue ! Joue ! Puisque tu ne sais pas aimer

Il fallait de l'imagination pour être transgressif, il y avait quelques trucs extrêmes ou déviants, des niches, mais très peu : il paraît que l'inceste revenait à la mode ; il y avait des pornstars qui couchaient avec des mecs infectés par des virus étranges et des parasites ; d'autres qui acceptaient de se faire casser les dents ; des agences d'escorts faisaient croire à leurs clients qu'ils avaient rencontré la fille de leurs rêves par hasard ; et le lieu le plus populaire était les salles de sport.

Tu as entré tous les critères de l'homme de ta vie dans la Machine

Tu ne cherches plus une moitié, mais un double. On t'a promis qu'il existait. Dans les algorithmes.

Dans les serveurs d'une entreprise américaine qui dit vouloir notre bien à tous et tu l'as cru.

Moi, je cherche la Salope suprême, celle qu'on m'a vendue et je n'arrive pas à la trouver

J'ai commandé un « Jean-Paul Sale » et elle a pris un « Simone Abreuvoir ». On a trinqué et le contenu de nos verres s'est mélangé un peu, et par une réaction chimique étrange, la couleur de nos breuvages est devenue marron comme de la merde.

L'alcool me donnait encore l'illusion d'avoir confiance en moi

Je disais des trucs stupides pour impressionner les filles quand elles me demandaient ce que je faisais si jeune et si tard dehors : « Je veux être milliardaire, je veux être un poseur de bombes. »

J'étais un poseur tout court

Je vivais avec l'illusion que cette relative insouciance durerait toujours, je voulais me peindre une vie différente des autres, je cherchais à capturer un pigment pur, vibrant, non dilué, intense et vivant de la vraie vie, mais la mort revenait toujours.

— Un « Boris Vian », c'est une dose de classe, une dose de folie, sans glace.

J'arrivais quand même à me faire aimer. L'important est de toujours être sur son meilleur profil ; la vie d'un homme et d'une femme se résumait à une somme d'angles sur des photographies numériques, qui ne s'échangent pas, car elles n'ont plus de valeur, perdues dans un milliard de milliards d'autres.

Séduire était devenu une question de statistiques

On avait de plus en plus peur de montrer son vrai visage. Moi, je montrais le mien au dernier moment car sinon c'était trop facile : elles me connaissaient toutes.

Miroir, dis-moi mon beau miroir, dis-moi que je suis laid

— Si t'as besoin d'une application pour baiser, c'est que tu ne mérites pas de baiser, non ?

— Je sais pas. C'est quand même pratique. C'est fatigant de s'attacher.

Hier je me suis réveillé avec deux filles, et je ne me suis jamais senti aussi seul. Je connais le début du prénom de l'une des deux.

Elles se sont partagé moins que ma moitié

Il n'y avait plus d'amour. Il n'y avait plus que de l'ego, désaltéré, désespéré ou perdu.

Vous avez manqué un appel : SATAN

— Je veux dire, quand t'es née ici, où tu peux encore avoir envie d'aller après ? Hein ?

Est-ce qu'elle m'a parlé ? Est-ce qu'elle m'a posé une question ?

Je l'écoutais d'une oreille distraite, car mon attention était captivée par le refrain d'un rap old school en fond sonore.

— Je peux avoir un de tes cigares, là ?

Un [redacted]® vanille avec filtre a été le temps exact qu'il m'a fallu pour arracher un baiser à cette belle étrangère au coin fumeurs de *L'Église électrique*. Elle m'avait un peu pris de haut au début, comme toutes les autres. Je lui ai tendu ce que je m'apprêtais à allumer du bout des doigts, elle y a posé délicatement les lèvres. J'ai approché un bout de feu. Elle a tiré une taffe, elle a toussé, et elle me l'a rendu. Je lui ai tapoté délicatement le dos. La cendre s'est éparpillée dans les airs avant de tacher la surface du champagne dans la coupe qu'elle tenait, elle ne l'a pas vu, je n'ai rien dit et elle a tout avalé.

— Je ne te dis pas ce que j'ai envie de te faire, mais je l'ai dit à mes copines.

Elle a souri. J'ai souri aussi par réflexe.

— Je sais qui tu es.

— Ah.

Je ne fais pas un bon usage du malheur

Je ne savais pas encore qui elle était, mais elle, elle savait qui j'étais et pourquoi je lui parlais. Elle s'était faite belle pour plaire à quelqu'un ; à cette heure-là j'aurais pu être n'importe qui, ou n'importe quoi.

Cinq minutes plus tard, on a cassé le mystère

Sur l'écran derrière elle, la mer dans le clip s'est retrouvée à la verticale quand je l'ai embrassée. J'ai fermé sa bouche. Avec la mienne. Ou avec ma main.

Qu'est-ce que tu cherches toi ?

a) Le grand amour, b) Un petit orgasme sans lendemain, c) Un petit chien qui fait des tours

Je n'en pouvais déjà plus de cet endroit, mais j'avais encore besoin de ma dose de saleté. J'avais envie de m'enfuir et j'avais une porte à ouvrir dans le creux de la main : [redacted] et [redacted] sont sur un bateau, qui vais-je faire tomber dans ma bouche ou dans mon nez ?

— T'en veux ?

— Non, merci.

— T'as bien raison. C'est pas assez fort. Allons-nous-en. J'ai un mauvais pressentiment. Si on reste ici, il va se passer quelque chose de sinistre. Tu viens avec moi ?

Elle a dit oui.

Vous avez manqué un appel : SATAN

— Tu me rejoins sous la douche ?

Je traînais encore chez une inconnue et, de son lit défait, je n'arrivais pas à savoir si elle était belle ; sa voix n'en devenait que plus attirante. Et puis, j'ai un flash d'elle à quatre pattes, elle transpirait, elle était nue, elle avait la tête tournée vers moi, mon pouce dans la bouche, si gros qu'il la remplissait en entier.

J'ai mis mon doigt dans sa bouche comme si c'était une piscine

Dans la lumière du jour filtré par les rideaux déchirés, elle était à nouveau nue, et elle me regardait. Sa cheville fine et l'intérieur de ses cuisses sculptées s'offraient à l'ombre, dans l'entrebâillement de la porte vitrée comme une jolie promesse.

— Non, non, non, on ne se connaît pas assez pour ça, ma belle.

Après ces nuits, je ne voulais plus qu'on me touche

L'intimité du lendemain matin me dérangeait. Ça me dégoûtait toujours un peu quand c'était fini et qu'on savait qu'on ne se reverrait plus que par hasard. On se proposait un dernier café en capsule pour la route. J'ai fermé les yeux et je me suis surpris à faire une prière, j'ai cherché mes mots.

Je n'ai pas prié depuis des siècles, je ne sais plus comment on fait

J'écoutais trop mes sensations, elles ne m'emmenaient jamais au bon endroit. J'ai décidé de laisser faire quand même, pris dans une inertie cotonneuse. D'autocongratulation facile. Si je me posais trop de questions, j'étais malheureux, mais tout prenait un sens au fond du miroir, j'avais rendez-vous avec [redacted] ; je la laissais m'enrhumer en été. (Bruit de reniflement.)

J'étais aussi gentil et poli que celui qui me fournit, j'étais civilisé. J'ai lu sur un mur près de chez moi : « Ici tu es un rat parmi les rats. »

Pourtant, je jure qu'au fond de moi je voulais servir à quelque chose. À part ça, je perdais tout, surtout la mémoire.

Vous avez manqué un appel : SATAN

— Tu sens quelque chose ?

— Non et toi ?

La plupart des gens ont peur de se retrouver seuls face à eux-mêmes dans les grandes villes ; souvent ils achètent un animal de compagnie pour avoir une excuse de marcher seul et sans but. Je crois que je préfère la solitude, on est plus vrai quand on est seul, on n'a pas à mentir, on n'a pas à prétendre, ni à faire semblant. Ici, les gens se croisent, c'est ce qu'on appelle « le Facteur d'Anonymat ».

Et parfois les rendez-vous [redacted]® *tournaient mal*

Un tueur en série a posté en direct ce qu'il a fait à une pauvre fille. Il a eu le temps de faire ce qu'il voulait, avant qu'un opérateur de contrôle du Nuage ne puisse l'identifier.

Peut-être que ce n'était qu'une rumeur

L'action de l'entreprise a perdu 50 % de sa valeur en trois jours, ses dirigeants ont dit que c'étaient des acteurs, et ils ont accusé des dissidents anti-tech.

L'affaire a vite été étouffée par les moyens habituels

Pendant ce temps-là, les fonds d'investissement faisaient des profits importants en pariant à la hausse sur les cours des multinationales pompes funèbres.

Il fallait être cynique ou cruel pour devenir riche en ce temps-là

Les usines d'armement tournaient à plein régime, l'Ennemi de l'Intérieur était sous surveillance, les conglomérats alimentaires avaient de quoi nous nourrir, et les groupes pharmaceutiques avaient de quoi nous soigner pour les mille prochaines années, les dictateurs installaient à nouveau leurs boutiques dans les plus hautes sphères, l'économie allait mieux, la promesse de l'argent frais et facile calmait les investisseurs, alors pourquoi s'en faire ?

Pour faire la paix, achetons des armes

— Tu bois pas d'alcool ?

— Non. Je suis en train de me convertir à l'islam.

— Ah... J'ai entendu dire que ce sont les nouveaux convertis les plus dangereux.

— Je plaisantais. Je suis juste alcoolique.

— Ah... (Mais qui ne sonne pas comme le premier.)

— C'est drôle, en général les gens préfèrent que je sois alcoolique plutôt que musulman...

— Ha, ha ! T'es marrant, toi. T'es vraiment alcoolique ?

— Ouais.

— Ton visage me dit quelque chose... Tu t'appelles comment déjà ?

Nous sommes tous gavés aux mêmes images aux mêmes exemples aux mêmes icônes

Nous étions tous passés à la nouvelle version du Nuage ; c'était gratuit et obligatoire. Le ministère du

Vivre-ensemble fournit Internet, il avait le monopole du réseau. Nous étions 40 millions à nous y connecter chaque jour. Les règles sont simples, il y en a trois :

1– L'utilisation de serveurs privés non homologués est un crime.

2– L'utilisation de serveurs publics à des fins privées est un crime.

3– La possession à usage privé d'un serveur est un crime.

Pour gérer l'énorme masse de données échangées en temps réel chaque seconde, tout programmeur sorti des plus grandes écoles de l'État était affecté à l'optimisation et à la maintenance du réseau national pendant une durée de sept ans avant de pouvoir offrir ses services dans le secteur privé. Officiellement, leurs salaires élevés les protégeaient contre tous les risques de corruption.

Les réseaux et les messages étaient contrôlés, la liberté était un marché surveillé comme les autres

Tout ce qui se dit, tout ce qui se fait, tout ce qui se pense est enregistré/analysé/épuré.

Les zones de conservation et de protection des serveurs informatiques sont devenues des intérêts géostratégiques, plus protégés que la population civile elle-même, car qui contrôle les serveurs contrôle la finance, l'opinion publique et donc, par ricochet, les politiques des gouvernements.

Tout programmeur non assermenté au ministère du Vivre-ensemble était considéré comme un virus qui devait être éliminé.

Ils ne veulent pas que nous parlions mais ils nous laissent communiquer

Nous sommes devenus des producteurs de données qu'ils analysent et qu'ils contrôlent, et tout pirate informatique est un terroriste, que sa motivation soit économique ou idéologique.

Des activistes pour la liberté individuelle se battaient contre le système et ils perdaient. Des serveurs clandestins étaient saisis et détruits chaque jour par la BAT.

Je vous regarde et vous nous regardez, la police est là, derrière vos yeux

Le ministère du Vivre-ensemble voulait prévenir la violence : pour la sécurité de tous, un code d'identité a été généré pour chaque citoyen, basé sur une transcription binaire de son ADN ; une signature unique qui indique le lieu de naissance, l'identification bancaire et le potentiel génétique à la violence, même si ce n'était pas la terminologie officielle.

Ici, la principale qualité est la Transparence

« Méfiez-vous des fausses informations adressées nominativement venant de sources de confiance. Votre vie privée ne nous intéresse pas, seule la sécurité compte. Si vous n'enfreignez pas la loi, vous n'avez rien à craindre des caméras de surveillance. Elles sont là pour le bien de tous. Ceci est un message du ministère du Vivre-ensemble. »

Ils ont construit une Grande Muraille cybernétique

« La liberté est notre objectif, l'ordre est notre moyen. »

Nous vivions dans un état d'urgence maximum depuis qu'un soldat français venait d'être tué lors d'un contrôle d'identité d'un Minoritaire qui avait dégénéré. Tant que la loi martiale n'a pas été votée, nous vivons dans une zone grise de la loi où tout est permis ; personne ne sort après le couvre-feu.

Quand on est trop regardé, on n'arrive plus à voir

Au fond tout le monde savait que le système n'était pas sain, mais nous avions besoin de croire que le Pouvoir en place savait mieux que nous ce qui était bon pour nous. Et les rares voix dissidentes étaient éradiquées par les voies légales.

Ce n'est plus de l'aliénation, on sait tous ce qu'il se passe

On ne se fiait pas seulement au système, on croyait réellement ce qu'on était forcé de croire, ce qu'on nous inculquait. L'art de la dissimulation est devenu une seconde nature, nous portons tous un masque : surdité, aveuglement, servilité, par opportunisme ou par crainte des représailles, physiques ou mentales. Certains s'appropriaient totalement le mensonge dans une sorte de processus d'osmose de survie et perdaient toute capacité à reconnaître la vérité.

Essayer de comprendre est le sentier le plus sûr vers le crime

On ne veut plus penser.

Les règles de la loi, c'est seulement pour le peuple

Les patrouilles de police étaient ordonnées, quartier par quartier, par un planificateur statistique qui calculait la propension à la violence et aux délits en croisant en temps réel les informations collectées sur les réseaux. Des checkpoints ont été construits autour des quartiers dits « sensibles ». On avait aussi construit des centres de rétention ultramodernes, beaux, lisses, intégralement gérés par des machines.

La population se divisait en deux catégories : la population à fort pouvoir d'achat et la population à risque. Les zones sécurisées ont été numérotées, classifiées, et on s'est félicité en haut lieu de cette perfection technocratique.

Tout va bien, tant qu'on peut le cacher aux touristes

Les hommes et les femmes politiques qu'on voit sur les écrans se tiennent tous et toutes dans leur pourriture, quand ils sont ensemble, ils ne la sentent plus : corruption, fraude fiscale, trafic d'influence, salaires d'État pour des fonctions obscures, prestige de l'apparat du système qui les fait se sentir comme des petits rois ; leur argent n'a pas d'odeur, mais pas de sainteté non plus ; parfois ils décapitent un des leurs pour l'exemple ; ils s'achètent une morale à peu de frais pour faire leurs affaires en paix et ils ne risquent rien tant qu'ils restent du bon côté du pouvoir.

Le pouvoir est un jeu de transgression à somme nulle

Les Minoritaires, ceux dont les riches parlent avec dédain, étaient chauffeurs privés, vendeurs dans des magasins franchisés, brancardiers, vigiles, livreurs, tous nés pour être des soldats prêts à tomber pour la France ; ils avaient besoin d'un permis spécial pour venir travailler entre les murs ; on les appelait à nouveau « les étrangers » et eux, criaient en retour : « Justice pour [redacted] ! »

La prison, c'était pour eux : [redacted]® et les cours de justice fonctionnent sur le même algorithme de récidive.

Pourtant aucun nouveau milliardaire n'a pas commis de crime pour devenir si riche

Le respect de la loi, c'était pour nous. La nouvelle définition de la démocratie occidentale était : « Vous avez le droit d'être vous-même. » Mais il fallait comprendre : « Consommez tout ce qui vous fait exister dans le miroir. » En réalité, on s'uniformisait dans des singularités conçues pour nous enfermer dans des cases hermétiques et manipulables. Même si l'optimisme affiché semblait factice et cachait de moins en moins les inégalités sociales, les résultats étaient là, le sentiment d'insécurité reculait et c'était corroboré par les statistiques officielles.

Apprends à être toi-même aussi unique qu'une photo de mode à la mode

J'ai appris peu de choses sur moi. À part que l'alcool finit toujours par être triste.

Vous avez manqué un appel : SATAN

— *I want to fuck you!*

J'ai recraché la gorgée dans mon verre, comme si j'étais choqué. Ça l'a fait rire. Elle était à Paris pour le week-end. Elle était allée en haut de la Nouvelle tour Eiffel, elle avait vu les vestiges du Louvre, et elle avait aimé. J'aime bien les touristes ; elles font semblant de croire à une illusion, et elles repartent toujours avec un bon souvenir de la ville.

Son sourire son nez ses lèvres sont faux, mais son [redacted]® *est un vrai*

J'aimais surtout son accent, et son intonation volontairement traînante.

L'américain c'est une langue pornographique, ça va bien avec l'époque

Elle avait une chambre dans un hôtel pas loin du club. Elle me l'a dit, comme si de rien était. Elle a caché son alliance, mais j'ai vu la marque du bronzage sur l'annulaire de sa main gauche, ridiculement manucurée d'un drapeau américain.

Elle m'a dit qu'elle cherchait « un beau mec, français, plus grand qu'elle, avec une grosse bite ». Elle m'a demandé où étaient les « *beautiful people* ». Elle voulait faire la fête au « Triomphe » sur les recommandations de son maître d'hôtel, mais je lui ai vite expliqué qu'elle n'y trouverait que des putes russophones et des cons, qui n'étaient beaux que parce qu'ils étaient stupides.

Vu de haut, notre monde était calme, Paris allait bien et c'est ce qui comptait. Les devantures des grands magasins étaient de plus en plus belles, les kidnappings de célébrités avaient cessé, la Pseudo était en vente libre près de chez nous, et les portes des maisons closes étaient grandes ouvertes.

On se [redacted]®*, on s'*[redacted]® *on se* [redacted]®

Le monde entier revenait à Paris. Moi, j'attendais encore sa mise à sac, j'invoquais Lucifer pour la Ville Lumière. Et on ne me donnait que des lucioles à manger.

Vous avez manqué un appel: SATAN

— Qu'est-ce que tu veux ?

— Je ne sais pas. Qu'est-ce que tu proposes ?

Je dois encore augmenter les doses de spleen.

Je veux ce que vous avez de plus rapide, de plus sale

Trou noir, dont j'émerge en m'accrochant à des voix inconnues, mais toutes proches. Il y en a une qui a fait : « J'ai repensé à cette fille qui voulait arrêter la drogue et qui croyait à un miracle, car son paiement sans-contact n'avait pas marché quand elle avait voulu payer le dealer. Un petit miracle facile. »

Et l'autre répond : « Voir des signes partout, c'est bien un truc de dépressif. »

— Je me demande ce qu'elle est devenue…

— Quelle heure est-il ?

— Je ne sais pas. J'ai perdu ma montre dans le corps de quelqu'un…

J'ai écouté les peaux nues qui crissaient sur le parquet humide, et les cendriers pleins qui éclataient par terre. Sur le rebord d'une cheminée noir, en face de moi, il y avait une icône orthodoxe recouverte de feuilles d'or, et un tableau qui représentait une petite fille avec un dessin de papillon qui lui mangeait le visage ; elle me regardait avec ses yeux couleur d'outre-tombe. J'ai décroché le tableau et je l'ai retourné.

Je ne voulais pas qu'elle me regarde me salir

Je ne sais pas où je suis ni comment j'ai atterri ici ; je faisais de plus en plus de black-out.

Ce matin-là, la persienne entrouverte éclairait les corps enlacés par terre et les lits défaits peuplés d'inconnus aux yeux rouges dans un grand appartement quelconque. Il était déjà tard, et on faisait semblant de dormir pour ne pas voir que le jour avait encore gagné contre la nuit, celle qu'on espérait sans fin.

Inutile de chercher à boire, toutes les bouteilles étaient vides, tous les verres étaient brisés, toutes les dernières drogues, tous les philtres de bonheur facile avaient été consommés.

Nous dérivons tous sur un radeau au milieu du désordre

Je n'ai plus faim : mon manque d'appétit m'a hurlé de partir.

J'ai écrasé la cigarette que je venais d'allumer sur ce que je pouvais. J'ai regardé autour. Personne ne se connaissait vraiment dans cette chambre. Personne ne criait, personne ne se plaignait à part une jolie fille qui pleurait dans un coin, par terre, le front contre ses genoux comme si elle demandait pardon. Autour de nous, les corps froids comme des cadavres étaient maculés d'alcool et de plaisir séché.

Elle m'a regardé et quand elle a vu que je la regardais aussi, elle a arrêté de pleurer et elle m'a souri.

— Ne pleure pas. Dis-toi seulement que ça ne compte pas. Et tout ira bien.

Je l'ai prise dans mes bras, et je l'ai bercée un peu. On a essayé de s'embrasser une dernière fois sans en avoir vraiment envie.

Les sentiments étaient décimés et l'odeur était infecte

On s'est dit au revoir sans se regarder ; hier nous étions tombés dans les bras l'un de l'autre, et on avait pleuré en se vouant un amour éternel, absolu comme dans un mariage à l'échange des vœux. On avait tous les larmes aux yeux : le sexe sans amour était devenu le rite d'une religion.

L'orgie est terminée, nous sommes tous redevenus des étrangers

Il y avait quelque chose en moi qui poussait comme un autre corps d'une beauté difforme. J'ai fait une première crise d'angoisse ; j'avais le pressentiment qu'un grand massacre arriverait bientôt : ça se passerait ici, à la vue de tous. Je voyais un immense brasier. Je voyais la violence dans les quartiers périphériques. Je voyais les soldats qui tiraient dans la foule. Notre-Dame était déjà un rocher en flammes.

Comme d'habitude

J'ai parlé de mes visions aux gens que je croisais, j'étais sérieux comme on ne l'est qu'à cinq ans, quand on ne sait pas encore faire la différence entre la Réalité et l'Image, entre le Bien et le Beau, entre le Rêve et l'Avenir.

Je leur ai dit : « Les morts le demandent. Il faut se battre. Il faut se défendre. Tous les condamnés à la jeunesse éternelle dont vous avez déjà oublié les noms ! Toutes les victimes innocentes veulent être vengées ! »

J'avais l'air d'un fou

Ils ne me croyaient pas, ils riaient, alors je suis encore sorti pour oublier ce que j'avais vu. J'ai fait de mon mieux. Je ne peux plus faire semblant d'aimer ça. La chimie m'aidait. L'alchimie, elle, était rompue.

Ne te retourne pas ou tu te transformeras en statue de sel

« Je ne crains pas le ministère du Vivre-ensemble, plus il s'en prend à moi, plus il est discrédité. » L'Artiste Torturé a également déclaré : « Le corps est un élément de pouvoir et l'État essaie de le discipliner. Quand je mutile mon corps, je montre ce que l'État fait à la société et à sa jeunesse. »

J'écoutais la radio dans mon bain, ils parlaient du procès de [redacted], l'artiste qui s'est cousu la bouche pour protester contre la condamnation à dix-huit mois de prison d'un jeune de dix-huit ans pour un chant anarchique. Il avait fait ça sur le parvis de Notre-Dame, car il ne pouvait pas s'approcher plus près du ministère du Vivre-ensemble, de l'autre côté de la place.

Il risquait une condamnation à cinq ans de prison ferme pour « menace publique contre le ministère du Vivre-ensemble » et « trouble à l'ordre populaire ».

Ses soutiens distribuaient des T-shirts avec le slogan : « Ici, on blasphème. »

Son avocat, désigné par le ministère du Vivre-ensemble, a dit qu'il défendait tout le monde, mais pas un terroriste. Pas un homme qui a transgressé toutes les valeurs auxquelles il croyait.

C'était la limite qu'il ne franchissait pas

L'artiste lui avait répondu que sans justice il n'y avait pas d'avocat…

Vous avez manqué un appel : SATAN

SATAN m'appelle, je l'ai laissé sonner, j'ai voulu résister et finalement j'ai décroché. Comme toujours il a haussé le ton, il était de mauvaise humeur : « Putain, pourquoi je suis obligé de sonner pendant des heures avant que tu répondes ? Tu me fais toujours ça ! Je te l'ai déjà dit, je ne peux pas rester dans la rue, ils me cherchent ! »

SATAN était mon dealer préféré. Je ne connaissais pas son nom. Il m'avait dit que ça valait mieux pour nous deux. Il devait avoir quarante-cinq ans, et ça me paraissait immensément vieux, presque comme s'il était d'une autre espèce. C'était un vétéran de la Guerre blanche ; il m'avait montré le code-barres tatoué sur son épaule.

— Tu vois ça ? Ça veut dire que j'ai tué des gens…

Il jouait les types dangereux, mais je sentais en lui des fractures sombres qui lui faisaient baisser la tête ; je savais qu'il jouait un rôle, j'avais remarqué qu'il ne me regardait jamais dans les yeux quand il me parlait.

J'ai toujours préféré les dealers timides aux dealers gentils car eux ils ne mentent pas

Je l'avais choisi car il travaillait en indépendant : lui, il n'envoyait pas des petites filles me livrer mon poison. Que des types détruisent leur vie, cela m'était égal, mais une petite fille qui cache la drogue dans son sac d'école, c'était la limite éthique que je m'étais fixée.

Avec Satan, je fais des affaires, mais je ne l'aime pas

Il venait de découvrir que je l'avais enregistré au nom de « SATAN » dans mon répertoire.

— Pourquoi tu m'as appelé Satan ? C'est pas sympa !

— Je sais pas, je trouvais ça cool.

Je lui avais trouvé ce surnom, parce qu'à toute heure du jour et de la nuit son haleine était une abomination. Je me suis dit qu'il fallait être maudit au dernier degré pour être pourri comme ça à l'intérieur. Il portait plus de 5 000 francs de vêtements sur lui si on en croyait l'addition des logos.

— J'ai pas trois grammes, j'en ai que deux.

— J'en veux trois.

— Tu vas faire quoi avec ces trois grammes ?

— À ton avis ?

— C'est de la 0.9. Si tu prends tout, tu vas crever, tu comprends ? Je plaisante pas.

— Ça n'existe pas la 0.9. La pureté, c'est un mythe, c'est une légende urbaine. Ne fais pas semblant de t'inquiéter pour moi.

— J'ai pas envie de te perdre, moi ! Bon, tu fais ce que tu veux de ta vie, t'es un grand garçon. Tiens. Allez, fais-moi la bise, il y a une caméra qui nous surveille juste là, au coin de la rue.

— Non, merci. Je préfère pas. Je crois que j'ai un rhume.

— OK, OK... Tu vas à la soirée Alcooliques anonymes, c'est ça ?

— C'est quoi ?

— Les nouvelles soirées à la mode. Les AA. Tout le monde m'en parle...

Il m'a donné le contact sur un petit bout de papier ; il a une écriture d'enfant de cinq ans. Et comme chaque fois, avant de repartir, il m'a demandé : « Je t'ai fait écouter ma dernière mixtape ? »

Je ne lui serre pas la main parce que ça porte malheur

N'ayant rien de mieux à faire, je suis allé à la soirée dont il parlait.

J'ai montré patte noire au *Souterrain de Velours*. Où un néon indiquait « L'Enfer » d'une flèche. J'ai descendu l'un après l'autre les étages d'un vieux parking circulaire ; il y avait de moins en moins de filles, et de plus en plus de mauvais garçons.

Ici, les heures passent plus vite, avec quelques bonbons dans la bouche

J'ai regardé longtemps une fille qui dansait sous X, les pupilles complètement dilatées, elle portait une combinaison [redacted]® noire sous son blue-jean taille haute et pas de soutien-gorge ; elle avait un visage d'enfant recouvert de larmes, et le garçon, rasé et maquillé de près, qui dansait avec elle me jetait des regards équivoques quand il se frottait à elle, et malgré moi j'ai baissé les yeux.

La drogue est montée d'un coup, presque par surprise

— Parle pas à ma copine, elle a un copain, m'a interpellé une voix.

J'allais me battre avec une ombre et c'est là que j'ai rencontré Monsieur [redacted]. Il m'avait repéré depuis longtemps dans le noir, c'est ce qu'il m'a dit bien plus tard.

Il voulait m'inviter à boire un verre, je lui ai demandé l'heure qu'il était, il m'a répondu, il avait l'air sympa, et je n'avais pas encore pris mon compte, il m'a assuré qu'il me paierait tout, je lui ai dit que ce n'était pas la peine, que j'avais plus d'argent qu'on pouvait en boire tous les deux et toute la boîte.

— C'est un défi ?

Je lui ai répondu que j'allais le faire vomir.

Au bar caché, la barmaid ne savait pas faire le « Cyprine & Larmes », du coup j'ai commandé des « Placenta Blues à la mexicaine ». Il paraît qu'il y a un gramme de N pure dans la préparation selon la formule secrète d'un labo suisse.

Il sirotait les cocktails, je les vidais.

— C'est pas mal, mais je préfère les « Maria pleine de Grâce ».

Il m'a invité à sa table. J'ai remarqué qu'il me regardait bizarrement quand il m'a servi un verre. Sa main s'est mise à trembler quand je lui ai dit mon nom. Lui aussi, il savait qui j'étais. Il a voulu savoir si j'avais un peu de culture, j'ai senti qu'il me testait, mais il est resté dans les clichés ; on a parlé nouvelle vague et icônes du XXe siècle. Il m'a demandé si, à choisir, je préférais la « Maman » ou la « Putain », et j'ai répondu : « La Putain. »

Je sentais son corps qui petit à petit se rapprochait, il me parlait à l'oreille, me disait des trucs vagues, sa bouche me touchait le lobe, je sentais son haleine alcoolisée, et c'était désagréable. Je restais par politesse, parce qu'il me fixait avec une lueur étrangement triste dans les yeux, et qu'il avait ce style un peu touchant, cheveux gras/calvitie/nuque longue, fausses lunettes de vue en or, baskets rares et costumes en velours un peu trop cher, de ceux qui veulent à tout prix « rester dans le coup » parce qu'au fond ils refusent d'avoir peur de la mort.

J'espérais ne jamais lui ressembler un jour

Il m'a dit que j'étais très beau, ça sonnait comme une proposition. Je me suis dit : encore un vieux qui veut me baiser. Je lui ai répondu gentiment que je n'étais pas intéressé, car si j'étais ici, c'était pour boire et pour la musique.

— Et vous, vous faites quoi dans la vie ?

— Tu peux me tutoyer… (Il m'a tendu une carte de visite.) Moi, je suis « la Nuit ». Et j'ai du travail pour toi.

Il m'a dit de l'appeler. J'ai regardé la carte.

— Je vous ai dit. Je sais rien faire.

— C'est parfait. Ne rien savoir faire, c'est la vraie liberté. Et je cherche quelqu'un de libre.

Il n'avait pas menti : il possédait vraiment tout ce qu'il restait de la « nuit légale » à Paris, les derniers endroits ouverts en temps de préparation à la guerre. La Jeunesse n'avait plus trop le choix.

Tous fermaient les uns après les autres, c'était presque devenu antipatriotique de s'amuser à notre époque, si bien qu'il reversait une partie de ses bénéfices pour une grande cause, comme je l'ai appris plus tard. Peut-être qu'il était sincère. Peut-être qu'il avait juste mauvaise conscience de se faire autant d'argent sur le dos de la destruction de la Jeunesse. Qui étais-je pour juger ?

Les conséquences de la mauvaise conscience sont plus importantes que ses causes, à ce qu'il paraît.

Il est devenu mon « Employeur »

Je n'ai pas menti non plus, je ne savais rien faire, mais il voulait que je passe de la musique dans un de ses clubs.

J'ai un nom de scène : Personne

Je l'ai trouvé tout seul et personne ne comprenait la référence mythologique. Le public trouvait ça viral quand je l'écrivais sur les murs à la bombe : « Personne est né ici », c'est devenu ma signature.

Je m'appelle Personne, même si tout le monde sait qui je suis

Je passais des CD dans des endroits « pas mal » fréquentés. C'était une occupation comme une autre.

Je n'avais aucun talent, mais pour être DJ, ce n'était pas un problème, tout était préparé à l'avance par un assistant, et il suffisait de ne pas sourire, d'avoir les cheveux assez longs pour cacher ses yeux, d'être une image crédible du portrait d'un jeune homme en artiste, et d'appuyer sur le bouton « plaie ».

Ne pas sourire, c'est facile

Mon Employeur voyait en moi une sorte de fils. Il me disait que je ressemblais au sien. Il m'avait donné des conseils dans la vie, et je les avais écoutés d'une oreille distraite.

Mon Employeur m'avait dit de regarder le film *Blow-up*.

Mon Employeur m'avait dit de ne jamais jouer au poker.

Mon Employeur m'avait dit de ne jamais toucher à la N.

Mon Employeur m'avait dit de ne jamais dire « Je t'aime » si je ne le pensais pas vraiment.

Mon Employeur me payait mal, mais il me disait de rester incorruptible.

Never explain, never complain

— L'argent est un poison entre les êtres, tu ne trouves pas ?

J'ai compris qu'il me disait tout ce qu'il aurait aimé dire à son enfant mort dans l'accident de la [redacted]® qu'il lui avait offerte il y a deux ans pour fêter son bac, comme il me l'a avoué un soir où il était ivre de trop boire seul.

— Aucune peine n'est soluble. Tu sais ?

Je trouve ça triste, alors je le laisse parler, et je fais semblant de suivre ses conseils. Je ne lui dis pas pour ne pas lui faire de peine, mais ça fait bien longtemps que je n'écoute plus. Je fais mes propres erreurs. Je n'ai besoin de personne.

— Est-ce que tu consommes des stupéfiants ?

— Raisonnablement.

Je mentais. À lui plus qu'aux autres, car je ne voulais pas qu'il s'inquiète. Je trompais ma solitude. Et rien ne pourra arrêter ma chute. Je suis devenu l'abécédaire des drogues dures et des lignes de fuite dans les chiottes. Je me servais des « Cocktails de Cocteau », jusqu'à ce que ma gorge saigne.

Grâce à la N, je n'entendais plus les voix, je ne ressentais plus les peines et les tristesses des autres. Je ne ressentais plus rien dans le Réel.

J'étais persuadé d'être incapable d'aimer

— Est-ce que tu es heureux ?

— Est-ce que je suis quoi ?

J'ai augmenté le volume, pour ne plus avoir à parler, et les gens ont levé les bras en l'air.

Je sniffe la poudre noire

J'ai aspiré l'horreur du monde au bout de ma paille. Je me suis persuadé un instant que j'étais le roi des rois.

Je ne crois plus en rien, ni même à ma propre mort

Je suis devenu une somme de conduites à risque. Le sillon se raye. Le diamant brut, taillé en princesse, s'est planté dans ma veine. Comme les autres, je faisais semblant d'être content d'être là.

Je jouais le rôle qu'on attendait de moi

Et de m'amuser quand la musique est trop forte, et les filles jamais assez belles.

— T'as pas l'air très heureux.

Une fille m'a encore dit ça.

— Pourquoi ? Ça a l'air de quoi quelqu'un d'heureux ? Tu le sais toi ?

— Je sais pas. Mais c'est pas toi en tout cas.

Comme tout le reste, passer de la musique dans un club a fini par m'ennuyer. J'ai le regard de plus en plus noir. Je suis de plus en plus absent. De bar en bar, je refais le grand procès de mon monde.

La France avait maintenant l'habitude que le sang coule

J'ai grandi dans ce pays à une époque où on voulait faire mal. On se tatouait pour la douleur du truc, il y avait des clous rouillés dans les bouteilles de gaz quand elles explosaient dans les lieux publics, mais personne ne s'étonnait plus ; on s'était habitué, même si on avait besoin de toujours plus de temps pour oublier l'escalade de la violence qu'on nous montrait sur tous les écrans.

On était à l'époque de la Tolérance Zéro

— Des corans ont été brûlés dans la rue par des nationalistes !

On entendait partout les rumeurs de guérillas religieuses dans les quartiers siliciés, la tension montait inexorablement, mais on n'y croyait pas vraiment.

Personne ne voulait d'une nouvelle guerre

— Une nouvelle attaque à l'acide a eu lieu devant une synagogue du quartier sécurisé 3 !

On en parlait juste comme ça au détour d'une conversation ennuyeuse comme pour relancer l'attention de son interlocuteur.

— On a détruit des croix et des images du Christ !

Ou pour vérifier qu'on était du même bord.

— Un drapeau français a été volé sur la place de l'Hôtel-de-Ville !

— Un incendie criminel a été signalé dans la Mosquée n° 2 et le lendemain dans la n° 7 !

Les choses se sont passées à peu près comme ça, je n'invente rien

Je me souviens d'un échange entendu en bas de la tour 9 de la zone sécurisée 22 du Grand Paris :

— J'étais un drogué, je vivais dans le péché, j'étais corrompu, et j'ai été sauvé...

— Par qui ?

— Par Dieu, mec. (Il rit.)

— Par Dieu ?

— Mec, t'es mort et tu le sais même pas...

Dans cette profusion de nourritures terrestres, la vie dans les zones sécurisées n'était qu'une immense accumulation de rien. On faisait tous les mêmes rêves car on était tous exposés aux mêmes informations.

On voulait croire en quelque chose, n'importe qui, n'importe quoi, comme si cela pouvait nous sauver. On avait tous compris que le bonheur n'était plus qu'une question de régulation maîtrisée de notre humeur par tous les moyens technologiques possibles. Dehors, je l'entendais, les archaïsmes étaient de retour, on prêchait une foi confuse.

On était si désespéré de vivre qu'on était prêt à mourir pour n'importe quelle cause. Mais pas à en vivre.

Je suis prêt à sauter dans le vide pour n'importe quel père ou mère de substitution, quelqu'un pour approuver mes erreurs

Pour redresser le pays, l'Ultracapitalisme était devenu aussi brutal, effréné et sauvage qu'en Chine populaire. On fabriquait des choses de plus en plus inutiles à vendre et à acheter, comme des limousines sans pilote. On se vendait tous, on ne se parlait pas, on se donnait des notes, on était devenu les esclaves des fabriques à contenus, on naviguait de plateforme en plateforme avec l'impression orgueilleuse de connaître le monde, on appliquait du cosmétique sur les centres-villes, on uniformisait le confort, on construisait des prisons pour les laissés-pour-compte, et on donnait à manger aux mendiants pour se donner bonne conscience.

Si le pays allait mal, on nous a dit que c'était notre faute

On acceptait les reproches, on baissait la tête, on ne répondait pas. On donnait la parole aux ventres des femmes pauvres louées pour que les femmes-objets puissent se reproduire, aux anthropophages, aux mangeurs de chiens, aux Minoritaires devenus citoyens, aux assassins repentis, à ceux qui aimaient s'amputer eux-mêmes, aux transgenres enceintes de leurs chats, aux imitateurs de riches et aux voleurs de pauvres et à tous les hommes politiques qui utilisent le même sourire et les mêmes colères factices.

Il fallait être de plus en plus monstrueux pour être célèbre

On nous maintenait dans un état d'enfance capricieuse ; partout la frustration était organisée : « Je. Veux. Maintenant. » On nous faisait vivre un présent qui rétrécit et finit quand même par occuper tout l'espace. La vie réelle n'est plus qu'une des vies possibles, et le marché s'en fout si tu deviens fou, si tu es seul, si tu es triste, si tu as une âme, tant que tu lèves le pouce, tant que tu regardes la pub jusqu'à la fin. Il paraît que le marché s'autorégule, et qu'il est déjà gentil de nous laisser acheter de l'argent à crédit, pour qu'on puisse accumuler assez de preuves concrètes qu'on existe.

À part ça, on vendait son image, on louait sa maison, sa voiture, son amour, on achetait des vues. Tout est à vendre/Tout est à acheter/Tout est à louer.

Si comme moi vous avez mordu la pomme lumineuse

Certains sortaient de la masse anonyme et devenaient des stars de la chanson, des acteurs, des mannequins, et des self-made-men.

Souvent dénués de tout talent

Ils étaient célèbres et ils étaient suivis par des millions d'autres ; on les montrait comme des exemples à suivre. Ils offraient un beau spectacle, ça donnait de l'espoir aux autres pour qu'ils se disent : un jour, ça sera mon tour !

Cet espoir, ce n'était déjà pas si mal

À choisir, on préférait la célébrité à l'argent, on préférait l'argent au pouvoir. La célébrité et l'argent, on les désirait plus que de vivre, le pouvoir, lui, on en avait peur. Un type de seize ans à peine, a dit à son jugement : « Je l'ai tué parce qu'il m'empêchait de devenir célèbre... »

Seules changent les têtes des fils et des filles de

Venait ensuite le culte des célébrités mortes trop jeunes, et les médias étaient des mouches sur leurs corps ; plus elles grouillaient de vers, plus on les aimait, plus on leur pardonnait leurs péchés, et plus elles se rapprocheraient d'une forme ultramoderne de sainteté.

Personne n'ira pisser sur la tombe de [redacted]®

En apparence, tout allait bien, les gens finissaient par croire qu'ils ressemblaient à leurs photos de profil, on téléchargeait en masse l'application « À quelle célébrité ressemblez-vous ? » car on avait peur de ne ressembler qu'à soi-même ; c'était décevant. Il nous fallait des miroirs, même virtuels, d'ailleurs à choisir, plus virtuels que réels, car avec eux on pouvait toujours tricher ; on organisait le culte de soi-même.

Ne comptez pas sur moi pour idolâtrer une star de foot ou un monogramme

Paris est une ville finie, encerclée, j'ai horreur de ce charnier pourrissant de ses gloires passées. Je dis Paris, mais je pourrais dire Berlin, Londres, New York, Tokyo, Dubaï, Singapore, Néo-Séoul, et toutes ces mégalopoles hier si prétentieuses, aujourd'hui en ruines.

L'Europe est morte il y a longtemps

Plus rien ne m'étonne, il n'y a plus de barbarie, plus de mœurs étranges, plus rien de sauvage. Un certain bon goût commun s'est propagé dans l'élite mondiale, c'était l'Ares Americana. Rien de sérieux, rien de grave. Juste une ironie persistante. Qui aide à vendre.

Un jour, il y aura le portrait de Karl Marx sur les billets de banque

Et quand il n'y aura plus rien à manger, ils nous feront manger nos cadavres.

Que leur sang abreuve nos sillons !

Si je pouvais, je transformerais les Champs-Élysées en paillasson, cette cicatrice capitale, où les riches sont encore plus matérialistes que les pauvres ; ils se congratulent, ils possèdent des objets, ils s'enchaînent aux « must have », ils jouissent du monde très vite, ils se croient authentiques parce qu'ils peuvent vivre deux jours sans électricité, mais après, quand ils rentrent dans le confort de leurs belles maisons ils comptent les zéros sur leurs comptes en banque, et ils se sentent libres.

Ils regardent les pauvres s'étriper de leurs fenêtres

Je sentais parfois monter en moi une haine viscérale contre ces riches qui narguaient les pauvres prêts à se prostituer pour leur ressembler, et contre tous les politiques qui disent vouloir aider les opprimés, du caviar au coin de la bouche ; j'aurais aimé creuser un immense trou, et les enterrer tous, vivants, qu'ils se sentent mourir, comme ils vivent, la bouche pleine.

J'ai compris pourquoi on veut devenir immortel quand on a mille vies à dépenser

Et la politique changeait comme les modes. La République est morte, c'était un vendredi, personne n'a pleuré le jour de ses funérailles, il y a eu ce grand référendum et le peuple a voté, la campagne a coûté des milliards. Nous avons élu un acteur de cinéma, il a tous les pouvoirs.

Le ministère du Vivre-ensemble est devenu l'organe majeur, l'alpha et l'oméga

Il y a sa tête sur les affiches dans tous les lieux publics : « LE MINISTRE DU VIVRE-ENSEMBLE VEUT NOTRE BIEN. »

C'est un « enfant du peuple », il est comme vous et moi, il se bat pour nous

Pourtant la violence est gratuite, et l'école est payante. Dans les ateliers d'Intégration, on faisait écrire des slogans politiques et des messages de paix par des enfants de Minoritaires : « Le ministère du Vivre-ensemble se bat pour notre bien à tous et à toutes ! »

Ils fabriquaient aussi des colliers de pâtes avec des imprimantes 3D ; les mères se félicitaient de la créativité de leurs fils et de leurs filles.

Dans cette société nouvelle, la définition du succès est la recherche du bonheur, le bonheur à tout prix. Mais ce bonheur-là a bel et bien un prix : le ministère du Vivre-ensemble a déclaré la guerre à la terreur. Rapidement la définition de la terreur est devenue de plus en plus vague.

Si vague qu'elle a fini par recouvrir tout le monde

Le point rouge qui clignote dans ma tête est revenu et, avec lui, le pressentiment que le grand massacre était pour bientôt : ce n'est pas la Guerre blanche, ça se passera ici, à la vue de tous. La violence dans les quartiers périphériques n'était que les prémices de l'embrasement général.

— Tu veux sauver la planète ? Suicide-toi avant de te reproduire !

— Tu veux arrêter la mort des espèces protégées ? Tue le P-DG d'une entreprise de batteries au lithium !

— T'en as marre de la déforestation ? Arrête la cocaïne ou avorte !

J'avais le portefeuille plein de billets de 100 francs. Cet argent, je n'en ai rien fait de bon.

J'ai la gorge sèche, elle me gratte amèrement, j'ai le nez bouché. Je peux racler autant que je veux, je peux cracher par terre sur le bitume, j'ai toujours ce goût affreux dans la bouche : microbouffées de délire et obsessions sexuelles morbides quand je renifle trop fort et que j'avale ce qui s'est mélangé à ma salive.

Je sais que l'alcool ne fera pas partir l'amertume

Je sens mon cœur qui bat dans tout mon corps, mais il ment, je sais qu'il est mort. On se dit qu'on paiera tout ça plus tard, que jusqu'ici tout va bien. On tire une corde et on s'imagine qu'on n'en verra pas le bout, on vit l'instant présent comme si c'était l'ultime, on s'américanise, en attendant qu'il se passe quelque chose de grand ; on fait des affaires pour oublier d'avoir à vivre sa vie.

Une fête chasse l'autre

— T'es tellement pâle, et puis ces cernes, on dirait que tu n'as pas dormi depuis des semaines. Tu n'as pas envie de prendre des vacances ?

— Je suis en vacances !

En vacances permanentes

— On dirait que t'es un vampire.

— Si j'étais un vampire, je t'embrasserais comme ça.

Je l'ai mimé.

— Mais tu n'es pas un vampire, n'est-ce pas ?

— Je suis pire.

— Ah oui, qu'est-ce que tu es ?

— Je suis un être humain.

Si la beauté n'impressionne plus, à quoi sert-elle ?

— Toi, t'as l'air bronzé, comment t'as fait ?

— Je reviens de voyage, j'ai eu une autorisation spéciale, j'étais attachée culturelle pour une mission diplomatique à Dubaï.

— Il paraît que les ruines du [redacted]® Abu Dhabi, c'est beau. J'ai liké la photo.

Pouce levé tu vis, pouce baissé tu meurs

— Moi, j'ai aimé la musique que tu as passée tout à l'heure.

— Merci. T'es très gentille.

— Et toi, tu es très beau.

Elle venait d'arriver à Paris, elle s'étonnait que je mette du tabac dans mes joints. Elle habitait rue Montorgueil le temps d'un shooting pendant la Semaine de la Mode. Elle connaissait SATAN. En fait, c'était moi qui lui avais donné le contact. Elle avait grandi à Berlin, mais elle était d'origine russe, et elle avait connu les clubs d'avant, quand Berlin était cool.

Elle avait le visage irréellement symétrique, des traits de poupée, et des tatouages en réalité augmentée, qui recouvraient l'intégralité de son corps ; ils représentaient des scènes de sadomasochisme hardcore, ce qui créait un contraste érotique délicieusement malsain quand elle a écarté son débardeur blanc pour que je puisse mieux les voir. Elle m'a montré une scène où une petite fille avait les pieds et les mains entravées dans le dos et était suspendue sur une sorte de balançoire pendant qu'un type en blouse blanche observait son sexe avec un microscope.

— Sympa tes tatouages. Tu as lu *La Vénus à la fourrure* ?

— J'ai vu un film qui s'appelait comme ça, je crois. T'as combien de suiveurs, toi ?

— J'en ai douze. Et toi ?

Elle avait seulement 44k suiveurs et ça la rendait triste. Elle était la nouvelle égérie du régime « [redacted]® », et elle m'a conseillé d'essayer, je lui ai parlé du régime « [redacted]® ».

— C'est quoi ? (Elle était vraiment intéressée.)

— Tu regardes la liste de leurs produits sur leur site, et t'en manges aucun.

Elle n'avait pas compris la blague. Ni l'ironie de notre époque, où se nourrir, c'était se tuer et empoisonner le monde pour les générations qui nous survivraient.

C'était la politique de la terre brûlée

— Enfin, si tu veux vraiment maigrir, je te conseille le « Régime Totalitaire ».

— Je connais pas. C'est celui sans protéines ?

— Non, c'est celui sans liberté.

— Ah.

Elle avait des goûts *sine nobilis*, très prévisibles ; elle cochait toutes les listes de luxe facile et elle m'a avoué fièrement ne boire que des « Aujourd'hui Rien » (Grande Cuvée Louis XVI) comme si ça voulait dire quelque chose de profond.

Comme toutes ces filles russes obsédées par le [redacted]

Elle ne m'écoutait d'ailleurs plus qu'à moitié, et déjà elle rebondissait sur la fin d'une phrase anodine pour changer de sujet.

Elle tenait à me montrer des photos d'elle, en particulier les photos d'un shooting qu'elle venait de faire pour la marque d'un célèbre styliste mort il y a une éternité.

— Ça, c'est la collection « Einstein on the Bleach ».

Il y avait une autre fille avec elle, j'ai reconnu instantanément le sourire enfantin et les yeux de braise de la « Modèle [redacted] ». En la voyant, j'ai eu un goût de fumée blanche dans la bouche. J'étais troublé. Je connaissais ce regard. Pas d'une image. D'ailleurs.

Je crois qu'elle m'avait rendu visite dans un cauchemar

— Elle est connue cette fille, non ?

Elle m'a regardé, incrédule : « Tout le monde connaît Babystarr. C'est une des modèles les plus influentes de sa génération. Y a son image partout... »

Et c'était vrai, tout le monde connaissait la « Teenage Superstar », celle que les médias appelaient la « Vierge-Star ». À treize ans, elle avait été la plus jeune mannequin au monde à défiler pour [redacted]®. Elle était Française, mais elle vivait entre Paris, Shanghai et Los Angeles.

Sa beauté donnait « envie de pleurer », ou « de croire au dieu d'un autre » comme l'avait écrit un journaliste de [redacted]® Italie. Elle avait une réputation sulfureuse, à cause des vidéos dans lesquelles elle posait à moitié nue entourée de personnages de [redacted]® et qui frôlaient toutes la pornographie la plus hardcore.

À treize ans, elle incarnait déjà la sexualité du jour

Il y avait un culte autour d'elle : les petites filles ne croyaient plus au prince charmant, mais elles croyaient toutes en Babystarr ; ses chorégraphies étaient reprises dans les cours de récréation, et des parents se plaignaient de ses poses très explicites pour son âge.

Il fallait toujours aller le plus loin possible pour divertir

Ses fans lui donnaient chaque mois une partie de leur salaire et ils pensaient tous avoir une relation privilégiée avec elle ; certains étaient prêts à mourir pour elle.

Elle était la seule Française à avoir dépassé les 100 millions de suiveurs dans le monde grâce à des chansons explicites que les conservateurs décriaient comme « pédopornographiques ».

Sur la dernière vidéo qu'elle venait de mettre en ligne, elle léchait des lames de rasoir et elle crachait du sang sur la caméra en gros plan en éclatant de rire comme si elle avait fait éclater une bulle de chewing-gum.

Avec l'art, l'apparence est le seul business où l'on peut transformer la souffrance en or

Elle venait de lancer une marque de maquillage holographique le jour de ses dix-huit ans et les bénéfices en six semaines avaient été plus grands que le PIB de la Belgique.

— Je connais cette fille...

— T'as dû voir sa sextape. Tout le monde l'a vue. Elle qui racontait à tout le monde qu'elle attendrait ses dix-huit ans pour perdre sa virginité en live. Menteuse ! Maintenant elle est sous protection policière car elle a énervé beaucoup de ses fans qui avaient déjà commencé à économiser...

Je l'ai interrompue :

— Elle est sympa dans la vraie vie ?

— Je déteste les Parisiennes.

Très intrigué, j'ai regardé tout ce que j'ai pu trouver sur elle : les articles qui parlaient du divorce très médiatisé de ses parents et de leur guerre sans merci pour la garde de leur fille, les rumeurs de chirurgie esthétique, comment elle avait commencé sa carrière sur les podiums pour [redacted]®, et comment elle était devenue l'égérie de toutes les plus grandes maisons de mode.

J'ai voulu entendre sa voix

À l'image, elle débutait : elle avait une moue d'ennui enfantin mais un regard sans âge, et elle récitait avec une désarmante sincérité une succession de phrases neutres comme : « La beauté, c'est avoir une très belle personnalité et être soi-même. » Ça serait facile de me moquer de cette fausse innocence. Peut-être qu'elle lisait un script qu'on avait écrit pour elle. Peut-être qu'à ce moment-là elle y croyait vraiment. Elle pensait être heureuse, sa vie avait un sens.

J'ai trouvé une vidéo d'elle postée avant-hier par une marque de luxe quelconque : « Je m'appelle Babystarr, mais on m'appelle "B". Je suis la plus belle fille de mon époque. Et même si mon époque ne durera pas longtemps, ma beauté inspire le monde, les artistes, les modes de vie, et les façons de faire l'amour. Vous me désirez car je suis le désir. »

Elle tirait la langue et il y avait un diamant au bout

Aucun doute possible, c'était bien la fille que j'avais rencontrée dans la salle d'attente de mon père.

— T'es là ? Si ça te dérange de parler avec moi, je peux partir, il y a une soirée au *Château Fort*.

— Euh… Oui… Excuse-moi. Tu disais quoi ?

— Tu t'appelles comment ?

Troublé, j'ai dit mon nom machinalement, en pensant à ma découverte.

— C'est toi ?

Elle a désigné une photo de moi commentée par des centaines de milliers de suiveurs, elle avait l'air sincèrement impressionnée. J'ai répondu que c'était un faux compte, ce qui était vrai.

On est allé à la soirée, mais au bout de dix minutes elle m'a dit qu'elle voulait rentrer. Elle avait un contact de chauffeur clandestin. Elle m'a expliqué que la meilleure drogue pour faire l'amour, c'était la [redacted]® ; elle en avait chez elle.

— T'as pas de mec ?

— Si, mais il n'est pas là.

Chez elle, on a dansé dans sa salle de bains en écoutant du RnB sale, car c'était la seule pièce où on avait le droit de fumer des vraies cigarettes.

— Et ton mec, il sait ce que tu fais ce soir ?

— Oui.

— Ah ouais ?

— Non, il sait pas, mais il me fait confiance.

Son mec est rentré, et il nous a vus enlacés. Il m'a mis dehors, car on était chez lui. Je n'avais nulle part où aller, mais la nuit était encore longue, ce n'était pas grave. J'avais envie d'une trace. Et j'ai cherché une fête pour la diluer.

Vous avez manqué un appel: SATAN

Il était 6 heures et quelques du matin, je suis arrivé à l'after clandestin dans le bâtiment en ruines de l'École des Arts-Laids. J'ai commandé un [redacted]®, même si je trouvais ça dégueulasse, mais il n'y avait plus rien d'autre à boire. Un peu plus tôt, des étudiants habillés n'importe comment avaient exposé leurs « œuvres » ;

il y avait eu un défilé de mode, et on avait vendu des casquettes, mais maintenant c'était l'heure de la techno. Ils dansaient, et j'aurais aimé danser avec eux, mais je ne sentais plus mes jambes.

Je me suis forcé et je me suis perdu

Au centre du dancefloor, un jeune homme s'est couché sur le sol, recroquevillé sur lui-même comme un fœtus, au milieu d'une forêt de pieds. Je me suis approché plus près, il était habillé comme moi. Il me ressemblait. Dans la bousculade, un pied l'a heurté, son corps s'est retourné, il avait un trou rouge sur le côté gauche.

Ce jeune homme c'était moi

Une ombre s'est penchée et a tendu le bras dans ma direction. J'ai joué le corps mort jusqu'à ce que l'équipe de sécurité m'escorte dehors.

Ce matin-là, quand j'ai ouvert la porte de ma maison, une présence étrange m'a appelé : je suis allé retrouver ma mère dans sa chambre, elle dormait. Je l'ai réveillée : elle était contente de me voir. Je lui ai dit que j'avais envie de me balader ; il faisait bon, le soleil se levait à peine. Elle était d'accord pour me suivre. Je l'ai prise par la main comme avant. Sauf que maintenant, c'était moi qui guidais ses pas.

On a fait le tour du Luxembourg ; un banc nous attendait près du bassin à côté de la statue d'un faune recouverte de mousse. J'avais toujours eu du mal à parler à ceux que j'aime, mais là, tout est sorti facilement, et je lui ai dit « je t'aime » pour la première fois. Elle était émue. Je lui ai demandé pardon. Elle m'a demandé pour quoi. Je lui ai répondu : « Pour tout. » J'ai posé ma tête sur ses genoux. Elle m'a soufflé à l'oreille que tout irait bien ; et j'ai voulu la croire.

Elle m'a bercé jusqu'à ce que je m'endorme

Quand j'ai rouvert les yeux, elle n'était plus là.

Vous avez manqué un appel : SATAN

— Tu fais attention à toi quand tu sors ?

J'ai recroisé mon père devant la porte de l'entrée, je m'apprêtais à faire le mur comme toutes les nuits, j'avais mes chaussures à la main pour ne pas faire de bruit, et j'ai eu honte.

— Oui papa.

— Tu sais que ça vaut très cher, ce que tu es en train d'abîmer ?

Mon père s'inquiétait pour ma peau :

— Il faut que tu dormes un peu ! [redacted] m'a dit que tu sortais tous les soirs. Je ne t'entends jamais rentrer.

C'est parce que tu ne me cherches pas

— Je ne veux pas te réveiller.

Votre correspondant ne peut pas vous répondre pour le moment, veuillez laisser un message

SATAN ne répondait plus. Il a mis à exécution sa menace de la dernière fois ou alors il s'est fait arrêter par la BAT.

À court de N, je suis allé traîner du côté du no man's land, à l'orée d'une cité dangereuse, près du Grand Mur qui nous sépare des terres siliciées, là où le marché noir est ouvert à toutes les heures si on a la clé : mon contact m'attend de l'autre côté, lui seul a le droit de me guider à l'intérieur.

Vous êtes entré dans une zone de trafic intense de stupéfiants

Ici, je peux disparaître et personne ne s'en rendrait compte ; sous l'Hyperphérique tout proche, on déterrait souvent des corps sans visage, l'Innerphone arraché et les empreintes brûlées.

C'est la seule solution si on cherche de la drogue qui fait vraiment mal

Il s'est mis à pleuvoir. Je suis allé me réfugier sous un hangar abandonné à côté d'une carcasse de voiture.

À l'intérieur, quelques jouets d'enfants étaient abandonnés ; la société est une plante carnivore.

J'ai enfin reçu le signal que j'attendais, mais j'ai dû laisser fondre un instant mon impatience pour attendre la relève de la garde, traverser le checkpoint et entrer enfin dans la Cité des Fleurs bleues.

STATION 6

« KESSTA À M' REGARDER ? »

Le cri m'a rappelé à la réalité du moment. C'était bien à moi que ce garçon parlait. Il me barrait la route. Il avait l'air très jeune, mais il me dépassait d'une tête, il était très large, les épaules gonflées aux mauvais stéroïdes. Je n'arrivais pas à voir ses yeux, car il portait une fausse casquette [redacted]® comme un délinquant de l'époque. Ce n'était pas mon contact habituel. Je n'aimais pas ça. Je ne savais pas s'il était fiable ; il y a des policiers sous couverture, et la BAT envoie des jeunes infiltrer d'autres groupes de jeunes. Pour un peu de fric de nos jours, ou pour une paire de [redacted]®, certains sont prêts à vendre n'importe qui, et j'avais vite remarqué qu'il portait une paire de [redacted] très rare.

Je l'ai contourné sans relever la tête, comme si je ne l'avais pas entendu ; j'ai repris ma route.

— Hé ! Toi !

J'ai marché plus vite, en baissant les yeux pour ne pas glisser sur le pavé disjoint trempé de pluie.

— Oh ! Je te parle !

Je me suis retourné brusquement :

— Pourquoi tu me parles ? T'as des trucs que je pourrais chercher ?

Il a été surpris par ma voix calme. J'ai ajouté :

— Non, oublie ce que je viens de dire, je suis sûr que t'es un flic...

Silence.

J'ai éclaté de rire, et il a éclaté de rire à son tour.

— Pourquoi t'es là ? T'es pas du coin...

J'ai gagné du temps :

— Je me suis perdu et toi ?

— Viens !

J'hésitais.

— Viens, j't'ai dit, j'ai ce qu'il te faut...

— Tu sais pas ce que je cherche...

— Frère, j'te dis j'ai tout...

Dans son iris, j'ai vu l'éclat de son Innerphone, il était en train de filmer ou d'envoyer ma photo quelque part, c'était mauvais signe. Je devais retrouver la sortie de la cité au plus vite sinon tout pouvait m'arriver. J'ai accéléré le pas.

— Arrête-toi ! On va rien te faire !

Il me barrait la route. La crosse de son arme dépassait de son survêtement du [redacted]®. Il m'a dit :

— Tu sais que c'est dangereux de traîner ici, y a des fous qui vivent entre ces murs, t'as pas vu ce qu'ils disent aux infos ? T'as des amis ? Ou t'es venu tout seul ?

— Mes amis sont en route, ils arrivent.

— Déjà comment t'es entré dans la cité ?

— On m'a donné le code.

— Qui ?

— Quelqu'un qui connaît le code.

Il m'a désigné un coin sombre près d'un générateur clandestin. Je ne lui faisais pas confiance, mais je n'avais pas le choix. D'autres jeunes m'ont encerclé. J'ai vu un 9 mm au canon percé pointé dans ma direction ; s'il tire, personne n'entendra la détonation.

— Alors ? Kesstu cherches ? Les ennuis ?

Ils riaient.

L'adrénaline est montée d'un coup

Je me suis mis à courir. Quelqu'un m'a crié : « Hé ! Hé toi ! Tu vas où comme ça ? » Ils m'ont poursuivi. Je ne savais pas où aller. J'ai essayé de rebrousser chemin, mais je me suis perdu dans le dédale de béton, tout se ressemblait. Je me suis retrouvé devant un cul-de-sac. Impossible d'escalader le mur, la paroi était trop glissante. Ils m'ont barré la route.

— Viens ici... T'es venu chercher de la drogue ? On en a marre de voir des petits bourges comme toi traîner dans le quartier. T'as pas vu les infos ? Le rideau est tiré. Il n'y a plus rien à vendre.

Un autre a dit : « Faut assumer... »

J'étais à quelques minutes de devenir un fait divers

Il fallait frapper le premier, c'était ma seule chance. Je me suis élancé, et je suis parvenu à me frayer un chemin au milieu d'eux, je donnais des coups au hasard et j'ai esquivé une balayette.

J'ai couru droit devant moi.

L'entrée de la cité n'était plus qu'à une centaine de mètres, quand une décharge électrique m'a paralysé les jambes et je me suis effondré par terre, en roulant sur moi-même emporté par mon élan.

Ils étaient autour de moi ; on m'a attrapé par les épaules et on m'a plaqué au sol.

— Elle est en or ta chaîne ?

Je n'ai pas eu le temps de répondre, j'ai reçu un coup violent sur l'arrière du crâne. J'ai voulu me relever, mais j'avais le canon d'une arme braqué sur moi. J'ai senti une autre arme se poser contre ma tempe.

Ils m'ont retourné sur le ventre. Le genou de quelqu'un de très lourd rentrait entre mes omoplates et me maintenait au sol. Je ne pouvais pas bouger. Je pouvais à peine respirer.

Des mains fouillaient mes poches pendant que d'autres m'attrapaient le bras gauche pour me retrousser la manche. Ils se sont branchés à mon Innerphone avec un terminal de piratage de données.

— Donne-nous tes codes d'accès bancaire ou je t'explose la tête.

— J'ai pas d'argent.

Il a essayé d'arracher ma chaîne, mais je me suis débattu. J'ai reçu un nouveau coup de crosse. Le sang coulait le long de mes joues jusqu'à ma bouche.

— Laisse-nous accéder aux données. Tu crois qu'on plaisante ?

Je me suis encore débattu. J'ai entendu une voix dire :

— Emmenez-le dans la cave du bâtiment C !

Je ne savais plus quoi faire. Je me suis juré que si je m'en sortais, je changerais de vie et j'arrêterais tout, je deviendrais une meilleure personne.

Tout est devenu confus. Ils n'étaient pas d'accord sur ce qu'ils allaient faire de moi. Ils ont commencé à parler de rançon quand j'ai entendu la voix très grave d'un homme qui leur a crié de dégager. Après un moment qui m'a semblé très long, on a fini par me lâcher.

J'ai relevé la tête, j'ai vu le groupe qui s'en allait et un des jeunes s'est retourné pour cracher dans ma direction.

— C'est ton jour de chance.

Devant moi, il y avait des jambes. Et au bout de ces jambes, un Noir immense qui me tendait la main. Je l'ai attrapée et il m'a relevé, d'une simple traction très rapide. L'homme était habillé d'un vieux treillis militaire.

— Vous n'êtes pas chez vous ici. Faut pas rester là.

C'était bien la voix que j'avais entendue. J'ai remercié mon sauveur, mais il me regardait comme s'il allait me donner un coup de poing. J'ai voulu justifier ma présence par un mensonge.

— Je sais très bien pourquoi vous êtes là. Faut plus venir. C'est à cause de gens comme vous que ce quartier est devenu invivable. Vous ramenez votre sale fric et vos problèmes, et c'est nous qui vivons avec. C'est nos enfants pas les vôtres qui arrêtent les cours. C'est nos enfants pas les vôtres qui se tirent dessus pour un territoire. Comme des chiens. C'est nos enfants pas les vôtres qui n'ont pas d'avenir. On n'est pas des animaux. Dites-le à vos copains. Quand ils font la fête. Leur drogue de merde, elle a le goût de sang ici. Il y a des innocents qui meurent, il y a des familles qui sont détruites pour leur petit plaisir du samedi soir.

Je ne savais pas quoi dire, j'ai bafouillé des excuses.

— C'est pas parce que c'est loin de chez toi que ça n'existe pas. Tu es coupable. T'entends ? Autant qu'eux. Plus qu'eux, même. Parce que c'est ton argent qui crée tout ça.

Il m'a attrapé par le col et m'a attiré à lui. Il m'a forcé à le regarder droit dans les yeux.

— Vous avez entendu ce que j'ai dit ?

— Oui, monsieur.

J'ai baissé les yeux. Sur son torse, j'ai pu lire sur le badge en métal d'identification militaire : « Simon de Cyrène » ; le reste était illisible, comme si les lettres avaient été effacées à l'acide.

J'ai entendu une sirène au loin.

— Qu'est-ce que tu fous ici ? T'écoutes pas les informations ?

Je lui ai demandé s'il était un vétéran de la Guerre blanche. Il m'a répondu qu'elle n'était pas terminée.

— J'ai vu des gens mourir là-bas. J'ai failli mourir vingt fois. Tu sais ce que c'est un frère d'armes ? T'as déjà marché sur les cadavres de tes amis ? Moi oui. Défendre la patrie, moi j'y ai cru à leurs conneries ! Et c'était pour défendre des gens comme toi ? C'était pour ça ?

J'ai voulu lui donner tout l'argent que j'avais sur moi et qui maintenant me brûlait la peau de ma cuisse à l'intérieur de ma poche, mais j'ai regretté mes paroles. J'ai senti sa colère monter, m'envelopper, me serrer à la gorge. Il m'a regardé comme si je l'avais insulté, et je m'attendais à recevoir un coup.

— Ici, c'est chez moi. C'est mon quartier. J'ai choisi de vivre ici. Je veux pas de votre fric. Je ne suis pas à vendre. Je me débrouille. Je peux vivre avec le minimum vital. Je ne veux rien d'autre. Je ne veux pas de votre soleil. Ni de votre œil noir qui me regarde. Je ne veux pas appartenir à votre monde. Je ne veux pas qu'il sache que j'existe. Maintenant, dégage. Dégage !

J'ai entendu des crissements de pneus, suivi par des coups de feu très près de nous. Des cris se répercutaient de tour en tour. Je ne rêvais pas, on nous tirait dessus. J'ai fermé les yeux.

Bruit d'explosion et pluie tropicale sur mon visage

Il m'a lâché et soudain je me suis écroulé par terre. J'ai rouvert les yeux.

Des milliers de pigeons s'envolaient de toutes les tours

C'était une descente de police : le bleu des gyrophares crépitait dans la nuit comme les stroboscopes d'une fête. Les jeunes couraient, ils n'étaient plus que des cibles mouvantes sous les tirs croisés, certains ripostaient. J'ai baissé les yeux, il y avait un corps à côté de moi, et ce qu'il restait de sa tête coulait sur le sol. J'avais du sang chaud sur le visage et sur les mains, mon T-shirt blanc était maculé de rouge, je devais m'enfuir moi aussi.

— Ne bougez plus. Vous êtes en état d'arrestation !

Je n'ai pas eu le temps de me retourner. J'ai senti quelqu'un m'attacher les mains dans le dos, et me plaquer la tête contre le sol. Je n'ai pas résisté.

L'avocat de mon père est venu me chercher au commissariat, mais je voulais me débrouiller seul, alors je lui ai demandé de partir. L'inspecteur de police m'a interrogé, j'ai tout nié. Je leur ai dit que j'allais témoigner contre eux pour la mort de Simon. J'avais été témoin d'une bavure, mais personne ne semblait comprendre ce dont je parlais.

Ils se couvraient tous les uns les autres comme toujours

On m'a montré une vidéo : j'étais seul à l'image, et on me voit distinctement en train d'acheter de la drogue, et résister à mon arrestation par des policiers. C'était impossible. Pourtant les images existaient ; j'ai commencé à douter de moi. Tout ça, c'était dans ma tête ?

La policière adossée contre le mur, où il y avait une affiche écornée « Donner du sang pour nos héros de la Guerre blanche », m'a souri. D'après l'officier de police, ce n'était pas la drogue le problème, c'était la désobéissance : je n'avais pas respecté les mesures de sécurité concernant les zones à risque et j'avais été en contact avec des « éléments pathogènes ».

Ils savaient tous qui j'étais, et ils voulaient tous me libérer pour ne pas avoir de problème mais j'ai demandé à ne pas avoir de traitement de faveur ; je me suis retrouvé en garde à vue dans une cellule sans fenêtre, qui sentait la pisse et la sueur.

Tous les autres sont des Minoritaires

Je suis passé devant un juge en comparution immédiate, j'ai eu le choix entre la prison et une cure de désintoxication, j'ai choisi la cure.

J'avais rendez-vous tous les vendredis avec mon agent de sevrage. Il m'a expliqué que la drogue était un fléau, et qu'ils ne trouveront jamais d'antidote, car une nouvelle formule à l'addiction toujours plus forte, toujours plus dure était créée chaque jour dans un labo clandestin en Chine ou ailleurs. Et dans les clubs, des jeunes mouraient toutes les nuits.

— On reçoit cinq à huit patients par jour, vous imaginez ? Tous ces jeunes qui foutent leur vie en l'air. Je ne comprends pas. Comme si la mort n'était déjà pas assez présente. Vous, avec le père que vous avez, quelle est votre excuse ?

— Je crois que mon enfance m'a fait souffrir.

— Est-ce que cette enfance qui vous a fait souffrir, vous la rejetez ?

— J'aime juste ne pas y penser.

Ce n'était pas la vérité

Je voulais lui dire : j'ai aimé la drogue comme une amie, comme une présence humaine. Un peu de feu quand j'ai froid. Elle m'a donné tout ce que je ne pouvais trouver nulle part. Mais il n'aurait pas compris.

On vit avec les vivants, et on pense quand même aux morts

Pour lui je suis comme tous ces autres jeunes accros. Mon histoire n'a pas d'importance, elle ressemble à des millions d'autres et il a raison : au fond, je ne suis qu'une statistique de plus dans une grande crise de santé publique.

Je vais vous prescrire de l'[redacted]®*, de l'*[redacted]®*, du* [redacted]®*, et de l'*[redacted]®

— Pardon ?

J'étais ailleurs

— Je vais vous prescrire du [redacted], soixante milligrammes par jour. C'est puissant, mais ça marche. Évitez d'en prendre avec de l'alcool. Veillez à bien respecter la dose.

— Et si ça ne marche pas ?

— Si ça ne marche pas, on essaiera le [redacted]®, ou le [redacted]®, ou le [redacted]®, ou le [redacted]®, ou le [redacted]®, ou le [redacted]®, ou l'[redacted]®, ou le [redacted]® ou le...

— C'est quoi tout ça ? La recette de la potion magique ?

— Pardon ?

— Non, rien.

J'ai promis à mon père de ne plus toucher à la drogue. Il a dit qu'il me croyait, mais dorénavant je devrai passer des tests toxicologiques tous les mois.

La Voix m'a dit: « Tu peux ajouter une nouvelle déviance à la liste: trouver de la pisse fraîche toutes les quatre semaines »

— Si un de ces tests se révèle positif, je t'emmènerai moi-même en prison.

Je n'ai pas eu à mettre à l'épreuve mes nouvelles résolutions, car mon père m'a obligé à aller dans une clinique privée pour nettoyer mon sang. Il ne m'a pas donné le choix.

— Tu ne ressentiras plus aucun manque. L'addiction, c'est un risque que tu ne dois pas courir.

Il ne voulait pas que cela se sache dans sa profession : j'avais un faux nom et un de ses gardes du corps m'a accompagné.

Je me suis senti sale

J'ai pris une douche et je me suis lavé longtemps, l'eau chaude roulait sur mon corps, mais elle s'est arrêtée brutalement, j'étais encore couvert de savon ; ces coupures étaient de plus en plus fréquentes.

« Il ne faut pas s'inquiéter », m'a dit mon père.

J'ai longtemps pensé à ce que Simon m'avait dit avant de crever. J'ai cherché à savoir si on avait parlé des circonstances de sa mort ; j'ai vite trouvé les images d'une marche silencieuse dans la cité en question, mais ce n'était pas lui sur les photos brandies par les manifestants.

Même lieu, autres morts ; le résultat d'une bagarre pour un petit bout de territoire

J'ai écouté les bruits de leur monde, la manifestation pacifique s'est vite transformée en émeute, et j'entendais le tumulte d'une Jeunesse que je connaissais mal. Leurs mots me percutaient un peu, mais si je m'étais retrouvé en face d'elle, je n'aurais pas su quoi lui dire en retour, et je ne voyais rien qui aurait pu apaiser ces foules désespérées.

Le soir était descendu sur la France, c'était le début d'une longue nuit

J'ai vu très peu de morale, de compassion, de justice, d'humanité. J'ai cru que l'être humain était incurable. J'ai commencé à espérer la fin de notre temps. L'autodestruction allait trop lentement, et si j'ai prié, c'était pour que tout s'accélère.

J'ai appris une nouvelle chose : on est ce que l'on hait

Je suis comme les autres : j'ai ce cancer qui a commencé à ronger mon âme dès que j'ai appris à parler, quand l'appel de l'argent a souillé ce que j'avais de plus beau, de plus tendre, et de plus honnête. Je suis corrompu. Comme vous tous. Ce n'est la faute de personne. Tout s'était déjà mis en place quand nous nous sommes appelés « civilisés » et que nous avons commencé à donner des noms aux étoiles.

Les récoltes sont mauvaises, le pain est rare

Nous étions civilisés, mais après sept jours de pénurie, nous sommes tous redevenus des animaux, prêts à tout pour survivre ; on dévalisera bientôt les [redacted]®, les [redacted]® et les [redacted]®. Et le ministre du Vivre-ensemble répondait : « Si le peuple a faim, faites-lui manger du chaos ! »

On gouverne le désordre avec une tolérance zéro

Les oracles prédisaient que demain on viendrait nous tuer chez nous.

La vie n'a plus de sens quand mourir est devenu si facile

J'avais réalisé que ma camisole chimique n'était pas belle, et qu'elle ne me rendait pas meilleur : j'étais juste son prisonnier. J'ai frappé à la porte du bureau de mon père, pas de réponse. Je suis entré. Sur la bibliothèque brillait un papillon recouvert d'or ; c'était le cadeau d'un patient très riche, mon père m'avait toujours interdit d'y toucher ; il était très rare car c'était le dernier papillon de notre monde.

C'était la fin. Toute son espèce s'était éteinte, on en avait beaucoup parlé aux informations.

J'ai sorti le papillon de sa cloche en cristal, je l'ai regardé entre mes doigts, il avait l'air si petit et si fragile d'aussi près.

On tue les papillons pour en faire des décorations et on tue les hommes pour poser des décorations sur leurs cercueils

J'ai compris à cet instant d'où me venait cette fascination pour la mort : j'avais l'impression d'être moi aussi étouffé dans mon orgueil de belle petite chose.

Je ne veux pas de cette vie

J'ai serré le poing et je l'ai brisé entre mes doigts.

Plus rien à croire ni à espérer

J'ai désactivé l'alarme principale. J'ai appelé le gardien de la résidence en filtrant ma voix et je lui ai signalé un bruit suspect loin de l'entrée principale. J'ai emprunté l'ascenseur qui menait au garage privé. Je suis entré dans la voiture. Le siège s'est réglé à ma taille. Je me sentais étrangement bien. Comme un marin qui contemple une tempête à l'horizon, confiant qu'il sera déjà rentré au port avant qu'elle ne l'emporte.

J'ai ouvert la porte du garage sécurisé. J'ai enclenché l'élévateur ; la plateforme s'est élevée dans les airs. Elle s'est arrêtée au niveau du sol. J'ai sélectionné le dernier trajet enregistré dans la mémoire du système de contrôle et j'ai actionné le pilote automatique de la voiture.

J'ai avalé un tiers du [redacted]® *qui me restait*

Les phares xénon se sont allumés, et le moteur a démarré sans un bruit. La diversion a marché, le gardien n'était pas à son poste. Le grand portail s'est ouvert, j'ai passé les grilles électrifiées.

La voiture roulait lentement avant de s'insérer dans le trafic interurbain direction l'Hyperphérique éclairé toute la nuit. J'ai repris le contrôle de la voiture sur la voie rapide.

J'écoutais Les Quatre Saisons, *surtout* L'Hiver

Je roulais très vite et de plus en plus près de la perte de contrôle ; les ralentisseurs sur la route faisaient vibrer la voiture. Je sentais l'adrénaline monter, déborder de tous mes nerfs et envahir mes neurones, je les ai laissés se noyer. Un message d'avertissement a commencé à retentir dans l'habitacle : « DANGER, VEUILLEZ RÉDUIRE VOTRE VITESSE », mais je n'ai pas ralenti. J'ai serré le volant plus fort.

J'ai pris la première sortie vers nulle part. J'ai traversé une zone non sécurisée, et le cabriolet a rebondi sur les bosses de la chaussée. Je suis sorti de la route principale.

De l'autre côté du remblai de sécurité se découpait la silhouette squelettique d'un mirador. J'ai éteint les phares, et j'ai accéléré, pied au plancher ; je me suis retrouvé collé au siège. La barrière de sécurité en face approchait à grande vitesse.

Je voulais m'écraser contre le mur le plus fort possible

En ligne droite, je ne pouvais pas me rater.

Je vais le faire, je vais le faire

Le mur était là, bien réel. À quelques secondes de l'impact, je ne tremblais pas, je ne ressentais toujours aucune peur. J'ai lâché le volant. Une voiture est arrivée en sens inverse et elle a dû faire une manœuvre désespérée pour m'éviter. L'intelligence artificielle de la voiture a enclenché le freinage d'urgence, les roues se sont bloquées et j'ai perdu le contrôle du véhicule. J'ai glissé longtemps ; l'adrénaline a explosé comme un feu d'artifice dans mon cerveau.

J'ai gardé les yeux ouverts

La voiture a traversé le terre-plein central en dérapant, avant de s'immobiliser à quelques mètres du mur. J'ai été projeté en avant. Je ne bougeais plus, la tête enfoncée dans le coussin gris métallisé de l'airbag qui se dégonflait lentement.

Je ne sais pas combien de temps je suis resté comme ça

Tout était calme jusqu'à ce que quelque chose tape contre la vitre. J'ai relevé la tête, une arme était pointée sur moi. Les policiers avaient encerclé la voiture. Ils m'ont crié de couper le contact et de sortir les mains bien en évidence. J'ai obéi.

Ils m'ont raccompagné chez mon père

Il m'attendait, toutes les lumières étaient déjà allumées quand l'officier a frappé à la porte. J'ai baissé la tête et il n'a rien dit. Le statut de mon père m'a permis d'échapper aux poursuites.

Mon père a payé les policiers

Quand ils sont partis, il m'a frappé.

Il n'a pas évité mon visage

J'ai été plus surpris par ce coup que par la douleur elle-même. J'ai eu le temps de remarquer qu'il ne portait plus son alliance. Je ne pleurais pas. Je ne demandais pas pardon. J'ai tendu l'autre joue, prêt à recevoir un dernier coup, plus violent que tous les autres. J'ai fermé les yeux. J'ai attendu.

Le coup n'est pas venu

J'ai rouvert les yeux. J'ai réalisé que mon père avait vieilli. Je ne l'avais pas vu d'aussi près depuis longtemps, il avait des cheveux blancs qui lui faisaient des reflets argentés quand il a tourné la tête pour éviter mon regard. Il m'a lâché et il m'a dit d'aller dans ma chambre. Je ne reconnaissais plus sa voix, mais j'ai obéi.

Le lendemain, il cherchait une pension sévère perdue dans une forêt lointaine. Loin d'ici. Loin de lui.

J'étais d'accord. Il fallait que je parte. Mais avant ça, j'avais quelque chose à faire. J'ai cherché. N'importe quoi. Je devais faire quelque chose de bien avant de partir.

STATION 7

J'ai vérifié une nouvelle fois, c'était bien l'adresse indiquée sur l'annonce : le code ouvrait la grille conformément aux instructions. J'ai suivi le chemin bordé de cailloux qui serpentait à travers une pelouse fatiguée et j'ai dépassé une rangée de maisons toutes identiques.

J'ai cherché un numéro et j'ai vite trouvé la villa parmi les autres villas toutes semblables. Je me suis regardé dans le reflet de la vitre du vieux break garé sous le porche. J'étais en avance, mais l'appréhension montait en moi au fur et à mesure que je m'approchais de la réalité de l'instant.

J'ai hésité plusieurs fois à faire demi-tour

J'ai tendu la main et j'ai sonné une fois, un coup rapide. Rien. J'ai vérifié à nouveau l'adresse, le numéro... J'étais bien au bon endroit. J'ai sonné plus longtemps cette fois, en me disant qu'ils avaient peut-être changé d'avis.

J'ai entendu un bruit à l'intérieur, la porte s'est ouverte et un homme d'une cinquantaine d'années m'a accueilli avec un sourire sincère, même si son regard trahissait une extrême fatigue. Une femme du même âge, le visage labouré de rides, a passé la tête derrière l'homme et m'a regardé en souriant timidement.

Ils m'ont remercié d'être venu. Ils étaient très polis, ils m'ont fait entrer dans le vestibule et ils ont pris mon manteau. J'étais gêné et ils l'étaient aussi, même s'ils le cachaient du mieux qu'ils le pouvaient.

Ils étaient rassurés car je ressemblais aux photos que je leur avais envoyées ; ils semblaient si heureux que j'avais l'impression d'être un membre de leur famille qui revenait après une longue absence.

— Vous lui plaisez beaucoup. Vous êtes très beau. Elle sera... contente.

J'étais tellement embarrassé que j'ai rougi. Ils se sont jetés de longs regards complices qui ne m'étaient pas destinés. Ils m'ont expliqué qu'ils avaient eu de nombreuses déconvenues par le passé.

J'étais le septième

Tous les autres avaient menti, ou s'étaient désistés au dernier moment.

— Vous êtes... un professionnel, c'est bien ça ?

— Euh... Oui... C'est bien ça.

J'ai menti. Encore une fois.

Nous sommes passés dans la cuisine. La femme avait préparé un gâteau au chocolat. Je n'avais pas très faim, mais je me suis forcé à manger.

— Nous ne voulons pas faire ça avec n'importe qui... C'est important de vous connaître. De voir quel genre de personne vous êtes. Vous pouvez nous en dire un peu plus sur vous ?

Ils voulaient savoir si j'étais « quelqu'un de bien » et je pouvais les comprendre. J'ai récité un discours rassurant, le même que dans la lettre que je leur avais écrite.

J'ai raconté ma vie en négatif pour que tout soit plus blanc

J'ai inventé une belle histoire, les bruits des glaçons du thé glacé maison meublaient le silence gêné qui s'installait parfois. Ils m'observaient, et ils s'échangeaient des regards, ils hochaient la tête. Ils ont fait des « oh ! » attristés quand je leur ai parlé de ma mère.

— Ça fait tellement longtemps que [redacted] n'a pas connu de... joie...

La mère était émue. Son mari a posé délicatement sa main sur son épaule. Leur amour m'a donné envie de pleurer. C'était à la fois beau et terriblement triste.

— Je sens les gens. Vous êtes quelqu'un de bien, je l'ai vu tout de suite.

Elle l'a répété trois fois.

Je m'étais promis de faire quelque chose de bien. J'ai cherché et j'ai trouvé : elle s'appelait [redacted], elle était en phase terminale d'une maladie orpheline. Elle avait dix-huit ans à peine et elle n'avait rien vu du monde, car elle avait passé la majeure partie de sa vie dans une chambre d'hôpital.

Elle s'était battue jusqu'au bout, mais le médecin ne lui donnait plus que quelques semaines.

[redacted] *va mourir et personne ne peut rien y faire*

Elle avait évoqué un dernier souhait : elle ne voulait pas mourir vierge.

Elle voulait faire l'amour une fois

Ses parents avaient posté une vidéo émouvante et belle. Ils cherchaient quelqu'un de sérieux, ils étaient prêts à payer pour ça, le prix qu'il faudrait.

— Vous comprenez, c'est notre petite fille, notre petite fille unique, elle…

Elle n'a pas pu finir, elle a souri, et son sourire s'est recouvert de larmes. Elle avait honte, je n'osais plus la regarder, je ne savais pas quoi faire.

— Ce n'est pas facile pour nous, et nous sommes très contents que vous soyez là. Nous aimons notre fille… Nous sommes très fiers d'elle… Elle est très courageuse…

Je les croyais : sur les photos, [redacted] avait l'air gentille, elle était jolie, souriante, pleine d'espoir. Mais c'étaient les photos d'avant, elle avait dû changer maintenant.

J'imaginais son fantôme sur un lit médicalisé, et des tubes de toutes les couleurs qui lui sortaient de la peau pour maintenir ce qu'il lui restait de vie. Je respirais aussi fort que je pouvais pour faire taire les larmes que je sentais naître à mon tour à l'intérieur de moi.

J'étais prêt à tout :

— Est-ce qu'elle est ici ?

Je n'arrivais pas à dire son prénom.

— Elle vous attend. Pardonnez-nous, nous ne voulons pas vous faire perdre trop de temps.

— J'ai le temps.

— [redacted], tu as quelque chose à ajouter ?

Le père n'avait rien à ajouter. Il s'est levé. Et m'a invité à le suivre. Sa mère nous a suivis. Et quand je me suis retourné, elle m'a souri, complice de notre gêne. Au fond du couloir, on s'est retrouvé devant une porte. La mère m'a chuchoté à l'oreille : « Allez-y, elle vous attend. »

J'ai frappé timidement à la porte, j'ai ouvert, j'ai vu le lit médicalisé, et [redacted]. Elle portait un débardeur blanc très fin, qui collait à sa peau. Elle ne nous a pas entendus entrer, elle dormait.

Je l'ai trouvée plus belle que sur les photos

Sa peau était très blanche. Ses bras nus étaient très maigres. Un liquide noir semblait remonter dans ses veines le long de l'avant-bras comme si son sang s'était changé en encre. Son père m'a poussé à l'intérieur, en parlant fort : « Approchez, approchez... [redacted] ! Réveille-toi ! Nous avons de la visite pour toi... »

Elle a sursauté quand elle m'a vu et elle s'est caché la poitrine avec une pudeur alanguie par la fatigue. Mais quand elle m'a reconnu, elle a souri ; le plus beau sourire que je n'aie jamais vu de ma vie.

J'étais intimidé par sa beauté. Elle m'a fait un signe de la main.

— Salut, ça va ?

— Mieux que toi, on dirait...

Elle a ri. J'ai entendu la mère dire : « Nous allons vous laisser. Nous ne serons pas loin. Si vous avez besoin de quoi que ce soit... »

[redacted] a fait une grimace à sa mère en lui faisant signe de partir vite. Son père m'a désigné la table de chevet et il a dit sur le ton de la confidence : « Il y a des préservatifs et tout ce qu'il faut pour... au cas où... » Il s'est gratté la gorge et il n'a pas terminé sa phrase.

Sa mère s'est retirée sur le pas de la porte : « Laissons-les tranquilles ! »

Quand la porte s'est refermée, j'ai attendu un peu et je me suis assis sur le lit à côté d'elle, je lui ai pris la main. Plus je la regardais, plus je la trouvais belle. Je ne savais pas quoi dire. Ni par où commencer ; j'avais peur de la salir.

Je ne connaissais encore rien à l'amour

Je n'osais pas la regarder dans les yeux, mais elle si ; elle m'a dit d'une voix dont la force m'a surpris :

— Tu es sûr que ça va ? Tu n'as pas l'air d'aller bien… Tu sais, tu n'es pas obligé… Si je ne te plais pas….

Elle ne voulait pas que je la traite avec pitié. Elle m'a fait promettre : « Jamais de pitié. »

J'ai juré. Comme un enfant. De toute mon âme.

— Tu es belle.

Ce regard-là m'a donné envie d'aimer à nouveau les autres

Je me suis penché sur son visage et je l'ai embrassée, et elle s'est excusée de ne pas savoir comment faire.

Je l'ai rassurée comme j'ai pu.

Moi non plus, je ne savais pas, je n'ai jamais su

Elle n'a pas voulu que j'éteigne la lumière, elle voulait tout voir. Tout ressentir. J'ai été le plus délicat possible. Comme si je lavais un enfant.

Comme si je lavais un mort

Je lui ai demandé :

— Tu aimes ce que je fais ?

Elle aimait. J'avais peur de lui faire mal, mais elle m'a guidé :

— Un peu plus fort, plus fort…

Je n'ai jamais connu un amour comme ça

À la fin, elle m'a remercié. Elle pleurait. Et j'ai pleuré avec elle.

Elle, c'était de la joie, moi, je ne sais pas

Je lui ai dit :

— J'aimerais te revoir.

— Moi aussi.

Elle s'est endormie. Elle souriait dans son sommeil et je me suis senti rassuré. Je l'ai regardée dormir un moment. Je l'ai bordée du mieux que je pouvais sans la réveiller et je suis sorti de la chambre.

Il faisait nuit, j'avais raté mon train de retour, et ses parents m'ont proposé de rester dormir chez eux. J'ai dit oui sans réfléchir. Ils ont préparé un lit dans la chambre d'amis. Sur la table de chevet, il y avait une enveloppe avec de l'argent à l'intérieur et mon faux prénom écrit dessus. Je ne voulais pas y toucher.

Je suis resté le jour d'après, et finalement une semaine est passée, puis une autre dans cette famille qui n'était pas la mienne, mais avec laquelle je me sentais étrangement bien ; je n'avais plus envie de rentrer chez moi.

Je suis resté sept semaines

Quand j'étais avec [redacted], je trouvais tout plus beau. Je la regardais et plus rien d'autre ne comptait que ce moment avec elle.

Je sentais une chaleur indéfinissable en moi

Pour la première fois de ma vie, j'avais une amie : on parlait de la vie, mais surtout de la mort.

— Tu crois en Dieu ?

— C'est lui qui n'a pas cru en moi.

— Ça t'arrive de prier ?

— Jamais. Mes parents prient pour moi. Ils ont tout fait pour me sauver. Tout. Ça me fait de la peine... pour eux... J'aurais aimé qu'ils tombent sur une autre fille que moi.

— Ne dis pas ça... Tes parents t'aiment... Ils...

Je ne savais pas quoi dire.

— Je n'ai pas peur, tu sais. Quand ils vont mourir, les hommes s'en remettent à Dieu, ils ont juste oublié que Dieu, c'est eux...

Elle savait qu'elle ne pouvait me faire promettre de veiller sur eux ; elle avait déjà sondé l'intérieur de mon âme, elle savait qui j'étais. Mieux que quiconque.

J'essayais de la divertir du mieux que je pouvais : je lui lisais des extraits de mes livres préférés, et des vieux poèmes que j'avais écrits. Elle m'encourageait à persévérer, elle voulait que je croie en moi, et surtout en mes rêves.

J'avais honte de lui avouer que je n'avais pas de rêves

Je voulais savoir comment elle faisait pour ne jamais avoir peur de mourir, tandis que moi, j'étais terrifié de vivre. Elle m'a dit qu'elle avait arrêté de souffrir pour ce qu'elle ne pouvait pas changer. Elle se sentait juste désolée pour la tristesse des autres.

— Je suis seulement triste pour mes parents, parce qu'ils vont se retrouver tout seuls, si seuls...

Et j'ai compris que je l'aimais

Son état s'est détérioré de jour en jour ; elle ne pouvait plus parler, je lui tenais la main. Il nous restait ce dernier contact, cette chaleur, cette intimité-là. Plus forte que tout le reste. Sa main serrait la mienne de moins en moins fort et je faisais tout pour la retenir encore un peu plus longtemps du côté des vivants.

Mais c'était écrit : tout l'amour du monde ne pouvait arrêter la mort.

Elle n'avait plus la force de faire l'amour, elle voulait juste sentir que quelqu'un la touchait.

Sa peau devenait de plus en plus froide

Je lui ai fait des massages. Elle souriait toujours. Calme et tranquille. Je voulais vraiment y croire, j'ai supplié Dieu pour un miracle, mais elle est morte quand même.

Un matin, ses parents ont ouvert la porte de ma chambre, ils étaient en larmes, et j'ai compris.

J'ai pleuré avec eux

L'enterrement a été sinistre.

Ils ont insisté pour que je les appelle si quelque chose n'allait pas : « Nous ne sommes pas ta famille, mais nous te serons à jamais reconnaissants pour ce que tu as fait pour nous et notre fille. Nous ne l'avions plus vue sourire depuis si longtemps... Quand elle est partie... elle était en paix... »

Elle m'avait dit la dernière fois que je l'avais vue : « Promets-moi de rester toujours du côté du bien. Promets-moi de ne pas perdre espoir même dans la nuit la plus noire. Promets-moi d'aider les autres si tu peux. Je sens que tu es quelqu'un de bien. Je ne sais pas pourquoi tu es si torturé à l'idée d'être aimé. Un jour, tu sauras toi aussi pourquoi tu es là. Et ce jour-là, pense à moi. »

J'ai promis. Mais je savais que je mentais. Je mens toujours.

Mon père m'a annoncé que mon nouveau visage était prêt : il m'attendait, dans un coffre frigorifié prévu à cet effet.

— Tu n'auras plus ces traits enfantins. C'est un grand progrès par rapport à la première version. J'ai déposé un brevet mondial. Il durera toute ta vie et les cellules souches utilisées pour le constituer vieilliront de manière synchrone avec le reste de ton corps. Tu deviendras un homme mon fils…

Je serai vraiment un homme le jour où tu mourras

Pas de journalistes cette fois, car j'avais supplié mon père pour que l'opération se fasse à huis clos. Il avait accepté, car il n'avait plus besoin de notoriété. Je retournerais bientôt à l'anonymat. J'avais hâte de disparaître pour redevenir qui j'étais : c'est-à-dire personne.

L'opération s'est déroulée comme prévu, mais je n'ai pas eu beaucoup de temps pour m'habituer à ma nouvelle apparence : trois semaines plus tard, j'ai atterri au pensionnat suisse censé faire de moi une grande personne ; je ne ressentais plus aucune impatience.

Mon père m'a accompagné. On est partis de Paris en voiture, car tous les aéroports internationaux avaient été momentanément fermés et les ambassades européennes rapatriaient tous leurs ressortissants.

On a traversé autant de villes que de barrages de l'armée et chaque fois les mêmes questions, les mêmes contrôles.

Quand j'ai parlé à mon père des rumeurs de guerre, il a été rassurant. Le reste du trajet a été silencieux ; je le regardais, penché sur le volant, concentré sur la route et je me disais qu'au fond je ne savais rien de lui, ni lui de moi ; nous avions toujours été des étrangers.

L'Institution [redacted] était un château victorien mansardé en briques sombres, encadré de douves sans fond ; elle existait depuis trois siècles et elle était la garante de traditions qui avaient fait sa réputation à travers les âges : « Pas de luxe. Pas de confort. Peu de vie. »

C'était écrit sur les prospectus, et ils n'avaient pas menti, on aurait dit une prison, mais on payait très cher pour être là et vivre coupé du monde : pas de Nuage, pas d'écran. Même le sommeil était naturel, pas de mélatonine.

Essentiellement prisée des étrangers

Ici, les garçons venaient du monde entier ; je parlais mal anglais, et ils parlaient mal français. Certains avaient des gardes du corps.

On portait tous le même uniforme et le blason doré

Mon père comptait sur moi, je devais travailler dur et ne pas faire de vagues.

Je me suis intégré à la classe du mieux que j'ai pu ; nous étions deux nouveaux élèves à arriver en cours d'année : [redacted] et moi.

[redacted] *est vite devenu leur souffre-douleur*

Et j'ai vite été mis à l'écart. Comme avant. La rumeur disait que j'étais bizarre. Quelqu'un avait écrit « Roi des juifs » avec mon nom sur le rebord du mur près de mon lit. Je n'ai même pas pris la peine de l'effacer. Je voulais montrer aux autres que je n'avais pas peur d'eux. J'affichais mon mépris avec fierté.

Ils n'osaient rien me dire en face, ils ne se moquaient pas, mais personne ne voulait faire de travail de groupe avec moi. Là-bas, j'ai appris peu de choses : je n'aime pas le conformisme à des règles gratuites, je déteste la discipline, et j'ai horreur de recevoir des ordres.

Je mangeais toujours seul dans le grand réfectoire silencieux car personne n'avait le droit de parler ; [redacted] était désigné pour faire la lecture, et sa voix tremblante ne couvrait jamais les chuchotements, les rires et les crachats dans son dos. Je sentais sa souffrance mais je gardais mes lunettes de soleil pour ne plus rien voir.

Ici, j'ai redécouvert la violence, elle m'avait presque manqué

Un soir, j'ai surpris les autres pensionnaires avec lesquels je partageais le dortoir en cercle autour de [redacted] ; ils le poussaient chacun à leur tour, et le malheureux rebondissait de l'un à l'autre comme un ballon de basket. Le chef de la bande s'appelait [redacted], c'était un grand Africain de deux mètres, son père était un dictateur dans son pays et il en était très fier. Il se vantait d'avoir déjà tué un opposant politique avec une machette, et c'était sûrement vrai.

J'ai senti revenir en moi le monstre impatient

Je n'ai pas réfléchi. Je suis arrivé derrière lui, je l'ai attrapé par la nuque, et je l'ai attiré vers moi.

— C'est vrai que tu as déjà tué quelqu'un ?

Dis-moi comment ça fait

Je l'ai saisi à la gorge. Je l'ai soulevé dans les airs. Il était tellement surpris qu'il ne s'est pas défendu. Je l'ai projeté de toutes mes forces contre le mur, le contenu de son sac à dos a explosé dans un craquement sinistre. Silence. Les autres m'ont regardé comme s'ils venaient de réaliser qu'ils avaient vraiment peur de moi.

Le colosse s'est relevé, il a laissé tomber les restes de son sac pour se jeter sur moi.

J'ai évité le premier coup, j'ai pris le deuxième en pleine tête, mon arcade sourcilière et mes lunettes de soleil ont éclaté sous l'impact. Déséquilibré par ma première esquive, il était maintenant à ma merci. J'ai frappé très fort dans sa carotide. Il a voulu crier, mais son cri est resté enfermé dans sa gorge.

Je l'ai fait tomber par terre. Je me suis agenouillé de tout mon poids sur lui. J'ai frappé encore, encore. Et encore. Mes phalanges claquaient contre sa mâchoire.

Je n'étais plus un homme j'étais une bête féroce

Je pouvais lire la terreur dans ses yeux : il pensait vraiment que j'allais le tuer. Je voulais qu'il m'implore d'arrêter. Il avait le visage en sang, mais je ne m'arrêtais pas.

Une voix m'a dit : « Tu vas le tuer ».

Il ne gémissait plus. Il s'était recroquevillé sur lui-même et il ne bougeait pas. Il avait son compte. J'ai dû reprendre mon souffle, mais le spectacle n'était pas terminé : j'ai sorti un cutter de ma poche, la lame a jailli.

Je me suis tourné vers les autres pensionnaires.

— Tout ce que vous avez entendu sur moi est vrai. Je suis fou. Le prochain qui touche à un cheveu de [redacted], je lui crève un œil. C'est clair ?

J'ai pointé la lame vers chacun d'eux, attendant qu'ils inclinent la tête les uns après les autres.

— Si vous parlez au directeur de ce qui s'est passé ici, et si je suis renvoyé j'en ai rien à foutre, je veux être renvoyé. Si vous parlez au directeur et que je ne suis pas renvoyé, je vous retrouverai. Et croyez-moi, je vous ferai sourire toute votre vie… (J'ai dessiné des formes compliquées dans les airs avec la lame.) Vous ne me verrez pas venir. Ça arrivera une nuit. Vous serez en train de dormir… C'est clair ?

Ils ont tous fait oui de la tête. J'ai désigné les pieds de [redacted] : « Quand il se relèvera, vous lui répéterez ce que je viens de vous dire. »

Je suis allé dans la salle d'eau commune pour enlever le sang, j'allais prendre une douche quand un autre pensionnaire que je ne connaissais pas est entré. Il m'a demandé ce que je voulais, mais il n'avait pas un ton agressif. Je ne voulais rien. Il s'est approché de moi et il m'a mis un coup de poing dans le ventre. La peau a claqué, mais il n'avait pas frappé fort.

J'ai toujours attiré les gens bizarres, jamais les gens joyeux

Je l'ai repoussé : « Tu fais quoi ? »

Il a recommencé, ce n'était pas un coup de poing, c'était une caresse ; ensuite, il m'a redemandé ce que je voulais. Je ne voyais pas où il voulait en venir.

— Tu as un petit morceau de verre, là.

Il l'a retiré de ma tempe.

— Laisse-moi prendre ma douche.

— Je peux te laver si tu veux.

Il m'a dit que j'étais le plus beau garçon de l'école et il m'a regardé fixement, sans rien dire de plus, avec une lueur de désir dans les yeux.

— Laisse-toi faire.

Il s'est baissé. Il s'est mis à genoux devant moi. Je n'ai rien fait pour l'en empêcher. Il a défait la boucle de ma ceinture, il a sorti ma bite et il a commencé à me sucer. J'ai fermé les yeux. Il a mis sa langue où il fallait. Lentement. Je l'ai laissé faire. Il voulait que j'aime. Et j'ai aimé. Il voulait me parler. Il a ouvert la bouche, mais j'ai enfoncé ma bite au fond de sa gorge pour le faire taire.

Ça a duré longtemps, jusqu'à ce que je jouisse dans sa bouche avide. Et il a couru vers le lavabo.

T'es content maintenant ?

Je me suis enfui, et je ne l'ai plus jamais revu.

Au pensionnat, le temps a passé aussi lentement qu'ailleurs. Je séchais les cours. J'escaladais le mur et je volais des fruits aux arbres des vergers environnants.

Parfois, je me faisais prendre

— Vous n'avez pas le droit d'être là où on vous a retrouvé. Votre cour a un terrain bien délimité. Il est strictement interdit de dépasser les démarcations. Vous connaissez le règlement, c'est le dernier avertissement.

On nous inculque le bien et le mal sans exemple

Les professeurs étaient très stricts, il y avait des règles simples et sévères : répondre était un crime, avoir une opinion autre que la leur était un crime, sortir des limites de la cour était un crime, tuer l'ennui était un crime.

Ils voulaient qu'on soit comme eux, gentils et dociles

Pour quoi faire ? Qu'est-ce qui nous attend dehors ? Qu'est-ce qu'ils nous cachent ? Pourquoi faut-il les croire ? Pourquoi ont-ils si peur que l'on doute d'eux ?

« AU SECOURS, LAISSEZ-MOI SORTIR, MA PLACE EST À L'ASILE. »

Je volais de la peinture pendant les cours d'art plastiques, et la nuit, quand l'aurore tardait à venir et que je ne supportais plus l'attente, je rôdais dans les couloirs déserts de l'école, en évitant les rondes des surveillants, je pénétrais dans les salles de classe pour écrire sur les murs.

« DITES NON AUX DROGUES, DITES OUI À LEUR DROGUE »

Le jeu m'a amusé tout un trimestre et le doyen prenait ça très au sérieux. C'étaient les premières dégradations volontaires depuis la création de l'Institut.

« LA VIE C'EST LONG, LA MORT C'EST TROP COURT »

Une nuit pourtant j'ai été surpris par un des pensionnaires, il m'a suivi ; je lui ai fait promettre de ne rien dire. La nuit suivante, ils étaient deux. Celle d'après, ils étaient trois, puis quatre ; très vite, tout le monde a su, mais personne n'osait me dénoncer.

Pour eux, j'étais dangereux

« DIEU DÉTRUIT ET LE DIABLE RÉPARE »

Pour la première fois de ma vie, j'ai ressenti l'ivresse du pouvoir

J'ai donné à chacun un numéro : j'ai voulu voir jusqu'où les douze autres pouvaient aller pour me suivre. Je les ai entraînés de l'autre côté de la barrière, dans les bois interdits. La plupart hésitaient encore, mais les uns après les autres, ils ont commencé à désobéir.

« BEAU COMME LA RENCONTRE D'UN VISAGE ET D'UN ÉCLAT DE VERRE »

Je me suis gravé la lettre « M » sur l'avant-bras avec un compas et mon sang a perlé comme sur le fil d'un collier.

— « M », c'est à cause de la drogue ?

— Non.

— Tout le monde dit que t'es un drogué.

— Je ne suis pas un drogué.

— Pourquoi t'as fait ça alors ? Ça veut dire quoi ce « M » ?

— « Mal ».

— Mal comme l'inverse du bien ?

Ils voulaient vraiment savoir.

— Non, parce que j'ai mal.

— Où ça ?

Il est où le cœur, à gauche ou à droite ?

Ils m'ont tous imité. J'étais une mauvaise fréquentation. J'étais un mauvais exemple, une mauvaise influence. Les surveillants me détestaient, mais ils ne pouvaient rien contre moi.

« ICI, C'EST LE PARADIS ? »

La seule matière où je m'en sortais était le français car il suffisait d'inventer

J'étais idiot à jamais, incapable de ne rien faire, de ne rien devenir.

J'entendais la voix de mon père

J'enchaînais les mauvaises notes et les autres élèves ont cru que je le faisais exprès. Ils ont pris mes échecs pour de la rébellion. Là encore, ils se sont mis à m'imiter : les uns après les autres, ils décrochaient en cours, leurs moyennes baissaient, comme la mienne.

Les professeurs nous prédisaient un avenir sombre : notre classe avait les pires résultats de toute l'histoire de l'Institution, et tous les vendredis matin, le directeur venait se plaindre : « Vous n'arriverez à rien dans la vie, si vous ne vous ressaisissez pas. »

Ma liberté était leur cancer

Les punitions étaient de plus en plus sévères, de plus en plus cruelles, rien n'y faisait. Je ne l'ai pas fait exprès, je le jure, pour le reste, je voulais juste les rendre libres, comme je croyais pouvoir l'être.

Un après-midi, j'ai vu passer des avions de guerre par centaines au-dessus des collines. C'était la fin de la trêve, la violence était à nouveau permise : dans le ciel bleu des villes, on voyait les traînées nuageuses des missiles balistiques aussi gros que des fusées, qui s'envolaient par dizaines, par centaines, par milliers vers l'ENNEMI là-bas ; on regardait ça comme un spectacle, un feu d'artifice de 14 Juillet.

On pique-niquait devant des crimes à venir

La conscription a été envoyée sur le théâtre des opérations et les images joyeuses de la Jeunesse en uniforme prête pour la guerre, que tous croyaient éclair, ont commencé à me hanter.

— La France est en guerre et nous allons la gagner ! a rassuré la ministre de la Défense. Il fallait faire la Guerre pour la Paix, c'était le début d'un cercle sans fin.

Certains prédicateurs pensaient qu'on avait ouvert les portes de l'enfer

Les premières semaines elle était lointaine : on pouvait voir les images dans le flux continu des réseaux d'informations officielles : des impacts des missiles sur les cibles, des bâtiments qui s'effondraient, des véhicules de transport militaire échoués sur le bas-côté d'une longue route sinueuse en plein désert, un long silence entrecoupé du vrombissement du moteur des drones de combat et une explosion infrarouge. L'écran interposé crée une distance qui désensibilise ; [redacted]® nous encourageait à réagir en direct avec une émoticône, envoyer un message de soutien ou à faire un don aux victimes civiles.

Je me suis inquiété pour mon père. Je l'ai appelé. Je n'ai pas reconnu sa voix.

Il m'a dit que je ne risquais rien là où j'étais ; la Suisse n'était pas en guerre et il faisait confiance au ministère du Vivre-ensemble pour nous défendre. Moi, je savais que la guerre serait longue, et que nous avions tous déjà perdu. Je lui ai demandé ce que je pouvais faire, il m'a dit qu'il fallait prier.

Je n'avais vu Dieu nulle part sur la terre des prophètes. Je ne sais pas ce que le mot « patrie » signifie quand on meurt pour elle. Je suis né d'une mère, pas d'un pays.

Et pour moi, seule la Mort tenait ses promesses. Comme ailleurs. J'ai marché dans un long tunnel fait avec nos pierres tombales et au bout de ce tunnel, pour seule lumière, un grand feu où les restes de nos triomphes passés n'en finissent pas de mourir.

J'ai supplié mon père de venir me chercher, mais il n'a pas voulu

Le temps s'étirait, les jours passaient, l'espace s'estompait comme l'écume à mes pieds. Je me sentais inutile et lâche de rester ici à l'abri. Je voulais rentrer à Paris, mais mon père restait inflexible.

Je me suis plaint de l'insalubrité du dortoir et des plaques rouges qui me venaient sur le visage. Je savais trouver les mots, j'avais touché un point sensible : il n'aurait pas accepté que son travail soit compromis.

Il a pris les dispositions nécessaires, mais pas celles que j'espérais : j'occupais maintenant seul une grande chambre au dernier étage avec une belle vue panoramique. Au loin il y avait la grande muraille des montagnes, et au milieu, le sommet du mont Blanc, on aurait dit une immense tour de garde ; ma prison n'en avait l'air que plus petite.

J'aurais dû me pendre avec la cravate rayée de mon uniforme

J'ai arrêté de me nourrir. J'ai tenu aussi longtemps que j'ai pu, et ça n'a pas marché.

J'ai arrêté de boire ; le troisième jour, je me suis évanoui en cours, j'ai vraiment cru que cela suffirait pour qu'ils me renvoient chez moi, mais on m'a nourri par intraveineuse et j'ai survécu.

Je n'avais plus rien à perdre : j'ai mis le feu à ma chambre. La tour du pensionnat a failli brûler en entier. Les pompiers ont réussi à maîtriser l'incendie avant que la vénérable bâtisse ne soit réduite en cendres. Le directeur a appelé la police et j'ai été interrogé. Ils n'avaient aucune preuve. Ils ont conclu à un accident, une défaillance électrique, un système trop vétuste, la malchance ; c'était le discours officiel pour rassurer les parents, et pour protéger la réputation de l'institution.

Cette fois, ils ont été obligés de prévenir mon père.

J'ai enfin eu ce que je méritais, j'ai été définitivement renvoyé

Mon père est venu me chercher en catastrophe.

Pendant tout le chemin du retour, on ne s'est pas dit un mot. Par la vitre, j'ai contemplé froidement les paysages contaminés de mon enfance sur lesquels la Nuit s'était déjà refermée.

Elle m'appelle, je la suis

J'ai appris ma leçon : qui contrôle les cours d'école contrôle le monde. Ils ont essayé de me transformer en l'un des leurs, et ils m'ont rejeté quand ils ont échoué.

Ils ont gagné : je ne suivrai plus jamais leurs règles

Ils m'avaient tous prédit que je finirais en prison. Je m'en foutais, j'avais bientôt dix-neuf ans et la ville était à moi.

STATION 8

J'ai passé le bac en candidat libre et je l'ai eu, mention « assez bien », grâce à un concours de circonstances. Toutes les notes des élèves avaient été « lissées » ; l'académie et le rectorat affichaient des résultats historiques : 99,9 % de réussite.

Les jeunes de mon âge faisaient la fête autour de moi, même si leurs éclats de rire avaient un écho désespéré, car l'appel sous les drapeaux était dans tous les esprits. Ils avaient tous vu les premiers cercueils qui revenaient du front, enveloppés de drapeaux et de médailles.

Je me suis inscrit à la fac de médecine, tout en sachant que je n'irais pas : je voulais m'engager pour le service citoyen.

Je voulais faire la guerre, je voulais mon champ de bataille

Le jour J, je me suis rendu au bureau de recrutement, ils m'ont fait passer les premiers tests d'aptitude physique et psychiatrique pour savoir dans quelle arme je serais incorporé.

Le verdict était sans appel

Il n'y aura pas de guerre pour moi. Les médecins militaires m'ont réformé pour le motif « 4-F » :

« mentalement inapte au service militaire. » Ils ont eu accès à mon dossier et l'officier en charge du recrutement m'a poliment conseillé de rester un civil. Quand je lui ai demandé si je pouvais postuler à nouveau plus tard, elle a éludé la question, gênée.

Mon seul uniforme tient dans un colis bleu blanc rouge à mon nom, posé devant ma porte ; à l'intérieur, il y a les [redacted] offertes par le ministère du Vivre-ensemble. Je les ai essayées et, sans surprise, elles m'allaient parfaitement.

Je ne les aime pas, mais je les porte quand même

La question avait été soumise au référendum, la campagne médiatique avait impliqué des célébrités, des happenings de street art, des concerts gratuits avec des distributions d'échantillons dans la fosse (commune). Le « oui » avait eu une majorité confortable : depuis, chacun de nous, sans exception, avait droit à quatre paires neuves par an.

Chaque saison, elles changeaient de couleur

« ... tout le monde portera les mêmes chaussures pour gommer les discriminations sociales... nous avons choisi les [redacted] pour leur versatilité... Équipées d'un système de bulle d'air innovant... ce produit peut être recyclé... il est donc bon pour l'environnement social et écologique. »

Il y avait écrit : « FRANCE » dessus, c'était le modèle de notre pays ; l'accord était mondial, certains journaux d'extrême droite avaient titré : « [redacted]® rachète les pieds de l'Europe. »

Nous sommes sponsorisés à vie pour être nous-mêmes

Il y avait des modèles plus rares que d'autres, mais ils étaient distribués de manière aléatoire au sein de la population : pour respecter « un principe d'égalité ».

Ici, on met tous les trucs qu'on nous vend dans la bouche en espérant que ça se mange

Si j'avais le courage, je marcherais pieds nus. Comme tout le monde, je disais refuser le conformisme, mais je m'y complaisais.

Grâce à l'intervention de mon père, mon dossier a été effacé des archives du ministère du Vivre-ensemble, et officiellement je n'étais plus un Minoritaire. J'allais pouvoir faire des études de médecine.

Mon père m'a dit : « Je suis fier de toi, mon fils. »

Il en parlait à ses patients, il m'a même offert son premier stéthoscope.

— Je crois en toi.

Lui, il croyait encore que j'allais prendre sa place dans le monde, j'avais les mêmes initiales, c'était pratique pour l'enseigne de sa clinique.

Il voulait également m'acheter une voiture, je n'avais qu'à choisir. Je voulais une vieille [redacted]® de 1967 à essence, rouge, mais pour lui, c'était trop dangereux. Il m'avait dit d'en prendre une électrique : plus chère, plus sûre, avec des vitres pare-balles et un pare-chocs blindé ; dernier cri.

Mon cri à moi est intérieur, et il est sans fin, tu ne l'entends pas ?

Je n'avais pas vingt ans et je possédais déjà une [redacted]® flambant neuve comme en Amérique, j'avais de l'argent frais viré sur mon compte tous les mois. Mon père m'avait dit que je pouvais lui en demander plus quand j'en aurais besoin. Je voyais que ça lui faisait plaisir ; il appelait ça « le devoir d'un père ».

Moi, j'appelle ça « une rente de sang ».

Il y avait des gens chez moi ; c'était une grande fête. Je ne reconnaissais pas les visages, je ne connaissais pas leurs noms ; je ne savais pas comment ils étaient venus ; je n'avais parlé à personne depuis longtemps.

Je m'étais déjà rendu compte que le temps passait étrangement : j'avais l'impression de faire des sauts dans le temps : je me couchais un mardi et je me réveillais un vendredi…

J'ai regardé les gens. Est-ce qu'ils étaient venus s'amuser ? Non, ils sont venus se détruire ; le champ de ruines dehors se reflète à l'intérieur d'eux ; c'est devenu une symétrie parfaite. Il n'y avait rien d'autre à faire, car il faisait déjà noir sur la guerre en cours.

« Bonne nuit, les enfants ! »

Nous sommes en plein black-out

Le ministère du Vivre-ensemble a éteint les lumières pour que les bombes ne nous trouvent pas.

Nous sommes tous enfermés dans un présent sans fin

Ils étaient une centaine ce soir, leurs visages se ressemblent, leurs intentions sont toutes jumelles ; juste quelques âmes de plus qui se perdent au hasard de l'ennui, à contempler quelques heures cette scène inutilisée d'un mauvais film sur la décadence perpétuelle de la Jeunesse, jamais immortelle depuis la nuit des temps ; ils joueront leurs rôles, même si aucun n'est dupe. Je dirais qu'ils ont vingt ans à peine, mais aujourd'hui comment savoir. Je leur ressemblais pourtant, je gardais un air blasé comme si je trouvais la mort facile, je faisais semblant d'être indifférent à la beauté pour que personne ne me parle.

J'ai déjà vu cette scène

Ici, comme ailleurs, le rituel est connu : au fur et à mesure que la soirée avancera, la première vague d'alcool et de drogue donnera un filtre différent à l'ambiance, et effacera les dernières traces de timidité collective, on parlera fort, on parlera près, on exhibera son manque d'inhibition comme une médaille. L'euphorie factice battra bientôt son plein. Jusqu'au ressac du doute et des premières fatigues (en général deux heures après la première prise). Suivra ensuite une deuxième vague plus massive, plus mécanique, mais qui viendra à bout des dernières réticences, et entraînera de plus en plus de fruits morts avec elle dans un torrent bruyant vers le même after.

Bonne nuit pays imaginaire

J'ai fermé les yeux.

J'avais l'arme de mon père à la main et je ne sais pas comment elle s'est retrouvée là. J'avais encore perdu le contrôle. Depuis combien de temps je suis comme ça ? Je ne sais pas... Dix minutes ou une heure, peut-être plus... Mon cerveau fonctionnait à l'envers, il n'a plus besoin de moi. Est-ce que j'ai déjà tiré ? L'arme était encore froide.

Si j'ai tué, j'aimerais m'en souvenir

J'ai cherché si du sang avait coulé quelque part. De pièce en pièce, j'ai suivi des traces fantômes de violence pour être sûr que je n'avais encore rien fait. La fête, elle, battait toujours son plein.

J'amusais les autres ; quand ils m'apercevaient, ils pensaient que je plaisantais et que l'arme que je tenais était l'accessoire d'un film. Ils levaient les mains en l'air, en riant, ils n'y croyaient pas.

Je ne veux plus être un être humain, je veux être un cri

D'ailleurs, je n'en suis plus un, je suis une arme à feu et une question : « Qui parmi nous ne mérite pas de mourir ? »

— Vas-y, tire, je suis déjà morte.

La fille avec ses deux serpents tatoués sur les joues comme des larmes a répondu pour moi.

J'ai marché au milieu des restes du festin, rempli de verres vides ou cassés, de cadavres de bouteilles et de bougies consumées, qui se transforment en coulées de cire bleue, blanche, rouge et dure.

— PARTEZ TOUS OU JE VOUS TUE !

J'ai tiré en l'air. De la poussière est tombée du plafond. Ils avaient tous peur maintenant, ils m'imploraient de ne pas les tuer, ils couraient vers la porte d'entrée avant qu'elle ne se referme une dernière fois derrière eux.

J'ai vidé méthodiquement mon chargeur, mais douze balles, ça ne dure pas longtemps.

À part moi et l'arme, il n'y a plus personne

J'ai écouté le silence, qu'une sirène de police dans le lointain a troublé. Je ne risquais rien. Cette fête était clandestine, les autres n'oseront pas témoigner ; ils ne voudraient pas décevoir leurs parents.

Je me suis rassuré comme j'ai pu. Je venais de prendre conscience de ce que j'avais fait. J'ai eu peur. J'ai repris peu à peu mon souffle, et mon cœur a ralenti. J'ai regardé l'arme, j'ai inspecté le chargeur.

Il restait une dernière balle. La treizième. J'ai remis le chargeur en place, la balle est entrée dans le mécanisme en un déclic. Elle m'implorait de la libérer de sa prison de métal.

Elle voulait un corps

Je suis retourné dans le bureau de mon père, il était vide, mais une odeur familière flottait dans l'air, un parfum que j'ai connu autrefois, et dont je n'arrivais pas à saisir d'où venait l'emprise qu'il avait sur moi.

Elle vient de loin

Très vite, je me suis senti vide, encore plus vide qu'avant. Un courant d'air m'a parcouru l'échine. J'ai suivi cette sensation du regard, et j'ai remarqué que la porte secrète qui menait au belvédère était ouverte.

J'étais le seul à connaître cet endroit

J'ai monté les escaliers dérobés et je suis arrivé dehors.

Je n'étais pas venu ici depuis la mort de ma mère

Une fille était là, au milieu du jardin d'hiver. Elle était en train de regarder en bas. Elle a sursauté quand elle m'a entendu arriver à côté d'elle. J'ai eu un flash.

C'est elle

Elle était chez moi. L'Idole. Pas l'image, la vraie. Celle qui vendait des bibles dédicacées avec du rouge à lèvres en série limitée. Sa silhouette fragile rendait plus vraie l'immensité du panorama autour.

J'ai reconnu ses yeux

Elle a grandi, mais elle a toujours le même regard. Ce qu'elle faisait à cette heure, ici, devant moi, seules les taches symétriques sur ses joues, les fossiles de ses larmes, pouvaient la trahir.

Le mystère

Elle a levé les yeux vers moi et sa lumière à elle était toujours là, si forte dans la nuit, si magnétique, que j'en ai eu le souffle coupé. Au loin, sur une affiche holographique immense d'une marque de luxe quelconque, son portrait plus vrai que nature me souriait depuis la Nouvelle tour Eiffel.

Elles se ressemblent, mais elles sont différentes

Elle tremblait de tout son corps. Elle s'est arraché une grande mèche de cheveux, elle l'a tenue un moment dans les airs par-dessus la rambarde, avant de la laisser tomber dans le vide.

Elle n'avait pas l'air surprise de me voir.

— J'ai envie d'une clope...

Je lui ai tendu mon paquet de vraies cigarettes.

— De quel siècle viens-tu ?

Elle a sorti une cigarette électronique de son [redacted]® en [redacted]® en regardant son portrait au loin. J'ai répondu non, et j'ai hoché la tête. Elle a fumé en silence. Et je l'ai regardée faire. Dans le lointain, elle souriait, éternellement heureuse. Et devant moi, maintenant elle pleurait.

— Tu me trouves belle ?

J'ai déjà vécu ce moment

J'ai fait oui de la tête.

— Tu trouves que je ressemble à... ça ?

J'ai dit : « Je ne sais pas. » Et j'ai ajouté : « En vrai, tu es plus belle. Dans le Réel, je veux dire... »

— Je sais que c'est faux, mais c'est gentil. T'es gentil. Tout ce que tu vois. Là. Ce corps. Ce visage. Rien n'est vrai. Ni là-bas ni ici.

Je sais

— Comment connaissais-tu la porte du belvédère ?

— Je suis déjà venue.

Elle s'est excusée de pleurer.

Toutes les beautés du monde se sont conjuguées dans sa voix à cet instant

Elle avait mal quelque part. Je lui ai demandé pardon de ne pas savoir quoi faire pour qu'elle aille bien.

— C'est bientôt la fin du couvre-feu, tu vas pouvoir rentrer chez toi.

— Je ne sais pas ce que mon père va faire s'il apprend que j'ai repris de la N. Je dois partir. Ils vont retrouver ma trace, je vais avoir des problèmes... Et toi aussi. Personne ne doit savoir que j'étais là. Il y a encore des gens à la fête ?

— Non, ils sont tous partis. Il n'y a plus que toi et moi.

— OK. Et toi, tu ne rentres pas chez toi ?

— Je suis chez moi.

Un air de dégoût a parcouru son visage.

— Il est où ton père ?

— Je ne sais pas.

Elle tremblait un peu, mais elle gardait contenance.

— Tu as grandi ici alors ? Ça devait être bien. J'ai vu le parc. Et c'est beau d'avoir une vue comme ça.

— J'ai grandi dans un monde plus hostile qu'il n'y paraît...

— Ah oui ? Lequel ?

— Le monde de ceux qui ont beaucoup à perdre quand il y a tant de misère autour.

— Qu'est-ce que tu connais de la misère ?

Je ne connaissais que des clichés : l'argent est un poison, la richesse est une malédiction, il n'y a que la pauvreté qui garde pur, etc.

— Tu as raison, je dis n'importe quoi.

— Moi, je la connais. Je ne suis pas née riche, tu sais… Avant que mon père ne devienne mon manager, et que ça marche pour moi, ma mère a longtemps fait trois boulots pour nous nourrir mon grand frère handicapé et moi. Je n'oublierai jamais sa fatigue. Je n'oublierai jamais ses mains brûlées, ses doigts déformés par le travail. Elle aurait pu être danseuse étoile. C'était son rêve à elle. Mes parents ont tout sacrifié pour ma carrière. Pour que je puisse venir à Paris. Je suis tout pour eux. Pourtant, maintenant que j'ai tout, parfois j'ai l'impression d'être une machine et de ne rien ressentir.

Elle tremblait et, cette fois, elle n'arrivait plus à le cacher. Elle a changé de sujet :

— C'est une belle vue.

— Je ne viens jamais ici.

— Pourquoi ?

— Je crois que ce qui est beau me fait peur.

— Pourquoi tu dis ça ?

— Ce qui est beau ne dure jamais. Tout ce que nous avons de meilleur est voué à être détruit.

Je ne pensais pas toucher un point sensible. Je me suis senti obligé d'ajouter : « P-pardon, je ne disais pas ça pour… Écoute pas ce que je dis… Je ne peux pas m'empêcher de dire n'importe quoi. »

Je n'osais pas m'approcher. Je ne voulais pas la mettre mal à l'aise. J'ai essayé de la rassurer du mieux que je pouvais. Je ne sais pas pourquoi j'ai dit : « Tu veux voir un tour de magie ? »

Elle a souri tristement.

— Regarde, tu vois cette photo…

Je projette la photo : « The Falling Man » par Richard Drew…

— Tu vois l'homme, qui saute de la tour dans le vide, la tête la première comme un pantin désarticulé, eh bien : si on la tourne, il vole comme Superman. Et si on retourne la photo complètement, il monte vers le ciel…

Je ne l'ai même pas fait sourire.

— Pourquoi tu as cette arme ?

J'avais oublié que je la tenais toujours à la main. Je ne veux pas qu'elle me prenne pour un milicien ou un de ces types de la mode qui se baladent avec un holster flambant neuf, pour avoir l'air dangereux.

Elle a dit :

— Tu as peur de mourir ? Ce n'est pas avec ça que tu arrêteras la fin de notre monde.

— Je t'en prie, j'en ai marre que tout le monde me parle de la fin du monde. La fin du monde, au moins, c'est la seule chose que je partagerais vraiment avec les autres. Tu crois en quelque chose ?

— J'ai vu des paysages qui m'ont donné envie de croire en Dieu.

— Mais tu étais là pour tout salir. Qui va créer des beautés nouvelles quand on aura tout vu, tout capturé, tout détruit ? Moi aussi, j'aimerais faire quelque chose de bien avant de mourir. Mais je ne sais pas quoi. Peut-être que la seule chose de bien qui nous reste à faire, c'est de disparaître. On dit que nous sommes tous frères et sœurs. On le sera vraiment quand on sera tous des cadavres.

Mort de la même cause, morts sans cause

— Tu as l'air très jeune et tu es déjà si… sombre ?

J'ai rougi.

Elle a ajouté :

— J'ai raté mon avion. Je devais partir pour Shanghai… T'as une voiture ?

— Mon père oui.

— T'as les clés ?

— Oui. Pourquoi ?

— Je n'ai pas envie de dormir. J'ai envie de m'enfuir quelque part.

On est allé au *You Should Not Exist*, parce que c'était le seul after à la mode encore ouvert à cette heure. Elle avait activé son filtre qui brouillait toute tentative de film, de photo ou tout autre moyen de capturer l'instant ; tout le monde faisait semblant de ne pas la reconnaître, mais tout le monde savait qui elle était : il y avait ce relais de silence quand elle passait au milieu des autres pour apporter nos verres.

On a bu à la gloire de nos désenchantements.

— J'en ai marre de tous ces parents qui retirent leurs enfants de l'école, qui les torturent pour qu'ils deviennent des stars. Je sens leur souffle dans mon dos. Ils sont des millions à vouloir prendre ma place. Ils aimeraient tous que je meure. Qu'ils la prennent ! Je n'en veux plus ! Le rêve des autres est mon cauchemar… Pardon. Tu dois me prendre pour une folle.

— Non, non. Je suis plus fou que toi.

— T'es gentil. T'es quelqu'un de bien. Je l'ai tout de suite senti.

— Je sais pas. Peut-être.

— Avant, quand je ne prenais pas de N, je faisais souvent le même cauchemar. Je suis dans la jungle.

J'ai le visage enfermé dans un sac en plastique et je m'étouffe. C'est très long. Je ne peux pas respirer, mais je ne meurs pas. Je n'ai pas peur. Je regarde la nature autour de moi, et je n'ai jamais vu des couleurs aussi belles avant…

— C'est un peu comme ça que j'imagine le futur : un voyage en avion. Pas d'air. Pas de place. De la bouffe dégueulasse.

Elle a ri.

— Moi j'aime bien les voyages en avion. Mon rêve c'est de vivre avec une seule valise. Souvent, j'imagine des missiles qui détruisent le pays d'où je pars ; il ne me resterait plus que cette valise et nulle part où rentrer. La violence aurait choisi pour moi…

— Et tu serais enfin libre ?

— Ne te moque pas de moi.

— Il ne peut rien t'arriver ! Les superstars meurent seulement quand elles ne rapportent plus d'argent.

J'aime son rire.

— Je suis juste une image. Je n'existe pas. Le contraste entre ce que je suis et ce que je montre, c'est ça qui excite mes suiveurs. Comme ça, ils ont chacun l'impression d'avoir une relation intime et privilégiée avec moi. Tu sais que l'intelligence artificielle que j'emploie parle avec 100 millions de personnes en même temps ? Je réalise tous leurs fantasmes, même les plus obscurs et je leur dis que c'est notre secret. Partager un secret avec leur idole préférée, cela n'a pas de prix. J'ai joué le jeu. C'est tout. Tu y as cru, toi ?

— Nous avons tout perdu quand la vue a remplacé tous les autres sens. Les gens s'en foutent de l'amour, ils pensent qu'ils sont amoureux parce qu'un film ou une série leur en a donné l'idée, leur a montré qui choisir, qu'attendre, espérer et ressentir. En réalité, tout ce dont ils ont besoin, ce sont des nouveaux corps, des nouveaux corps, des nouveaux corps (visage, organes, et le reste). Nouvelle personne. Nouvelle bite. Nouvelle chatte... Interchangeables. L'un chasse l'autre. Aucun souvenir. Peut-être un détail. Quelque chose de sale avant le coma.

— J'étais comme ça aussi... J'avais toujours un corps qui m'attendait quelque part. Pour y finir la nuit. À n'importe quelle heure. Une fois un mec très connu m'a reconnue... (Elle me chuchote son nom à l'oreille, je ne vois pas de qui elle parle.) Il m'a dit qu'on avait couché ensemble. Je n'en avais absolument aucun souvenir. Sûrement parce que ça ne comptait pas. Le sexe, c'est pas ce qu'on nous a vendu. Je sais, ne me regarde pas comme ça. Je sais que c'est étrange que cela vienne de moi. Tu te dis que je crache dans la soupe.

— Moi, je suis étonné que le sexe fasse toujours vendre. Sans amour, le sexe, c'est toujours décevant.

Tout en parlant, elle me montrait des photos de son prochain shooting. Elle me demandait mon avis comme s'il lui importait. Elle a fait défiler les portraits : elle était nue sur presque tous.

Son corps de cyborg à la perfection irréelle me semblait être une image de plus que j'avais déjà vue un million de fois peut-être.

Elle me regardait sans expression particulière, comme s'il s'agissait d'une autre personne. Mais quand une photo particulièrement explicite est apparue, elle m'a fait un clin d'œil avant de rougir un peu.

— Les premières fois, je couchais avec des mecs sans savoir ce que j'aimais. J'essayais de deviner ce qu'ils attendaient de moi. Mais je n'aimais pas ça. Le sexe je veux dire. Je ne prenais jamais vraiment de plaisir. Je faisais semblant. Je sentais leur poids sur moi. Leur chaleur. Leurs gouttes de sueur. La violence de leur chair dans la mienne. Mais j'avais l'esprit ailleurs. Il flottait dans la pièce comme si je n'étais plus là. En général j'étais concentrée sur ce que je faisais… comme une écolière qui fait un coloriage et qui ne veut pas que la couleur dépasse des traits, tu vois ce que je veux dire ? Après j'allais dans la salle de bains… je me lavais les dents, j'ouvrais les placards et je trouvais toujours un truc pour pouvoir dormir sans avoir à parler. Je crois que le seul moment que j'aimais vraiment, c'était le tout début. J'adorais voir le visage du type changer, ses yeux devenir fixes, quand il comprenait ce qui allait se passer. J'ai toujours su soutenir leurs regards. J'aimais faire rougir les types les plus blasés. J'ai aussi croisé pas mal de mecs bizarres. Je me souviens d'un acteur connu qui me disait que je lui faisais penser à la Vierge Marie. Un truc malsain comme ça. J'ai grandi, je n'ai plus besoin de me rassurer.

— Raconte-moi ton histoire la plus sordide.

— Ma dernière expérience l'était. Il n'avait pas mis de capote parce qu'il n'en avait pas et que j'étais trop saoule pour insister… Et là, j'ai pensé à mon père. Je me disais des trucs, comme : « Regarde ce que cet inconnu fait à ta petite fille. Regarde ce que les mecs me font faire. » Les coups de reins encore et toujours. « CLOP CLOP… » Et quand ils crachent sur leurs doigts et qu'ils frottent mon clito avec leur crachat. Ils le font tous… J'ai toujours trouvé ça dégueulasse… « CLOP CLOP… » Tous ces hommes parfaitement mous, et qui essaient quand même de forcer leur pathétique bout de chair à l'intérieur. La baise, ça me rappelle le bruit triste d'une truite qui agonise au fond d'une barque en bois dans un lac silencieux j'sais pas où. C'est ça, le bruit de la baise : « CLOP CLOP ».

Elle a ri et j'ai ri moi aussi.

— Je crois que tu ne sais pas qui tu es. Tu n'as jamais eu le temps de chercher. Tu as vécu la vie de tes parents. Mais pas la tienne.

— Pourquoi j'ai l'impression que tu peux lire dans mes pensées ? J'ai même pas terminé le collège. Je croyais qu'avoir de l'argent, c'était savoir. Je croyais que ça suffisait pour réussir sa vie.

Elle est redevenue grave.

— Je n'en peux plus d'être Babystarr. Je n'en peux plus d'être une image… Je n'en peux plus de cette prison dorée. Et puis, je vieillis. Tu ne sais pas tout ce qu'ils m'ont forcée à faire… Et pour l'argent… Toujours l'argent… J'ai fait des choses… horribles… Plus j'ai réalisé mes rêves, plus je me suis sentie vide. Tout ce que la société nous a appris sur la vie est un mensonge. Ce que je viens de te dire, tu ne dois en parler à personne. Tu sais garder un secret ?

— Non, mais je n'ai personne à qui le dire, et de toute façon, personne ne me croirait. Cela revient au même.

Quand on nous a prévenus que le bar fermait, elle m'a dit :

— Je n'ai pas envie de dormir. T'as envie de dormir, toi ? Reste avec moi. Ne me laisse pas toute seule. Je vais pas te supplier. Mais reste. Reste. Juste un peu. Tu connais un bel endroit pour regarder le soleil se lever ?

— Je connais un endroit.

— Après on rentre, c'est promis.

J'ai garé la voiture en plein milieu du pont Marie, la portière ouverte, et les clés sur le contact pour pouvoir démarrer vite au cas où la B.A.T arriverait.

Je sais qu'ils vont venir, ce n'est qu'une question de temps

On a regardé le soleil se lever sur la Seine, main dans la main.

— Enlève tes lunettes de soleil. Je veux voir tes yeux. Pourquoi tu les portes toujours ?

— Je crois que la lumière me fait trop mal. J'ai peur de regarder le monde avec mes vrais yeux.

— De quoi as-tu peur ?

— J'ai peur de tout trouver encore plus laid, alors je...

Nous avons été interrompus par des rires. Un groupe de jeunes est arrivé sur le pont. Plus loin sur la Seine, un bateau-mouche rempli de touristes américains était en approche.

Que Dieu bénisse les consommateurs de clichés

Les touristes américains prenaient des photos, les flashs crépitaient dans la nuit.

« AMAZING ! »

Le bateau-mouche s'apprêtait à passer sous le pont, une voix s'est élevée des haut-parleurs, et les touristes se sont mis à nous crier « Hello, Hello ! », et à nous saluer de la main. Certains jeunes leur ont rendu leur salut, ils criaient : « WELCOME TO THE CITY OF LOVE ! »

Des jets de pisse ont traversé les airs ; le bateau-mouche est réapparu de l'autre côté du pont, et les Américains hurlaient leur dégoût. Les projecteurs des miradors ont balayé la zone. Les jeunes se sont dispersés. Nous avons couru en riant jusqu'à la voiture, et j'ai démarré en trombe.

Elle a posé sa tête sur mon épaule pendant tout le trajet du retour ; quand je la regardais, elle souriait et je me suis demandé un instant si nous allions faire l'amour.

Devant chez moi, une foule anonyme s'était massée ; elle bloquait la rue.

— Ils ont eu ton adresse. Ils m'ont retrouvée.

Ils étaient une centaine, immobiles, à regarder vers le ciel. Tous habillés en blanc ; certains portaient des bougies allumées. Ils psalmodiaient l'air d'une de ses chansons.

Ils attendaient qu'elle fasse une apparition

La foule l'aimait. La foule voulait la voir. La foule voulait la toucher du regard. La foule était prête à tout pour un petit morceau d'elle.

— Je n'en peux plus. Il va y avoir une émeute. C'est toi ?

— Non.

— Tu peux me le dire. Tu serais pas le premier à me trahir.

— Je te jure que non.

— Ne jure pas. C'est mal.

Je n'arrivais pas à savoir si elle me croyait. Le ton de sa voix avait changé, comme le regard qu'elle posait sur moi : toute la magie des instants passés où j'avais cru à cette intimité s'était volatilisée d'un seul coup ; elle jouait un nouveau rôle, dur et froid, et je n'aimais pas ça.

— Je dois partir maintenant. Il ne faut pas qu'ils me voient.

Elle m'a tourné le dos. Elle a appelé un chauffeur. Et on a attendu qu'il arrive, sans se dire un mot de plus.

Une grosse berline aux vitres teintées s'est enfin arrêtée à notre hauteur. La portière s'est ouverte, et elle est montée à l'arrière sans me jeter un regard. La portière a claqué. J'ai attendu que la vitre se baisse pour qu'elle me dise au revoir, mais la voiture a démarré sans faire un bruit pour rejoindre l'Hyperphérique.

J'ai dû traverser la foule des suiveurs pour rentrer chez moi.

Je me suis connecté au Nuage. Sur le profil de Babystarr : on la voyait en train de chanter « Happy Birthday » à une de ses amies mannequins dans un club privé de New York, et la date et l'heure indiquaient que c'était aujourd'hui et maintenant.

Pour moi le monde de la Nuit c'est fini

J'ai pris un peu de N et je me suis endormi. Dans mon demi-sommeil narcotique, j'ai fait ce rêve : la vie autour est un champ de ruines, tous les êtres humains sont morts et seuls quelques animaux survivants se rassemblent autour du dernier point d'eau dans le désert, un trou noir sur un grand crépuscule blanc.

Inexorablement, le point d'eau se vide

Tous les animaux savent au fond de leur instinct qu'ils finiront par mourir, les uns après les autres, leurs carcasses efflanquées rejoindront celles des autres et il n'y aura plus que le silence de la pourriture et le murmure des forêts aux alentours.

Je suis entré à la fac de médecine sous un faux nom car je ne voulais pas avoir de traitement de faveur à cause de la réputation de mon père. J'avais besoin de réussir seul. De me prouver à moi-même que je valais quelque chose et que ma vie pourrait être utile. J'avais encore la naïveté de croire que sauver des vies me permettrait de sauver la mienne.

Dès le premier cours, j'ai compris que l'année allait être longue : dans l'amphithéâtre sans acteurs, sans histoire, le seul drame, c'était d'être là. Mon cerveau rempli de trous n'imprimait rien du tout ; or, la mémoire est la seule qualité nécessaire pour devenir médecin, d'après ce que j'ai compris.

J'ai suivi les cours du mieux que je pouvais, j'ai travaillé très dur, mais avec toutes les pilules que je prenais, le combat était perdu d'avance. J'avais beau étudier, quand je fermais les yeux et que j'essayais de me rappeler ce que je venais de lire, il ne restait rien : les mots, les noms dansaient dans ma tête et s'en allaient quand le bal était fini. J'ai creusé dans ma mémoire, mais c'était un désert, et le sable glissait entre mes doigts.

J'ai demandé à mon père si je pouvais arrêter le traitement, il m'a dit que non. Je travaillais toujours plus, mais rien n'y faisait et je maquillais mes échecs comme je pouvais.

La Voix m'a dit : « Tu ne seras jamais médecin, tu ne seras jamais à la hauteur de tes promesses »

— Et vous êtes ?

Je suis un fantôme

Aucun autre étudiant ne connaissait mon prénom, je ne trouvais personne pour réviser avec moi à la bibliothèque universitaire ; ils pensaient tous que j'étais une sorte d'autiste étrange, trop nul pour continuer de toute façon.

Mes résolutions brûlaient comme une comète

J'étais désespéré.

Je me souviens du seul « exercice pratique » où je suis allé

Je n'avais pas vu de corps mort depuis l'enterrement de ma mère, j'avais presque oublié les nuances bleutées d'une peau de cadavre, la tranquillité ignoble de leur visage, l'absence palpable d'âme, la dureté de leur corps et l'odeur lancinante de la putréfaction, qu'aucun formol ne pourra masquer.

Tous les autres étudiants riaient ; pour eux, c'était un divertissement de plus, il n'y avait rien de courageux à regarder un macchabée dans les yeux.

Ils n'étaient pas encore médecins mais déjà la mort des autres n'avait aucune prise sur eux

Quand ils ont sorti le corps du tiroir en inox, j'ai vu un pied, un orteil, et un ongle sur lequel subsistaient les traces d'un vernis rose.

J'ai vomi. Partout. Longtemps. Impossible de me retenir. J'ai souillé la blouse blanche, la mienne et celle de quelques autres.

Et je me suis enfui quand ils se sont tous moqués de moi

J'ai entendu le hurlement du professeur quand la porte battante a claqué dans mon dos. J'ai couru dans les couloirs, aussi vite que j'ai pu.

J'ai eu le premier zéro de ma vie d'adulte

Je suis resté enfermé chez moi trois jours, incapable de manger ou de dormir.

J'ai été recalé, je n'étais pas le seul : c'était le jeu, rien de grave. Les plus grands médecins ont redoublé leur première année, m'a dit mon père. Le coup de grâce est arrivé aux premiers partiels du premier trimestre : j'ai triché et je me suis fait prendre ; le surveillant m'a obligé à ranger mes affaires et à rentrer chez moi, en plein milieu de l'épreuve d'anatomie.

J'ai été convoqué en conseil de discipline, j'ai dû défendre ma cause devant un aréopage de doyens ; nous étions deux à passer devant les juges. Je ne savais pas encore ce que j'allais plaider.

Avant moi, c'était au tour d'une jeune fille en pleurs. Elle a raconté qu'elle n'allait plus en cours parce que sa meilleure amie était morte dans l'explosion d'une bombe et qu'elle n'arrivait pas à faire son deuil. Quand j'ai entendu ça, je ne savais plus quoi dire.

La détresse de cette fille m'a ôté toute envie de raconter n'importe quoi

— Pourquoi avez-vous triché ?

J'ai haussé les épaules et j'ai baissé les yeux. Mon silence était sans équivoque. Le doyen m'a parlé d'une « trahison à l'éthique ». Il m'a demandé droit dans les yeux si j'avais la vocation, et j'ai répondu : « Oui, monsieur. »

J'ai été renvoyé quand même. Pour toujours.

Cette fois, c'était officiel, je ne serais jamais médecin

J'aurais pu faire appel. J'aurais pu trouver des circonstances atténuantes. J'aurais pu supplier qu'on me reprenne ou demander à mon père de faire quelque chose, mais je n'ai rien fait, et c'était ma première vraie décision d'adulte.

Je me suis inscrit à l'école d'infirmier militaire sans le dire à mon père. Je me disais que comme ça je pourrais servir à quelque chose, et qu'on m'enverrait sûrement sur un champ de bataille.

J'ai été pris facilement : en temps de guerre, le secteur recrute à mort. En cours, j'ai vite appris les choses les plus utiles pour survivre dans ce monde :

– Faire du bouche-à-bouche.

– Ressusciter un cœur.

– Trouver la veine et planter la seringue sans trembler.

– Faire une transfusion sanguine.

– Connaître le nom de tous les analgésiques.

– Savoir faire les meilleurs mélanges et les cocktails à éviter, les dosages pour ne plus rien sentir, mais pas pour mourir.

– Contacter les fournisseurs.

– Noter la durée des traces qu'elles laissent dans l'urine, dans le sang, dans les cheveux.

La théorie n'avait plus de secrets pour moi

On s'entraînait sur des mannequins, j'étais bon élève, je pouvais tout faire les yeux fermés et le sergent instructeur était content de moi. Pour la première fois de ma vie, j'ai été un exemple pour toute la classe.

J'étais fasciné par les nuances sombres de la fausse hémoglobine qui coulait dans les poches de plasma ; je connaissais sa valeur au marché noir.

Le sang était devenu encore plus rare que l'or

On savait modifier l'apparence des gens, on savait faire décoller et atterrir des fusées, mais on ne savait pas faire du sang de synthèse, et on devait toujours le prélever sur une source humaine.

Les candidat(e)s ne manquaient pas

Le sergent instructeur nous répétait : « Quand vous entendrez les bombes exploser, plus près, toujours plus près, ça ne servira à rien de prier. Vous ne priez pas plus fort que ceux de l'autre côté. C'est pour ça qu'il y a la procédure. Vous n'aurez pas le temps d'avoir peur. La procédure, il faut seulement appliquer la procédure. Compris ? Rompez ! »

Je me sentais prêt pour l'action.

J'ai demandé quand je serais enfin envoyé au front. Le sergent instructeur m'a répondu sans me regarder dans les yeux :

— Quand j'estimerai que vous êtes prêt.

— Et je serai prêt quand ?

— Quand vous aurez vu la mort en vrai.

C'est arrivé vite. La nouvelle venait de tomber dans la caserne : des soldats avaient été grièvement blessés aux portes de Paris au cours d'une opération de déploiement. Nous avons eu droit à un court briefing pour une opération d'extraction ; on ne savait pas vraiment ce qui s'était passé.

D'après les premières informations qui n'avaient pas encore été révélées au grand public, c'était une erreur humaine : neuf soldats d'une escouade d'escorte « Patriote » avaient été blessés au cours d'une manœuvre d'entraînement. L'intelligence artificielle d'un marcheur de combat avait été défaillante, et avait entraîné sa chute.

J'ai suivi l'officier avec les autres infirmiers postulants ; nous étions une dizaine à prendre place dans l'hélicoptère.

Quand nous sommes arrivés sur la zone, j'ai compris ce que l'instructeur voulait dire, je n'étais pas prêt pour ce que j'allais voir. Il y avait du rouge sombre. Encore. Partout. La douleur capitale. Des enfants de mon âge en uniforme. Les chairs et les os à nu. Les armes à terre comme des jouets abandonnés.

Les vraies ont l'air si grandes

Nous tenions les corps suppliciés par ce qui restait de bras et de jambes. Ils étaient encore vivants, ils hurlaient, ils se débattaient, ils pleuraient, ils appelaient leurs mères. Je voyais tout le noir qui dégoulinait. Je regardais le carnage, hébété, comme si j'étais saoul.

— Hé toi ! Hé toi, tiens-le bien, tu vas le faire tomber ! T'es où là ? Réveille-toi bordel !

On a fait des garrots, des piqûres de morphine, on a maintenu des bouts ensemble par des points de suture. Le sang giclait partout. On avait de la mort plein les doigts.

C'était plus fort que moi, je n'ai pas pu

Et je me suis enfui.

— Reviens ! Hé ! Où tu vas ? Reviens ! Rattrapez-le !

J'ai désobéi à un ordre direct.

J'ai quitté le champ de bataille avant la vraie bataille

Les jours qui ont suivi, j'ai reçu une lettre du ministère du Vivre-ensemble : j'avais perdu toute possibilité d'exercice d'une fonction publique.

Je suis rentré chez moi pour tout avouer à mon père, mais il n'était pas là : il y avait une enveloppe et de l'argent sur la grande table du salon. Il venait d'ouvrir une nouvelle clinique à Londres. Sur les photos de l'inauguration, il posait avec des gens beaux et célèbres d'après les légendes. Je ne savais pas qui ils étaient, et ça m'était égal.

Nos liens du sang se sont rompus

Il est parti vivre dans la mégalopole anglaise pendant quelques mois qui se sont vite transformés en années ; peu à peu mon père est sorti de ma vie. On s'envoyait un message temps en temps pour les dates importantes, qui ne l'étaient pas vraiment, car tous les jours sont les mêmes, seuls les numéros changent.

J'avais l'appartement entier pour moi. Je respirais une liberté nouvelle et je me demandais encore ce que j'allais faire de ce grand espace vide.

J'ai appris à vivre dans un paradis artificiel

Je n'avais pas besoin de travailler : quand j'avais besoin d'argent, je vendais un vieux livre de l'immense bibliothèque de mon père à un antiquaire ; je choisissais les plus rares.

Alors c'est ça être libre ?

Pour moi, ça ne changeait rien. J'avais à nouveau du temps à tuer. Je ne savais pas créer, seulement me détruire ; c'était le seul verbe que je savais décliner.

Je n'étais pas le seul : on parlait d'une grande vague d'automutilation chez les jeunes ; ils étaient de plus en plus nombreux à s'arracher leurs Innerphones de leurs poignets pour ne pas faire leur service militaire. Les réseaux d'information ont arrêté d'en parler quand une bombe a explosé dans une maison de retraite ; les vieux ne parlaient plus que de ça, ils accusaient à nouveau « une jeunesse décadente et sans valeurs à défendre ».

Rien ne change.

J'avais lu ça quelque part : toutes les révolutions échouent

Et les rares qui réussissent finissent toujours par tout foutre en l'air : « À mort le roi, sauf si le roi c'est moi ! » ; c'était toujours le même refrain.

La vie est un éternel retour en arrière

La peine de mort serait désormais appliquée pour tous les terroristes ; le peuple a voté et le « oui » l'a emporté avec une large majorité.

Je n'ai pas voté. Je n'ai jamais voté de ma vie. Et je ne voterai jamais, pour moi c'est interdit, mais j'ai vu les images : un bandeau noir sur les yeux du coupable, une trappe qui s'ouvre, un corps qui tombe et qui danse dans le vide.

Avant j'étais révolté par cette vengeance à rebours qui ne rendait pas ce qu'on avait perdu, mais maintenant, du fond de ma cellule, je ne sais pas s'il existe des circonstances atténuantes.

À moins d'être vraiment né fou, mais si c'était le cas, il y aurait moins de prisons et plus d'asiles

Les hommes sont tous responsables de leurs actes : dans le plus beau comme dans le plus abject, ils méritent tous ce qu'ils leur arrive. Je ne valais pas mieux que les autres. Je n'avais aucun idéal. Mes bonnes actions étaient comme mes résolutions, je ne passais pas à l'acte. Il me restait quelques milliers de francs à dépenser.

Je ne voulais pas me réveiller. Je n'avais pas de vocation. Je n'avais toujours pas trouvé de sens. Je me cherchais des excuses. Je me disais que c'était parce que je ne connaissais pas assez la « vraie vie ».

Peut-être que mon père avait raison

Devenir un adulte, c'était la seule façon de vraiment faire taire les questions pour de bon. Je devais marcher plus près du présent. J'ai perdu mon orgueil. Celui qui m'avait fait croire à tort que j'étais spécial.

J'ai commencé à chercher un travail. Je n'avais pas de diplôme, je savais qu'aucun employeur ne voudrait de moi, alors j'ai dû mentir : j'ai trafiqué mon CV. Dessus, il y était écrit que j'avais étudié les sciences politiques.

Je n'aurais qu'à improviser. J'avais lu assez de livres.

De toute façon, on n'apprend rien à l'école, à part l'obéissance et la peur du regard des autres

J'avais entendu quelqu'un dire : « L'école sert à apprendre aux enfants à remplacer l'homicide par le suicide », et ça m'avait fait rire.

J'avais déjà fait semblant avant, je pouvais le refaire. J'allais observer les autres, et jouer le même rôle, jusqu'à devenir l'un des leurs.

STATION 9

Il faisait chaud dans les souterrains du RER, j'ai fouillé mes poches l'une après l'autre, j'ai posée mon doigt sur le distributeur, une boîte d'aluminium a déboulé dans un bruit sourd. Je l'ai posée sur mon front et sur mon cou, mais ça ne changeait rien, la chaleur était toujours insoutenable. J'avais envie de vomir. Je me suis senti défaillir ; je ne pensais jamais devoir regarder pourrir les tours d'aussi près. Il faisait de plus en plus chaud. Ici même les pires buildings transpirent.

Leur sueur goutte sur nos sourires

J'ai acheté un beau costume chez [redacted]® et il était déjà sale.

La mode du jour pour les cravates, c'était le nœud coulant

J'ai un entretien d'embauche chez « [redacted] » dans dix-huit, dix-sept, seize minutes… J'y étais allé très fort sur mon parcours professionnel, la responsable des ressources humaines était dans tous ses états quand elle m'a appelé pour me convoquer ici. J'avais subtilement décrit des expériences qui correspondaient à chacune des compétences requises, sans être premier degré, et j'avais payé un robot pour qu'il crée les pages correspondantes en cas de recherches succinctes sur le Nuage.

Maintenant, c'était le Réel

La Défense a dévoilé ses gratte-ciel laissés à l'abandon, désertés par les crises immobilières ; seules les très grosses entreprises avaient survécu. Il faisait à peine jour, pourtant se pressait déjà la foule des innocents, les régiments des petits soldats, le grand cirque dont je m'apprêtais à faire partie.

J'ai regardé autour de moi toutes ces jeunes âmes déjà mortes pour que leurs villes s'agrandissent. J'ai reniflé : l'armée des morts-vivants sentait encore le bébé.

L'odeur était infecte

Nous sommes tous pareils.

Nous sommes tous dans le besoin.

Nous sommes tous des orphelins à la recherche d'un modèle.

Nous sommes tous de la chair fraîche, jeune et abusée, élevée en batterie pour remplacer le départ des usés, des abîmés, des dégoûtés, des vidés, partis pour l'été et jamais revenus.

Snif, snif. Si je reniflais, c'était aussi parce que, avant de venir, je m'étais fait un « Haïku » : sept pilules bleues, cinq lignes blanches, sept pilules rouges. J'avais peur d'être faible et de ne pas arriver à mentir. J'avais échoué à plusieurs entretiens déjà, et j'avais besoin d'un sérum de mensonges pour ce qui allait suivre.

Je n'ai plus rien à perdre

Dans la grande porte tournante, j'ai croisé un garçon qui était en terminale avec moi. J'ai refait un tour dans le tourniquet pour ne pas qu'il me voie, mais il m'a interpellé ; j'étais surpris qu'il se souvienne de mon prénom. Je ne lui ai pas demandé ce qu'il faisait là, mais il me l'a dit quand même. Il travaillait ici depuis un an presque jour pour jour.

— Eh ouais, un an déjà. Et toi qu'est-ce qui t'amène ?

— Un entretien...

Je lui ai dit le nom de la personne qui m'attendait, et il a regardé dans le vide, comme s'il pouvait voir à travers moi. Il avait une lueur blanche au fond des yeux, il ne m'écoutait pas vraiment.

Je lui ai demandé s'il était content de son travail, il m'a répondu qu'il ne pouvait pas me parler, car il était en retard pour le point du matin, mais qu'on devrait déjeuner, ou boire un verre un de ces jours. J'ai dit oui en sachant que ça n'arriverait jamais, car ni lui ni moi n'avions nos contacts respectifs.

— Bonne chance pour ton entretien !

Non, merci !

Je l'avait déjà perdu. Il avait disparu dans la gueule béante de l'ascenseur où ses clones se pressaient déjà. J'ai marché dans le lobby au sol en faux marbre, en faux beau, en faux riche, et j'ai eu envie de faire demi-tour, c'était trop tard.

Je me sentais désorienté

J'étais au bon endroit pourtant : le nom de l'entreprise était écrit en gros derrière le comptoir de la réceptionniste. Je me suis concentré pour me présenter. L'hôtesse d'accueil a appelé quelqu'un, elle a dit mon nom dans le combiné, et elle m'a demandé de patienter. Je n'étais pas pressé.

J'ai regardé défiler les managers, les team leaders, les CEO, les CTO, les pom-pom girls, les escort-boys, les portemanteaux, les porte-cravates, et les chaussures neuves qui font mal aux pieds.

Ici, la mode des coiffures, c'est très court, style « bourreau et guillotine »

Et par la fenêtre, j'ai observé le ballet des immenses grues charrier des briques et du ciment.

C'était à mon tour

Je suis monté dans l'ascenseur.

J'écoutais du Miles Davis

La porte du bureau du manager s'est ouverte, et un homme, la quarantaine en costume gris, m'a serré la main très fort avant de m'inviter à entrer. Je l'ai suivi. Il ressemblait à quelqu'un qui a envie de devenir votre ami quand il découvre que vous avez la même machine à café sophistiquée que lui. Il s'est tourné vers moi en souriant : « BIENVENUE CHEZ [redacted] ! », prononcé dans un américain parfait.

Je veux être tout sauf ici

Il a vu que j'hésitais, il a insisté.

— Asseyez-vous, asseyez-vous. Faites comme chez vous.

J'ai obéi. Il avait l'air de bonne humeur. Il s'est tourné vers la baie vitrée et, enthousiaste, il m'a glissé : « Et voilà ma vue sur la mer ! »

Son corps révélait une aube poisseuse sur le parvis de béton gris, les tours abandonnées et déjà en ruines, et plus loin la Seine encore plus triste à cette heure d'hiver sans fin.

Quelqu'un avait écrit : « SOS » avec des [redacted]® *vert fluo sur les vitres de l'immeuble en face*

— Merci de me recevoir, monsieur.

J'ai composé ma meilleure figure, je me suis tenu droit et retenu de croiser les jambes.

— Nous allons faire connaissance...

Je lui ai tendu mon CV, il l'a placé dans le coin supérieur gauche de son bureau, sans le regarder. Je ne savais pas quoi faire ni dire alors j'ai attendu qu'il se passe quelque chose. Je me demandais ce qu'il voulait. Il s'est mis à parler. Il parlait comme l'entraîneur d'une équipe de foot dans un film américain, avec des mots anglais que je ne connaissais pas, et il a fini par un retentissant : « On veut des collaborateurs passionnés qui bossent avec leurs tripes ! »

J'ai hoché la tête.

Ah, c'étaient mes tripes qu'ils voulaient, passez-moi ce coupe-papier, et je peux faire seppuku dans votre bureau et repeindre le gris atroce de ces murs

Ma mission était vague. Le manager répondait à des mails pendant qu'il me parlait, je voyais les lueurs blanches de l'Innerphone dans ses yeux. Son intonation enjouée s'est faite de plus en plus hachée. Nous étions tous les deux à l'écouter parler et à attendre, suspendus à ses lèvres que sa phrase se termine pour en révéler le sens. Il a souri de toutes ses dents refaites.

J'étais devenu son miroir

Il m'a demandé si je comprenais ce qu'il voulait dire. J'ai dit oui, mais je mentais, j'avais perdu le fil de la discussion, ne pouvant détacher mon regard des ombres sur les décombres de la Tour [redacted]®, et du trou qui la traversait de part en part, circulaire et parfait comme si c'était fait exprès. Ça m'a fait penser à un bagel géant, et ça m'a donné faim.

— Vous pensez être l'homme de la situation ?

— Oui, monsieur.

— Vous avez quel âge ?

— J'ai vingt-trois ans, Monsieur.

— Vingt-trois ans… À votre âge, je ne savais pas encore que tous mes efforts m'amèneraient jusqu'ici !

Où ça ?

Je voyais qu'il revisitait ses souvenirs, le sourire au coin des lèvres, content de lui et de son parcours. Il voulait être mon modèle. Pour lui, il était un exemple à suivre.

Il se voyait en mentor, mais moi je voyais un menteur

— Et si vous travaillez dur, je peux vous promettre que ce bureau sera le vôtre !

J'ai souri en retour de mon plus beau sourire en toc.

Je me suis fait la promesse de ne jamais être l'esclave du rêve d'un autre

Après le manager, la RH est venue me chercher, elle avait l'air aussi contente de me voir qu'une hôtesse de l'air forcée de sourire à un passager qui l'insulte à cause des turbulences. Elle m'a indiqué le montant du salaire.

Quand ils payent cher, ce n'est jamais bon signe pour ce qu'ils vous demanderont de faire

— Citez-moi trois qualités…

Elle voulait me connaître. J'avais droit à dix minutes d'entretien poli et réglementaire, pas une de plus. Cette comédie nous faisait du bien. J'ai regardé les minutes défiler sur l'horloge murale.

— Vous vous voyez où dans dix ans ?

— En désintox... (Pause.) Parce que je suis totalement accro au travail !

Elle a ri de bon cœur, et j'ai ri avec elle. Elle s'est quand même demandé si je ne me moquais pas un peu d'elle, mais elle m'a laissé le bénéfice du doute, elle a voulu reprendre le contrôle :

— Je vois que vous avez oublié l'humour dans vos qualités... C'est important aussi l'humour dans notre travail.

— Ha ha, non, mais je ne plaisante pas. Je suis très lucide. Lucide, c'est une qualité, non ? Tenez, une de plus !

— Plus sérieusement... Comment voyez-vous votre futur ?

— Je veux mourir pas trop vieux... Ou idéalement, d'une mort violente. Parce que je ne suis pas sûr d'être assez courageux pour mettre fin à mes jours. Comme vous dites, les plaisanteries les plus courtes sont les meilleures.

Là, son rire est devenu poli.

Elle a remis nerveusement une mèche de cheveux en place derrière son oreille, elle s'est gratté le nez, elle a ajusté ses lunettes et une mèche de cheveux, et elle a repris, cachant son trouble par une voix exagérément neutre.

— Maintenant, citez-moi trois défauts ?

J'ai hésité à dire la vérité, mais je me suis dit que j'avais déjà assez menti.

Trait définitif au stylo rouge sur ses notes

Elle ne me posait plus que des questions pour la forme.

— C'était quand la dernière fois que vous avez fait quelque chose pour la première fois ?

Je n'avais plus rien à perdre. J'ai repris :

— J'ai jamais essayé la drogue très dure. L'héroïne par exemple. Je veux dire, faire un truc en sachant que c'est une mauvaise idée, et le faire quand même ?

— P-pardon ?

— Vous, entre nous... je le répéterai pas... vous avez déjà été amoureuse ? Moi, je n'ai jamais aimé personne. Vous pensez que c'est normal ?

— Euh, v-vous allez bien ? Ce n'est pas le sujet de notre entretien.

— Vous vous souvenez de votre premier amour ?

J'ai vu qu'elle avait arrêté l'enregistrement. Elle a appliqué la procédure, avec une gentillesse maîtrisée.

— Je vous sens un peu stressé. Ce n'est qu'un premier entretien... Il sert avant tout à rencontrer les candidats et à faire connaissance. V-vous voulez un verre d'eau ?

— Non, merci. (Je ne peux plus m'arrêter, les mots qui sortent de ma bouche coulent malgré moi, il faut que je lui dise, il faut que je sache.) Vous aviez des rêves quand vous étiez enfant ? Je veux dire, vous ne rêviez pas de devenir RH dans une tour comme ici. Je ne peux pas le croire. Vous avez l'air d'être une fille gentille. Je veux dire, on est des êtres humains, on a une âme, on n'est pas du pétrole. Vous pouvez me le dire... C'est entre nous. Personne n'écoute. C'était quoi, vous ? Si vous me dites, je vous dis le mien... alors ? Je suis de votre côté. Je suis votre ami. Vous pouvez tout me dire !

— Je... Je... Qu'est-ce que vous venez de dire ?

— Vous ne vous êtes jamais dit que vous pourriez être la personne que vous aviez toujours rêvé d'être ? Si vous étiez prête à sacrifier votre satisfaction immédiate, si vous étiez prête à vous faire vraiment mal, si vous étiez prête à perdre l'estime de tous vos collèges qu'au fond vous n'aimez pas ?

— C'est moi qui pose les questions.

— Si vous étiez un animal, vous préféreriez être un chien errant ou un chien battu ?

Je n'ai pas eu le poste.

C'était le treizième entretien où j'échouais lamentablement

Je croyais être une utopie, j'étais une aberration dans leur monde du travail. Ils ne veulent que des gens normaux. Ni trop brillants, ni trop cons. À choisir plutôt cons que brillants. Surtout dociles. Et avec des gros problèmes d'ego et un complexe d'infériorité qui les poussent à travailler plus qu'on ne leur demande en échange d'une hypothétique reconnaissance, en forme de belle carotte, plutôt une pomme qu'on leur enfourne dans la bouche avant de les mettre au four.

J'en savais déjà trop avant d'avoir commencé.

Quelque part loin de ces tours, je sais que le soleil s'est noyé dans la mer et on l'a laissé faire.

J'ai finalement été pris dans une grande entreprise américaine de la tech dont le siège social était situé près du musée d'art hypermoderne de la ville du Grand Paris et dont l'activité principale, si j'avais bien compris, était de faire de l'espionnage industriel à grande échelle ; les clients les plus importants de la firme étaient les grands cabinets de conseil, en particulier reliés aux cabinets de tous les ministères de tous les pays du monde occidental.

J'étais à l'heure pour mon premier jour. Comme à l'école. J'avais encore peur de ne pas être comme tout le monde, donc je portais le même costume noir que les autres.

Bienvenue à la mine de sel

J'ai rencontré mon manager, il avait l'air gentil. Personne ne m'a posé de questions sur mon CV rempli de trous. Les premiers jours, j'ai été en formation et rapidement, on m'a lâché dans le grand bain.

Je voulais bien faire, ça avait l'air de faire plaisir à tout le monde. J'avais des collègues de bureau : ils avaient mon âge, et on se ressemblait.

On a appris à se connaître au cours d'activités censées renforcer notre esprit d'équipe : des cours de cuisine mandchourienne, du yoga tantrique, ou du gumjo. J'aurais préféré le faire avec mes amis si j'en avais, plutôt qu'avec mes collègues ; je trouvais ça gênant de devoir faire semblant d'être moi-même devant eux. De s'inventer un énième personnage bien plus normal que moi. J'arrivais à faire illusion auprès de mon chef et c'était déjà assez fatigant.

J'ai été accepté par le groupe, et je dois dire que la sensation était plaisante

On déjeunait ensemble et on buvait des verres après le travail, mais il subsistait toujours une frontière invisible : j'étais le seul à rentrer chez moi à pied en plein couvre-feu ; ils me trouvaient bizarre.

Ça va ? Ça va, et toi ? Et toi ? Et toi ? Et toi ? Ça va ?

Je disais vingt fois par jour que « ça va », donc ça voulait dire que ça allait. Je maniais l'art subtil du faux rire (« Ha-Ha-Ha »).

J'ai joué de mieux en mieux mon rôle

Ma mission était relativement simple, répétitive, sans surprise, et si une machine pouvait prendre ma place, j'aurais pu rester chez moi ou payer quelqu'un d'autre pour le faire.

Je suis comme vous, je fais de mon mieux

C'était une entreprise américaine : ici, on ne travaille pas, on œuvre au bien de l'humanité, comme l'a expliqué très sérieusement notre P-DG dans sa fameuse « lettre » du vendredi avec son sceau rouge féodal.

Le mantra du jour était : « Les petits ruisseaux d'aujourd'hui font les grandes rivières de demain. »

Il nous faisait souvent part de ses pensées philosophiques par message qu'on recevait à toute heure du jour et de la nuit. Il avait eu une révélation lors d'un trip mystique à la DMT, pendant lequel il était entré « en relation avec l'Énergie fondamentale ».

L'Oracle avait parlé : chaque employé devrait dorénavant consacrer un nombre minimum d'heures à une œuvre de charité, choisie dans une liste très stricte, sous peine d'être exclu des activités et de tous les avantages socio-économiques que garantissait le Bureau du Bonheur.

Ici, tout manque d'idéalisme est suspect

J'ai hoché la tête, et j'ai fait « oui, oui » comme un enfant à qui on ordonne d'obéir à quelque chose dont il ne comprend pas le sens mais qui a hâte de retourner jouer. J'ai fait du mieux que j'ai pu parce que moi aussi, j'avais besoin de croire en quelque chose.

Ici, tout se résume à des slogans

Il y a Le Petit Livre noir du capital et il n'y a qu'un seul parti. La seule exhortation du parti : « Devenez riche ! » La seule exhortation de la foule : « Ressemblez à ce qu'il y a de plus beau, rapprochez-vous le plus possible d'une apparence de la réussite. Faites semblant jusqu'à ce que ça marche. Rien de profond, rien de grand. Utilisez du maquillage, car nous ne voulons pas de votre vrai visage ! »

Un seul impératif : soyez narcissiques et trompez votre monde

Il n'y a plus que deux classes : la classe supérieure qui a le pouvoir et la classe inférieure qui ne sait pas ou qui se tait. Une seule chose est vraie, personne n'a envie de faire partie de la classe inférieure.

Nous portons tous un masque

En apparence, j'ai adhéré à leurs principes, et j'ai appris les règles de base : faire de notre mieux quand on nous regarde mais, dans les lieux publics, se contorsionner pour éviter qu'on nous touche, pour trouver une position un peu plus confortable, puis fermer les yeux et faire semblant de dormir ; ne jamais donner une pièce même lorsqu'on en a envie à ceux qui ont l'air vraiment tristes.

Comme s'ils pouvaient s'acheter un sourire avec

Pourquoi tu joues à ce jeu ? Si tu calcules bien, il te faudra deux cents ans pour t'acheter un deux-pièces.

« Obéir » est le verbe qui définit le mieux notre situation

Or, toutes les grandes fortunes de ce monde ont été fondées par des hommes et des femmes qui ont désobéi, enfreint les règles ou la loi.

On nous laisse espérer qu'un jour on se retrouvera à la table des maîtres

Ici, pas de hiérarchie. Nous ne sommes pas des employés, mais des « êtres autonomes ».

Nous sommes tous les membres indépendants et interconnectés d'un tout ; l'idée est de reproduire à l'échelle de l'entreprise la cosmogonie de l'univers.

Pourquoi pas ?

Les Américains y croyaient, on finirait bien par y croire ; en général ils sont en avance sur le pire. Les autres ne parlaient jamais du sens de tout ça ; je me suis forcé à partager leurs rêves, à survivre des mêmes espoirs.

Nous étions tous : des utilisateurs, des suiveurs, des consommateurs, des drogués

Ici, il faut se méfier de tout le monde. D'ailleurs, si j'étais vous, je ne me ferais pas confiance non plus. Vous ne savez pas ce que j'attends réellement de vous quand vous lirez ces lignes, si tant est que vous alliez jusqu'au bout.

Quand je ne travaillais pas, je restais enfermé dans l'appartement sans confort excessif que je louais dans un quartier près de l'entreprise, je ne voulais plus prendre les transports en commun, et de là je pouvais aller travailler à pied sans me perdre en route.

Sur le papier, ça allait

En réalité, j'étais toujours anonyme. Toujours alcoolique.

Encore une gorgée et je ne sentirais plus rien

Les lendemains de fêtes solitaires, quand je n'avais plus de vraies cigarettes, je baladais ma gueule de bois du côté du cimetière Montparnasse où les allées étaient vides à part quelques touristes égarés. Je devais avoir une sale gueule, mais ils n'avaient pas l'air d'avoir peur.

Personne n'a peur de quelqu'un qui pleure sauf si cette personne a une arme à la main

J'ai marché à travers les mausolées anonymes dévorés par la marie-jeanne jusqu'à la tombe de [redacted]. Sur la pierre tombale, je savais qu'il traînait toujours un ou deux paquets de [redacted]®.

Et toutes les semaines, au bureau ça recommençait

— T'as fait quoi de beau ce week-end ?

— Rien de spécial. J'ai bouquiné.

Rapidement, les mauvaises pensées sont revenues, et je regardais ces corps si proches pianotant sur leurs claviers, l'air concentré ou mort, comme les décors d'une nature morte : chaise, bureau, mot de passe, connexion, déconnexion, et quelques pauses. Plus de café dans la machine. Plus d'encre dans l'imprimante.

Si je lève les yeux de l'écran, j'ai droit à soixante-six secondes avant d'être signalé à un responsable. Sur la façade de l'immeuble en face, un mannequin [redacted]® me souriait de toutes ses dents trop blanches pour me vendre une vie de rêve.

Écran blanc/chiffres noirs, écran blanc/chiffres noirs, écran blanc/chiffres noirs

J'habite une zone grise. Ma vie est vite devenue une succession de listes de choses à faire au travail et en dehors. J'ai grandi, et grandir c'est apprendre à optimiser la réalisation de cette liste :

– Faire les courses.
– Acheter du dentifrice pour avoir les dents blanches, du déodorant pour sentir bon.
– Trier ses déchets.
– Utiliser les sacs plastique comme sacs-poubelle et les descendre.
– Faire des listes de choses à faire, ne pas les faire.
– Être un numéro de Sécurité sociale.
– N'éviter aucun rituel, aucun rite de passage.
– Boire et ne se souvenir de rien.
– Être un magnétophone sans touche enregistreuse.
– Être un code de paiement (« 1984 »).
– L'oublier, en recevoir un autre.
– L'oublier, en recevoir un autre, etc.
– Se faire greffer une puce de paiement par contact au bout de l'index.
– Négocier une aide à l'implantation avec son banquier.
– Avoir une note d'endettement acceptable pour consommer.
– Avoir une note d'endettement acceptable pour être aimé.
– Retenir un nouveau code d'interphone (« 1789 »).
– Déménager, recevoir un nouveau code d'interphone (« 1914 »).
– Déménager, recevoir un nouveau code d'interphone (« 1945 »).
– Rester connecté.
– Liker la vie d'un(e) autre, l'envier.
– Faire la liste des expositions à voir. Vues. Faites. Cochées. Oubliées.

– Donner son avis quand on nous le demande.

– Évaluer son prochain comme soi-même.

– Donner une note à ce qu'on vient de manger.

– Faire confiance au ministre du Vivre-ensemble qui veut rendre notre monde meilleur.

– Attendre que ça passe.

– Prendre sa dose quotidienne d'[redacted]®, dix heures par jour. (Plus si affinités ou contraintes hiérarchiques.)

– Compter les cheveux qui tombent (ne pas les laisser traîner au bureau en cas de contrôle toxicologique inopiné, risque élevé pendant quatre-vingt-dix jours).

– Cacher ses auréoles sur les chemises en été, et la peau qui pèle en hiver, et les mains transpirantes, les mains bleues, les mains désinfectées.

– Devenir un véritable adulte.

– Devenir un véritable mollusque.

Moi aussi, je veux réussir ma vie, et réussir sa vie est devenu une succession d'ordres : Aimez ! Commentez ! Partagez ! Crevez !

Au travail, la routine

J'ai vite compris que la vie de bureau n'était pas faite pour moi. Je m'ennuyais à la colonie de vacances : ici, on jouait à celui qui tiendrait le plus longtemps avant d'abandonner ses espoirs d'enfant. J'avais l'air calme en apparence, je passais mes journées à faire ce que l'on attendait de moi. Le reste du temps, je cherchais un moyen de m'évader.

Quand je n'en pouvais vraiment plus, je disparaissais quelques heures, je faisais des siestes dans les toilettes par terre, enroulé comme un vieux vêtement chiffonné autour de la cuvette. Le froid du carrelage et l'odeur du désinfectant me rappelaient mon enfance.

C'était la vieille femme de ménage qui venait me réveiller quand j'avais oublié de pousser le loquet. Je l'aimais bien ; elle ne m'a jamais dénoncé.

Je ne devrais pas être là. Ici, je suis un touriste dont la croisière a fait naufrage et j'ai échoué sur cette île. Je ne parlais pas, j'écoutais mes collègues d'une oreille distraite. Je sentais qu'ils me trouvaient gentiment bizarre. Sinon bizarre tout court. Je les observais. Je ne les jugeais pas, mais je ne les enviais pas non plus. Je les voyais sortir ensemble. Je les voyais s'aimer. Je les voyais voler des crayons et des rames de papier et tout ce qui traînait. Je les voyais se montrer fièrement leurs Innerphones de dernière génération dont l'implantation avait été financée par l'entreprise. Je les voyais se séparer. Je les entendais médire. Sur leurs collègues, sur leurs chefs, sur leurs vies. J'entendais parler de « wishlist », de « vendredi noir » et de « premier jour des soldes ». J'entendais parler de séries, ils se racontaient les épisodes de la veille, si bien que je n'avais pas besoin de les suivre. J'entendais parler des derniers passe-temps à la mode. J'entendais parler de loisirs thérapeutiques, de manuels de développement personnel pour mieux vivre le célibat, de la congélation prochaine de leurs ovocytes et des noms des meilleures cliniques.

Un peu de monnaie virtuelle, et tout le monde était content

Quand on est arrivé, on nous avait tous dit que nous n'étions plus des « prolétaires », que nous n'étions plus des « employés », que nous étions tous « les entrepreneurs de notre destin ».

Certains y ont cru. Certains y croyaient. Certains voulaient y croire. Pas moi. J'étais un mauvais esclave : je ne faisais pas assez bien semblant d'être content d'être là.

Ma mère m'a appris à manger, elle ne m'a pas appris à sucer

Et puis, j'ai été démasqué. Je ne saurais jamais vraiment quel faux pas m'a trahi.

Peut-être quelque chose dans le regard

J'ai vite été mis à l'écart, on ne m'invitait plus aux pots surprises, aux pots de départ, aux verres de bienvenue, on n'allait pas au ciné le week-end, ni voir la dernière expo qu'il fallait aller voir, on ne me parlait pas de la maladie de ses enfants. On ne faisait rien ensemble à part le strict minimum à la contingence de nos missions, quand nos cercles d'activités se recoupaient malgré nous et que je devenais un rouage nécessaire.

Ils étaient gênés quand ils s'apercevaient que j'étais là, quand ils parlaient de sorties entre collègues où je n'avais pas été convié. Je ne leur en voulais pas : ils se fatiguaient à réussir. Moi, je n'avais pas d'idéal, d'ambition, ni de meilleure version de moi-même. Je me suis lassé des semblants de conversation et des stéréotypes, je me suis définitivement détaché du groupe. Le groupe l'a remarqué et il s'est vengé.

S'ils n'ont rien à dire sur moi, ils inventeront

J'ai eu des mauvaises évaluations à 360 ° : de tous les côtés, j'ai réalisé qu'ils me détestaient. Pourtant, j'avais l'impression d'être un excellent produit de mon environnement. J'avais déjà remarqué qu'on me disait de moins en moins « bonjour » et de plus en plus rarement « au revoir ». Les autres parlaient ensemble comme si je n'étais pas là. Je n'étais pas une menace. Ils avaient tous compris que je n'essaierais pas de prendre leur place. Plus personne ne me demandait de l'accompagner pour déjeuner, je les comprenais, on avait peu de choses à se dire. J'oubliais souvent de manger et je buvais tellement le soir que j'oubliais de boire la journée.

Le néant m'a enveloppé, ça y est

Je m'ennuyais, j'observais mes codétenus, ils avaient de la chance : eux, ils étaient contents d'être là, ou ils faisaient semblant ; ils ne céderaient pas leur place. En réalité, ils n'avaient pas le choix, car les petits chefs, les kapos aux grands sourires et aux blagues pas drôles auxquelles il faut rire quand même, battaient la mesure.

Regarde maman, ce qu'ils ont fait de moi !

Travailler, c'est la dernière façon que je choisirais pour me tuer.

Travailler, je trouve ça dur, mais c'est encore plus dur de faire la manche

Quand on travaille dans ce genre d'entreprise, on a l'impression que rien n'existe ailleurs. On est persuadé qu'on est le meilleur du monde et un jour on découvre qu'on est seulement le meilleur dans l'immeuble dans lequel on travaille, et que la ville cruelle ne manque pas d'immeubles.

Quand je rentrais chez moi, mon environnement était balisé : ma cravate au sol, mon costume froissé, un [redacted]® : « Ne pas oublier de se coiffer ». Je faisais des filtres avec le carton de mes cartes de visite, je me versais quelques gouttes d'acide et je m'évadais dans le coma. Je me persuadais encore qu'une illumination allait venir, que le bonheur était futur.

Je regardais l'écran triste le soir, c'était comme la lampe d'Aladin : il fait croire que nos rêves peuvent devenir réalité, que nous avons le contrôle sur nos vies comme sur les objets que nous possédons.

C'est comme ça qu'ils contrôlent nos vies

Je me regardais dans la glace et je me disais : nous cherchons tous à incarner une image crédible pour les autres, comme si cela avait beaucoup d'importance, alors que les gens ne pensent qu'à eux.

Moi, j'essayais de ne pas penser au lendemain

J'ai retrouvé les clones.

Ici, c'est difficile de savoir l'âge des gens, car comme moi, tout le monde a fait de la chirurgie esthétique ; les places étaient devenues très chères. La compétition était terrible : pour un seul poste, les entreprises recevaient des milliers de CV au parcours identique, si bien que les critères de sélection étaient devenus de plus en plus drastiques ; il fallait donner des échantillons de son sang, son niveau de sensibilité à la lune et son thème astral ; toutes ces données supplémentaires pouvaient aussi avoir leur importance pour avoir une promotion.

Officiellement, bien sûr, tout le monde avait sa chance

Mon entreprise embauchait même des Minoritaires et l'annonçait fièrement sur des posters ; ils collaient des timbres dans une cave sans fenêtre avec le quota des handicapés mentaux.

Le credo : organisation horizontale, pas de chef, des processus-monde, à uniformiser par la base.

Sans hausser le ton. Sans retour à la pyramide. Ni aux coups de fouet.

Ils ont planté un Arbre de Sciences dans l'immense lobby

Les Responsables du Bonheur ne comprenaient pas pourquoi je n'utilisais pas tous les avantages qu'offrait l'entreprise grâce à ma carte de membre ni pourquoi je ne participais pas plus à l'Esprit de Communauté qui régnait ici.

— Connaissez-vous tous les avantages que vous offre votre code d'entreprise ?

Cycle sans fin d'une dette, contre-dette, même ici

J'avais pris l'habitude de dormir dans des chambres d'hôtel pour entendre les bruits d'autres vies que la mienne. Je voulais me rappeler ce que ça faisait d'être un être humain. Je voulais me sentir moins seul, sans me forcer à parler à quelqu'un ; écouter me suffisait. Par la fenêtre ouverte, je buvais les pulsations de la ville comme un alcoolique.

Les mains sur les yeux, je n'ai pas envie de les retirer

Je me demandais combien de temps tout cela pourrait encore durer. J'ai ouvert le tiroir de la table de nuit pour chercher mes médicaments, et tout ce que j'y ai trouvé, c'était une bible écrite en chinois.

Je m'en suis mieux sorti que prévu

Presque malgré moi, j'ai atteint mes objectifs, j'ai eu une promotion.

Quatre années ont passé

La ville ressemblait de plus en plus à ma vie : une série d'espaces et de quartiers bien délimités. Le quartier des start-up, le quartier des bourgeois bohèmes, les zones populaires, les espaces verts, les espaces de détente, les endroits branchés, les zones de déconnexion, les territoires du deal, les zones de récréation, les endroits anti-mainstream que tout le monde connaît, les friches industrielles transformées en fermes de cultures en circuits courts pour nous nourrir et les veines des réseaux de transports sécurisés pour se déplacer de l'un à l'autre.

Huit heures de travail, huit heures de loisir, huit heures de repos. Recommencez.

Je ne ressentais plus rien de vrai, il fallait se forcer un peu : quand ça sentait l'ordure en plein air ou la pisse de rue, je m'obligeais à désactiver le filtre antipollution, et je respirais avec mes vrais poumons.

« Vous avez un comportement à risques ! »

J'ai lu le message d'alerte de mon Innerphone, mais je n'ai pas écouté.

Je recherchais des émotions nouvelles : une vision du réel plus vraie que les images, sans machine. Mais je ne trouvais que de l'artificiel à vendre, de la dépression en illimité, et du bonheur en solde.

J'ai effacé le message de rappel pour le vote de dimanche prochain. Le grand débat du moment était : que faire des objecteurs de conscience et des déserteurs ?

Je n'ai jamais voté de ma vie.

Est-ce que j'ai une morale ? Est-ce que j'ai une conscience ?

J'avais fantasmé la vie. Je n'arrivais pas à m'inventer une noblesse d'âme. Politiquement, je passais par tous les extrêmes comme un compteur gégène, je regardais le monde, le grand zoo, je zappais surtout, j'avais la mémoire morte, c'était volontaire, je voulais pardonner vite. Je me disais : c'est cool, au Viêt Nam les *kids* portent des casquettes [redacted]®. Et j'avais l'impression que tout le monde était comme moi.

Et puis, le point rouge est apparu.

Il clignote, quelque part dans mon cerveau

Il me dit que je ne pourrai pas tenir toute une vie, il est prêt à prendre les paris.

Je brûle de vie et je suis déjà trop vieux pour être un vrai génie

Ce point rouge est là. Il me dit que je perds mon temps. Et je ne peux pas l'éteindre. Avec toutes ses chimères. Il apparaît de plus en plus souvent. Il gâche la fête. Il me dit et il me répète : « Ici, tu perds ton temps. »

Je me suis senti très seul.

Je n'ai jamais su me faire des amis

Je me suis perdu dans le quartier des putes minoritaires, près des anciens bâtiments désaffectés de l'ONU, de loin les plus belles ruines que j'avais jamais vues.

Toujours à vendre, mais jamais à acheter

J'avais toujours gardé une vision romantique des femmes qui vendent leur corps. Je me disais : elles, elles ont le courage que je n'aurai jamais.

Tout ça n'était qu'une image de plus : depuis la nuit des temps, la prostitution a toujours été un viol

La pute que j'observais dans l'ombre fumait des [redacted]® devant une maison à la porte close ; elle était de loin la plus vieille et la plus laide. Elle m'a invité à monter. J'ai décliné poliment l'invitation et elle s'est moquée de moi :

— Ta maman t'attend quelque part ?

Je suis resté planté devant elle sans pouvoir parler, j'ai fouillé la profondeur de mes poches.

— Tu veux monter ? Tu paieras à l'intérieur… Reste pas là. Il fait si froid dehors.

Elle a soufflé un nuage de buée qui s'est mélangé à la fumée de sa cigarette. Je n'osais toujours pas la regarder.

— Prenez l'argent, c'est pour vous.

Elle a souri, un peu mauvaise, un peu plus vraie que moi.

— Toi aussi, tu veux me sauver ?

— Non je ne veux pas vous sauver, je veux juste…

— Viens, entre, il fait meilleur à l'intérieur.

Je me suis forcé à la regarder droit dans ses yeux pleins de bleus.

— P-prenez cet argent.

— Ton argent, j'en veux seulement si tu montes. J'fais pas l'aumône. Pour qui tu m'prends ?

— Pardon, je voulais juste être gentil.

— C'est vrai que t'as pas l'air méchant. Alors ? Tu fais quoi ? Tu montes ?

Quand on est arrivé dans la petite chambre, elle a jeté ses talons dans un coin et elle m'a demandé de retirer mes chaussures. C'était très propre et très ordonné. Je lui ai fait la remarque. Elle m'a expliqué qu'entre chaque client elle nettoyait tout, de fond en comble. Même si ce n'était pas vraiment chez elle. Elle a sorti une boîte de [redacted]® à demi entamée de la table de nuit.

— Avec ou sans ?

Elle m'a dit que son père était un Minoritaire, elle m'a demandé si ça me dérangeait, j'ai dit que non.

Aucune trace de silicium dans mes veines

— J'ai tous les papiers en règle. Je suis en bonne santé.

Je lui ai dit que je la croyais sur parole. Elle m'a demandé ce que je voulais. Ses règles étaient claires : pas de coup, pas de bleu, pas d'attache, ni d'étranglement à deux mains.

Pas de sentiment, juste des griffures et des petites coupures

J'avais seulement besoin de parler à quelqu'un, alors j'ai acheté la nuit. Je lui ai tendu ce qui m'a semblé être beaucoup d'argent. Elle a recompté devant moi, et elle avait raison ; elle connaissait la chanson, pour elle, je n'étais déjà plus un homme, j'étais un nombre à trois chiffres. Le compte y était.

Elle avait un accent, mais je ne savais pas d'où il venait.

Elle avait l'air si maigre, et fragile et le reflet bleuté du néon, qui ne s'éteignait jamais sur ses prunelles, donnait une lueur étrange à son visage. Elle a eu un frémissement imperceptible quand elle s'est aperçue que je la regardais vraiment ; elle a fermé les yeux.

— Je suis vieille. Je ne te plais pas, c'est ça ?

— Non, non, pas du tout ! J'ai juste envie de parler…

— Avec ça, tu peux faire ce que tu veux. Vraiment tout ce que tu veux. Et toi, ton truc, c'est « discuter » ?

— Oui. Je crois.

Elle m'a regardé avec lassitude, mais elle a accepté. Je suis allé acheter une bouteille de vin à l'épicerie encore ouverte au coin de la rue, et on a discuté.

Je lui ai demandé son vrai nom, elle m'a répondu [redacted], mais je ne l'ai pas crue. Elle ne m'a pas demandé le mien. Sa main s'est posée sur la mienne. Il y avait écrit « Disparaître ici » à l'encre bleu foncé sur son poignet.

— D'où tu sors comme ça ?

— Je me suis perdu.

Elle m'a dit qu'il fallait que je prenne une douche.

J'avais oublié ma saleté

Elle m'a lavé délicatement le corps avec un gant de toilette. Je l'ai laissée faire. Elle ne m'a plus jamais regardé dans les yeux. Je crois que je préférais ça. Elle fixait le carrelage craquelé d'un bleu délavé et les endroits où les joints disparus dessinaient des formes géométriques compliquées. À côté, il y avait aussi un magazine de mode, les pages boursouflées par l'humidité faisaient exagérément charbonner les yeux de la jolie fille en couverture.

— Un jour, j'ai ressemblé à cette fille.

Elle m'a désigné l'image en papier glacé. Le sourire parfait. Le sourire... Sourire tout court...

J'ai ressenti sa peur de vieillir seule.

J'ai voulu la rassurer, mais je ne savais pas quoi dire, je ne connaissais presque rien de la vie, ni des femmes. Elle m'a passé le miroir et le rasoir, je me suis préparé une ligne proustienne. (Reniflement.)

C'est elle qui a rompu le silence

J'ai senti qu'elle avait envie de parler plus que moi ; je l'ai écoutée, religieusement. Elle m'a dit qu'au début c'était facile, elle aimait ça. Et puis, comme tous les métiers, à un moment, « on a fait le tour ». L'époque a changé : les clients ne voulaient plus faire l'amour. Elle me disait que c'était n'importe quoi cette loi : on ne peut plus toucher personne, à moins que cette personne soit nue. Cette antithèse permanente de la censure et du sexe partout avait créé des fétiches et des nouvelles idolâtries qu'elle trouvait étranges : les larmes, les rires, les chuchotements à l'oreille, les crachats, les cils sur une pommette, le vernis à ongles écaillé, les cicatrices, le sang, la pisse…

— C'est quand même bizarre, non ? Tous ces jeunes garçons qui se branlent sur des sourires ? Non ? Je suis peut-être un peu vieux jeu, j'aime quand les choses se font naturellement. Je n'arrive pas à me forcer à sourire sur commande, moi, et si ça a l'air faux, ça leur va pas, messieurs veulent du vrai, de l'authentique ! Par contre, même plus question d'embrasser, avant ils étaient tous fous de ça… Le plaisir, c'est le corps, non ? C'est une peau contre une peau. Pourquoi tu fais cette tête ?

— Je sais pas.

J'ai senti qu'elle était triste.

C'est comme si j'entendais ses pensées entre les phrases qu'elle prononçait : personne ne l'aimerait jamais, à part un homme qui ne saura jamais qui elle est vraiment.

— Un homme, soit il me méprise le lendemain, soit il a honte, soit il me désire, mais jamais il ne m'aimera…

Je lui ai demandé si elle avait déjà été amoureuse. Elle m'a dit que oui, et que la première fois, ça l'avait dégoûtée de son métier. Elle m'a montré un tatouage qui disait « AMOUR », en lettres capitales.

— C'est idiot, non ?

— L'amour ou le tatouage ?

— Non, juste le tatouage.

— Je trouve pas. Je sais pas.

Elle a posé une cigarette sur le rebord de la table basse. La fumée montait en volutes vers le ciel. Elle l'a laissée se consumer sans y toucher. J'ai fixé un moment le cercle rougeoyant dans le noir. Et je lui ai tout confessé :

— Je vais faire quelque chose de mal. Je crois que je serai bon à ça. Tu sais, il y a une arme qui m'attend quelque part. Pas ici, là-bas, là d'où je viens. Si on a une arme, il faut s'en servir, non ? Meurtrier, terroriste, tueur d'innocents ou de coupables, qu'est-ce que ça change ? C'est une vocation, tu ne crois pas ? Tu es une pute, moi je suis un assassin en puissance. Mais moi, je n'ai pas encore eu le courage de passer de l'autre côté.

Elle m'écoutait avec une incrédulité douce. Elle m'a dit qu'elle comprenait. Elle hochait la tête, mais je voyais bien qu'elle me mentait pour être gentille. Elle avait dû en écouter des fous, qui perdent leur temps à lui parler d'amour ; elle, elle voulait juste être polie.

— Je raconte n'importe quoi, oublie ça. Je dois partir.

— Tu peux rester dormir. Tu as payé pour la nuit. Il fait froid dehors.

On s'est couché. Les draps étaient sur sa bouche, elle m'a dit qu'elle aimait la sensation de chaleur quand elle soufflait. J'étais là, mais elle avait quand même froid, elle tremblait. Je n'osais pas la serrer dans mes bras. Elle s'est levée, elle a regardé autour d'elle, et elle a fermé la fenêtre. J'ai remarqué qu'elle avait une longue cicatrice sur la fesse. Je ne voulais pas la mettre mal à l'aise, elle a éteint la lumière.

Je n'arrivais pas à trouver le sommeil. Je me tournais et me retournais avec un besoin irrépressible de mâcher quelque chose. Elle m'a chanté une berceuse au creux de l'oreille, et je me suis endormi dans ses bras.

Je suis emporté par le Styx, je nage au milieu des cadavres de mes rêves

Je me suis réveillé en sursaut. Les heures avaient passé très vite, [redacted] dormait, enlacée, contre moi. J'ai dégagé lentement son bras pour ne pas la réveiller. J'ai laissé tout l'argent qu'il me restait et je suis sorti sur la pointe des pieds.

J'espérais naïvement qu'avec ça elle pourrait prendre quelques heures de vacances.

STATION 10

Au bureau, j'avais l'impression que ce n'était pas moi qui parlais mais un robot, et je devais me regarder dans la glace pour en être sûr.

Je ne suis pas un robot

Je me le répétais plusieurs fois par jour. J'étais un oiseau enfermé dans une cage qui faisait semblant d'aimer chanter pour ses maîtres. Et un jour, sans crier gare, je n'y suis plus arrivé.

C'était un soir de décembre, il neigeait, je marchais sans but dans mes vêtements d'hiver tachés de flocons. Je n'avais pas de cadeau à faire, personne n'en attendait de moi. Dans le quartier silencieux, je me suis arrêté devant les vitrines illuminées des [redacted]. Sous les globes électriques de la rue rayonnait une fausse ville endormie sous des étoiles bleues, plus brillantes que les vraies, dans une neige argentée, duveteuse, et des personnages minuscules menaient une ronde muette et sans fin. Je me souviens, les Nettoyeurs finissaient de désinfecter la chaussée. Et soudain, en pleine rue, pour la première fois depuis très longtemps, je me suis mis à pleurer.

Pour tout ce que j'aurais pu être et ne serais jamais plus

Je n'avais plus conscience ni de mon corps, ni de ce qu'il y avait autour. J'ai dû reprendre mon souffle. J'étais à genoux. Je me suis accroché au sol, j'ai griffé le macadam car j'avais peur de m'envoler. Je pleurais en pleine rue, devant les autres. Les gens me prenaient pour un fou, j'entendais des rires, mais je ne pouvais rien y faire, j'étais pris d'un vertige inversé.

J'avais peur de tomber dans le ciel comme si la gravité s'arrêtait

— Ça va jeune homme ?

— Oui. Ça va. Excusez-moi.

— Vous êtes sûr ?

Je dirai à ma juge : j'ai essayé la vie normale, ça ne m'a pas plu

Je suis une ligne morte. Nous sommes des successions de lignes mortes. Chacun la sienne.

Hier matin j'ai mangé un oiseau pour que mon âme s'envole loin d'ici

Je n'ai plus rien ressenti de vrai.

Je. Ne. Sens. Plus. Rien. De. Réel.

Lentement je me suis senti glisser.

Glisser

Glisser

Glisser

Je terminais de plus en plus souvent la nuit ivre, entouré de ces vieux qui finissent avec une fille très jeune, une fille qui n'a pas trop vécu, pour avoir l'impression, à leur tour, qu'ils n'ont pas trop vécu. Je ne voulais pas finir comme eux. Plus ils étaient vieux et laids, plus elles étaient jeunes et belles.

Nous vieillissons tous comme si nous devions rester toujours jeunes

Je ne vivrai pas vieux, je crois.

Je me couchais et je me levais de plus en plus tard; j'étais de moins en moins à l'heure au bureau; j'étais de plus en plus passif au travail, j'étais de plus en plus agressif quand j'en sortais.

J'ai perdu le peu d'élégance qui me restait: je me suis souvent battu à la sortie d'un bar quelconque.

C'était toujours ma faute

Je me souviens de la dernière fois.

— Je crois que tu me rappelles quelqu'un...

La fille au comptoir était belle, seule et prétentieuse; elle m'a regardé avec mépris, attendant que je finisse ma phrase. Plus je tardais, plus son regard se remplissait de dédain.

— Attends... Laisse-moi réfléchir...

Elle a levé les yeux au ciel.

— Attends! Hmm, si, je sais! Je sais...

Elle a soufflé: « À qui alors? Babystarr? Très original. Je sais! On me le dit tout le temps. Merci », et voyant, que je n'avais pas terminé ma phrase et que ma bouche était restée ouverte, elle a ajouté « Quand je dis très original c'est ironique... »

— Non, c'est pas elle... Ah voilà, je sais! Je t'ai reconnue! Je t'ai pas déjà vue dans un film de cul?

Et j'ai vidé mon verre, stupide et fier de mon effet.

— J'crois pas non, connard.

Je pensais l'avoir fait fuir. Je me trompais. J'ai senti une main ferme sur mon épaule quelques instants plus tard, au moment où je reposais ma bière vide sur le comptoir. Je me suis retourné, et un type petit, mais très énervé était planté devant moi.

— C'est toi qui parles mal à ma nana ?

— Euh... ouais.

Il m'a craché des obscénités très près du visage avant de se jeter sur moi ; j'ai reçu un coup de poing en pleine tête, mais je suis parvenu à le repousser, car je faisais deux têtes de plus que lui. Il a bombé le torse, il a commencé à donner des coups au hasard.

J'ai basculé en arrière pour les éviter et j'ai renversé la serveuse. Je me suis relevé. J'ai esquivé un autre coup et j'ai attrapé le premier truc qui me passait sous la main ; j'ai raté sa tête, la bouteille de vodka s'est fracassée dans le grand miroir derrière le bar. Je suis resté hébété par ma propre violence.

Merde, j'aurais pu tuer ce type

Le barman a appelé les flics. On nous a poussés dehors. L'autre a profité de cet instant d'hésitation ; un coup violent en pleine bouche m'a arraché deux dents. La rue m'observait, elle me filmait, je sentais le regard des autres, j'allais faire le tour des réseaux. J'ai senti la foudre de la honte me découper les joues. J'ai caché mon visage comme j'ai pu, et je me suis enfui en courant, avant que la BAT n'arrive.

J'ai eu un arrêt de travail, le temps qu'on me pose de nouvelles dents et qu'on répare ma blessure sur la langue. J'ai dû mentir au médecin de l'entreprise : j'ai dit que j'avais été renversé par un livreur et mes collègues n'ont pas posé de questions.

J'ai refait le combat des milliers de fois dans ma tête

Si je m'étais relevé un peu trop tôt ce jour-là, je n'aurais pas pu contrôler ma violence, et je serais en prison à l'heure qu'il est. J'ai ravalé ma honte et la peur rétrospective de ma propre déchéance.

L'œil au beurre noir a mis plus de temps à partir

La Responsable du Bonheur a compris que je n'allais pas bien, et elle m'a convoqué dans son bureau ; on a échangé quelques banalités autour d'un café équitable. Elle avait l'air gentille.

— Et la vie, ça va ?

— J'ai eu beaucoup de chance. Je ne vais pas me plaindre.

— Je veux dire : à quoi ressemble votre vie en dehors du travail ?

— Une grande prison.

Elle m'a jeté un regard qui m'a fait regretter d'avoir parlé trop vite.

— Ah... Je crois que vous avez besoin de voir autre chose.

Elle m'a promis de m'aider à aller mieux.

J'ai reçu un nouvel ordre de mission, un grand voyage : je devais me rendre à Pékin, la Mecque du business. L'embargo venait d'être levé et les Européens étaient à nouveau acceptés dans l'empire millénaire.

J'avais un ordre de mission, j'avais un but.

Les autorités communistes, elles, avaient ma photo et mes empreintes

À l'ambassade, ils ont dû s'y reprendre à trois fois pour extirper une larme de mes yeux.

C'est la première fois que je passais un test lacrymal

Dans l'avion, je ne me suis pas branché au sommeil artificiel ni à la machine à rêves. Je préférais faire l'expérience de l'ennui. Le temps long. Triste, mais réel.

Sur place, j'arborais fièrement mon œil sombre. J'étais content de découvrir la nouvelle capitale du monde mais j'ai été déçu : les immeubles avaient deux ans à peine, et on aurait dit qu'ils en avaient cinquante. La ville était aussi inintéressante que n'importe quelle autre grande ville nouvelle.

Sur les buildings, il y avait tous les derniers effets spéciaux à la mode pour divertir tout le monde sauf ceux qui travaillaient à l'intérieur.

Mon homologue chinois était plus jeune que moi ; il avait choisi « [redacted] », comme nom de scène européen ; on aurait dit un enfant, mais il avait confiance en lui. Il me parlait avec un air supérieur, que je trouvais touchant, car je devinais toutes les souffrances qu'il avait dû subir pour pouvoir me parler droit dans les yeux (ses jambes étaient anormalement longues par rapport à ses bras).

Pour lui, je représentais une sorte d'antiquité. L'Europe n'était plus un marché prioritaire depuis longtemps, mais il subsistait un certain prestige que je ne saurais expliquer à être son proxénète ; peut-être un goût de revanche qu'on savoure lentement.

Un peu comme un bourgeois parvenu qui s'achète l'amour d'une ancienne princesse

« [redacted] » m'a fait faire le tour de la ville, il m'a montré des chiffres.

Hier, la Chine venait d'annoncer un PIB plus élevé que celui des États-Unis

Je l'ai provoqué un peu pour la forme en lui disant que le jour où la Chine arriverait à produire des films romantiques comme à Hollywood, ils seraient vraiment numéro un.

— Pourquoi ?

— Parce qu'en Chine vous vendez tout sauf du rêve. Or contrôler le rêve, c'est ça, le vrai pouvoir. Et sa démonstration est la capacité à façonner l'ethos jusque dans ses aspects les plus intimes. C'est d'ailleurs la façon la plus efficace pour conformer les populations à une idéologie, l'histoire a montré que la violence n'offre que des résultats à court terme.

Cette dernière phrase, je ne l'ai pas dite car nous étions sur écoutes

J'avais repéré le commissaire politique sur la table d'à côté, qui buvait cérémonieusement sa [redacted]®. Il m'a alors demandé pourquoi les Européens avaient une mauvaise image des Chinois. Je lui ai répondu que personne n'aimait être l'esclave de celui qui nous vendait ce dont on est accro.

J'ai déjà vu ça ailleurs

L'histoire est un cercle sans fin de don et de contre-don : on ne parlait plus de guerre de l'opium, mais de guérilla des drogues de synthèse à base de silicium made in China. Moins chères, plus violentes.

C'est l'œuf et la poule

— Tout le monde aime la drogue, mais personne n'aime les dealers !

Il voulait savoir pourquoi en Europe tous les jeunes faisaient la fête plutôt que de travailler à la reconstruction de leurs pays.

Je lui ai expliqué qu'on avait déjà tout eu, et que cela ne nous avait pas rendus heureux, donc il ne nous restait plus qu'à tout détruire jusqu'à la dernière trace pour voir si ça changerait quelque chose.

— C'est presque de la politesse.

Il ne comprenait pas. Je lui ai dit que nous étions des enfants gâtés et qu'on aimait casser nos jouets. Il ne comprenait toujours pas. Il m'a dit : « Nous, nous travaillons jour et nuit s'il le faut ! Nous n'avons pas besoin de dormir ! »

— Il faut croire que nous non plus, nous n'avons pas besoin de dormir...

Il me parlait de [redacted], comme d'un modèle à suivre ; c'était un des saints vénérés du parti, qui avait donné sa vie pour la grandeur de l'empire. Il m'a raconté qu'avant de devenir milliardaire en créant [redacted]®, ce dernier avait étudié l'anglais comme lui et dans la même université. Il m'a dit qu'il fallait travailler dur, et qu'il fallait de la volonté.

On dirait mon père

Il m'a fait un aveu : « Un jour, moi aussi, je serai riche. »

Pour quoi faire ? Avoir une femme que tu payes ? Et habiter une maison qui ressemble à un hôtel ?

La négociation était importante, mais ça m'était égal.

C'est toujours plus difficile de vendre que d'acheter

J'ai été surpris de découvrir qu'il y avait encore des êtres humains dans les usines. J'avais toujours été persuadé que les produits que nous achetions, en particulier les produits technologiques, étaient fabriqués par des supermachines intelligentes ; il suffisait de mettre de la matière première à une extrémité de la chaîne et on obtenait un produit emballé et prêt à l'emploi à l'autre bout de la chaîne, mais non, il y avait bien des ouvriers qui travaillaient : j'avais vu les immeubles délabrés dans lesquels ils vivent, à côté de leur travail, pour ne pas perdre de temps, et parce que vivre en ville était trop cher pour eux.

Il y a des gouttes de sueur et des empreintes digitales sur tout ce que nous achetons

Et pourtant, ils ont tous l'air plus ou moins heureux d'être là, ils ne se plaignent pas.

Quand je me suis enfin retrouvé seul, et que j'ai été sûr d'avoir semé les mouchards, j'ai voulu sortir du cadre du voyage organisé par l'entreprise ; j'ai enfilé un camouflage optique, et j'ai appelé un taxi en chinois. On a traversé une grande avenue assez large pour laisser entrer 2 000 chars ; elle donnait sur un quartier de luxe et sur un portrait immense de l'empereur Xiaoping.

Par la fenêtre de la voiture, les marques [redacted]®, [redacted]®, [redacted]®, [redacted]®, [redacted]® défilaient les unes après les autres comme dans une chanson de rap. Tous les anciens pauvres rêvent désespérément de la même chose, n'importe où dans le monde, et au fond, ça ne me faisait pas rire, il n'y avait aucun espoir nulle part.

À part ça, comme partout, pas âme qui vive

J'ai regardé les vitrines : c'est seulement quand on est très riche qu'on peut se permettre d'être ridicule car personne n'osera vous le faire remarquer.

Protégé du vide par du vide

Le taxi s'est arrêté à l'adresse qu'on m'avait notée sur un papier à en-tête de l'hôtel. Je suis arrivé devant une succession de noctambules rassemblés devant le *Club Duty Free.*

Ils avaient tous le regard dans le vague, connectés à leurs Innerphones de dernière génération, ils ne faisaient pas attention à moi. Je me suis faufilé à travers la queue et les militaires à l'entrée m'ont laissé entrer.

À l'intérieur, je m'en étais douté, le volume de l'atroce musique électronique bon marché était trop fort. Je buvais mon verre seul, un jus de « Ouïgour on the Rocks », accoudé au bar immense, que j'avais demandé « le moins concentré possible » dans un chinois approximatif, et il me faisait un peu mal à la gorge.

Des jeunes me bousculaient et criaient des ordres au serveur qui s'exécutait. Las, j'allais rentrer à l'hôtel, quand j'ai vu un jeune homme ivre perdre l'équilibre, et passer par-dessus la rambarde d'un des étages supérieurs.

Il n'a pas crié, il est juste tombé

J'ai eu le temps de le voir se fracasser sur le sol.

Je me souviens de ses bras et de ses jambes qui s'agitaient désespérément dans le vide

J'ai regardé autour de moi, personne n'avait encore remarqué sa chute. J'ai essayé de me frayer un chemin au milieu de la foule pour lui porter secours, j'ai appelé à l'aide, mais personne ne m'écoutait. La fête battait son plein. Mes cris étaient masqués par la musique, et personne ne l'arrêtait.

Je suis arrivé à quelques mètres de lui ; il convulsait par terre, la bave aux lèvres. Je l'ai montré du doigt, on me regardait avec mépris, mais on ne faisait rien.

Une fille à l'allure enfantine dans sa robe lamée de métal doré l'a même enjambé pour rejoindre un groupe très arrogant, une sucette à la bouche, de l'autre côté du carré VIP au milieu des bouteilles de champagne énormes, gardé par un demi-molosse avec une oreillette en plastique transparent. La fille s'est mise à danser devant les bouteilles comme un serpent sous l'emprise d'un charme.

Des infirmiers en uniforme sont enfin arrivés et ont ramassé ce qu'il restait du malheureux, en le tenant par les bras et les jambes, sans ménagement.

J'ai réalisé que j'étais vraiment dans un territoire hostile

Je suis rentré à l'hôtel au luxe tapageur avec une envie irrépressible de vomir. On est venu frapper à la porte de ma chambre, et j'ai eu peur d'avoir été signalé. Un type étrange avec un masque de mauvaise qualité s'est retrouvé devant moi. Il pouvait me trouver n'importe quoi si j'avais l'argent.

Pour le faire partir, je lui ai dit que je voulais manger un cœur d'être humain ; mais il m'a dit que c'était possible, même si c'était cher. Il a noté un chiffre sur un bout de papier. Et puis il a ri : « Pour ce prix, je peux t'avoir un cœur de [redacted] tout frais. Mais le meilleur, ce sont les yeux... »

Je l'ai cru sur parole, et lui ai dit que je devais d'abord réunir l'argent, et qu'il devait repasser dans une semaine, en sachant que je partais dans trois jours.

Quand il est parti, j'ai vomi longtemps, et j'ai vidé le minibar pour réussir à m'endormir. S'il ne te reste plus qu'une seule balle, garde-la pour toi.

J'ai réussi ma mission. Sûrement parce que je m'en foutais sincèrement que la négociation échoue ou non, et mon homologue chinois l'a senti. Il a dû se dire que j'avais reçu une offre meilleure que la sienne d'un concurrent, et ça a attisé son désir.

Faire des affaires, c'est comme faire l'amour

Il était bluffé par la nonchalance avec laquelle je répondais à tous les coups de couteau qu'il tentait d'infliger à notre contrat et pour lequel il s'était retenu jusqu'aux dernières heures avant mon départ. Il était décontenancé par mon inflexibilité souriante, il prenait mon indifférence pour de la patience, et il avait dû faire un rapport en ce sens à ses chefs.

— Puis-je vous demander si vous avez vu d'autres entreprises en Chine, monsieur ?

— Nous avons quelques amis ici en effet. Vous comprendrez très bien que je ne peux rien vous dire, mais vous savez de qui il s'agit. Vous les connaissez très bien, et eux aussi, ils vous connaissent. Nous avons vraiment envie de travailler avec vous, mais parfois on reçoit des offres et il est difficile de les ignorer. Cela serait suicidaire d'un point de vue business. Vous aussi, vous seriez très embarrassé si vous étiez dans ma position. Vous me comprenez bien sûr ?

— Bien sûr. Je comprends.

Évidemment, je mentais.

Je n'ai pas d'amis mais j'ai des [redacted]®

Avant de reprendre l'avion du retour, je suis passé par un hypermarché de la contrefaçon dans la Cité interdite qui affichait fièrement sur ses murs les photos géantes de tous les « grands » de l'Ancien Monde qui étaient passés sous ces fourches caudines. Je n'ai rien trouvé de beau que je ne possédais pas déjà.

Les Chinois ont finalement signé et ils ont payé ; je suis rentré en France, auréolé de gloire ; j'ai eu droit à une prime et à une nouvelle promotion.

Cela ne durera pas

Tout ce que les médias dissidents ont révélé sur mon employeur était vrai. J'ai eu accès à des dossiers confidentiels par erreur. Les générations précédentes ont nourri l'intelligence artificielle. Et on a perdu la nôtre. Je ne supportais plus de vendre et de me vendre. Je n'avais plus envie de donner mon intelligence à des esclavagistes, à des pilleurs de données.

Je n'ai pas les gènes du salaryman

Je n'avais plus envie de me battre pour un combat perdu d'avance, un combat sans faim.

J'achète, je ne vends plus rien

Un jeune type m'a bousculé, mon verre a explosé par terre, et c'est moi qui me suis excusé.

J'ai compris ce qui n'allait pas

Je me sentais vieux ; vieillir, ce n'est pas la laideur qui gagne, ce ne sont pas les rides, c'est quand on a plus d'alibi pour avoir trahi ses rêves d'enfants. Quand ce n'est plus « une question de temps ».

Quand il n'y a plus rien à faire. Quand on réalise qu'on ne découvrira plus de beaux paysages, vierges de la saleté des hommes, et qu'on arrive toujours trop tard devant le plus beau coucher de soleil, parce que si on regarde bien, à l'abri des regards il y a toujours une capote usagée qui traîne quelque part et qui mettra dix mille ans à disparaître.

J'aurais pu faire mieux

Pour la première fois, on ressent la vraie lâcheté. On en vient à douter de tout. On en gâche même ses seuls beaux souvenirs.

Je l'ai déjà dit, je n'arrive pas à être heureux quand il y a tellement de misère autour, et j'ai beau fermer les yeux, il y a des jours où je la vois quand même. Qu'est-ce qu'il me reste à faire ? Consacrer ma vie à donner plutôt qu'à recevoir ? Aider les autres ? Alors que je n'ai pas réussi à me sauver moi-même ? Ils n'ont pas besoin de mes conseils, sauf s'ils veulent échouer. Je ne suis pas assez fou pour me reproduire, et trouver un sens facile.

Quand j'ai repris conscience, il était 6 heures et Paris s'éveillait, c'était la fin du couvre-feu. J'avais la mâchoire qui tremblait dans le hasard bleu nuit des longs boulevards, je me sentais très fatigué, je voulais dormir mais je savais que je ne pourrais plus. J'avais les tympans en feu à cause de la musique trop forte. J'ai fermé les yeux ; pour seule berceuse, j'avais les vrombissements lancinants d'un éclair.

Je ne vais quand même pas mourir du manque d'amour, c'est trop cliché

Je suis allé sous la terre. J'ai entendu le premier métro. La porte s'est ouverte, j'ai regardé à travers les cadavres de mes nuits, je ne suis pas le seul à attendre quelque chose, j'ai regardé ma Jeunesse. Endormie. Éclatée par terre. Les uns sur les autres. Ils reviennent d'une fête, eux aussi. Leur sommeil chimique se confondait avec celui de ceux qui n'ont rien et qui dorment tous les jours, eux, dans les cartons et les couvertures sales, leurs seules possessions.

J'ai écouté tous les jeunes paumés broyés par le « système »

On faisait semblant d'aimer cette vie. De se contenter des décombres de celles de nos parents. De fermer les yeux. De s'amuser de la mort qui colle à notre peau comme un parfum cher. On aimait être possédé. On recommençait à espérer des dieux qui nous voudraient du bien, qui nous guideraient vers la victoire.

Moi, je ne crois plus en rien

Sur les réseaux d'information continue, ils prédisaient que l'Insurrection allait venir si la police ne faisait rien pour endiguer la violence ; il y aurait bientôt une vraie guerre civile.

Nous espérions une révolution, nous avions élu une dictature

J'ai pris conscience d'appartenir à une Jeunesse destinée à la guerre : on avait fabriqué trop d'armes pour ne pas s'en servir.

Encore un matin triste et froid, tout est gris, on dirait un dimanche. Je suis réveillé par le bruit du vélo d'enfant qui grince, et qui tourne en rond dans ma tête. J'ai dormi dehors, je n'ai pas retrouvé le chemin de la maison. Ce matin encore, les insectes parcourent ma peau, je sens le clapotis vague de leurs pattes sur mon visage ; elles me rentrent dans les narines, sous ma peau, sous mes ongles.

Je ne peux qu'imaginer les joies des autres, tout semble si lointain.

Je suis tombé si bas hier. Personne n'a pu me ramasser. Je me suis réveillé désespéré, secoué de spasmes d'horreur et de haut-le-cœur, une boule au ventre ; je suis sur un transat, j'ai passé la nuit sur une plage.

À Paris Plages, c'est l'été, et pour moi c'est déjà le pôle Nord

Les premiers vacanciers arrivaient, et je les ai regardés installer leurs serviettes, en se bouchant le nez car j'avais vomi partout par terre.

Je regarde tout autour de moi, c'est laid

On a rempli la ville de stades, de piscines olympiques, de portes monumentales, de fondations signées par des architectes stars, où des fils de milliardaires étalent leur prétention : c'est beau parce que c'est cher.

Le pays entier est devenu un parc d'attractions

Les livres, les films, les musiques s'évaporent, rien n'est fort, rien ne dure. Nous étions tous en recherche de sensations marquantes, d'expériences vraies, sans nous rendre compte qu'elles ont été construites pour nous sur mesure. Nous sommes tous des clients. Nous sommes tous en manque.

Nous sommes tous loin d'être libres

On croyait sincèrement que les technologies rendaient le monde meilleur. La majorité acceptait d'être marquée, d'être implantée, de son plein gré, avec le sourire. Ils payaient même très cher pour ça. L'économie et la finance dirigeaient tout le monde vers sa fin, mais pas encore assez vite pour qu'on se pose des questions et qu'on arrête de ramer. Les marchés étaient hystériques et les experts commentaient les chiffres truqués ; ils n'étaient pas tous d'accord, mais aucun ne contredisait l'ordre en place. Chez les gens « normaux », les tours du monde, les années sabbatiques, les projets créatifs n'avaient plus le goût de l'aventure, mais bien celui de la fuite.

Si nous avons été des fleurs, nous avons fané

Tous sourds, mais pas aveugles, on réalisait qu'on était tous des esclavagistes, même les pauvres ; on a juste déplacé le prolétariat ailleurs, là où on fait semblant de ne pas le voir, là où il ne nous ressemble pas.

Ce n'est plus la lutte, c'est la déchéance des classes

On sentait pourtant que ça n'allait pas. On faisait quand même des enfants. On n'avait pas non plus le courage d'arracher son Innerphone, au fond on n'était plus capable de rien, on regardait sans rien faire le spectacle de la vie des célébrités ; on attendait d'être nourri de nouveauté. Après nous avoir promis le bonheur, on nous jetait les restes du festin pour nous distraire.

On ne nous apprenait plus à lire, on nous apprenait seulement à compter

Comme tout le monde, j'étais une accumulation d'expériences : professionnelle, sexuelle, sportive, artistique, touristique, gustative, émotionnelle, psychologique, sentimentale, ludique, que je prenais en photo, que je filmais, en me persuadant que ce que je vivais est unique : je sais que je ne fais que mimer ce que d'autres ont déjà fait en mieux ou en moins bien, avec plus ou moins d'argent, dans les mêmes lieux et en d'autres temps.

Au fond, rien ne restait en mémoire, je suis devenu un touriste et ma vie, une vacance permanente. Pendant ce temps-là, la BAT expulsait les « Sans-Innerphones », les sans-papiers, les « plus-rien-à-brûler » des lieux publics pour qu'on n'ait plus à les croiser.

Les églises ont gardé leurs portes fermées

Nous ne sommes plus que des statistiques : 1 % des gens possèdent 99 % des richesses du globe, et en France, un jeune de moins de vingt-cinq ans sur deux se drogue dur. Je ne suis pas meilleur que les autres. Hélas je ne suis pas pire.

Je suis un + 1 dans une statistique quelconque

Je me suis tatoué un sourire sur les deux coins de ma bouche pour gagner du temps, je porte le même costume cher et laid que les autres pour avoir l'air important, et pour les autres, je suis l'un des leurs, mais je ne me sens toujours pas à ma place.

Pas assez beau. Pas assez bon. Pas assez performant. Pas assez productif.

La société de l'hyperconsommation, c'était le nouveau fascisme. Plus le temps de réfléchir.

Just buy it !

La destruction de tout ce qui nous rendait humains avait été tellement rapide qu'il n'y avait plus rien à faire : le phénomène était mondial. Il n'y avait aucun endroit dans le monde où se cacher. À part la mort. Le suicide. Le meurtre de masse. Tomber pour la France.

Ici, le capitalisme vit de notre tristesse

Nous vivions tous sous le même règne, nous, les gens simples qui croyions tout ce qu'on nous avait appris. C'était notre maladie.

On se la tousse, on se la renifle, on se la refile

Elle a plusieurs noms : le cancer [redacted]®, l'enfer [redacted]®, le cauchemar [redacted]®, la peste [redacted]®, le choléra [redacted]®, Charybde, Scylla, qu'est-ce que ça change ?

On leur fait confiance pour réguler notre humeur, et les [redacted]® Store étaient de plus en plus beaux.

« Il n'y a rien que tu aies que je désire. Il n'y a rien que je possède que tu puisses me prendre. C'est le seul moyen d'être libre. »

J'avais beau me le répéter

Je me consume, je consomme.

Je bois des « Terres Rares » à la paille

Je dépense l'argent que je n'ai pas encore gagné, et ça me donne l'impression que ça sert à quelque chose de se lever le matin.

« ... une brique en terre cuite marquée de son logo [redacted]® *(typographie Futura bold italic blanche sur carré rouge) en édition limitée (40 USD pièce en boutique et 600 USD à la revente), qui sert à être jetée sur le pare-brise des voitures de police. Les 150 exemplaires numérotés ont été vendus en moins de 7 minutes après le lancement officiel. La vente vient d'être interdite par le ministère du... »*

J'avais le palier encombré de cartons que je ne prenais pas la peine d'ouvrir. J'enjambais des achats inutiles.

J'achète.

J'achète.

J'achète.

N'importe quoi.

J'accordais peu de répit à mes obsessions. Je consommais comme je demande pardon. L'excitation de l'achat sans but n'a pas duré, même pour les choses les plus chères. Rien n'est gratuit. Comme pour tout le reste, le plaisir dure de moins en moins longtemps.

On a tout et tout de suite tandis que la sécrétion d'endorphine est toujours trop courte

Les cartons s'entassaient devant ma porte.

Si j'habitais dans un quartier malfamé, je laisserais les voisins se servir, mais personne ne prend rien ici.

— Qu'est-ce qui vous ferait plaisir ?

Je cherche une montée à la Icare, les yeux fermés. Je veux du [redacted] dans les veines. Je veux qu'on me trépane, [redacted]® a laissé un bout de cervelle l'autre fois, je veux qu'on me l'enlève, je veux être heureux, comme tout le monde.

Est-ce que la beauté m'a appris des choses ? Non

Avec distance. Je profite de la vie qu'il me reste, en disposant ses morceaux étalés sur un plateau en argent, comme pour une dissection.

Je veux me protéger du vide par du vide

Je n'ai rien fait de mon intelligence. Je ne sauverai jamais le monde. Je n'ai rien à donner à part mon orgueil. C'est plus facile de faire semblant d'oublier ou de tout casser que de créer.

J'ai acheté une arme sur l'Orage. Je la regardais posée sur la couverture du livre en haut de la pile sur ma table de chevet, c'est devenu mon nouveau porte-bonheur. Depuis quelque temps déjà, je parlais tout seul. J'imaginais la bouche du canon au fond de ma gorge, le goût que ça aurait si j'enlevais le cran de sûreté. J'ai cherché une bonne raison de ne pas le faire.

Ça peut cesser tout de suite si j'ai le courage

Je savais qu'elle était là. À portée de main.

Peut-être aujourd'hui, peut-être demain.

Ça me rassurait de l'avoir. Une idée s'y est fixée. C'était le seul talisman qui pouvait m'amener loin d'ici.

Je sais qu'il y a une porte qu'on peut dessiner soi-même dans le sable et qui devient une vraie porte avec écrit « FUITE » au néon rouge et blanc.

Je sentais déjà son baiser froid et rond sur ma tempe

Sous l'arme, il y avait une pile de vieux livres : *Paris est une fête, Premier amour, Tendre est la nuit, Risibles amours*... et dans cet ordre-là, on dirait le déroulé intime d'une vraie histoire d'amour. Je suis toujours seul. Pas d'ami et personne à aimer.

J'perds mon temps, je sais, j'perds mon temps

Et finalement, le point rouge dans mon cerveau est revenu avec son clignotement sinistre.

Je perds mon temps, j'espère un ailleurs

Mais si je ne sors pas, je resterai seul avec mes principes, mon désespoir chronique et mon éthique anachronique. Je ne vivais pas, je perdais du temps.

Je me suis perdu dans des snobismes ridicules

J'écoutais de la samba triste sur un jukebox à CD, le dernier gadget rétro dont j'avais fait l'acquisition aux puces. La mode c'était le « made in China » vintage, la qualité me paraissait plus authentique, et pour le reste, j'achetais seulement des marques si leur créateur était encore vivant.

Je suis à Paris. Toujours Paris. Putain.

Travailler, c'était être libre, on disait ça avant. Mais le point rouge qui clignotait sur un fond noir dans ma tête gâchait le plaisir de cette liberté.

J'avais l'impression que le temps passait de plus en plus vite et que la vieillesse et son corollaire de désespoir me guettait : plus je paniquais, plus j'achetais des choses chères.

Je m'étais promis de garder les choses plus rares pour plus tard

J'ai tout acheté. J'ai tout dépensé. Mon salaire me brûlait les doigts. J'ai regardé le tas de cartons pleins de la semaine, on aurait dit un sapin de Noël abandonné en février.

Ça ne comble pas assez longtemps le vide que je contemple

À mon âge, il fallait désormais payer pour être aimé. Dans le club, j'envoyais des billets en l'air pour faire comme les autres. Tout ce que j'avais. Il n'y avait que les larmes que je conservais précieusement. Sur mes joues.

J'ai déjà tout fait, et je ne veux pas refaire en moins beau

Je n'étais pas meilleur que les autres, je m'étais anesthésié aux mêmes espoirs factices, moi aussi, je m'étais contenté de quelques clics, de quelques plaisirs évanescents pour tuer le temps, j'ai ressemblé à l'image qu'on se faisait de la mode, j'ai fait semblant de comprendre le monde comme s'il n'y avait pas de couleurs, pas de nuances, au fond comme si c'était seulement une nouvelle danse.

Je n'arrivais plus à être ou à (v)ivre

J'habitais à peine mon corps, mon énergie vitale s'évaporait par tous les pores de mon ennui. J'avais l'impression d'observer un vivarium. Je scannais la foule d'un air désabusé : encore un nouveau soir où il n'y avait que des débutants et des débutantes.

Trop jeunes ou trop riches pour faire la guerre

Je n'arrivais plus à me réinventer.

Au fond, on ne change jamais, on creuse son moi

Pour garder la face devant les autres, je faisais semblant de m'en foutre. J'avais l'impression que tout le monde faisait comme moi, on se croisait avec une fausse indifférence polie, le regard absent, mais je savais qu'on s'était vu, peut-être comme un brouillard de pixels, mais on s'était vus.

On s'évertuait avec délicatesse à ignorer les flammes des autres et finalement on souffrait qu'ils ignorent la nôtre en retour.

L'espérance, j'ai encore essayé de la provoquer

— Au secours !

J'ai levé les yeux au ciel. Une page de publicité a lu dans mes pensées ; l'intelligence artificielle de mon Innerphone interprète comme elle peut les métaphores, et elle se charge de faire diversion un instant : « Vous êtes une femme enceinte ? Préservez votre fœtus du danger du Nuage. Des études ont prouvé qu'il pouvait affecter le développement normal des cellules de la matière grise. N'oubliez pas de télécharger la carte des zones sans Nuage au cœur de la ville... »

J'ai allumé une cigarette, je me suis amusé à faire des ronds de fumée mon Innerphone la capture, et une nouvelle publicité apparaît : « [redacted]® Ice, fumer frais. Voulez-vous en savoir plus ? »

J'ai regardé trop longtemps la Jeunesse s'empoisonner

J'ai compris que j'allais mal quand en rentrant chez moi je me suis surpris à sourire en pensant que j'habitais sur une montagne de cadavres et des ruisseaux de sang. Je m'en souviens, c'était le jour du premier « Soulèvement ». Les zones périphériques de Paris se sont embrasées cette nuit-là.

Le ministère du Vivre-ensemble a répondu aux violences par l'opération « Soumission » : 4 000 agents de la BAT ont été mobilisés dans les villes au-delà de l'Hyperphérique.

Un geste de la main d'un des chefs, et ils ont chargé la foule

Il y a eu des échanges de coups de feu. Le calme est seulement revenu vers 22 heures. Dimanche, le peuple a voté au référendum : l'armée a eu pour ordre de nettoyer les quartiers en révolte.

Ces opérations punitives ont été mal préparées, il y a eu des morts la première nuit et le jour qui a suivi. Sur tous les réseaux, les images sont confuses : on ne sait pas qui gagne ni qui perd. Les premiers réfugiés quittaient les villes sinistrées avec des matelas accrochés sur les toits de leurs voitures. Le peuple, le vrai peuple souffrait et on fermait les yeux en attendant que le cri se taise ou qu'il meure.

Le ministère du Vivre-ensemble a finalement dévoilé des statistiques encourageantes.

Le compte y était

J'ai reposé l'arme. Je n'avais pas ce courage-là. Je me mentais encore un peu. J'ai appris une nouvelle chose : les suicidés ne sont pas des lâches.

J'ai entendu une chanson de haine dans l'arrière-plan lointain, très lointain, les paroles se confondaient avec mes larmes ; les larmes amères du cœur, celles qu'on ne peut pas arrêter. Dont on ne peut se passer. Ni se nourrir.

Je me suis habitué au manque de soleil. Je voulais tromper ma solitude, mais je ne voulais plus faire de mal à personne car je savais que j'étais incapable d'aimer. Je ne supportais plus les contacts physiques, alors j'ai commencé à aller voir une IR-L pour des séances d'Innersexe.

Elle se projetait nue dans ma chambre, elle y traînait sa beauté irréelle. Elle bougeait, ellc parlait, elle criait comme une humaine.

— Personne ne fait l'amour comme toi.

Elle mentait pour mon bien.

Moi, je suis monsieur [redacted]

J'ai choisi un nom japonais, car lorsque je l'ai rencontrée dans le club virtuel *Le Couloir*, elle était habillée façon « animé » ultraviolent, vous savez, ceux qui ne sont pas pour les enfants.

Les Japonaises disent « Je vais mourir ! » juste avant de jouir, j'ai envie qu'elle meure aussi

Elle a éteint mes dernières pulsions dans ses orifices virtuels.

« La société [redacted]® garantit qu'aucun être humain n'a été exploité pour la réalisation de vos fantasmes. »

Dis-moi où cracher, ne me dis pas quoi avaler

On a joué à faire l'amour comme des enfants : je bougeais et mon avatar s'exécutait, je ressentais tout ; l'illusion était presque parfaite.

Il y avait peu de chances que ce soit une vraie jeune fille qui contrôle ce corps pour payer ses études, il s'agissait plutôt d'un Chinois dans un cybercafé crade qui sent le tabac dans la banlieue de Shenzhen.

— Reprends un peu de cet amour en plastique !

Et comme pour tout ce qui a un prix, j'ai fini par m'y perdre, car c'était fait pour. Et comme pour tout ce qui s'achète, j'ai dû augmenter les doses pour continuer à sentir quelque chose.

Est-ce que vous êtes un robot ?

J'ai répondu non et pourtant j'ai recraché tous les fantasmes que le système avait implantés dans ma tête : violences physiques, verbales et mentales, pentacles creusés à même la chair, invocations, garrots, billots, bâillon, charognes, rouille, supplices, sang qui coule lentement sur les murs, mélangés à de la matière grise… Jusqu'à ce qu'il ne reste plus que de la matière noire. Là aussi, la publicité était mensongère ; dans le virtuel on peut aller très loin, mais ça procure moins de plaisir qu'en vrai.

Il y a eu un autre attentat à Paris. À coups de couteau ou de cutter. Le niveau d'alerte était à son paroxysme ; on traversait une semaine où chaque jour une nouvelle tuerie était annoncée. On enchaînait les minutes de silence, jusqu'à ce qu'on ne puisse plus parler du tout. La France s'est militarisée de l'intérieur, la loi martiale venait d'être soumise à un vote. Le peuple était content : le référendum de dimanche prochain s'annonçait avec un taux de participation record. Le ministère du Vivre-ensemble allait obtenir les pleins pouvoirs pour agir, pour nous protéger et pour nous soumettre par la douceur. Toujours pour notre bien.

— Dompter son désir est la seule façon de survivre au capitalisme…

— Vous m'avez parlé ?

Je suis devenu ce type qui boit seul et qui parle à des inconnu(e)s dans les bars, même quand ces inconnu(e)s ne lui ont rien demandé.

— Pardon... on peut boire ensemble ? C'est pas la grosse ambiance ce soir...

J'ai fait mine de regarder autour : il n'y avait que nous et le barman ; le bar était désert à cause d'une rumeur de fusillade dans le quartier, comme ce dernier venait de nous l'apprendre, en haussant les épaules.

— Il n'y a pas eu de mort.

— Alors, c'est ma tournée...

Mon compagnon d'infortune sortait du travail, il venait ici pour se détendre. Pas de chance, il était tombé sur moi et ma plus belle gueule de pierre tombale. Il devait avoir mon âge. Il me ressemblait assez avec son style faussement décontracté et son air endormi ; il travaillait sûrement dans une entreprise similaire à la mienne, mais lui n'avait pas oublié son attaché-case dans un taxi. Accoudé au zinc, je lui ai parlé comme à un ami, et j'avais l'impression qu'il m'écoutait.

— Tu fais quoi dans la vie ?

— Je viens de créer une boîte de services dans l'intelligence artificielle. Nous venons de lever des fonds. J'y crois. Mes investisseurs y croient aussi.

Il faisait semblant d'être modeste. Il avait l'air sûr de lui. Je l'ai regardé tremper ses lèvres dans le verre que je venais de lui offrir et j'ai fini le mien d'un trait. J'ai senti mon mauvais esprit inspirer à ma langue les mots parfaits pour le provoquer ; elle n'a pas eu à inventer longtemps.

C'était devenu mon nouveau jeu

— Tout le monde veut créer quelque chose. Sa boîte, son projet, son œuvre. Comme si on avait peur de ne pas laisser de traces. Personne ne nous a rien demandé, tu ne crois pas ?

Sans le savoir, j'avais touché un point sensible, il s'est vite mis sur la défensive.

— Heureusement que certaines personnes créent des choses, c'est important de créer. C'est une raison d'exister.

— Personne ne nous a demandé de justifier nos existences. Pourquoi a-t-on si peu confiance en nous ?

— Créer une entreprise, c'est créer de la richesse, créer de l'emploi, créer de la beauté aussi, parfois, non ?

— Et qui te dit qu'on a besoin de plus de richesses et de travail ? Et de quelle beauté tu parles ? Je veux dire, pourquoi t'as créé ta boîte ? C'est quoi ta vraie raison ?

— J'ai vu une opportunité à saisir sur le marché.

— Oui mais pourquoi ?

— Parce que je pense que ça va marcher.

— OK donc tu ne l'as pas créée parce que tu pensais que c'était utile à l'humanité ?

— Je ne suis pas aussi mégalo. Je pense déjà que c'est utile aux utilisateurs.

— Tout le monde devrait se poser cette question avant d'entreprendre quoi que ce soit de ce genre. Ce n'est pas être mégalo, c'est une question de politesse… Sans indiscrétion, tu bossais où avant de créer ton entreprise ?

— J'ai travaillé dix ans dans une grande entreprise de tech…

— Française ?

— Non, américaine. En fait, j'y travaille toujours. Mon entreprise, c'est un « spin off ».

Ils ne disaient jamais le nom tout de suite, on pourrait croire que c'est parce qu'ils en avaient honte ; au contraire, c'est parce qu'ils en étaient très fiers.

Comme les autres, il attend que je lui demande laquelle, voilà c'est fait

Il m'a désigné son badge rouge, et au cas où je n'aurais pas reconnu le logo, il m'a glissé le nom de l'entreprise à l'oreille, comme si ça voulait dire qu'il avait réussi sa vie.

Quand je lui ai dit à mon tour ce que je faisais, il est devenu compatissant comme si je lui avais annoncé une maladie congénitale : « Tu gagnes ta vie, c'est déjà ça... »

— T'as raison, je devrais leur dire merci de me permettre d'exister.

— Je vois bien que tu te moques de moi.

— Le jour où [redacted] a quitté son poste de P-DG d'[redacted]®, un journaliste a écrit : « Dieu s'en va », tu te rends compte ?

Le crime paie plus que la foi

— C'était un grand créateur. Il est parti de rien, et il est un modèle pour beaucoup. Il a changé nos vies.

J'étais sûr qu'il allait le défendre. Je ne me peux pas me retenir quand j'ai bu :

— Tu as raison, on vit dans ce monde-là... Une époque où l'on demande des autographes aux stylistes de mode... J'ai envie de demander à ces gens : « Et si tu croisais Léonard de Vinci, qu'est-ce que tu lui demanderais ? De te tuer ? » Ils nous disent qu'il n'y a plus de travail dans les entreprises, et qu'est-ce qu'ils nous proposent ? De devenir des gardes-malades pour les vieux.

— Je pense que la création est inhérente à l'être humain. Créer un outil pour chasser ou une entreprise, cela part de la même envie : améliorer ses conditions de vie.

— Est-ce que ton utilisateur meurt de faim ? Je m'interroge seulement sur l'utilité d'optimiser des choses qui à la base ne servent à rien… Tout le monde veut « créer quelque chose », mais en réalité on veut ce qu'on n'a pas : de l'argent ou du pouvoir. Moi, tu vois, j'ai compris que je n'avais pas les clés pour créer une entreprise. Je préfère réfléchir au meilleur moyen de les détruire, à comment leur faire perdre le plus d'argent possible. Ce n'est pas plus honorable, mais c'est plus drôle.

— Je pense que ces entreprises sont trop grosses pour mourir. Elles ne se laisseront pas faire.

— C'est ce qu'elles te font croire. Toutes ces entreprises agissent comme si elles devaient durer mille ans. Même les plus grosses entreprises ont leur talon d'Achille, et tu sais ce que c'est ?

— L'obsolescence technologique ? La concurrence déloyale ? La conjoncture ? La guerre ?

— C'est nous.

— Comment ça ?

— Les êtres humains. Toi, moi. Les autres. Nous sommes faibles, nous ne sommes pas fiables. Nous sommes globalement très prévisibles, assez crédules pour bâtir des empires sur notre dos, mais pas totalement. Nous pouvons toujours faire des choses de manière totalement irrationnelle et il n'existe pas d'algorithmes ni de données assez précises pour matérialiser la confiance. Pourtant c'est la base de tout commerce. Le commerce est basé sur la confiance, comme tous les rapports humains qui exigent une réciprocité. Ces grandes entreprises pensent que la confiance est une statistique comme une autre, qu'elles peuvent tempérer les risques. Elles se trompent. La confiance est une sensation. La confiance est une émotion. On projette sur l'autre une bienveillance. On attend un retour proportionné à notre don. La confiance en l'autre est une soumission consentie à l'amour d'un étranger. On aimerait être traité comme on traite les autres. On prend ce risque-là. Même les pires ordures et les plus grands manipulateurs réfléchissent et agissent comme ça, ils retournent juste le paradigme à leur avantage. Tu vois ce que je veux dire ?

Il fixait son verre comme s'il avait le pouvoir de me faire disparaître.

J'ai repris :

— La confiance est intimement liée à son corollaire, la peur, qui en est l'exact négatif. Or la peur est la sensation la plus forte, la plus primale que nous pouvons ressentir. C'est une émotion bien plus forte que l'amour. Toi, de quoi t'as peur dans la vie ?

— Je ne sais pas. De faire faillite. De perdre la vue. De perdre mon enfant. De voir mourir ou souffrir les gens que j'aime et de ne rien pouvoir faire, j'imagine.

— Moi, j'ai peur des requins... Toutes ces grandes entreprises te font croire qu'elles n'ont pas peur de toi. Elles semblent tellement sûres d'elles, qu'elles prennent pour acquis que nous leur faisons assez confiance. Et en retour, elles nous font assez confiance. Et là est leur faille. Imagine si on arrêtait tous en même temps de jouer le jeu.

— Comment ça ?

— À ton avis qu'est-ce qui se passerait si [redacted]® ne pouvait plus nous faire confiance ?

Nous ne sommes pas des dieux ni des déesses, nous sommes juste des singes augmentés

— On ne fait rien parce qu'on a toute cette drogue dans nos corps, et la seule liberté qu'ils nous laissent, c'est de souffrir en paix. Je ne te parle pas de la vraie drogue, je te parle de toutes ces fausses croyances qu'on nous injecte à la naissance qui nous transforment en clients, en consommateurs de concepts, en reproducteurs d'images du bonheur, toujours en manque de luxe ordinaire. Notre drogue s'appelle le confort.

La liberté ne nourrit pas le cœur quand la seule liberté est de choisir ce qu'on nous a demandé d'acheter

Je lui ai expliqué : « Les USA nous ont tous avalés, ils ont colonisé nos imaginaires. Nous sommes dans le ventre du monstre, et regarde les images, ceux et celles qui croient se révolter, manifestent en "JUST-DO-IT !" : il n'y a rien à faire, c'est trop tard, dans ce monde-là, quand on naît, on est déjà mort. »

Nous vivons sous une dictature et je ne collaborerai plus

Je lui ai dit : « L'important, ce n'est pas la révolution, c'est l'Après. Ils font la révolution et après quoi ?

Un empereur succède à un roi

J'ai poursuivi : « Par le passé, ils ont échoué car ils ne concevaient la révolution que comme un simple moyen de prendre la place libre ; au fond ils ont toujours fait pire. »

Il a regardé autour de lui. Je sentais qu'il avait peur. Il a bredouillé :

— Je ne sais pas si c'est une bonne idée de continuer cette conversation... Tu parles comme ces terroristes qui ont assassiné la P-DG de [redacted]® !

— C'était prévisible. Il fallait bien que cela arrive.

— Ils nous écoutent.

— Je ne veux pas qu'ils m'écoutent, je veux qu'ils aient peur. Nous avons déjà tué des rois et après ? Leurs armes annuleront toujours les nôtres. Le combat n'est plus dans la rue, il est dans les esprits. Il faut reprendre le contrôle de nos vies. Ils auront peur quand ils comprendront que notre intelligence n'est plus à vendre. On ne sera jamais respecté tant qu'on ne méritera pas le respect, tu comprends ?

Esprit pour œil, esprit pour dent, esprit pour coup

— Ce n'est pas une émeute dont je parle. Ce n'est pas un feu de paille. C'est un bûcher funéraire. Je te parle d'une rébellion des esprits. Un refus du contrôle. Une insurrection contre toutes les formes d'autorité illégitime.

Aujourd'hui le passé a pris en otage notre futur

— Tu as vu toi aussi notre jeunesse mourir pour des guerres que nous n'avons jamais voulues... Ils ont déjà notre sang sur les mains, mais nous sommes là, toujours vivants. Ils ont semé notre haine il y a longtemps, et ils ont mis au monde leur propre fin.

— Je ne vois pas de quoi tu parles.

— Ils ont peur. C'est pour ça qu'ils nous ont enfermés ici. Nous sommes le présent et le futur. Nous devons être des exemples pour les autres. Ils savent que nous, nous le savons.

Le pire, ce n'est pas de mourir, c'est d'être acheté

J'ai dit : « Quand nous commencerons tous à penser par nous-mêmes, ils tenteront de nous acheter pour anesthésier notre détermination. Nous aurons tous un prix, 20 000 francs ? 100 000 francs ? 500 000 francs ? Un million ? Tu préfères les chiffres ronds ? Quel est le prix de ton courage ? Ils sont prêts à donner cet argent. »

L'argent peut faire changer de langue, l'argent peut te faire parler leur langue

— Toi, quel est ton prix ?

— Je n'ai pas de prix.

— Combien t'a donné le fonds d'investissement ?

— Je...

— Un jour viendra, j'attends ce jour, l'algorithme de [redacted]® se fera hacker de l'intérieur par un génie du code, un de ses employés modèles, sans histoire, qui créera un bug, si impénétrable qu'il détruira la toile d'araignée qui nous emprisonne tous, ça sera le hack ultime...

Plus de moteur de recherche, chercher les réponses par soi-même

Il s'est bouché les oreilles et il s'est mis à répéter encore et encore : « Je n'écoute pas ce que vous me dites. Je ne souhaite pas continuer cette conversation. »

— Tu as entendu parler de la théorie de la vitre brisée ? Tu ne veux pas montrer le chemin et jeter la première pierre ? Ils feront de toi un exemple, mais je sais déjà que quelqu'un prendra ta relève et à son tour il s'infiltrera dans cette brèche, et ainsi de suite jusqu'à ce que le mur qui nous enferme tous se fissure et qu'il finisse par se rompre. Moi, si j'avais le courage, je prendrais une arme et j'irais tirer sur...

Je le lui ai dit à l'oreille ; il s'est enfui du bar en répétant : « Je ne souhaite pas continuer cette conversation. »

Il a dû me signaler, parce que sur la route du retour j'ai été contrôlé par la BAT. Ils m'ont fouillé. Ils n'ont rien trouvé de compromettant. Ils se sont excusés quand ils ont reconnu mon nom de famille.

STATION 11

Au bureau, rien n'a changé. Ou plutôt si. Je ne travaillais plus, je faisais semblant. Je m'étais lancé un défi stupide : j'essayais de tenir le plus longtemps sans faire ce qu'on me demandait de faire. Et pourtant la barque filait quand même sur l'onde ; je me laissais porter par l'inertie des autres ouvrières.

Une semaine a passé.

Deux semaines ont passé.

J'ai été surpris du temps qu'il a fallu à mon chef pour qu'il s'aperçoive que je ne ramais pas avec les autres ; à ma plus grande surprise.

On nous a inculqué le fantôme d'un cataclysme si on refusait d'obéir et là, rien n'arrivait

J'étais devant l'écran connecté au Nuage, j'avais les yeux ouverts, mais je n'étais pas là. Je n'étais plus là. J'étais un passager clandestin. Je ne répondais pas quand on m'appelait. J'avais mis des messages d'absence partout. Et tout tournait quand même sans moi.

J'étais presque déçu

Trois semaines ont passé. Personne ne me cherchait.

Un mois a passé. Les secours auraient déjà dû être là. Mais rien.

Finalement au bout d'un mois et deux semaines, mon chef est entré dans mon bureau, escorté par la RH qui m'avait recruté et un autre type que je ne connaissais pas mais qui avait le sourire de quelqu'un d'important. J'étais étonné qu'ils connaissent tous mon prénom. Ça m'a touché.

Je les ai salués poliment. Le type que je ne connaissais pas s'est présenté : c'était mon nouveau responsable. Je n'étais pas encore renvoyé. J'ai eu droit à un avertissement. Comme à l'école.

Une nouvelle directive émanait de notre P-DG-gourou : nous devions prouver notre loyauté. Il fallait signer la directive « SAP » qui autorisait notre employeur à collecter les données personnelles de notre profil citoyen, notre relevé de santé et notre taux d'endettement qui, multipliés par un ratio secret corroboré par des chercheurs d'une université américaine de renom, permettaient de calculer le taux individuel de servilité avec une précision de l'ordre du nano.

On appelle ça la contrainte par la dette

J'avais quelques notions de droit du travail français, alors j'ai refusé. Je ne pensais pas que je serais le seul.

C'est à partir de là qu'ils ont commencé à enquêter sur moi. Maintenant, ils connaissaient mon matricule (n° [redacted]).

On a le choix, l'ultrachoix, et aucune moralité

J'ai attendu que la DRH referme la porte pour crier. Je suis comme vous, tous les matins, je bois du « [redacted] + » avec mes céréales.

Le lait de femme, paraît que c'est meilleur pour la peau

Pourquoi ces cris dehors ? C'est le Nouvel An ? Le 14 Juillet ? La France a gagné un match de foot ?

Il y a eu une tentative de révolte, tout le monde en a parlé. Un commando armé avait forcé l'entrée de l'Assemblée nationale pensant trouver le cœur du pouvoir. Mais apparemment, ils n'avaient trouvé qu'une enfilade de salles vides à la décoration douteuse, faux vrai d'époque, un apparat vaguement clinquant, et des dorures sales. Et personne. Le désert. Des écrans, des machines. Pas de traces du pouvoir, rien. On avait tout vu sur le livestream (qui a été déconnecté depuis). Ils n'ont pas su quoi faire. Un des lieutenants insurgés a dû dire : « On brûle tout ? »

Mettre le feu ? Mais à quoi ?

C'était ce que le chef du commando avait dû lui répondre : « Il n'y a rien à brûler ici, il n'y a que des machines. Rien qu'on ne puisse remplacer. »

La BAT les a enfermés dans une aile du palais jusqu'à ce qu'ils se rendent les uns après les autres.

Sur tous les écrans, sur les chaînes d'information continue, on comptait les jours avant leur capture, on en parlait au travail à la machine à café équitable.

Et puis on a arrêté d'en parler

Le ministère du Vivre-ensemble ne pouvait plus rien pour nous, il manageait le chaos. La Coupe du monde de football ne pourra pas cacher ça.

Même si on offre des écrans géants à tout le monde

On m'a envoyé en mission à l'extérieur loin du bureau pour ne plus me voir ; les zones étaient de plus en plus dangereuses et je me suis demandé si, au fond, ils n'espéraient pas qu'il m'arrive quelque chose de grave, mais je rentrais toujours à la Tour, où on me donnait un numéro et on m'indiquait une place pour que je me reconnecte au réseau sécurisé ; là un agent de contrôle me demandait de lui raconter ce que j'avais fait de bien pour l'entreprise.

Mauvaise séquence, je n'ai pas réussi à atteindre les objectifs, la conjoncture mondiale était défavorable, et je coûtais cher à l'entreprise ; on m'a laissé d'abord me cacher dans un placard, et mon employeur était d'accord avec moi, je n'avais pas les aptitudes requises pour le poste, je supportais mal la pression.

Ça et aussi je refusais de me soumettre aux tests d'urine

Ce n'était pas totalement de ma faute, je n'ai jamais réussi à pisser sur commande quand il y a des gens autour. Ils ne m'ont pas renvoyé tout de suite, ils ont fait durer le plaisir. On m'a annoncé qu'un stagiaire devait m'assister, il m'attendait en bas de la tour, il était déjà prêt à collaborer, il fallait que j'aille le chercher. Je devais le former pour qu'il puisse être opérationnel.

Ils voulaient que j'accouche de ma propre fin

Je n'ai pas eu le temps de le faire, j'ai été repéré. Les données étaient formelles. Je n'avais pas les diplômes, les expériences, les lieux, les dates, rien ne concordait.

Mes mensonges ont été découverts par l'intelligence artificielle

J'ai été convoqué dans le bureau des ressources humaines. Ils m'ont demandé si j'avais menti, j'ai avoué, et j'ai été renvoyé sur-le-champ pour faute grave.

On m'a donné un carton et quinze minutes pour le remplir de mes affaires. Je n'ai rien gardé.

J'ai envoyé des messages polis pour annoncer mon départ, je n'ai pas parlé des causes de mon renvoi pour ne pas faire peur aux autres ; ils sont restés sans réponse.

Quelqu'un de plus jeune, plus motivé, plus malléable a pris ma place et a ramassé le flambeau qui roulait à terre : #stagiaire2825orange.fr.

Ce n'était pas l'époque le problème, c'était moi

La DRH a signé mon autorisation de sortie avec pitié. Elle m'a regardé comme si j'étais un paillasson humain. J'ai entendu son assistante dire « le pauvre » juste avant que la porte de son bureau claque derrière moi. Sans laisser de traces.

Après ça, j'ai marché sur le pont des Arts désert, j'ai regardé la Seine écarter les jambes à la vue de tous les autres ponts. Comme tous les soirs, j'ai promené un chien imaginaire, j'ai traîné mon cafard en laisse. J'ai fixé le flux rouge d'un côté et le flux blanc de l'autre des quais en bas. Quelque chose s'est dessiné dans ma tête.

Je suis une machine de la mauvaise génération

Je ne me sentais faire partie de rien, aucune cause, aucun espoir ne désirait mon sacrifice. Les grandes choses ne deviendront jamais mon quotidien, tout s'estompait dans une réalité glacée.

En bas, l'eau noire de la Seine était toujours là, vibrante d'éclairs apprivoisés, même s'il n'y avait pas un éclat de lune pour percer les nuages froids. J'avais envie de sauter par-dessus le garde-fou. J'imaginais la voix d'une journaliste sur la chaîne officielle : « Trois jours après sa disparition, la BAT n'a toujours pas retrouvé le corps du jeune homme… »

Si personne ne te cherche, personne ne peut savoir que tu as disparu

J'ai pensé à mon testament, et une fenêtre s'est ouverte dans mon cerveau et a sauvegardé ces derniers mots : « Assurez-vous bien qu'on donne mon cœur, il a peu servi, il peut servir encore. »

J'ai longtemps regardé l'eau en bas, le scintillement et le vide qui m'appelaient pour que je les rejoigne. Mon comportement étrange sur la passerelle a attiré une caméra de surveillance, et je me suis fait contrôler à mon tour par une sentinelle.

La Voix m'a dit : « Jette-toi sur eux, fais-en des héros ! »

La sentinelle m'a souhaité une bonne soirée, pendant qu'un robot de nettoyage chassait un clochard qui dormait dans un sac de couchage entre deux [redacted]®.

Des essaims de mouches volaient autour de moi éclairés par les ultranéons des bateaux-mouches. L'odeur était pestilentielle. On jetait les opposants depuis le pont, et les corps de l'insurrection remplissaient l'eau. Je le sais, j'ai entendu de ma fenêtre les coups de feu, et le bruit des corps qui tombent. La Mairie du Grand Paris laissait faire, personne n'en parlait.

Je ne peux pas être le seul à le savoir

Si l'île de la Cité est inondée, la pluie fera remonter les corps gonflés sur les eaux et les épidémies de peste et de choléra s'abattront sur la ville.

Je n'ai pas le courage

Sur le chemin de chez moi, j'ai croisé des conscrits en tenue de combat, qui montaient dans un camion blindé.

J'ai arrêté de compter les jours. Pas de vendredi, pas de dimanche. Encore un week-end de désintégration, c'est tout. Et je me suis enfin endormi. Ni vraiment vivant, ni vraiment mort, ce calme est une apparence. Je ne sais pas combien de temps j'ai dérivé. J'ai vécu dans un territoire qui n'a peut-être jamais existé, j'ai fabriqué mon ghetto mental dans lequel je me suis enfermé et j'ai ressassé les mêmes pensées malsaines encore et encore.

Je ne sais plus si je rêve ou si je vis

Mes capsules de N ne me font plus rien, comme toutes les nuits, j'ai dormi les yeux ouverts, aveuglé par un grand noir. Et la douleur m'a réveillé avec un flash dur comme un orgasme.

Et il ne reste plus grand-chose à salir

Je ne voulais pas me retrouver seul. J'ai rallumé l'écran pour sentir une présence. Pour entendre des voix humaines. Pour ne plus voir le mauvais œil dans la glace.

Il pleure

Sur l'image qui est apparue, le ministre du Vivre-ensemble, notre père à tous, pleurait les soldats tombés pour la France.

Il pleure pour quelque chose qu'il peut changer

Il jurait sur ses enfants. Pour convaincre l'Opinion qui l'écoute, il a sorti de son portefeuille la photo d'un petit garçon aux cheveux blonds et bouclés. Il a dit que c'était son fils, et qu'il voulait un avenir meilleur pour lui, un avenir de Paix.

J'essayais de comprendre pourquoi il pleurait ; on pleure à un enterrement parce qu'on sait que personne ne reviendra d'entre les morts, on ne pleure pas pour quelque chose qu'on peut changer.

Un média dissident révélerait plus tard qu'il n'avait plus de fils depuis longtemps et que tout ça n'était qu'une mise en scène de plus.

J'ai dû me rendre à l'évidence, je n'avais plus d'argent.

En désespoir de cause, j'ai appelé mon père ; j'ai à peine reconnu sa voix.

Je l'ai appelé « papa », car je sais qu'il n'aime pas ça depuis qu'il est devenu un homme politique en vue. J'ai avoué la raison de mon appel :

— Je n'ai plus d'argent.

— Combien tu veux ?

J'ai dit un chiffre au hasard (élevé).

Il a refusé.

J'ai soudain ressenti une douleur violente à la tempe, en forme de rond très froid et très profond, rien ne pouvait calmer sa violence.

J'ai appris que le ministère de Vivre-ensemble donnait de l'argent en échange de sang pour l'armée. Il y avait une longue file d'attente. J'ai attendu patiemment mon tour. J'ai été scanné. La femme soldat chargée de collecter mes données a froncé les sourcils. Elle a pianoté sur son terminal, sans me regarder. Sur son badge, il y avait écrit : « Sécuriser, contenir, protéger. »

J'ai senti que quelque chose n'allait pas

— Il y a un problème ?

— Attendez un instant monsieur.

Elle s'est levée, elle m'a demandé de l'attendre, et elle est allée chercher un autre officier. Ils se sont entretenus à quelques mètres de moi, mais je ne pouvais pas entendre car ils parlaient à voix basse ; ils me jetaient des coups d'œil furtifs. La femme soldat est revenue me voir.

— Monsieur, avez-vous déjà eu une interdiction ou reçu un blâme d'une administration publique ?

J'ai feint l'amnésie.

— Je suis désolée, nous ne pouvons pas accepter votre sang, vous êtes... inéligible. Vous avez été signalé par votre dernier employeur, c'était le 25 décembre dernier. Puis une autre fois, le 21 juin. Vous présentez un risque. Vous êtes fiché comme un élément pathogène...

— Qu'est-ce que j'ai fait ?

— Je n'ai pas accès à cette information.

Elle a rougi.

— Ça veut dire que nous ne pouvons pas prendre votre sang. Je suis désolée. Nous n'avons pas le droit... Il faut que vous partiez maintenant.

Elle avait l'air embarrassée. Elle a ajouté :

— Avant qu'il ne soit trop tard.

— Qu'est-ce que ça veut dire ?

— Je ne veux pas vous signaler, vous risquez d'avoir... des gros problèmes...

Elle s'est excusée une nouvelle fois, et elle m'a glissé très vite un petit papier plié dans la paume de la main, avant qu'un autre soldat me désigne la sortie.

J'ai ouvert le petit mot, impatient d'y découvrir une réponse, mais je n'y ai trouvé qu'une question : « J'aimerais essayer avec un Minoritaire. Libre ? » Il y avait son nom, son adresse et son contact.

Mon monde s'est obscurci et je lui ressemble de plus en plus : je veux savoir quelle maladie j'ai. Je veux avoir un diagnostic. Je veux qu'on me donne un nom. Je veux avoir une raison d'exister. J'ai besoin de réponses. J'ai trop longtemps marché au bord du piège : celui qui m'a fait croire que je n'étais rien et que je voulais posséder tout.

Je ne suis pas une anomalie

Je ne peux pas être le seul à me sentir perdu dans ce monde. Pourquoi je continue à m'acharner à trouver une place ? Qu'est-ce qu'ils m'ont fait ? Quel poison m'a contaminé ?

J'ai été convoqué par le ministère du Vivre-ensemble pour le recensement annuel des Minoritaires, c'était le troisième rappel et la dernière injonction avant que la BAT vienne me chercher chez moi et m'y emmène de force.

J'avais oublié que j'en étais un

Je n'ai pas obéi.

Quand les agents de la BAT envoyés par mon père sont venus me chercher, ils étaient quatre, et j'ai résisté aussi longtemps que j'ai pu.

Dans l'immense bâtiment aux murs blanc immaculé, le petit fonctionnaire à lunettes me pose des questions, et il s'impatiente quand je tarde à répondre.

— Votre adresse monsieur…

— J'habite le premier cercle de l'enfer.

J'ai envie d'ajouter : ils marchent tous sauf le 4e et le 8e, mais il ne comprendrait pas

— Monsieur, j'ai besoin que vous me confirmiez votre adresse, pour trouver votre numéro de foyer fiscal.

— 7, rue [redacted], quartier sécurisé 5, Grand Paris.

— C'est votre domicile ? Je ne le trouve pas.

— Regardez au nom de mon père.

— Vous vivez chez lui ?

— « Vivre », c'est un bien grand mot.

— D'après mes renseignements, vous êtes à la recherche d'un emploi. C'est exact ?

— Je cherche une place à Sainte-Anne.

— « Sainte-Anne », comme l'hôpital psychiatrique ?

— C'est ça.

Ça ne l'a pas fait rire

— Pourquoi ne demandez-vous pas à votre père de vous aider ? C'est un citoyen de première classe et...

J'ai haussé les épaules :

— C'est bon, je peux y aller ?

— Je vais vous prélever une petite goutte de sang et votre profil citoyen sera à jour. Posez votre index là. Merci pour votre collaboration.

Je ne savais pas ce que je faisais là, encore vivant, hors du système, hors du monde des vivants.

Si je ne cherche pas l'amour, qu'est-ce que je cherche ?

Quand je secouais les poignets, j'entendais le tintement de chaînes invisibles, les cris des milliers d'esclaves autour de moi, mes semblables, des millions de cadavres.

Je le sais, je le sens, je ne suis pas le seul

Bourré de talent / Pleine de promesses / Haut potentiel / Même la nuit. Certains couraient, moi, je m'empressais de ne rien faire. Je n'ai rien optimisé. Je ne suis pas devenu quelque chose de spécial. Je fais moins, toujours moins que ce que la société attend de moi. C'était trop tard. Je suis déjà trop loin de la meilleure version de moi-même.

Docteur, docteur, dites-moi ce qui se passe !

Parfois, je pleure sans raison. J'ai mal à la tête tout le temps. Je sens quelque chose qui tape, qui tape, qui tape.

Ce n'est pas de la mélancolie ; je suis en train de devenir fou.

Parlez-moi du passé

Ce n'est pas ma faute, je me suis trompé d'époque, ça doit être le temps, l'été, ce n'est pas ma saison.

Je vis dans un futur antérieur

Moi aussi, j'aurais préféré vous croire, vous et les autres, mais je suis né trop tard ou trop tôt. J'aurais voulu naître à l'époque où on croyait ce qui était écrit sur les emballages.

Aujourd'hui, plus on sait, plus on devient fou

Je détestais cet endroit et ses murs blancs et lisses, où je suis enfermé : cette Paix sociale est un consensus hypocrite.

— Tu as vu ce qu'ils ont fait à ce pauvre garçon ?

Je ne voulais pas voir, mais les images passaient en boucle sur l'écran, impossible de se soustraire aux échos du monde extérieur. Nous étions vendredi, et dans l'arrondissement sécurisé 18, vers 16 heures, un drone de la police avait découvert sous l'Hyperphérique le corps sans vie d'un jeune homme crucifié au milieu d'un terrain de basket abandonné ; l'opérateur derrière son moniteur de contrôle avait d'abord cru voir un animal mort comme on en ramasse des centaines là-bas, mais ce n'était pas un animal, c'était bien le corps sans vie d'un être humain.

Je n'ai pas pu détacher mon regard de l'écran

On ne savait pas grand-chose sur les circonstances de sa mort, si ce n'est que les planches provenaient d'un chantier d'un mirador non loin de là.

Et on avait gardé une seringue pour son cœur

Ce n'était pas un crime ordinaire ; la BAT étudiait les vidéos de surveillance, mais les enquêteurs n'avaient aucune piste sérieuse la caméra qui aurait dû filmer la scène de torture était en maintenance au moment du supplice.

Aucun témoin

Sur les réseaux d'information continue, ils montraient ses larmes en gros plan.

Il avait retrouvé le visage de l'enfant qu'il avait été et qu'il avait cessé d'être

Il s'appelait [redacted].

Il avait mon âge, jour pour jour.

Lui, il était innocent

Les journalistes racontaient qu'il était bénévole dans une association des quartiers extérieurs, et qu'il avait donné des cours de lecture quelques heures avant sa mort au centre pénitentiaire de La Chapelle, il s'y rendait tous les vendredis, jour de prière.

Ses parents ont témoigné, la BAT n'a pas flouté leur visage ni leurs pleurs. Ils disent qu'il a été tué parce qu'il était chrétien, ils montraient des photos de sa première communion.

Les coupables n'ont toujours pas été retrouvés, la rumeur enflait ; de toutes parts on appelait au meurtre, on prêchait la haine, on espérait une vengeance.

La foule voulait du sang pour effacer le sang

La veille, la police a tué un jeune Noir lors d'un contrôle d'identité qui a dégénéré et la majorité n'avait rien fait, la majorité n'avait rien dit, c'était un délinquant, un Minoritaire, mais là, c'était différent.

Les meurtriers, c'étaient nous

Les premières semaines, il y a eu des marches d'associations, des manifestations, des occupations de terrain. Et il y a eu les premières violences : des luttes inégales, à trois contre un, à un contre dix, pour un regard, un vêtement, un signe religieux porté au mauvais endroit au mauvais moment. Des groupuscules religieux d'autodéfense s'étaient formés dans toute la France ; des vétérans de la Guerre blanche se sont joints à eux, ils avaient des armes.

Le ministre du Vivre-ensemble a voulu reprendre le contrôle en douceur ; il y a eu des nouveaux référendums : on a voté le port d'un uniforme, on a voté l'obligation de chanter la *Marseillaise*, la main sur le cœur, avant de commencer les cours. Ça n'a pas suffi à ramener l'ordre : des opérations d'intimidation se sont propagées comme une traînée de poudre, des quartiers les moins sécurisés à tous les centres-ville ; on brûlait des bibles, on brûlait des corans, on brûlait des torahs.

Les chefs des milices sont devenus des héros pour la jeunesse, des noms communs dans les médias ou des insultes dans la bouche des factions rivales ; dans leurs vidéos de propagande, toutes ces bandes armées menaçaient de s'affronter dans une lutte à mort ; elles juraient toutes que ça serait la dernière.

La réaction nous a enchaînés

Rapidement, il y a eu une escalade des actes violents.

On connaissait les chiffres exacts des morts à force de les entendre

L'état d'urgence a été prolongé de cinq ans. La dernière loi de renseignement n'était plus « efficace », elle avait été abrogée et le ministère du Vivre-ensemble l'avait fait remplacer par le Protocole OVERHEAD, plus sécuritaire, plus efficace, plus global, plus préventif. Pour : 551, Contre : 6, Nombre de votants : 558, Suffrages exprimés : 557, Majorité absolue : 279.

Devant l'Assemblée, 1789 personnes ont applaudi, d'après la police

Le ministère du Vivre-ensemble n'avait plus besoin de preuves pour arrêter les gens.

L'état d'Alerte est passé à une étape supérieure : tout le monde s'est mis à surveiller tout le monde.

Au début, les rues sont redevenues calmes, la délinquance a reculé, les sondages d'opinion étaient optimistes. De plus en plus de gens participaient à la surveillance de leur plein gré, ils s'organisaient par quartiers, ils touchaient 100 francs pour des informations et 200 francs en cas d'arrestation.

Ici aussi, le Grand Cyclope nous regarde vivre

L'armée s'est déployée dans les arrondissements périphériques, et l'Hyperphérique a été momentanément fermé comme si on s'apprêtait à tenir un siège. Il y a eu sept nuits d'émeutes de l'autre côté ; tout a été filmé et diffusé sur tous les réseaux.

Ils nous ont obligés à tout regarder

Les images chocs ont traumatisé l'opinion publique : la France des vieux ne comprenait pas cette violence, ils n'avaient jamais vécu dans le même monde que nous.

Quand ils pensent à la Jeunesse d'aujourd'hui, ils repensent à la leur

Hier, dans l'énième black-out, la ville a encore révélé son vrai visage : de mes fenêtres j'ai assisté à des pillages et des mises à sac, les vitrines explosaient sous les pavés, on volait des écrans si grands que notre monde pouvait se voir en entier dedans ; l'armée a tiré à balles réelles et des centaines de Minoritaires ont été tués. Je n'ai rien fait pour changer ça. Je ne vaux pas mieux à me taire.

La Voix me dit : « Je sais pourquoi tu restes dans le noir »

J'apercevais une lueur au loin, mais ce n'était pas de l'espoir, c'était juste la flamme d'un briquet qui allume une vraie cigarette dans le miroir que j'ai brisé pour ne plus me voir.

Je ne sais toujours pas sourire

Très vite, je me suis remis à traîner dehors. On a vu errer ma forme humaine dans la ville.

J'ai marché sans but, c'était volontaire

Les émeutes avaient été matées par la force, et il y a eu une trêve : le ministre du Vivre-ensemble a promis de réparer les dégâts. Derrière les cadavres calcinés des voitures, le fourmillement de la vie a repris son cours dans les tours au-delà de l'Hyperphérique.

Le couvre-feu a été suspendu quelques jours, il fallait fêter ça. Je suis allé à une soirée de techno expérimentale dans une salle de cinéma abandonnée du VIIe ; ils passaient *Scarface* en mapping immersif.

Réveillé tard par un violent bruit de larmes

J'étais poursuivi par ce petit monstre atroce, cet Espoir stupide qu'il se passerait quelque chose, que cette nuit serait spéciale, qu'elle serait différente, que j'allais enfin croiser un regard souriant, qui donnerait un sens et une direction pour m'enfuir.

J'ai regardé le ciel nocturne, ensoleillé d'étoiles mortes, rien ne pourrait gâcher ma nuit.

À court d'argent, j'ai dû retourner vivre chez mon père ; il n'était pas là. J'aurais aimé lui parler, qu'il me dise quoi faire ; j'ai seulement retrouvé ma chambre d'enfant. C'était la fin du black-out ; le ministère du Vivre-ensemble avait repris le contrôle des centrales nucléaires, et l'électricité était revenue. Il a fait une allocution officielle pour annoncer la fin des rationnements, la fin du froid, la fin des pillages, la fin des coups de feu et des cris, la fin de la longue nuit, pendant laquelle on a vécu pour la première fois depuis très longtemps au rythme du soleil. J'avais aimé l'attente, j'avais aimé l'ennui. J'aurais pu activer le générateur de secours, mais je me suis forcé à vivre éclairé par des bougies.

J'ai laissé reposer mes blessures

Quand la lumière est revenue, l'écran s'est allumé : on parlait de l'Hacienda et de son mystérieux fondateur.

Tout le monde en parlait

Sous un de ses nombreux alias, il avait créé une fausse start-up, doté d'un « algorithme magique » ; l'entreprise s'appelait « La Montagne Sacrée » ; elle promettait la vie éternelle grâce à une thérapie génique sous forme de compléments alimentaires.

Une pilule noire à avaler tous les jours pour devenir sans effort la meilleure version de soi-même.

Toutes les églises et toutes les religions du Livre l'appelaient « Faux Prophète »

Il avait fait monter les enchères dans les milieux financiers, l'histoire était belle, comme [redacted] la dirigeante qui l'incarnait, sa complice, une femme de paille utilisée à l'inverse d'un épouvantail pour séduire tous les analystes des principaux fonds d'investissement, et dont la photogénie incarnait à elle seule une « ère nouvelle dans le royaume sclérosé de la tech ».

La Réalité n'avait aucune importance, si l'image était encore plus belle

Pendant des mois, l'emballement médiatique avait été sans précédent : on voyait son visage sur tous les réseaux, on diffusait en boucle des émissions spéciales pour raconter son histoire et son parcours, on voyait sa tête dans tous les lieux publics : « CETTE JEUNE FEMME VEUT NOTRE BIEN ! » et tous les journalistes faisaient son hagiographie.

C'était une « enfant du peuple »

Ils louaient son intelligence, sa force de caractère, sa capacité de travail acharné, et sa réussite éclair. Elle donnait des conférences dans le monde entier : « Quand j'ai perdu mon père, ç'a été un traumatisme, et depuis le jour de sa mort, j'ai toujours voulu changer le monde... »

Tous les comiques officiels se moquaient des Miss France, mais pas d'elle, et quand on interrogeait les petites filles dans les maternelles, elles répondaient : « Je veux être comme elle. »

Tout le monde voulait la connaître et elle était invitée partout

Pas un homme politique qui n'eût sa photo avec elle, même s'ils faisaient tous semblant de comprendre la technologie dont il était question, ils faisaient confiance à ceux qui écrivaient leurs textes. Eux aussi, après tout, ils étaient tous des acteurs et des imposteurs.

Quelqu'un avait bien dû faire le travail de recherche nécessaire

« Je veux créer ce qu'[redacted]® ne sera jamais capable de créer : un algorithme émotionnel ! »

La vérité n'avait toujours été qu'accessoire dans le monde interlope de la finance et des médias ; il suffisait de connaître la bonne personne. La levée de fonds avait été retentissante, la plus importante jamais réalisée en Europe depuis la fin de la Guerre blanche ; tous les experts s'étaient félicités ; mais le rêve s'était vite évaporé quand il avait été confronté à la réalité ; au lieu de développer l'entreprise comme promis, l'argent avait disparu et l'entreprise avait mis la clé sous la porte au bout de quelques semaines. La charismatique fondatrice, la plus jeune femme française milliardaire avait bel et bien disparu.

[redacted] n'avait laissé aucune trace et on a annoncé la disparition mystérieuse ; les rumeurs qui ne pouvaient plus être étouffées ont commencé à circuler ; on parlait d'assassinat, de complot, d'une fin tragique, et certains espéraient son retour comme celui d'un messie numérique.

Ça n'a pas duré longtemps.

Une vidéo de l'Hacienda a fait surface : on voyait des piles d'argent rassemblées dans une pièce sans fenêtre avant qu'un individu masqué y mette le feu. La vidéo tournait sur tous les réseaux et même l'intervention de la ministre de l'Économie n'avait pu étouffer le scandale.

C'était beau, ces grandes piles de fausse monnaie qui s'enflamment

Les vieux y ont vu un affront contre l'Ancien Monde.

La Jeunesse contestataire, elle, y voyait un espoir

À tous ceux qui s'offusquaient de ce gaspillage, l'Hacienda avait répondu : « Ce que j'ai brûlé, ce n'est pas votre argent, c'est votre mensonge. Cet argent n'existe pas, c'est une ligne de code sur un serveur. »

L'Hacienda a créé un mouvement

Son fondateur était de plus en plus populaire parmi la Jeunesse, certains voyaient en lui un héros, qui osait mener une guerre contre les autorités, en les narguant.

Personne ne connaissait son nom

Son code source avait été mis à prix plusieurs millions de francs. Ceux qui le traquaient ne savaient rien sur lui : ni son vrai nom, ni son sexe, ni son âge. On l'accusait de plusieurs choses : zombifications de réseaux publics non sécurisés / piratages / vol de données / ransomware / cyberattaques d'État. Sa popularité montait dans la Jeunesse de l'Orage via des mèmes inoffensifs au premier abord.

Tout se partage comme un virus

« On ne peut pas réveiller quelqu'un qui fait semblant de dormir. »

Les masses silencieuses avaient besoin d'un chef de file, d'un catalyseur, d'un symbole, d'une force au message clair, reproductible, transmissible, compréhensible par le plus grand nombre, exprimant les pulsions internes d'une génération.

Officiellement, il était accusé de corrompre la Jeunesse : « PERVERTIR » était le mot employé, « PERVERTIR LA JEUNESSE » était la sentence.

Tous les cerveaux peuvent être piratés, manipulés, contrôlés

Avant, quand j'étais comme les autres, connecté, je croyais tout ce que nos pères de substitution disaient.

Lui, il était le créateur de son propre code source

Les rumeurs le qualifiaient de « Roi des souterrains », car des légendes urbaines racontaient qu'il opérait depuis le Néo-Ghetto et on lui prêtait de plus en plus d'actions subversives.

Officiellement cette zone grise n'existait pas

Depuis les vagues d'attentats meurtriers dans le métro de l'année dernière, le ministère du Vivre-ensemble avait décidé de condamner les lignes qui « représentaient un nivellement vers le bas trop important de la sécurité des usagers », et de ne garder que deux lignes actives pour que la BAT puisse les sécuriser : on les a surnommés « les Derniers Métros ».

Il n'y a plus que les vieux et leurs auxiliaires de vie qui les prennent.

Dans les zones laissées à l'abandon, dans les souterrains, ou dans les couloirs vides des stations sans départ ni arrivée, une vie s'est développée, une microsociété s'est organisée.

C'était une ville cachée sous l'ancienne qui meurt

Au début, elle a été le refuge de bandes de jeunes qui n'avaient plus nulle part où aller parce qu'ils refusaient de faire leur service militaire. Ils avaient vite été rejoints par des réfugiés de toutes les guerres et des Minoritaires qui n'avaient pas obtenu leurs permis de travail.

Des associations les aidaient, et face au nombre grandissant des « disparitions », le ministère du Vivre-ensemble avait été obligé d'instaurer une zone tampon ainsi qu'un périmètre de sécurité contrôlé par la BAT, officiellement pour empêcher les personnes d'entrer ; en réalité pour qu'elles ne puissent plus en sortir et qu'on ne puisse pas voir ce qui se passait vraiment en bas ; c'était une cour peuplée d'enfants qui jouent avec les restes d'un monde : tout ce qu'on ne veut pas voir à la surface était dissimulé sous la terre.

Le monde attire le monde

Ici, on accueillait tous ceux qui n'attendaient plus rien du dessus ni des yeux des passants obscurcis par la pitié, le jugement ou la peur. Il n'y avait pas de chiffre officiel, mais des sources proches du ministère de l'Intérieur estimaient que plus de 20 000 personnes vivaient sans eau ni électricité dans cette « catastrophe humanitaire » ; le terme « Néo-Ghetto » a été repris sur tous les réseaux, un nom facile à retenir, pour faire disparaître la réalité qu'il représente. Ça avait même été à la mode une saison : des galeries d'art clandestines y organisaient des vernissages, il y avait eu des défilés de haute couture pendant la Semaine de la Mode ; la marque [redacted]® en avait fait des T-shirts (qui ont été depuis retirés de la vente et qui s'arrachent à prix d'or sur l'Orage).

Les touristes de la misère sont vite partis quand il y a eu les premières violences

Depuis, des agents en civil s'y infiltrent, car certaines fêtes clandestines y sont assimilées à des rassemblements politiques.

Ce lieu avait ses propres légendes

On m'avait parlé du « Découpeur », un rôdeur qui tranchait les bras des malheureux endormis avec une feuille de boucher pour revendre leurs Innerphones, et des enfants qui disparaissaient et que personne ne cherchait, car ils avaient déjà été perdus ailleurs.

L'Hacienda y aurait élu domicile pour mener ses activités illicites

Avant d'arnaquer un fonds d'investissement, son principal fait d'armes était d'avoir causé le départ de France d'[redacted]®. Il avait utilisé un stratagème relativement simple : il avait créé une armée de profils crédibles indétectables par les algorithmes de contrôle, et il avait fait des réservations d'appartement, en effectuant tous les paiements en crypto. Ensuite, il avait envoyé des jeunes Minoritaires piller ces appartements. Quand les propriétaires avaient voulu se retourner contre ces locataires, les profils fantômes avaient disparu sans laisser de trace, à part un message d'erreur.

504 Gateway Time-out

Il avait alimenté la rumeur, fait courir des bruits, et fait réitérer l'opération, des dizaines, des centaines de fois, jusqu'à ce que l'opinion publique ne puisse plus l'ignorer, et du jour au lendemain, les clients du site avaient perdu confiance, or la confiance était devenue la principale valeur du marché.

La firme a essayé de renforcer le contrôle, la sécurité, et le profiling des Minoritaires. À la perte de confiance se sont ajoutés plusieurs scandales à répétition où l'entreprise avait été accusée de racisme génique. Plus personne sur les réseaux ne voulait de leurs excuses. Les clients ont déserté définitivement le site. Au bout de trois mois, le site qui valait des milliards de dollars avait dû abandonner son marché principal, et l'Hacienda était devenue la bête noire du ministère du Vivre-ensemble.

La ministre de l'Intérieur l'accusait publiquement d'être « une menace pour la Jeunesse »

Elle avait mis en garde l'opinion publique : il n'était pas « le Robin des Bois de l'économie post-numérique » qu'il prétendait être. Les journalistes publiaient de plus en plus de reportages sur le fondateur supposé du marché noir, dont le nom ne pouvait être répété.

Les autorités l'accusaient d'avoir un double visage, d'être en réalité un narcotrafiquant qui enrobait son action criminelle d'une pseudo-rhétorique antisystème dans le but d'attirer la Jeunesse dans la spirale infernale de la drogue illégale.

Sur les écrans, on montrait des familles qui avaient perdu un proche d'une overdose

Le ministère du Vivre-ensemble, lui, avait appelé au démantèlement de ce « groupuscule terroriste » et il avait offert une grosse récompense pour toute information qui aurait permis sa capture.

— Vous n'avez pas peur de vous faire attraper ?

J'étais déjà tombé sur une interview pirate. Son visage était masqué, sa voix était très faible, comme s'il se parlait à lui-même : « S'ils m'attrapent, je sais que c'est la perpétuité. Pourtant je n'ai tué personne. »

Lui, il avait un but, et je l'ai envié pour ça.

Le ministère du Vivre-ensemble avait bien mis son plan à exécution, mon identité était désormais inscrite en capitales sur une liste noire, impossible de retrouver un emploi. Le discours officiel était : « Vous n'avez pas les qualifications requises pour le poste... » mais en réalité, cela voulait dire : « Nous n'employons pas de Minoritaire sans subvention. »

J'allais bientôt être à nouveau à court d'argent ; je n'ai pas eu le choix que de chercher un travail non officiel. J'ai trouvé une mission d'intérim dans une ferme à likes. J'ai répondu à l'offre et j'ai vite été contacté sur l'Orage.

Mon nouvel employeur dont je devais taire le nom m'a demandé de lui fournir quelques-unes de mes données les plus privées pour qu'il puisse toujours garder quelque chose contre moi ; c'était une garantie pour être sûr que je n'étais pas un agent infiltré de la BAT.

J'ai donné tout ce qu'ils voulaient, et j'ai été pris

Toute la journée, je devais liker des vidéos et en supprimer d'autres, suivant une doctrine précise dont je ne peux pas répéter les principes ici ; au fond j'étais une sorte d'éboueur sur les réseaux.

C'était bien payé, parce que c'était interdit.

Officiellement le Nuage est libre

Un fourgon venait me chercher et m'emmenait sur le site, six jours sur sept, serré contre une trentaine d'autres Minoritaires.

Pendant le trajet, nous devions garder les yeux bandés, et personne ne parlait, mais je pouvais sentir les autres présences humaines et je crois que cela me faisait du bien.

Je ne sais pas combien nous étions dans l'immense hangar, peut-être des milliers.

On n'avait pas le droit de se parler

Il y a eu un raid de la BAT, et la « ferme à likes » a finalement été démantelée ; j'ai eu de la chance de ne pas me faire arrêter ce jour-là, car c'était mon jour de repos. Je me suis à nouveau retrouvé sans emploi, sans fonction, sans but.

Pendant des jours entiers, j'ai regardé couler le flot sans fin des faits divers du jour sur l'écran ; la journaliste n'avait plus une ride, sa peau était tellement tirée contre ses os qu'on aurait dit une Vanité qui cligne des yeux en récitant religieusement sa litanie monstrueuse : « ... un robot a été conçu pour chasser les sans-abri, le compteur portait à 665 le nombre de clochard(e)s mort(e)s dans les rues de Paris cette année, des meurtres au couteau sans motif apparent par des jeunes souvent mineurs se multiplient, les autorités policières s'interrogent sur l'interdiction potentielle de la vente de couverts aux personnes non accompagnées par un majeur, les douanes volantes ont tiré sur une famille chinoise à leur domicile, une piscine d'un hôtel de [redacted]® a été empoisonnée, un fleuron de l'industrie du luxe fait des sacs en peaux conçues à partir d'ADN d'actrices de l'âge d'or d'Hollywood, un type a été égorgé au fond d'un kebab et la viande de son corps servie à des clients, des policiers ont fait une perquisition dans une église pour expulser les "Minoritaires en situation irrégulière" : billet d'avion et 3 000 francs pour ceux qui coopèrent, le refrain de la dernière chanson à la mode est : "Ceux qui ne dansent pas sont des violeurs" à l'infini, un nouveau convoi de la [redacted]® a été braqué à l'arme lourde et la cavale des coupables était suivie avec une grande ferveur populaire chez les Minoritaires, l'avenue Montaigne vient d'être pillée et saccagée pour la deuxième fois cette année, le projet "1 000 prisons pour la France" qui prévoit que les condamnés fabriquent eux-mêmes leurs centres pénitenciers a été adopté avec une majorité confortable, le Russian Roulette Challenge a fait une nouvelle victime sur [redacted]®, un mineur, boum, perdu… »

L'image s'est figée, la parole de la présentatrice s'est interrompue, le logo du ministère du Vivre-ensemble est apparu avant de dévoiler une jeune femme un sein découvert et la bouche pulpeuse très rouge.

[redacted] *m'appelle par mon prénom encore encore*

Elle me dit qu'elle a besoin de moi. Je n'ai pas voté, et elle m'explique que la démocratie est l'affaire de tous, chaque vote compte.

Si cela servait à quelque chose de voter on n'aurait pas le droit

J'avais dans la bouche un goût amer ; on nous avait fait croire que les générations après nous seraient plus riches que nous, que c'était le seul ordre des choses, et même qu'elles le méritaient ; j'ai soudain réalisé que ce mensonge était la cause de tous nos malheurs.

Je n'avais plus d'ambition à assouvir, mais les questions sont revenues malgré moi. Quoi faire maintenant que j'en savais trop sur le monde et pas assez sur le sens de la vie ? Je n'avais jamais eu l'impression de servir à quelque chose. Je voulais savoir encore et encore quelle place il me restait sur cette Terre.

« Tu meurs, je vis. »

J'ai trop longtemps marché au bord du piège : celui qui m'a fait croire que je n'étais rien et que je voulais posséder tout.

Tout ce que je connais par cœur
Tout ce que j'ai toujours cru désirer
Tout ce que j'ai voulu être

Tout ce qui était immortel
Tout ce qui avait un prix
Tout ce qui était notre monde, ne sera bientôt plus

J'ai relevé la tête vers l'écran qui m'appelait encore et encore : « L'ARMÉE FRANÇAISE A BESOIN DE TOI. »

Babystarr était en train de me fixer droit dans les yeux ; si proche, si réelle que j'avais l'impression qu'elle ne parlait qu'à moi.

Nous sommes tous des enfants qui ont mal tourné

Elle avait vieilli elle aussi, même si c'était impossible à distinguer sur les traits de son visage. Elle était la nouvelle égérie de « Mars », le programme de recrutement de l'armée : elle était en tenue de combat et elle tenait un Ultrafamas dans ses bras comme si c'était son enfant.

Elle est partie faire son service militaire

J'avais déjà vu une interview d'elle dans laquelle elle parlait de son quotidien de soldat ordinaire et les médias de masse avaient titré : « Babystarr, la militaire la plus sexy de France. »

Je ne voulais plus rester dans ce monde, où tout n'était que surface pour se comparer aux autres.

Je voulais me détacher du besoin d'utiliser les autres comme un miroir

Dans ce grand carnaval des âmes, ce monde que je veux quitter, j'ai appris ma leçon : ce n'est pas souvent beau ce qu'il y a derrière les images.

Je voulais à nouveau être nu

J'ai donné tout ce qu'il me restait ; mes moindres possessions matérielles ; j'ai coupé les ponts de mon côté de la rive. Je suis sorti de cette grande prison, je pensais que cela me ferait un peu de peine, mais cela a été une libération.

Sans le savoir, j'avais signé mon arrêt de mort, car arrêter d'acheter était le seul acte antisystème qui pouvait réellement faire s'écrouler le château de cartes qu'était notre société. Le ministère de l'Économie le répétait souvent : « Si vous voulez aider la France, consommez ! »

Je suis devenu un « ennemi de l'intérieur ».

Personne n'est transparent ici

L'algorithme a étudié le flot de mes finances. J'ai été signalé et mis sur écoutes. Je suis devenu un individu à risques, un « mauvais exemple ».

Ils savent où je vis et bientôt ils viendront me chercher, ce n'est qu'une question de temps. Ils pensent encore que je vais craquer, et que je vais regagner le troupeau docile.

Ils savent pour les idées violentes que j'ai parfois

Pour l'instant, ils me gardent sous surveillance : il y avait dorénavant un agent de la BAT qui montait la garde en permanence en bas de chez moi. Quand je suis allé le confronter, il a nié, mais dès le lendemain, un autre Homme en Noir avait pris sa place.

Je n'avais plus rien à perdre, je n'avais plus peur

La Voix m'a dit : « Tu veux faire quoi maintenant ? »

Je voulais devenir anonyme, incontrôlable

J'ai décidé de me battre contre le système et de rejoindre l'Hacienda ; c'était mon dernier espoir de faire quelque chose de bien.

J'avais encore l'illusion qu'il valait mieux mourir libre

Pour ça, je n'avais plus le choix : je devais disparaître. J'ai regardé la lame du couteau. C'était le seul moyen de ne pas retourner en arrière.

De résister à la tentation de redevenir un esclave

J'ai remonté ma manche. Mon Innerphone clignotait sous la peau de mon poignet et le halo lumineux s'étalait comme une tache sur la chair rose.

J'ai enfoncé la lame d'un coup sec. J'ai découpé méthodiquement la peau autour de l'appareil pour trouver le point névralgique. J'ai fait levier avec la lame aussi fort que j'ai pu. J'ai arraché l'appareil de mon bras, il est tombé par terre. J'ai entendu le bruit des gouttes de sang sur le sol.

La douleur est venue après

J'ai eu l'impression qu'on m'avait anesthésié tout le haut du corps, je ne pouvais plus serrer le poing ni bouger le reste de mon bras. Un message d'erreur s'est mis à clignoter et à se superposer à ma vision. Je savais comment le faire taire.

Je devais tenir

J'ai approché le couteau de mon visage. La lame n'était plus qu'à quelques millimètres de l'iris. J'avais peur, mais je devais le faire. J'ai attendu que mon poignet ne tremble plus. J'ai plongé la lame. J'ai hurlé. Et tout s'est éteint. Le ministre du Vivre-ensemble nous avait mis en garde : si on s'enlève son Innerphone, on meurt.

Il a encore menti

J'étais toujours vivant, et quand j'ai repris connaissance, je me suis enfui de chez mon père.

J'ai traversé Paris dans le seul taxi qui a accepté de me prendre. J'ai continué à pied aux premiers contrôles. J'ai brouillé les pistes comme j'ai pu. À tous les coins de rue, j'ai cru apercevoir l'Homme en Noir. Lui, il voulait que je me rende.

Tout est dans ma tête je me le répète encore et encore

Quand je suis enfin arrivé près de l'ancienne station [redacted], j'ai rejoint l'immense attroupement ; les bénévoles des associations distribuaient des couvertures et de la nourriture ; les ombres se sont écartées pour laisser passer un fourgon noir aux vitres teintées, et je me suis faufilé au milieu de cette procession funèbre.

« Nous vous remercions pour votre collaboration »

À l'entrée du tunnel, la BAT montait la garde : les hommes en faction laissaient passer, ils ne fouillaient personne ; ils avaient des ordres. Ils ne voulaient pas que les Minoritaires traînent dehors. Ils étaient là pour assurer la sécurité du monde extérieur, rien de plus.

Je les ai déjà vus faire

Si une bagarre éclate, ils éclairent les ombres avec leurs torches, parfois, ils parient de l'argent.

J'ai entendu un agent crier : « Toi ! Montre ton visage ! »

Il fallait obéir.

J'ai suivi la file sans fin qui s'engouffrait à l'intérieur du tunnel.

Je suis rapidement happé de l'autre côté

J'ai rejoint une nécropole où la masse grouillante, dont je ne suis qu'un petit point, parmi les autres existe sous les cendres de l'Ancien Monde. Le silence contrastait avec tout ce monde d'ombres en mouvement. On m'a bousculé, mais on ne m'a pas dit un mot, ni adressé la parole, comme si je n'existais plus.

J'ai perdu très vite la notion du temps

Mes yeux se sont habitués au noir.

J'ai marché le long de la voie sans lumière ; j'ai suivi les rails métalliques comme si je savais où ils allaient me mener. J'ai passé ma main sur le mur pour ne pas tomber, une eau croupie suinté le long de la paroi. Je me suis raccroché in extremis à un gros tuyau mangé par la rouille.

J'ai débouché sur une station de maintenance ; certaines rames de métro semblaient toujours fonctionner, comme si elles avaient été abandonnées là la veille. Tout autour, des milliers de formes humaines dormaient à même le sol.

Je devais trouver l'Hacienda, alors j'ai continué ma route. J'ai interrogé des ombres au hasard, mais personne ne comprenait mes questions. J'ai dépassé une station dont le nom ne me disait rien. L'air devenait de plus en plus lourd. Je pouvais sentir l'eau s'infiltrer dans mon pantalon par les chevilles, elle était aussi chaude que du sang.

L'enfer est plus froid que la Terre

J'ai marché droit devant moi ; la voix dans ma tête m'a forcé à avancer.

Je me suis perdu dans le labyrinthe, comme si j'étais certain que cela me mènerait quelque part où j'obtiendrais les réponses que j'étais venu chercher.

J'ai traversé le grand cimetière de la vie du dessus

J'ai marché au milieu des traces de vies brisées, le parfait négatif de tout ce qui était à la surface.

J'ai eu l'impression de marcher dans un désert ; c'était ce silence. Un bruit a trahi une présence.

— Il y a quelqu'un ?

J'ai entendu l'écho lointain de quelques cris de rats et le grondement sinistre des infrabasses. Un homme a surgi devant moi. Il portait un masque blanc avec deux trous noirs à la place des yeux. Il m'a demandé si j'étais venu pour la fête.

Il n'y a pas de fête

— Non, je me suis perdu.

C'était peut-être un informateur de la BAT. Je savais qu'il les payait cher pour être là.

— N'aie pas peur de moi.

Il a retiré son masque. Il portait un bandeau noir sur son œil gauche, identique à celui que je portais.

— Toi aussi, le plus dur, ça a été l'œil ?

— Je cherche l'Hacienda.

— Tu es exactement à ta place. Bienvenue dans l'Autre Monde.

Il m'a tendu la main. Elle était très froide. Il était habillé comme un employé de la [redacted]. Il s'est aperçu que j'observais son uniforme usé : « J'ai volé ce costume. Pour ne pas qu'ils me trouvent, il fallait que je ressemble à tout le monde. Tu es ici chez toi. »

J'ai dit : « Je cherche... »

Il m'a interrompu : « Je sais pourquoi tu es ici. Tu refuses de jouer à un jeu dont les règles ont été écrites avant ta naissance, n'est-ce pas ? »

Et je l'ai reconnu. Il a dit : « Je sais qui tu es. Tu as un destin. Je suis sûr que tu t'es toujours senti différent des autres, n'est-ce pas ? Tu ne pouvais trouver ta place là-haut parmi les privilégiés qui se nourrissent et s'engraissent sans rien avoir à faire juste parce qu'ils sont bien nés ? Personne n'a reconnu ta valeur… Je vais réparer cette injustice… »

Pour la première fois de ma vie, quelqu'un me comprenait

Submergé par l'émotion, je me suis mis à ses genoux et j'ai crié : « Je suis venu faire la guerre à tes côtés ! Je suis prêt à passer à l'action ! Dis-moi ce que je dois faire ! »

Lui seul avait le pouvoir de donner un sens à ma nouvelle vie

Il a éclaté de rire et il m'a obligé à me relever.

— De quelle guerre parles-tu ?

— Je parle de la guerre pour la liberté.

Je lui ai récité ce que je savais, mon histoire et ce que j'étais prêt à faire.

— J'y ai cru. Tu es un bon acteur. Ça pourra nous servir.

Je ne comprenais pas ce qu'il voulait dire.

— Tu veux gagner beaucoup d'argent, c'est ça ?

Il me testait. Alors j'ai dit :

— L'argent est un poison…

Mais il m'a interrompu :

— L'argent, c'est le seul pouvoir qui compte. Et si tu fais ce que je te dis, tu auras beaucoup d'argent. Tu me crois, n'est-ce pas ?

— Je ne veux pas d'argent, je veux changer le monde.

Il a à nouveau éclaté de rire.

— Tu n'as quand même pas cru tout ce que je racontais dans mes vidéos ? Si tu t'es enlevé ton Innerphone, c'est juste pour pouvoir échapper aux contrôles de police, rassure-moi ?

J'étais perdu. Je ne comprenais pas où il voulait en venir.

Il a repris :

— Tout ça, le grand combat, la lutte finale, c'était pour les médias. Ici, on vend de la drogue. Toutes les drogues. Tout ce dont ce monde foutu a besoin, il n'y a plus rien à sauver. Je ne sais pas s'il va durer encore longtemps, mais je sais que j'aurai toujours des clients, et c'est tout ce qui m'importe.

— Mais les opérations que tu as menées, elles ont bien existé !

— Ce n'est que du divertissement. De belles histoires. Rien n'est vrai.

— Tu es pourtant bien recherché par la BAT !

— Le système a besoin de nous et nous avons besoin du système. Le ministère du Vivre-ensemble et l'Hacienda sont les deux faces d'une même pièce. Nous avons besoin d'un ennemi puissant. Pour eux, nous sommes une diversion pour les masses et la touche d'espoir impossible, une porte ouverte vers un inconnu qui fait peur pour ceux qui se posent encore quelques questions. Et c'est comme ça que je recrute. Tu n'aurais jamais entendu parler de l'Hacienda sans la BAT. Seuls les plus déterminés franchissent le point de non-retour. Il faut être fou pour s'enlever son Innerphone. Ceux qui le font, je sais que je peux leur faire confiance. Ils ne pourront plus jamais faire partie du monde du dehors.

— Tu mens…

— Quand tu seras prêt, je te les présenterai. Ici, nous sommes tous frères et sœurs, il n'y a pas de hiérarchie, il n'y a plus de noms de famille, nous ne sommes que des numéros. La plupart sont des Minoritaires qui n'ont aucune chance de réussir quoi que ce soit dans le monde d'en haut. Crois-moi, avec l'argent que tu vas gagner ici, tu pourras t'acheter un nouveau code génétique, remonter à la surface, et vivre la vie que tu auras choisie jusqu'au restant de tes jours.

— Je suis venu pour me battre. Je ne suis pas à vendre.

— Tout le monde a un prix. Tu sais ça, n'est-ce pas ?

— Je ne veux plus jamais retourner là-haut.

— Regarde autour de toi. Combien de temps penses-tu pouvoir survivre ici sans mon aide ?

— Tu me testes, c'est ça ? Tu veux savoir ce dont je suis capable ?

J'ai sorti mon arme. J'ai plaqué le canon contre sa tempe. J'ai vu la peur dans ses yeux et j'ai compris : il disait la vérité.

Il n'était rien de plus que ce que je voulais croire

Il a tout avoué : « J'ai passé un deal avec le ministère du Vivre-ensemble. Je travaille pour lui. Qu'est-ce que tu croyais ? Je ne suis pas un héros. Les héros sont comme les messies : ils n'existent pas. Il n'y a personne à attendre. Je te dis ça pour ton bien... »

Le héros est celui qui brise la première vitre

J'ai senti une douleur affreuse à la poitrine. J'avais la nausée. J'ai titubé. Tous mes derniers espoirs s'effondraient.

Je ne peux pas mourir, je suis déjà mort

J'ai couru dans le noir, aussi loin que j'ai pu pour ne plus entendre son rire.

J'ai essayé de m'enfuir et ils m'ont rattrapé

J'ai repensé à ce jeune vétéran sans jambes et sans bras à l'écran, qui expliquait qu'il aimait sa vie et que l'œuvre de Dieu était parfaite.

Tu as souffert pour de l'argent, mais tu ne le sais pas

Dieu est mort il y a longtemps déjà. Et moi, j'ai perdu, j'ai perdu, j'ai perdu.

Quand je me suis retrouvé à nouveau seul dans le noir, j'ai insulté une dernière fois le monde ; c'était la fin de tout. J'ai pleuré comme un enfant. Ces larmes sont venues de très loin, comme si, du haut des cimes cafardeuses, des pensées morbides avaient coulé dans mon cerveau à en déborder.

Je ne voulais plus rien voir, je ne voulais plus rien ressentir. J'ai fouillé dans ma poche, il y avait encore assez de N pour tout oublier.

Il y en avait pour deux

J'ai tout mis dans ma bouche. J'ai vite eu un goût de cendres au fond de la gorge.

Ma tombe a un nom, un visage, une apparence humaine, elle est faite de chair et de sang

Je suis mort en moi. J'étais mon cercueil. Et j'ai tout avalé.

Rien ne doit survivre à cette nuit

J'ai arrêté de respirer.

La Voix m'a dit : « Ce n'est rien, c'est juste une rechute »

J'ai cherché un sommeil sans miracle. Je suis tombé dans les bras d'Oxy-Morphée ; personne ne pourra me rattraper.

J'ai perdu la notion de l'espace. Je ne sais pas combien de temps je suis resté seul dans le noir, ni comment j'ai réussi à survivre. Je n'avais pas faim. Je n'avais pas soif. J'avais les yeux fermés, mais j'avais l'impression qu'ils étaient ouverts pour la première fois de ma vie.

Je me suis retrouvé au milieu d'une fête

Et c'est là que j'ai rencontré L.

Je suis entré facilement sous le grand écriteau en néon clignotant « Babylon Club » ; le videur à l'entrée m'a reconnu : « C'est une vraie cicatrice ? Tu t'es fait ça comment ? »

J'ai répondu : « J'ai raté mon suicide. »

Il a ri.

Cette nuit, le thème, c'était « l'Anomie » : alcool, drogue, religion ; il y avait un grand feu de joie et tout le monde devait jeter quelque chose qui lui encombrait l'existence. N'importe quoi.

Je tenais les restes du lecteur de CD de mon enfance, sans savoir comment il était arrivé là, mais quand ça a été à mon tour, je l'ai jeté dans les flammes du bûcher. Autour de moi, les filles portaient des lunettes de soleil extralarges et des robes de soirée vintage.

Certaines avaient osé le bikini en plein hiver, et les garçons, des maillots de corps sous des chemises à fleurs ou des chemises ouvertes à larges bords qui dépassaient de leurs costumes bleus, blancs ou rouges ; la plupart avaient des holsters en cuir.

Les armes étaient factices mais la [redacted]*, elle, était réelle*

Il y avait toujours les dandys habituels aux tables près de la piste de danse, je les voyais siroter de l'adrénaline chère. J'ai repéré le type qui en faisait trop : il se baladait avec une tronçonneuse à la main, dégoulinante de sang. J'ai commandé un « Nazareth Express » (vin + myrrhe + un peu de vinaigre) pour faire passer quelques 2-C-B qu'il me restait.

J'ai croisé un vieux, perdu dans la fête. Il m'a fait penser à mon père.

« Tu crois que tu peux venir ici et me dire quoi faire ? »

Il n'y a plus rien que tu puisses faire, père, c'est trop tard

« Je ne suis plus un bébé, je fais ce que je veux [redacted] ! »

Je l'imaginais venir ici et voir ça. Il serait perdu lui aussi. Je me disais qu'il ne s'était jamais amusé de sa vie. C'est ça vieillir : on réalise qu'on s'est perdu dans une fête de jeunes, qu'on n'a pas été invité et qu'au fond on n'avait pas envie de venir.

J'ai fait exprès de le bousculer au bar, son verre s'est renversé sur sa chemise en soie, il s'apprêtait à m'injurier, mais ma pupille dilatée et mes cernes l'en ont dissuadé. Il a baissé les yeux et il a passé son chemin, en essayant de ne pas renverser le reste de son verre pour aller retrouver une fille.

Maintenant je sais que je suis effrayant

Je me suis éloigné du bar. J'ai dansé un peu. Je sentais que mon apparence créait un léger malaise et les danseurs s'écartaient de moi quand ils voyaient mon visage.

On était dans la scène où [redacted] *demande à* [redacted] *s'il veut la rejoindre sur la piste*

J'attendais impatiemment la prochaine montée pour tout oublier quand mon regard a été irrésistiblement attiré par une lumière ; je l'ai aperçue de l'autre côté de la piste. Je ne voyais plus qu'elle : elle portait des lunettes de soleil réfléchissantes et une robe dos nu.

Elle a traversé la foule ; son allure et sa démarche étaient celles d'une danseuse de ballet, elle était une incarnation de la grâce ; j'avais l'impression qu'elle flottait.

Elle est montée sur un podium. Elle s'est mise à danser toute seule, près de la statue d'un éphèbe grec.

La chanson « She's on Fire » a explosé dans les enceintes

Elle a éclipsé tout le monde quand elle a tourné sur elle-même ; tous les pique-lumière autour ont disparu.

La Voix m'a donné un ordre : « Parle avec elle, c'est une question de vie ou de mort »

Je me suis approché. J'ai bousculé quelques danseurs. Rien à faire, elle ne me voyait pas, mais la N, elle, était entrée en moi, il fallait que je lui parle avant que mon cerveau ne s'éteigne.

Une nouvelle montée a brutalement coupé mon élan. J'ai essayé de dire quelque chose, mais je ne pouvais plus parler. L'apparition a levé la tête dans ma direction comme si elle se sentait observée. Elle a retiré ses lunettes de soleil.

Nos regards se sont croisés

Et j'ai vu ses yeux pour la première fois : ils n'étaient pas bleus, ils n'étaient pas gris, ils s'approchaient de l'argent ; ils avaient quelque chose de sauvage, plus du loup que de la femme. Elle m'a souri.

Non je ne rêvais pas elle m'avait souri

Elle m'a fait un geste de la main, je lui ai rendu mon plus beau sourire, et j'ai agité la mienne en retour.

— Salut.

Elle n'avait pas peur de moi. J'ai été surpris qu'elle parle la même langue que moi.

— Tu vis ici sous la terre ?

— Oui, et toi ?

L'espace d'un instant nos sensibilités se touchent

— Tu t'appelles comment ?

Je n'ai pas eu le temps de répondre, j'ai entendu une fille dire derrière moi : « Il fait peur ce type ! Qu'est-ce qui est arrivé à son visage ? »

J'ai repris conscience de mon apparence et j'ai eu honte. J'ai battu en retraite. J'ai glissé sur une flaque d'alcool, j'ai dû m'agripper au pilier pour ne pas tomber.

Elle m'a suivi. Elle s'est approchée de moi, et elle m'a glissé à l'oreille : « Reste avec moi. Ne me laisse pas. Je t'en supplie. »

Elle m'a pris la main. J'ai senti quelque chose d'indéfinissable entrer en moi, ce n'était pas de l'espoir, mais j'ai aperçu les lueurs de l'aube apparaître entre les fissures d'un long tunnel de nuit.

Elle a dit : « J'ai peur ici toute seule. »

La retrouver en secret est devenu un rituel, mon secret le plus intime

L. m'a sauvé la vie. Pour quelques heures. Pour quelques jours. Pour quelques années. Je ne sais plus.

STATION 12

— Avant de reprendre, nous vous informons que tout ce que vous direz sera enregistré, consigné et conservé. Nous allons explorer votre mémoire. Vous avez signé une décharge qui nous autorise à le faire, vous vous souvenez ? C'est important pour le protocole que nous suivons. Est-ce que vous êtes d'accord avec tout ce que je viens de vous dire ?

Je réponds « oui », machinalement.

— Dites : « Oui, je suis d'accord. »

— Oui, je suis d'accord.

— Est-ce que vous êtes en capacité physique et mentale de répondre à nos questions ?

— Oui.

— Dites : « Oui, je le suis. »

— Oui, je le suis.

— Est-ce que vous ressentez quelque chose comme des vertiges ou des nausées ?

— Non.

— Très bien, maintenant, regardez-moi bien quand vous répondez aux questions, parlez lentement et distinctement. Nous avons le temps. C'est d'accord ?

— C'est d'accord.

— Bien. Ma première question est simple : qu'est-ce que vous voyez sur cette photo ?

— Rien.

— Est-ce que vous connaissez cette personne ? Regardez bien la photo...

— Est-ce que je pourrai sortir un jour ?

— Ce n'est pas la question que je vous ai posée.

— Pourquoi vous ne répondez jamais à mes questions ?

— C'est à vous de répondre. Nous ferons tout notre possible pour vous aider, mais vous devez respecter les règles. La seule chose que nous vous demandons c'est de dire la vérité. Je vous pose à nouveau ma question. Qu'est-ce que vous voyez sur cette photo ?

La question est restée ouverte longtemps.

— Je ne vois rien.

— Faites un effort. Je vous écoute. Prenez votre temps. Pouvez-vous me décrire ce que vous voyez ?

Je sais qu'il me posera la question encore et encore, il a gagné et je finis par lui répondre : « C'est moi. »

— Et comment vous décririez-vous ?

— J'ai la tête du Petit Prince stone. Une fille m'a dit ça un jour.

— Est-ce que vous pouvez me parler de votre enfance et de votre adolescence ?

— C'est écrit dans mon dossier... Vous savez déjà tout.

— Est-ce que vous savez pourquoi vous êtes ici ?

— Parce que je suis un mauvais exemple pour les gens du Dehors.

— Qu'est-ce qui vous fait dire ça ?

— Parce que je ne suis pas comme les autres.

— Qu'est-ce qui vous faire dire que vous n'êtes pas comme les autres ?

— Je vois des choses.

— Est-ce que vous pouvez me parler de vos visions ?

— Je n'ai plus envie d'en parler. J'ai déjà tout dit. Personne ne me croit. Si je parle, tout le monde pense que je suis fou. Et vous ne me laisserez jamais sortir d'ici. D'ailleurs, vous aussi, vous pensez que je suis fou. Parce que mon père vous a dit que je l'étais. Et vous avez peur de lui.

— Vous pensez que vous êtes fou ?

— Je ne sais pas. Ce que je sais c'est que tout ce que je vois va arriver. Je ne sais pas quand, mais un jour, tout sera vrai. Vous ne me croyez pas car vous n'êtes pas prêt. Un jour, vous verrez, vous me croirez. La Guerre blanche aura bien lieu.

— Est-ce que vous savez quel jour nous sommes ?

— Non.

— Est-ce que vous savez en quelle année nous sommes ?

— Non.

— Est-ce que vous savez où nous sommes ?

— Nous sommes enfermés sous la terre.

— Qu'est-ce qui vous fait dire ça ?

— Ici, je ne vois pas de lumière.

— Nous ne sommes pas sous la terre. Et c'est vous qui nous avez demandé de rester dans le noir... Pourquoi vous tenez à porter ces lunettes de soleil ?

— Je vous l'ai déjà expliqué. La lumière artificielle me fait mal aux yeux.

— Est-ce que vous savez comment vous vous appelez ?

— Je n'ai plus de nom, j'ai un numéro. Je suis le patient zéro. C'est vous qui m'appelez comme ça. Ici, nous ne sommes plus que des numéros.

— Je ne comprends pas de quoi vous parlez.

J'ai menti au psychiatre ; je me souviens très bien comment je suis arrivé ici.

C'était il y a longtemps maintenant ; je ne connaissais pas encore L.

Et je pensais avoir trouvé un sens à ma mort

J'étais retourné dans la clinique de mon père : il était à son bureau. Il m'avait reconnu avec difficulté, comme si j'étais devenu un corps étranger. Et je l'étais. Je voulais qu'il me voie tel que je suis. Le vrai moi.

Je n'avais aucune idée du temps que j'avais passé dans le Néo-Ghetto, ni comment j'en étais sorti

Mon père m'en voulait d'avoir abîmé le visage qu'il m'avait donné.

Lui aussi, il avait beaucoup vieilli. Son sourire avait perdu de son éclat. Il avait l'air très fatigué. Il avait des grandes poches noires sous les yeux. Il ne me faisait plus peur. Je pouvais sentir sa fragilité et ses doutes ; au fond sa vie n'avait été qu'une grande course, dont il n'avait finalement jamais savouré le sens, happé qu'il avait été par le « toujours plus ».

Je ne dois pas le laisser m'attendrir

Il m'a dit : « Ça doit finir. Tu le sais, n'est-ce pas ? »

J'ai répondu : « Oui. C'est aujourd'hui. Maintenant. »

Il m'a dit que je n'avais aucun avenir, et que si je ne faisais rien, j'allais mourir. Mais si j'acceptais d'obéir et de redevenir raisonnable, il me promettait de m'aider.

« Je peux te sortir de là. »

Je lui ai répondu que ma mort n'avait pas d'importance. Et je le pensais vraiment.

Notre monde brûle déjà

Je lui ai dit que je ne voulais pas qu'on me sauve. Je n'avais plus nulle part où aller. Il m'a à nouveau promis qu'il allait me sauver.

Que je le veuille ou non

J'ai sorti mon arme. Je l'ai pointée dans sa direction ; il était dans ma ligne de mire. Je pensais qu'il aurait peur de mourir. Si c'était le cas, il le cachait. Il s'est levé de son bureau et il s'est approché de moi.

— Pose ça.

— Ne t'approche pas.

J'ai senti les larmes couler sur mes joues.

— Je vais le faire.

— Je sais.

— Recule. Ne me regarde pas.

Je laisse monter la rage en moi

J'avais besoin de cette haine, et je ne la trouvais plus.

Elle était encore là, il y a quelques minutes, où est-elle ?

— Je te hais. Pour tout ce que tu nous as fait. Tout est ta faute. Si j'en suis là.

— Ne dis pas ça.

Si je suis une erreur, je n'ai jamais demandé à exister

— Où étais-tu quand j'avais besoin d'aide ? Où étais-tu quand j'ai voulu disparaître ?

— Nous avons déjà eu cette discussion mille fois...

— Regarde-moi.

Pourquoi ne m'as-tu jamais aimé ?

J'allais tirer. J'allais faire une tache. Sur lui et sur moi.

Cette tache-là ne partira jamais

— Ne dis pas ça. Pose ça.

Qu'est-ce que tu connais de ma vie depuis que tu en es sorti ? Où étais-tu quand j'étais mal ?

— Tu saignes... Il faut que je t'ausculte. Pose ce jouet, je t'ai dit.

— N'approche pas !

Il s'est mis à pleurer et il m'a demandé pardon de ne pas avoir été un bon père. J'avais espéré ces mots depuis si longtemps, et maintenant je ne savais plus quoi en faire. Je me suis senti très faible. Il s'est approché de moi, et je l'ai laissé faire.

Pourquoi m'as-tu abandonné ?

Il m'a serré contre lui. J'ai senti sa chaleur. Je ne me souvenais plus de la dernière fois où il m'avait pris dans ses bras.

Je suis à nouveau un enfant

Nous pleurions ensemble. Ce n'était plus de la rage. Nous avons pleuré ensemble et ses larmes ressemblaient aux miennes. J'étais tellement surpris de le voir pleurer que j'en ai perdu mes dernières forces.

J'ai voulu lui pardonner. Et j'ai voulu qu'il me pardonne. Et que tout redevienne comme avant.

— Je vais mourir papa.

— Tout va bien se passer. Personne ne va mourir.

Il m'a dit qu'il allait me soigner et que tout allait s'arranger. Je n'aurais plus besoin de me cacher. Je n'aurais plus rien à fuir.

J'ai failli lui dire « je t'aime »

J'ai senti les mots marcher au bord de mes lèvres.

— Pardon, mon fils, mais il le faut. C'est pour ton bien.

J'ai entendu la porte s'ouvrir dernière nous, mais je ne voulais pas me retourner. J'étais bien. À me laisser aller au son de sa voix qui me berçait.

— Papa, pardonne-moi. J'ai tout gâché...

— Maintenant, il faut que tu sois sage, il faut que tu te laisses faire...

Les hommes en blanc étaient déjà autour de nous.

— C'est toi qui les as fait venir ?

Ils étaient là pour moi. Ils m'encerclaient. Ils se rapprochaient. Plus près, toujours plus près. J'ai senti une aiguille entrer sous ma peau. Je connaissais cette douleur par cœur, mais j'ai refusé d'y croire. J'ai regardé mon père et j'ai crié : « Pourquoi ? »

Un coup de feu est parti. Je l'ai entendu de très loin. J'ai regardé impuissant mon arme glisser entre mes doigts. Je suis tombé à genoux.

— Tu m'as trahi... N'approchez pas ! N'approchez pas !

J'ai essayé de ramasser l'arme, mais je n'y arrivais pas. Je n'avais plus la force. Elle était là, juste là.

Au secours, au sec... au...

Les hommes en blanc tournaient autour de moi comme des requins autour d'un naufragé dont l'embarcation coule inexorablement. Je savais où ils voulaient m'emmener.

Je ne sais pas faire le mort

J'ai réussi à sortir mon couteau.

— Reculez !

J'ai regardé la paume de ma main libre et la pointe de la lame. Je l'ai plantée. J'ai ressenti une douleur si intense que le rush d'adrénaline m'a rendu aveugle l'espace d'une seconde, il m'a donné la force de me débattre.

J'ai réussi à m'enfermer dans une des salles d'opération, et j'ai condamné la porte comme j'ai pu avec une chaise ; ils allaient réussir à ouvrir, ce n'était qu'une question de temps. Je sentais mon cœur battre dans tout mon corps, il a fait remonter la peur.

J'ai chassé cette pensée en fouillant dans le placard où les médecins rangent les instruments d'intervention d'urgence. J'ai trouvé une boîte remplie de poches de plasma vides et tout ce qu'il fallait pour faire une transfusion sanguine.

J'ai disposé sur le lit devant moi, ce dont j'avais besoin. Je me suis fabriqué un garrot avec ce qui traînait. Je savais ce que je devais faire, je me souvenais des gestes que j'avais appris.

Je me suis assis par terre. J'entendais toujours les coups sourds qui faisaient vaciller la porte. Ils allaient entrer d'un moment à l'autre. J'ai attrapé la perfusion, et je me suis planté la seringue dans le bras ; je me souviens avoir trouvé la veine du premier coup.

Je l'ai à peine sentie

Le sang a commencé à couler et le rouge colorait rapidement par jets puissants la poche de plasma à l'autre extrémité.

Quand la première poche a été pleine, je l'ai remplacée par une nouvelle. J'ai relevé les yeux, pour ne plus regarder le sang jaillir, car j'étais pris d'un vertige, et j'ai remarqué que la petite fille au papillon était assise là à côté de moi. Elle me regardait, sans comprendre.

— Ferme les yeux. Je te dirai quand tu pourras les ouvrir.

Elle m'a dit oui, mais elle m'a dit qu'elle aussi, elle avait eu peur de mourir.

J'avais envie de lui dire : « Personne ne meurt vraiment. »

— Ne t'inquiète pas pour moi, je n'ai plus mal, ça, ce n'est rien, juste un peu de sang.

Il ne me servira à rien là où je vais et ici il peut servir

La deuxième poche de plasma s'est remplie, j'ai mis plus de temps à réagir car je me sentais de plus en plus engourdi ; le sang a giclé par terre sur le linoléum.

J'ai senti la peur revenir, mais j'ai attrapé une troisième poche, je suis arrivé à la mettre correctement en place, même si mes mains tremblaient un peu. Les coups contre la porte se faisaient de plus en plus pressants.

— Garde les yeux fermés !

Je suis arrivé à échanger la poche pleine par une nouvelle, vide. La petite fille avait peur elle aussi.

Elle a dit : « Si tu meurs, je meurs »

— Si je fais ça, c'est parce que je veux qu'une petite fille comme toi puisse vivre.

J'ai regardé les poches de plasma remplies, et les autres.

Je sentais mon cœur battre de plus en plus lentement

J'ai fermé les yeux.

J'ai senti ma tête devenir lourde, très lourde, ma vision s'est troublée. Je me suis forcé à respirer plus fort. La petite fille au papillon m'a regardé.

Je ne pleure pas alors ne pleure pas

La petite fille au papillon m'a pris la main.

Je lui parle pour la dernière fois

La petite fille au papillon ne dit rien, elle me sourit.

J'aime son sourire

Par la fenêtre, je pouvais entendre des enfants jouer au ballon ; ils avaient l'air heureux.

Je crois que j'ai souri aussi

La porte ne cédait toujours pas. J'ai attrapé toutes les poches de plasma vides que j'ai pu trouver. Elles s'entassaient à mes pieds. Je pouvais encore donner.

Encore un dernier

J'ai senti mon front heurter le sol quand les gardiens se sont précipités sur moi.

J'étais déjà loin

J'ai senti des mains sur mon corps. De très loin. Mon cri, lui, s'est perdu dans ma nuit.

STATION 13

— Nous sommes arrivés.

C'est ma nouvelle maison, disent-ils.

Ils se trompent je connais bien cet endroit

Rien n'a changé. Le paysage s'est habillé d'une autre saison, mais le lieu, lui, est resté le même ; quand il est apparu à travers la vitre du fourgon médical sécurisé, j'ai ressenti un pincement familier dans la poitrine. Je l'ai reconnu malgré la nuit dans ma tête qui se mélange à la brume de ces derniers jours, de ces semaines, de ces mois ; mes souvenirs ne me trompent pas : je suis déjà venu ici quand j'étais enfant.

— Est-ce que vous savez où on vous emmène ? Vous vous rappelez ?

Je sais où je vais : nulle part. Pas de faux espoirs. Pas de passé. Pas de futur. C'est un éternel retour. Jusqu'ici tout va bien. Le reste n'a plus d'importance : bienvenue dans un présent à perpétuité.

Je ne suis jamais vraiment parti

Je reconnais la façade en briques rouges, avec écrit : « INSTITUT VIVRE-ENSEMBLE » en néons blancs. Et en haut des murs d'enceinte, je sais que les jolis bouquets de fils barbelés ne faneront jamais. Pour m'en convaincre, je n'ai qu'à regarder les cicatrices que leurs épines m'ont laissées sur les poignets quand je me suis enfui.

Ce n'est pas une église, ce n'est pas un temple, même si ça y ressemble

Quand on veut s'y recueillir, on n'allume pas de bougies, il suffit d'aimer la mort plus que la vie.

Je me rappelle la publicité

« L'Institut Vivre-ensemble représente un dernier espoir pour tous les fous à lier. »

Je déforme un peu, mais c'était l'idée.

L'arche a échoué dans un bout de ville abandonnée

De loin, ce bâtiment du XIXe siècle rénové dans un style minimaliste pourrait être une galerie d'art contemporain des quartiers à la mode d'avant, mais derrière l'architecture aussi lisse que l'on peut se voir dedans, se cache le miroir du monde réel, celui qu'on ne veut pas montrer, car il est beaucoup plus vrai que sur les écrans, et la vérité fait plus peur que la violence.

C'est le négatif de votre monde, un jour, peut-être demain ou après-demain, on s'y croisera, qui sait ?

Je vous préviens, l'immeuble est trop petit pour nous accueillir tous.

Un drapeau bleu, blanc, rouge flotte dans le lointain, je n'aime que le rouge

Les hommes en noir me demandent de rester calme ; je le suis.

Ils retirent les sangles. Je fais un pas dehors. Je ne m'étais pas retrouvé à l'air libre depuis si longtemps que je suis ému. La lumière au loin perce l'obscurité comme une promesse pour la cité endormie. Je me force à regarder le soleil se lever sans ciller, je plisse l'œil jusqu'à ce que la rétine me brûle.

L'autre restera fermé pour toujours

Un grand bruit me sort de ma torpeur ; le grand portail s'ouvre devant moi, il me montre le chemin.

Je rentre enfin chez moi

Nous traversons la grande allée, au bout de laquelle le chef du centre m'attend. Je le reconnais lui aussi.

— Bienvenue à l'Institut Vivre-ensemble !

Il parle très fort, lentement, en insistant sur chaque syllabe, comme s'il parlait à un petit enfant ou à un chien.

— Vous nous avez manqué.

Les gardiens prennent mes affaires. Je signe tous les papiers qu'ils me tendent sans les lire. Un gardien me désigne une boîte pour que j'y mette mes effets personnels.

J'ai dit :

— Détruisez tout.

— Même ça ?

Il tient à la main un exemplaire écorné du *Petit Prince*.

— Je peux le garder avec moi ?

Le garde hausse les épaules.

Ils m'ont coupé les cheveux, ils m'ont rasé la tête, j'ai joué avec le petit tas de boucles cendrées qui tombaient à mes pieds. Ils m'ont demandé : ma taille, mon poids. Comme je ne les connaissais pas, ils ont pris mes mesures.

Il y a un trou quelque part qui m'attend, sans nom

On m'a donné un uniforme, j'ai enfilé ma tenue de deuil, un noir semblable à celui de mes gardiens, et qui va bien avec la couleur des murs.

Je porte le numéro 0 sur la poitrine

Ils m'ont habillé, je me suis laissé faire comme un enfant, les bras tendus, les jambes écartées.

Il est l'heure de retrouver ma cellule

Je les suis. Mes genoux craquent un peu, et je trébuche. Je tombe trois fois par terre. Trois fois, nous nous arrêtons. Et un garde m'aide à remettre mes chaussures sans lacets.

La marche reprend à pas lents le long du couloir ; l'Institut Vivre-ensemble est un immense labyrinthe de béton froid et sans vie, qui se décompose en trois zones : la zone A pour les « récupérables », la zone B, pour les « irrécupérables », et la zone C pour les « dangereux ».

Plus on s'en approche, moins il y a d'humains

Ici, tout se gère seul, nous vivons dans les entrailles d'une grande machine, où tout est automatisé pour que les interactions humaines soient réduites à une série d'actions ritualisées à l'extrême.

Il y a des règles comme dans toute société humaine

La grande porte de la zone C vient de se refermer derrière moi, et devant moi, je reconnais la cour des promenades, et son carré vert caressé par la lumière du mirador tout proche.

Nous traversons une allée de salles : tout est vide, silence et attente.

Mon nouveau lieu de vie ressemble à une école pendant les vacances ou à un cimetière

Nous nous sommes arrêtés devant la dernière chambre inoccupée, que je devine être la mienne. Je porte le numéro 0, comme le chiffre en métal accroché sur la porte. La lumière reste allumée jusqu'à l'heure du couvre-feu, m'explique le gardien, à 23 heures précises, après il faut dormir.

— Il faut respecter les règles de vie. Pour le reste, les autres vous montreront.

Quand la porte se referme, je me regarde dans le miroir qui perce le mur capitonné, j'interroge mon reflet. Je ne reconnais pas la laideur de mon nouveau visage, mais je vais devoir m'y faire.

Je regarde autour de moi : un lit. Une porte. Quatre murs. Et une fenêtre qui donne sur le vide.

Dehors, de l'autre côté, là-bas, je sais que les vivants perdent leur temps à dormir, ils ont le trac avant un premier rendez-vous, ils hésitent sur le plat qu'ils vont choisir sur le menu d'un restaurant avec des amis, ils remercient le serveur qui verse du vin dans leurs verres, ils dansent, ils font l'amour ou disent « à demain » à leurs proches, ou à leurs collègues de bureau, avec l'émotion morte de l'avoir déjà fait mille fois et de le faire mille fois encore.

Moi, je ne connaîtrai plus jamais ça

L'Homme en Noir est dans ma cellule et il me sourit : « Vous vous souvenez de moi ? »

— Oui. J'étais un enfant. Vous n'avez pas changé.

Je vois une étincelle de vie traverser son œil.

— Je suis votre ami.

— Vous n'êtes pas mon ami. Vous êtes une voix dans ma tête, vous n'existez pas.

— Si je suis une voix dans votre tête, vous, qui êtes-vous ?

— Je suis mort.

— Vous n'êtes pas mort puisque nous parlons ensemble.

— Je suis malade et c'est incurable.

— Vous êtes malade ?

— Oui. Et je suis contagieux. C'est pour ça que je suis enfermé ici. Je pourrais faire du mal au monde dehors.

L'Homme en Noir prend des notes, mais il ne dit plus rien.

— Je sais que je suis malade. Mais personne ne peut me dire quelle maladie j'ai.

La porte de ma cellule s'est ouverte. Les gardiens me disent qu'il est l'heure d'aller retrouver les autres pour le repas.

Les autres numéros sont là dans la salle commune, où nous nous retrouvons trois fois par jour, tous les jours de toutes les années. Ici il n'y a rien à manger en dehors des heures fixes. Chaque repas collectif respecte des règles strictes. Chacun a sa place attitrée.

Nous sommes servis à table. Sur nos plateaux, il y a toujours le traitement approprié.

C'est notre dessert à tous

Ils sont onze dans cette aile de l'Institut.

Et j'ai l'impression de les avoir connus il y a longtemps

Je suis le douzième.

Pour la plupart, ils sont comme moi, des marginaux, dont le monde extérieur parle seulement quand il fait très froid dehors, car c'est la saison où l'on ne peut plus ignorer leurs corps qui traînent abandonnés par terre comme des poupées dont les enfants ne veulent plus.

J'ose à peine les regarder.

Je devine qu'ils ont tous été condamnés depuis la naissance à des amours misérables ; je ne peux qu'imaginer leurs histoires en lisant sur les rides, les cicatrices, les blessures, les cernes, les pupilles dilatées, et le blanc de leurs yeux injecté d'un mauvais sang comme le mien. Je ne sais pas quoi leur dire. Ils me font peur et pourtant je suis l'un des leurs. Ils me saluent, chacun à leur tour.

Je n'ai rien à dire ni à faire, ils m'acceptent parmi eux

Je regarde mon assiette. Je n'ai pas faim. Mon voisin de gauche me passe un morceau de pain. Je le remercie du bout des lèvres, et je me force à manger. Ma voisine de droite me sert un café. L'infirmier de garde, un jus d'orange à mélanger avec quelques gouttes de bonheur chimique.

Nous nous sommes perdus à la surface, et nous nous sommes retrouvés ici

Ici, personne ne me dit quoi faire. Ni où aller. Je ne pose pas de questions, je ne veux pas me faire remarquer. J'observe les autres et je cale mes gestes sur les leurs, je l'ai déjà fait.

Les infirmiers ouvrent les portes battantes de la salle de jeux et je suis les autres.

Ici, il n'y a pas grand-chose à faire ; la routine fait que tous les jours se ressemblent. Il n'y a rien pour différencier une journée de l'autre : il n'y a plus d'anniversaire, plus de lundi matin, plus de vendredi soir : ici la vie passe lentement, mais elle passe quand même.

Tous les jours sont des funérailles, toutes les semaines sont des deuils de ma vie d'avant

Je regarde le grand écran de la salle de jeux : c'est la seule fenêtre ouverte sur le monde qu'ils nous ont laissée. Nous avons droit à une seule chaîne, l'Officielle, celle que les vieux regardent dehors.

L'écran diffuse des émissions devant lesquelles les spectateurs restent jusqu'au bout en se demandant quel genre de débiles les regarde. Et pourtant, je suis le dernier à partir.

Parce que le silence est effrayant

La salle de jeux est vide, les fauteuils poussiéreux et les tabourets couverts de graffitis sont restés assemblés en rond autour de l'écran. Il y a des décorations, et des guirlandes d'une fête oubliées au plafond de l'ancien théâtre, style néoclassique avec des piliers, des colonnes et une grande statue. Le piano prend la poussière à côté de la bibliothèque.

C'est moi qui ai écrit à la bombe de peinture : « Le réveil de la Jeunesse empoisonnée »

Des rangées de fauteuils sont éclairées par l'écran. Sur la scène, un hologramme tourne sur lui-même avec le logo et un diaporama répétant les quatre règles de l'Institut défile sans interruption.

Je n'ai pas besoin de les lire, je les connais par cœur

Je les récite : 1) il est interdit de parler à son voisin pendant les séances, 2) il est interdit de se laisser gagner par l'angoisse, 3) le désespoir est un sentiment normal, il ne fait pas de vous des êtres exceptionnels, 4) connaissez-vous vous-mêmes, vous connaîtrez l'univers et les dieux.

C'est le protocole de soins Overhead®, dont nous suivons tous les lois. C'est américain. Il paraît que ça marche, pour ce qu'on a tous ici.

Moi, je sais que je ne sortirai jamais vivant

Des bénévoles d'associations viennent au centre, eux aussi, ils veulent nous sauver. On m'a donné des torahs. On m'a donné des nouveaux testaments. On m'a donné des corans.

J'ai dit merci, mais je n'ai rien lu

On m'a donné des nouvelles chaussures.

J'ai dit merci, mais je ne les ai jamais portées

La première année, je fixe tous les matins le couteau posé sur la table, en me demandant si j'aurai enfin le courage de le saisir et de mettre fin à tout ça, mais il faut un courage que je n'ai pas. C'est comme si une force intérieure dont j'ignorais l'existence ne voulait pas que je me rende. Elle veut que je vive. Quelque part.

Elle exige mon témoignage

J'ai arrêté de pleurer pour qu'on me laisse sortir. J'ai arrêté de supplier. J'ai arrêté de demander pardon.

J'ai arrêté d'être du côté des vivants qui espèrent

Dans la salle commune, je retrouve les autres numéros ; on se retrouve dans le même noir où nous sommes les seuls à y voir.

Ils sont ma seule famille

Eux, personne ne les attend dehors, personne ne les cherche ; ils n'ont jamais de visite.

Je me suis déjà battu. Avec les gardiens. Avec les portes closes. J'ai perdu. Les murs sont trop épais. La porte est trop solide. Je peux taper de toutes mes forces sur la vitre, personne ne viendra m'ouvrir, je le sais, la dernière fois, j'ai tout barbouillé de rouge sombre, et personne n'est venu. Je suis à ma place. Je suis comme les autres, un numéro de plus, rien d'autre. Je n'ai nulle part où aller.

Et leur maison est ma maison.

C'était la veille du Nouvel An que je l'ai vue pour la première fois. Elle venait d'arriver à l'Institut. Elle portait le numéro 7. Quand elle s'est assise à l'autre bout de la table, j'ai senti son aura m'appeler comme un cri.

Quand les gardiens lui parlent, elle les ignore, elle n'obéit pas, et sa nonchalance naturelle a réveillé un désir profondément enfoui en moi.

Je suis encore vivant

Je la regarde, et elle ne me voit pas. Je regarde les autres, et ils ne font pas attention à sa beauté froide et triste ; on dirait une princesse perdue dans un conte de fées trop sombre pour elle.

Je suis content d'être le seul à la voir.

Je ressens sa tristesse

Je veux attirer son regard, mais rien n'y fait, je me contente de la regarder.

Au moment où je porte les pilules à mes lèvres, je sens une chaleur m'envelopper, je relève les yeux et mon regard trouve le sien. Elle me fait un clin d'œil avant d'avaler les siennes.

Est-ce que j'ai rêvé ?

À la fin du repas, elle s'est levée d'un bond et elle est partie dans le couloir d'un pas pressé. Sa démarche a la grâce d'une danseuse étoile, on dirait que ses pieds nus flottent sur le béton.

Elle entre dans la salle de jeux. Je me suis caché dans le noir.

Elle lance un vieux film, *Scarface* et se croyant seule, elle mime les répliques sur une grande scène imaginaire et elle danse.

Est-ce que c'est dans ma tête ?

À la fin, j'applaudis. Elle sursaute. Quand elle me voit, elle laisse échapper un cri et elle s'enfuit. J'ai bafouillé des excuses. Et puis, je vois mon reflet monstrueux dans le miroir sans tain, et j'ai honte de mon apparence.

— On est quel jour ?

— Nous sommes le 31 décembre. Demain, c'est le premier jour de la nouvelle année. Ce soir, c'est le réveillon, c'est pour ça qu'on n'a pas le droit de rentrer dans la salle de jeux. Ils sont en train de tout préparer pour la grande fête !

Tous les ans, une fête déguisée est organisée dans la zone C. Numéro 7 a choisi le thème, elle aime les vieux films. J'essaie de voir un message caché dans les titres de tous ces films que je n'ai pas vus, sans pouvoir lui parler, car elle n'a pas dit un mot depuis qu'elle est arrivée, et les gardiens ne laissent aucun homme l'approcher.

Elle me regarde, mais elle ne parle pas. Quand je l'ai invitée à danser, elle m'a écrit « oui » sur un petit bout de papier. On n'a pas besoin de parler quand on danse, il paraît.

Il y a cette petite voix intérieure qui m'a soufflé ton nom à l'oreille, elle me dit que nos sensibilités se touchent, que c'est toi que j'attendais

Numéro 7 ne dit toujours pas un mot, mais à moi, elle écrit des messages, qu'elle me fait passer à toute heure, du jour et de la nuit. Je suis devenu son seul ami. Elle est devenue ma seule raison de vivre.

— *Je suis seul dans ma langue.*

— *Qu'est-ce que tu veux dire ?*

— *Personne ne me comprendra jamais...*

— *Moi non plus.*

— *Personne ne m'aimera jamais. Je fais trop peur.*

— *Moi, je crois que je pourrais mourir pour toi.*

— *Ne dis pas ça.*

— *Pourquoi ?*

— *Parce que j'allais te dire la même chose. Et moi, je suis vraiment fou.*

— *Je ne plaisante pas.*

— *Moi non plus.*

— *Moi, je t'aime.*

— *C'est trop tard pour nous. Tu connais la règle, ici on n'a pas le droit.*

Elle sursaute. C'est déjà la nuit, et les cris ont recommencé dans les chambres d'à côté. Elle a peur. Moi, j'y suis habitué. On entend des hurlements. On entend des bruits de pas. On entend les gardiens qui s'activent. J'essaie de la rassurer comme je peux.

— Les cris ne vont pas durer, n'aie pas peur. Ça ne dure jamais.

À part du noir et des cris, elle n'avait pas peur de grand-chose d'autre ; elle m'avait déjà raconté comment à seize ans elle avait traversé toute l'Europe en faisant du stop, elle avait insisté sur le prix dérisoire du voyage.

Quand je lui avais demandé si elle ne s'était jamais sentie en danger, toute seule, elle m'avait répondu qu'un type en Espagne avait essayé de la violer, elle avait aussi insisté sur le « essayé ».

C'était sur la route de Séville, un vieux qui avait l'air gentil, un routier ; il s'était garé sur le bas-côté et il avait vérouillé les portières de l'intérieur. Elle m'avait raconté comment elle avait laissé sortir sa bite, l'avait empoignée à pleine main pour qu'il baisse sa garde, avait sorti le cran d'arrêt qu'elle gardait toujours dans sa poche, et l'avait tranchée d'un seul coup, avant de la jeter par la vitre ouverte du camion.

Elle avait éclaté de rire quand elle m'avait raconté ça : « Tu peux pas savoir comme ça peut saigner, un geyser, comme si j'avais trouvé du pétrole ! »

Je n'ai jamais su si elle m'avait dit la vérité.

Elle voulait que je la croie

Elle s'est mise à trembler, je l'ai prise dans mes bras et je l'ai serrée contre moi aussi fort que j'ai pu, comme si je voulais la protéger d'elle-même.

Je suis arrivé trop tard.

« ... SUITE À UN ACCIDENT GRAVE DE VOYAGEUR, LE TRAFIC EST INTERROMPU SUR LA LIGNE... »

Et un matin, elle est morte.

Quand je suis allé la trouver dans la salle de jeux avant que tous les autres ne soient là, elle s'était tranché les veines. Je l'ai embrassée pour la réanimer, mais ça n'a pas marché. Le directeur de l'Institut nous a dit qu'elle s'était fait ça avec un rasoir qu'elle avait volé au coiffeur.

J'ai encore son sang sur les lèvres

— Regarde comme je suis belle maintenant !

Elle voulait mourir, à cause de ce qu'ils lui avaient fait dehors.

Elle est morte avant que je ne puisse lui parler

Les sons et les gestes me reviennent, la lumière se rallume, aussitôt la prison l'encercle. Je revois tout. J'ai entrouvert la porte du jardin des morts et je l'ai vue ; elle est allongée, le corps recouvert d'anémones qu'elle a laissées pousser sur elle.

J'ai cueilli assez de désespoir pour nous deux

Elle m'avait supplié : « Emmène-moi loin ! Emmène-moi loin des remparts ! Emmène-moi loin des hommes en noir, même si c'est pour une heure ou deux ! »

Protège-moi de ce que je veux

Je lui avais donné ma parole d'honneur que j'allais le faire. Et j'allais le faire, mais je suis arrivé trop tard.

De l'autre côté, tu n'auras plus à mentir

J'ai vu ce que la Mort lui a promis, et je n'ai pas pu lui offrir mieux.

Il n'y aura plus besoin de justice pour ce qu'on lui a fait dehors

J'ai ramassé la lame de rasoir. J'ai habité sa douleur. On aurait pu s'aimer même entre ces murs, j'aurais aimé avoir le temps de lui dire « je t'aime ».

Pourquoi tu ne voulais plus vieillir ?

Je n'aurai jamais de réponse. Je n'avais plus la force de rester loin d'elle, je voulais la rejoindre.

Dans ce rêve que j'ai refait mille fois, je n'ai pas perdu ta main

Je ne pourrai jamais plus lui rendre ce qu'elle m'a donné quand je l'ai rencontrée.

Quand ils ont emporté son corps, sur la civière, le drap blanc ne cachait pas son visage, elle avait l'air apaisée. Je me souviens, il y avait de la musique dehors, c'était le premier jour de l'année.

Et chaque année je revis sa mort comme si c'était la mienne

J'aimais la regarder vivre.

J'ai perdu trop de temps à aimer un silence

Quand elle est partie, j'ai perdu son souffle, je n'arrivais plus à respirer.

Je m'étais forcé à l'oublier, mais je n'y suis pas arrivé. Depuis qu'elle a gagné sa liberté, il ne s'est pas passé un seul jour sans que je ne pense à elle.

Le chiffre 7 ne porte pas chance quand on le retourne

Je passe devant son ancienne chambre. Le numéro 7 en métal sur la porte est toujours à l'envers ; quand il a tourné autour de son crochet, ils ne l'ont pas réparé : il forme toujours un « L ».

— Tout ce que l'on fait dans cette vie est guidé soit par l'amour, soit par la peur.

— Je n'ai plus peur.

Demain, c'est le Nouvel An

Demain, comme tous les ans, je vais faire semblant de m'enfuir.

C'était ma dernière nuit, avant qu'une autre nuit, éternelle celle-là, me rappelle à ses côtés. J'ai dit adieu à la petite fille au papillon. Elle est venue me retrouver dans ma chambre après mon dernier repas dans la salle commune. Je lui ai dit que je partais pour un long voyage. Elle ne sait encore rien sur mes vraies intentions. Je ne veux pas l'effrayer avec mes histoires de grandes personnes, mais ce sont mes yeux qui me trahissent. Elle serre un peu plus fort ma main, je la sens dans la mienne comme si tout ça n'était pas qu'un rêve. J'ai été surpris par le son de ma propre voix ; on a beau faire, les enfants comprennent tout et on ne mentira pas mieux que nos parents.

— Pourquoi tu parles comme si on n'allait jamais se revoir ?

— Tu sais, je n'ai pas besoin d'être là, je peux vivre à travers toi.

Je ne veux pas lui faire peur, mais je ne sais plus quoi dire.

J'appartiens à une génération perdue pour que la suivante soit enfin libre

— Et c'est toi qui nous libéreras tous, je l'ai vu dans mes rêves, je sais que c'est toi.

Et si ce n'est pas toi, c'est une petite fille comme toi, une enfant qui te ressemble.

— Et toi, tu jures que tu ne me quitteras jamais ?

— Quand tu penseras à moi, quand tu auras besoin de moi, je serai là. Même si tu ne me vois pas.

J'ai posé ma main gauche sur le cœur, et j'ai levé la main droite : « Je te le jure. »

Je serai l'ombre de ton ombre

— Tu as croisé les doigts, dans ton dos. Je l'ai vu.

J'ai ouvert les yeux : nous sommes seuls au monde, et je la serre toujours dans mes bras

Elle est là. Je ressens sa chaleur sur ma poitrine, et ses mains sur mes épaules me protègent de tout. Je lui parle du jardin du centre, le carré de verdure encadré jusqu'au ciel par la grande cage en métal.

— J'ai quelque chose pour toi.

Et j'ai sorti de ma manche deux graines.

— Je veux que tu plantes un arbre.

Je veux que tu choisisses quel arbre nous devons planter

Je lui montre les deux graines dans la paume de ma main. Je lui tends la première graine.

— Ça, c'est une graine de saule pleureur. Quand elle deviendra grande, cette graine donnera un arbre sous lequel tu pourras toujours venir te réfugier quand tu seras malheureuse ou quand tu auras peur de ce monde. Ses longues branches te cacheront aussi longtemps que tu voudras et tu seras invisible pour les autres, mais toi, tu pourras les voir.

Elle a observé la graine dans la paume de sa main droite. Je lui ai tendu une deuxième graine : « Ça, c'est une graine de chêne. Quand elle deviendra grande, elle sera un arbre avec des racines très fortes et très grandes. Si tu la plantes assez près du bord de ce mur, même s'il est très haut et très large, un jour le chêne poussera ses fondations et le détruira. Et toi et tous les autres pourrez vous enfuir pour être libres. »

Elle a observé la graine dans la paume de sa main gauche. J'ai demandé : « Alors... Laquelle tu choisis ? » Elle m'a regardé de ses grands yeux très sérieux. Elle n'a pas hésité une seconde, elle a choisi la graine du chêne. Je suis fier d'elle. Je sais que je n'ai plus rien à lui apprendre.

Elle ira planter la graine et le gardien ne verra rien

— Ça sera à toi de l'arroser tous les jours et de le regarder grandir. C'est ton arbre maintenant. Il est à toi. Tu dois veiller sur lui. Si tu prends bien soin de lui, un jour, il ouvrira une porte que nous pourrons tous emprunter pour partir loin d'ici. Je peux compter sur toi ?

Elle a fait oui de la tête. Je lui ai demandé de jurer. Elle a levé la main droite et elle a juré. Je me sens soudain très vide. Sur le mur de la chambre, la petite fille joue encore avec son ombre, de plus en plus petite, et je la regarde faire.

Il est bientôt l'heure

Elle l'a senti. J'ai menti. Je sais que je ne la verrai pas grandir, et elle ne me verra pas vieillir.

Le chêne, c'est pour elle, pour moi il sera trop tard

Je n'ai plus que quelques heures.

Je sens sa main sur mon cou. Elle ne veut plus parler. Un flocon de cendres tombe du plafond, tourbillonne et se pose sur mon front. Elle se penche sur moi, et derrière elle, je vois la cendre qui tombe au ralenti, c'est un paysage d'hiver. La cendre tombe, tombe, tombe. Elle recouvre tout. Mon visage et le sien et je lui murmure à l'oreille encore et encore : « Tout ira bien. »

— Tu pars où ?

— Loin.

— Tu reviendras me voir ?

Elle me regarde, elle fronce les sourcils, je l'embrasse sur le front. Je me suis forcé à sourire, car je voulais qu'elle garde cette dernière image-là de moi.

C'est l'heure du couvre-feu

Nous sommes plongés dans le noir. La petite fille m'a posé une dernière question : « Tu crois que la vie est plus belle après la mort ? »

Je lui ai répondu :

— Tu sais, pour toi, demain, c'est loin.

— C'est pour toi que je demande.

Je n'ai pas su quoi répondre

— Il faut que tu me laisses maintenant. Je dois me préparer.

Je la prends dans mes bras ; il n'y a que le vide que j'étreins.

Si tu existais vraiment, nous serions deux enfants

Et les larmes coulent le long de mes joues, je ne peux plus les contenir.

STATION 14

Je veux plus qu'un corps

J'ai cru entendre une prière dans le noir ; ce n'était pas ma voix. J'ai senti une présence : L. est encore dans ma cellule. Elle a parlé, j'en suis sûr. Je ne rêve pas. Je n'ai plus de futur, mais le passé me cherche encore : il aime enfoncer ses doigts dans mes plaies les plus secrètes.

La douleur m'a fait ouvrir les yeux

Quand je me suis réhabitué à l'obscurité, je ne suis plus en prison, je suis dans la maison de mon père, dans le grand lit à baldaquin en bois d'ébène qu'on a traîné au milieu du salon de mon enfance en rentrant de la fête ; on ne dormait pas, on ne parlait plus depuis un moment déjà, L. est contre moi. Je sens son cœur battre sous mes doigts comme un compte à rebours avant que nos deux corps ne redeviennent froids.

On ne devrait pas faire l'amour à une morte

— T'as dit quoi ?

J'ai attendu qu'elle dise quelque chose, mais elle s'est levée d'un bond en emportant les draps. Elle est debout devant moi, trop loin de ma main pour que je puisse la retenir. Elle me tourne le dos. Son ombre m'appelle. Je veux la rejoindre. Elle libère sa cheville ; son tatouage « À bientôt Tristesse » apparaît sous le voile qui glisse sur sa peau douce et froide comme le bois d'un cercueil.

Elle piétine la dépouille en soie, traverse la pièce sans un bruit, et ouvre la fenêtre en grand sur la nuit.

Elle a laissé dans son sillage le parfum familier de l'interdit

Je la perds de vue sur le balcon, quand un courant d'air glacé anime le grand rideau en velours.

— Qu'est-ce que tu fais ?

C'est toujours moi qui parle.

Elle réapparaît un instant dans la caresse du linceul éclairé par la lune, impudique et sûre d'elle ; sa silhouette très blanche que je commence à peine à apprivoiser se découpe sur l'obscurité comme un oxymore. Elle sait que je la regarde, mais quand elle se retourne, son sourire retrouve très vite l'empreinte d'une morgue mélancolique ; celle qui va bien avec ses yeux.

À cet instant précis, je n'existe plus

Elle ramasse une cigarette d'un paquet qui traîne sur le rebord du garde-fou en pierre, et l'allume. J'entends le crissement du briquet, elle inspire, elle expire. Elle se met sur la pointe des pieds, elle regarde en bas et quand elle se penche vers la rue, une épaisse fumée blanche lèche lentement le bord de ses lèvres.

Je ne sais pas ce qu'elle cherche dans le vide

Et j'ai soudain peur qu'elle tombe.

J'attrape le jean qui traîne à mes pieds. Je me suis relevé trop vite, ma vision se trouble, je dois prendre appui contre le mur. Je déplie le T-shirt noir qui gît en boule derrière l'oreiller et je l'enfile.

Je regarde l'heure et je lui dis :

— Il est déjà là ?

Elle ne se retourne pas. Elle jette le mégot, expire une dernière bouffée. Je répète ma question, mais je la perds dans un rond de fumée. Elle s'étire avec volupté, mais elle ne dit rien. Je veux savoir ; je l'attrape par le bras et je serre aussi fort que je peux.

Sa peau est glacée

Elle ne réagit toujours pas.

— T'as appelé un chauffeur ? Il est déjà en bas ?

Elle me regarde sans aucune expression, comme si je n'avais pas parlé, et elle retire ma main ; elle n'a pas laissé de marque sur sa peau.

C'est ma dernière nuit, elle le sait, mais elle fait semblant de ne pas s'en émouvoir. Elle s'éloigne de moi, elle traverse le salon ; sa démarche est une cérémonie silencieuse.

Je crie : « Pourquoi tu ne veux pas rester ? »

J'entends enfin sa voix ; elle est désincarnée comme cet instant suspendu entre deux réalités.

— J'ai juste envie de sortir. Cette nuit est encore belle. Et je ne vais pas arriver à dormir. J'ai la mâchoire qui tremble toute seule... Pas toi ?

— Non.

Je mens. Elle le sait. Elle ressent tout ce que je ressens.

Nous avions tous les deux les mêmes mauvaises habitudes

J'avale ce qui me reste de salive, j'ai au fond de la gorge un arrière-goût amer.

— T'as vu l'heure ? C'est dangereux, la BAT sera partout... Tu as entendu comme moi ce qui s'est passé...

— Je connais un chemin. Je l'ai déjà fait mille fois. BAT ou pas. (Elle sourit.) T'es pas obligé de me suivre. Tu peux rester dormir...

— On n'est pas obligé de dormir... (Elle ignore mon sous-entendu d'un haussement quasi imperceptible des épaules...) Reste ! Attends la fin du couvre-feu, et on ira où tu veux !

— J'ai envie de sortir. J'ai besoin d'air... Ici j'étouffe.

C'est la troisième heure de la nuit, et tu veux t'enfuir, tu n'es pas bien avec moi ?

— Il n'y a plus personne dehors... La Concrète Plage a été interdite...

— Je ne veux pas aller là-bas. Je n'en peux plus de cet endroit et de ces gens...

— Tu veux aller où alors ?

— Il y a toujours une fête quelque part. C'est le Nouvel An, je te rappelle.

Je sais qu'elle m'attend

J'ai déjà dit ça moi aussi, il y a longtemps, mais cette nuit, tout prend un autre sens, car rien n'est vrai.

— Après cette nuit, on ne se reverra plus jamais, tu sais...

— Je n'ai pas envie de penser, je veux danser. T'aimes pas ça toi, jouer à être libre ?

Et elle ajoute : « Puisque nous n'avons plus que quelques heures à vivre... »

Ses paroles ont sonné comme une mauvaise réplique de film, et j'ai envie de lui dire, mais j'ai peur de la blesser, car je réalise que ce n'était pas à moi qu'elle parlait, mais à elle-même.

Je donne le change :

— Ce n'est pas un jeu. Attendons la fin du couvre-feu et on ira à l'after clandestin dont m'a parlé…

— Je connais un autre endroit.

— Quel endroit ?

Ses pieds nus font crisser le plancher et je la suis dans le couloir jusqu'à la salle de bains. Je lui répète ma question, elle ne se retourne pas, elle laisse la porte ouverte. Je la regarde enfiler son soutien-gorge à l'envers, le fermer et le remettre à l'endroit d'un geste précis.

— Bon, OK, je viens.

— Tu n'es pas obligé de me suivre…

— Tu n'as pas envie que je te suive ?

— Je n'ai pas dit ça…

Elle me dévisage, les sourcils froncés. Je l'entends dire : « Tu veux vraiment venir avec moi ? »

Je veux juste être avec toi

J'ai envie de le lui dire, mais je ne le fais pas.

— J'veux pas qu'il t'arrive quelque chose là où tu vas, c'est tout…

— Ce qui devait arriver est déjà arrivé. Et tu ne sais pas où j'ai envie d'aller…

— Tu sais, toi ?

— Si tu viens, tu verras… Tu poses trop de questions.

Elle m'embrasse comme si elle me mordait. Nos dents s'entrechoquent. Je sens la caresse de sa langue contre la mienne.

Je ressens tout comme si c'était réel

Je la repousse malgré moi, et je dis : « J'ai récupéré un contact de chauffeur… Si je lui envoie un message maintenant, il sera là dans une heure… Il est cher… »

J'ai tenté ma dernière chance, sans succès

— J'ai envie de marcher.

Elle pisse comme si je n'étais pas là ; elle hausse à peine les sourcils quand mon regard croise le sien. Elle déroule du papier, s'essuie, jette le papier, tire la chasse, se relève, et elle observe sa demi-nudité dans la glace sur pied.

Moi, mon reflet a déjà disparu

Elle me regarde droit dans les yeux à travers le miroir. Elle porte les vestiges de son maquillage de Cléopâtre, un épais trait noir aux coins des yeux, et je trouve ça joli. Elle se passe de l'eau sur le visage au-dessus de la vasque en marbre, le maquillage coule, s'estompe et disparaît.

J'aime sa beauté nue de tout

Elle me sourit, toujours un peu cruelle : « Je sais que tu as peur... »

— J'ai peur de rien, je t'ai déjà dit !

— Je sais que tu mens. Je connais ce regard.

Bien sûr que je mens

— Je comprends pas pourquoi tu ne peux pas attendre une heure, on n'est plus des enfants ! Qu'est-ce que ça change une heure de plus ? Ça sera la même nuit dans une heure ! On reste un peu ici et après on sort où tu veux, OK ?

— Non.

— Je vais pas te laisser toute seule.

— Je ne serai pas seule.

Elle parlait souvent par énigmes, et je ne posais pas de questions car j'avais peur de ses réponses.

Elle, elle n'avait pas peur de me perdre

Je l'aide à remonter la fermeture éclair de sa jupe ; elle ne porte rien en dessous.

— C'est bon, j'suis prête.

— T'as rien oublié ?

— Non.

— OK... Attends-moi, je vais juste chercher un truc...

— J'ai tout ce qu'il faut !

Elle sourit et tapote son sac, et je sais ce que veut dire ce sourire.

— Non, c'est pas ça. Attends-moi, j'arrive.

Elle ne m'attend pas. Elle est sur le pas de la porte qui déjà se referme. Je me précipite vers le bureau de mon père. Je passe en revue le rayonnage de la bibliothèque et les marques de poussière laissées par les volumes disparus. J'attrape le seul livre qui reste sur l'étagère centrale.

J'ouvre le *Belle du seigneur* ; au milieu des pages arrachées, le 45 brille de tout son chrome à l'intérieur de la cachette.

Je sais qu'il est chargé

J'entends le bruit des pas de L. s'évanouir dans l'escalier de service quand je glisse l'arme à l'avant de mon jean. Le métal froid du canon me fait frissonner. Je cache la crosse sous mon T-shirt. Je laisse le livre ouvert, comme si ça pouvait me porter chance.

Je connais déjà la fin de l'histoire

— ATTENDS-MOI !

Pas de réponse, juste le silence. J'ai tracé la lettre « L » avec ma langue sur le haut de mon palais, mais aucun son ne peut en sortir.

Je n'ose pas dire son nom, comme s'il portait malheur

Je souris même si je ne sais pas ce que ce sourire veut dire ; elle est déjà loin et je cours à sa poursuite.

Dehors, il ne pleut plus, et le réveillon est terminé depuis longtemps. Les rues détrempées sont redevenues un désert sous haute surveillance ; c'est un retour amer à une réalité sombre.

Pour moi, c'est déjà la fin de l'année

Le silence n'est plus troublé que par les robots de nettoyage de la ville en train de faire leur office et les reliefs d'un hymne à la joie disparaissent déjà dans l'oubli ; l'attentat déjoué par les agents de la BAT n'a pas encore été revendiqué, mais tout le monde sait que les coupables ne seront jamais punis.

L'After est ailleurs, dit-elle

J'ai réussi à rattraper L. un peu avant le Luxembourg. On est déjà passé par ici il y a quelques heures et elle savait que ça allait mal finir, elle me l'avait dit : « Je suis un peu sorcière, j'ai des visions. » Elle tenait ça de sa grand-mère.

— Cette nouvelle année sera gothique, c'est écrit.

Je la regarde, et j'ai l'impression que c'est une parfaite inconnue.

Au fond, je ne sais presque rien d'elle

Depuis la Grande Alerte, et notre première nuit ensemble, cela faisait plusieurs semaines qu'on communiquait seulement par messages vocaux ; je les recevais à n'importe quelle heure du jour ou très tard dans la nuit. J'aimais sa voix : elle me parlait de sa jeune carrière d'actrice, elle me racontait qu'elle venait de passer un casting et qu'elle attendait une réponse pour un rôle.

Je savais qu'elle mentait, mais je faisais semblant de rien

Il y avait toujours un peu de candeur quand elle parlait de son « cinéma ». Moi qui prenais plaisir à noircir ce qui est beau, et qui préférais aimer sans le dire jusqu'à tout gâcher, j'aimais ce fragment d'innocence, et je l'enviais un peu d'avoir un rêve, un but à atteindre, quelque chose à espérer.

Elle me disait : « C'est important les expériences nouvelles quand on est acteur. Il faut se nourrir de la vie pour les rôles. Pour être une incarnation crédible de toutes les réalités humaines, surtout celles qu'on ignore. Jouer, ce n'est pas être vrai, mais ça doit y ressembler, le spectateur doit s'y méprendre. Je dois raconter ma vie et il doit avoir l'impression que je raconte la sienne.

J'ai compris : elle ne t'aime pas et elle ne t'aimera jamais

— Jouer, c'est juste une forme améliorée du mensonge… Rien d'autre.

Elle m'avait prévenu et je ne l'avais pas crue

— J'ai toujours aimé mentir, car je m'ennuie très vite.

Elle avait ajouté comme si je n'avais pas compris : « Je veux tout essayer une fois. »

— Et aimer quelqu'un, t'as déjà essayé ?

Elle avait soupiré comme si cette question n'avait pas de sens. Elle parlait surtout d'elle, elle me posait parfois des questions, mais elle écoutait rarement mes réponses. J'avais essayé de la rassurer du mieux que je pouvais, sans vraiment la connaître, sans projeter mes fantasmes sur une vie qui m'était étrangère ; j'évitais toute fausse familiarité. Je me trouvais maladroit, mais je savais que je la faisais rire, parfois sans le faire exprès, elle me le disait ; j'adorais son rire enregistré et je l'ai réécouté souvent.

Je lui ai proposé qu'on se revoie et je n'ai plus eu de réponse

Je n'ai pas voulu l'appeler de peur de rompre le charme de nos échanges.

J'ai senti se créer une nouvelle distance

J'ai envoyé quelques messages au hasard en cachant du mieux que je pouvais la déception de ne pas comprendre si tout ça comptait un peu pour elle ou non. Toujours rien.

Pas d'imprévu, ni d'imprévisible

J'ai erré toutes les nuits dans les soirées « zone C », en espérant la croiser, mais elle n'y allait plus ; la mode était passée. J'ai envoyé un dernier message, resté lui aussi sans réponse.

Après un mois de silence total, rien à faire, je pensais encore à elle.

J'étais fidèle au souvenir d'un corps pourtant redevenu irréel

Il y avait cette intuition, cette sensation, cette attente, j'ai longtemps traîné cet espoir dans la ville ; c'était devenu une religion, l'attente qu'une déesse se manifeste et me sauve de l'Ennui.

Pourtant Paris n'a jamais été une ville sainte

J'ai eu raison d'attendre : elle m'a enfin répondu.

Elle me proposait d'aller voir une rétrospective de [redacted]® dans un vieux cinéma du Quartier latin toujours intact ; elle voulait s'enfermer dans le noir, loin des gens, car comme moi, elle détestait les fêtes du Nouvel An. Elle ne s'est pas excusée pour son silence, elle voulait seulement savoir si j'étais libre le lendemain ; je l'étais.

On s'était donné rendez-vous là où j'ai regardé Notre-Dame brûler

Elle était en retard, et j'étais en avance : je l'ai vue arriver de loin au milieu de la foule.

Ce n'était pas de la Beauté, c'était la Grâce

Elle ne portait pas de filtre, mais un maquillage très blanc, et des traits noirs aux coins des yeux. La revoir dans le Réel me troublait : elle était plus belle que son portrait virtuel. J'ai attendu qu'elle me fasse un geste de la main pour aller à sa rencontre.

— Salut.

J'ai reconnu sa voix.

— Il faut qu'on se dépêche, sinon on va rater la séance !

On a marché vite, elle parlait et moi je fixais seulement sa bouche. Je ne connaissais pas son nom, je savais que ça commençait par un « L », et l'air de rien, elle avait évité tous mes pièges pour qu'elle me le dise à nouveau.

Il faisait chaud, sa robe fine collait sa peau ; toutes les filles et tous les garçons qu'on croisait la regardaient à la dérobée, et elle faisait semblant de ne pas s'en apercevoir.

On est arrivé avant le début de la projection. Elle connaissait le vieux derrière le guichet du cinéma, elle l'a pris dans ses bras quand il l'a reconnue. Lui, il m'ignorait.

Il n'y avait qu'elle et moi dans la salle

Elle a choisi de voir *Lost Highway*.

On a décidé de rester pour le revoir car on n'avait pas compris la fin de la même façon. Nos doigts se sont frôlés sur l'accoudoir que nous partagions. Et on s'est embrassé pendant toute la deuxième séance.

En partant, elle m'a pris par la main, je l'ai suivie dans la pénombre, elle m'a entraîné contre les portes closes du sas qui menait vers la sortie.

Il y avait un éclat un peu fou dans son regard quand il s'est plongé dans le mien

On est resté longtemps sous la lumière rouge à redécouvrir violemment nos corps par-dessus nos vêtements. On a éclaté de rire quand le vieux du guichet a passé la tête par la porte battante pour nous dire qu'il devait fermer.

Je lui ai demandé où elle voulait aller, elle m'a répondu : « Chez toi ! »

Dehors le soleil se couchait, j'ai pris sa main et elle l'a laissée dans la mienne. Je l'ai serrée plus fort quand nous avons traversé les rues ; c'était une grande fête, une vague de Jeunesse joyeuse avait inondé la ville, et nous étions deux petits points perdus au milieu d'un tumulte qui faisait oublier quelques heures les bruits de la violence et les odeurs de mort.

Je la tenais par la nuque, elle se laissait faire

On a zigzagué dans la foule, de plus en plus loin des battements sourds de la musique. Tout nous paraissait faux, on avait des fous rires sans rien se dire comme si on était *high* ; on l'était un peu, on partageait un trouble délicieux.

On a bu quelques gorgées de « Passe-Spleen » à la bouteille

Quand on est arrivé chez mon père, elle a tamisé la lumière, et elle a dansé pour moi dans le salon comme dans un clip de rap. On a passé la porte de ma chambre, on n'a pas eu le temps d'atterrir sur le lit, on était déjà nus. Elle m'a dit que je lui plaisais, mais qu'il ne fallait pas que je m'attache.

Elle m'a prévenu qu'elle ne pourrait pas rester, et qu'au matin elle partirait tôt

— On ne pourra plus se revoir. Jamais. Pour nous, l'amour, c'est interdit.

Là encore, je ne l'ai pas crue donc je ne lui ai pas demandé pourquoi.

— FAIS ATTENTION !

L. me plaque contre les grilles du Luxembourg. Je reprends brutalement conscience de l'instant et du danger. Des gouttes de pluie coulent sur ma nuque et se fraient un chemin le long de mon dos.

— T'es là ?

Elle me désigne une caméra de surveillance qui va et vient en silence au-dessus de nos têtes, entre les pointes acérées. Dans l'angle mort, elle me chuchote à l'oreille : « T'es toujours un peu ailleurs toi, c'est fou... J'adore ! Mon petit zombie, tu sais qu'ils ont le droit de tirer s'ils nous trouvent ici ? »

Je sais et je n'étais pas ailleurs, je te regardais

Nous reprenons notre marche silencieuse. Nous évitons les faisceaux des miradors, qui balaient sans relâche les façades des immeubles alentour, recouverts des cicatrices laissées par les explosions passées.

Nous sommes arrivés près des quais de la Seine, et elle n'a pas ralenti son allure.

— Tu veux faire quoi ?

— On va longer le Mur.

— On ne pourra jamais traverser la zone Phoenix.

Là-bas, les grues géantes se hérissent au-dessus du mur d'enceinte dans un horizon sans nuages. Un sarcophage immense apparaît sous nos yeux ; il recouvre les ruines de Notre-Dame et projette l'image d'une cathédrale plus belle que la version originelle.

Si réelle qu'on voit bien que tout est faux

Là où se trouvait la nef, la croix holographique composée des noms des donateurs du monde entier plonge le cœur de Paris dans une blancheur cadavérique.

— Allez dépêche-toi !

Je n'aime pas être là, j'ai l'impression de profaner une tombe

L. ne semble pas s'en émouvoir, elle marche de plus en plus vite. Quand je lui demande comment elle compte faire pour passer les checkpoints du pont Marie, elle se contente de sourire.

Être dehors pendant le couvre-feu, c'était son truc

Elle aimait prendre des risques. Elle n'avait pas peur de la police, ni de l'armée, ni des agents de la BAT comme si l'interdit et la mort étaient des abstractions.

Pour elle, c'était un jeu de plus

Elle était une enfant qui a besoin d'une preuve de l'Impossible pour renoncer à un jouet. J'aimais ça. Elle me fascinait. Elle me donnait l'impression de vivre plus fort que moi.

— T'as vu comme c'est beau ?

— Tu trouves ça beau ?

— On dirait un vaisseau spatial qui s'est écrasé sur Terre. Un jour, qui sait, il repartira.

— Tu ne penses pas à tous les gens qui sont morts ici ? Je trouve que ça sent encore l'accident...

Tu vois, c'est comme ça que j'aime : quand c'est assez beau et très cruel

— Attends, ne reste pas là, ils vont nous voir.

L'île de la Cité était sécurisée : des soldats en faction dans les checkpoints entourés de sacs de sable attendaient un ennemi invisible, les batteries de missiles antiaériens pointés vers le ciel.

— On ne pourra pas passer... Ils vont nous contrôler...

L. connaissait un passage pour aller de l'autre côté du mur d'enceinte et traverser la Seine sans être vu. On a longé le rempart recouvert de croix gammées et de formules contradictoires. Je les ai lues à voix haute, en passant, comme si je récitais un poème : « BRÛLONS LES VIEUX, LES VIEILLES, FAUT BIEN QU'UN JOUR ILS PAYENT », « LE MONDE EST À NOUS », « L'ALGORITHME NE VEUT PAS TON BIEN », « TU ES UN RAT PARMI LES RATS », « MILICE = HAINE », « LE MINISTÈRE ASSASSINE », « ON A ASSEZ TRAVAILLÉ PENDANT L'ESCLAVAGE », « LA LIBERTÉ MÈNE À LA VIOLENCE ET À LA DÉCADENCE », « AVEZ-VOUS ENTENDU PARLER DE L'HACIENDA ? », « QUAND VOUS DORMEZ, LA MILICE VEILLE ».

— Tais-toi. Ils sont tout près. Il ne faut plus faire de bruit.

On a accéléré le pas, c'était dangereux ; des miliciens rôdaient toujours aux abords de la zone sécurisée, et eux aussi, ils avaient des armes. Le ministère du Vivre-ensemble ferme les yeux, les soldats ont des ordres.

Leur point de ralliement est le grand monument aux morts où sont inscrits les noms de toutes les victimes. Ils ont juré de le veiller jusqu'à la fin de la Trêve ; ils sont faciles à reconnaître, leurs tenues d'un blanc immaculé tranchent avec la nuit, filles et garçons ont le crâne rasé, et ils se sont tatoué une grande croix à l'envers dans le creux du cou ; elles dépassent de leurs chemises boutonnées jusqu'au col. Ils sont assis par terre par petits groupes : certains montent la garde autour de braseros, mais la plupart sont endormis les uns contre les autres, à même le sol.

On dirait des enfants qui jouent à la guerre

J'enjambe un corps. Je remarque une fille qui suce son pouce dans son sommeil. En la voyant, je me dis : la vie t'apprend à vivre seulement si tu vis assez longtemps.

C'est un truc que L. aurait pu dire

Elle m'avait aussi conseillé de lire *Le Suicide*, et elle avait ajouté :

— Toi qui cherches une bonne raison de mourir... Tu te sentiras moins seul...

— Suicide, un des rares mots que je connaisse sans synonyme...

Elle a levé les yeux au ciel :

— Tu en parles beaucoup. Tu en parles trop. T'es nihiliste ?

— Je ne sais pas ce que je suis. Les nihilistes vivants sont des hypocrites. Les seuls nihilistes respectables se sont déjà suicidés ; idéalement, dès qu'ils ont appris à marcher, ou à courir. Vers la première fenêtre ouverte. Je veux dire, dans la vie, si tu meurs vieux et rempli, c'est que tu as été lâche et que tu as trahi ton idéal, tu ne crois pas ?

— Personne ne mérite de mourir. Tout le monde mérite d'aimer. (Elle sourit.) Ou de baiser... au moins une fois de temps en temps, tu ne crois pas ?

— Euh... ouais... Moi, je trouve que l'amour et la mort sont liés comme les revers d'une même médaille. La mort c'est l'absence de vie et l'amour c'est l'absence de mort. Quand on le ressent, on croit que c'est éternel jusqu'à ce qu'on en meure...

— Bla, bla-bla... Donc pour toi, « la vie, c'est la mort », c'est ça ?

— Oui.

— Alors pourquoi t'es toujours vivant ?

— À cause de toi. Rien d'autre.

Elle ne se laisse pas attendrir : « Je ne te crois pas. Tu prends des poses. Tu te complais dans ton pessimisme, car c'est l'excuse que tu as trouvée pour ne rien faire. Ce n'est pas de la protection, c'est de la paresse. Tu aimes bien jouer un rôle toi aussi... Pour qu'on s'apitoie sur ton sort. »

Tu n'es pas si blasée

Elle a raison.

Si j'avais répondu que seul l'espoir du grand amour était une raison valable, elle ne m'aurait pas cru, et au fond je n'y croyais plus non plus : j'ai lu trop de livres, j'ai vu trop de films, j'ai connu trop d'icônes factices, l'amour c'est une invention de plus ; et je ne supporte plus les mensonges.

J'aime sa présence et c'est tout

— Il y a quand même des choses intéressantes à vivre...

Je reste dans mon rôle :

— Oui, j'imagine qu'on cherche tous des diversions, l'illusion d'aimer quelqu'un plus que sa propre vie, le sexe, la violence des sentiments bons ou mauvais, la satisfaction d'une ambition, d'une possession, l'échec, l'expérience de la mort de ceux qu'on aime, et survivre à ses pires peurs. Tout ça, ce sont des leurres. Moi, je ne me souviens plus comment j'ai fait pour tenir aussi longtemps. Plus je vieillis, plus je perds la mémoire. Quand je pense à ma vie d'avant, j'ai l'impression que tout s'est déjà effacé, et que rien n'a compté. Alors je me demande pourquoi je continue...

— Peut-être parce que tu ne sais rien faire d'autre... Tu parles comme un vieux. Tu as quel âge déjà ?

— J'ai trente-trois ans, mais ce n'est pas l'âge qui compte. Je crois que j'ai raté mon époque. Je suis arrivé trop tôt... Ou trop tard...

— À quelle époque aurais-tu aimé vivre ?

— N'importe laquelle sauf celle-ci. À choisir : il y a très longtemps. Quand on était vraiment des bêtes, pas des hypocrites.

— Si avant c'était si parfait, alors dis-moi pourquoi tout est devenu pire ? Regarde autour de toi ce que les vieux des vieux des vieux ont fait jusqu'à toi... Tu m'as dit que tu ne voulais jamais devenir comme eux, mais pour qui est-ce que tu te prends ? Tu es juste un homme, tu es comme eux, tu ne vaux pas mieux, tu ne feras pas mieux. Ni ta vie ni ta mort ne pourront changer quelque chose.

— Je ne sortirai pas de ma prison.

— Alors qu'est-ce que tu vas faire ?

— Tu le sais, je te l'ai dit. Je veux juste faire quelque chose de bien avant de partir.

J'ai fait une promesse à quelqu'un

Je ne dois pas laisser l'émotion me faire douter. Bientôt, je me chercherai des excuses. À moi et aux autres.

— L'espoir, c'est une nuit comme les autres. Une nuit qui ne dure pas.

Je l'ai entendue murmurer : « Moi aussi, j'ai toujours préféré le crépuscule à l'aube. »

Elle m'avait déjà dit qu'elle ne croyait pas en Dieu, et qu'elle n'avait pas peur de mourir

— Tu penses qu'il y a quoi après ?

— Tu vivras dans les histoires déformées de ceux qui t'ont connu, toujours plus belles ou toujours plus laides que la réalité, et puis ils mourront à leur tour et personne ne saura que tu as vécu.

J'étais d'accord avec elle.

— Je vais le faire.

— Je sais. Je suis fière de toi.

C'était la première fois de ma vie que je pouvais plaire à une femme, quand je lui parlais de la Mort. Sans mentir sur qui j'étais vraiment, sans prétendre être quelqu'un d'autre, sans essayer de lui faire croire que j'ai confiance en l'avenir et assez d'insouciance pour deux, ou que je suis joyeux, même si je ne le suis pas.

Avec moi, tu ne vas pas mourir de rire

J'avais l'impression qu'elle aimait ma folie, et qu'elle la comprenait, même si je ne voulais pas qu'elle la partage. Je voulais la protéger de mon mal.

Et du Mal

Je l'ai mise en garde une dernière fois : « On ne passera jamais le checkpoint... Ils vont tirer. »

— Crois-moi, on ne risque plus rien à cette heure. Si tu obéis et si tu fais exactement ce que je te dis de faire, il ne pourra rien nous arriver. Attends-moi là, je vais passer devant, quand je te fais signe, tu cours et tu me rejoins. Regarde bien par où je vais passer. OK ? Je t'attends de l'autre côté.

Je sais que rien de beau ne m'attendra plus

La lune était si près de nous que tout est devenu blanc. Depuis la Terre, on s'est toujours demandé : « À quoi sert-elle ? » On a longtemps pensé que c'était une déesse qui nous indiquait la Nuit, mais la lune est le reflet de la terre avec un peu d'avance ; c'est notre futur.

Nous savons tous qu'il n'y aura pas de fin heureuse

Elle m'a montré le chemin. J'ai couru quand elle m'a dit de courir, je l'ai suivie dans le noir.

On a traversé la Seine par un tunnel dont elle seule connaissait l'existence, et après le souterrain, on a repris notre route à l'air libre.

Quand j'ai rouvert les yeux, on était déjà sur l'autre rive

— Qu'est-ce qu'on fait maintenant ?

Elle s'est arrêtée devant l'église Saint-Paul.

— Les portes sont ouvertes.

Je la retiens par l'épaule quand je comprends ce qu'elle s'apprête à faire.

— Tu veux rentrer dans une église en plein couvre-feu ?

Je ne voulais pas aller à l'intérieur, la BAT venait d'augmenter les primes pour dénoncer. Quelqu'un aurait pu nous voir, et nous signaler.

J'ai essayé de la retenir, mais elle m'a soufflé un baiser de la main avant d'être happée par l'obscurité.

Je ne vois pas de sentinelle dans la rue déserte, il n'y a pas de lumière aux fenêtres des immeubles alentour, j'imagine les snipers monter la garde au pied du mirador de l'hôtel de Ville tout proche ; ça ne dure qu'une fraction de seconde ; et je suis déjà à l'intérieur.

Je murmure : « Qu'est-ce qu'on fait là ? »

— Ça a l'air abandonné. Je me demande qui a allumé toutes ces bougies...

Elle marche vite dans la grande allée, et j'ai du mal à la suivre.

On traverse la nef.

Sur la grande croix derrière l'autel, j'ai l'impression que le Christ me suit du regard. Son corps ne tient plus que par une main, il pend dans le vide et le crucifix ressemble à une grande béquille. Mes yeux glissent sur sa peau blanche, je vois les gouttes de sueur, les larmes, la chair déjà morte et pourrissante ; on dirait qu'elle est vraie.

Moi aussi, je serai bientôt un cadavre

Je trébuche sur la dalle de marbre disjointe et je tombe.

— Tu es dans la mauvaise direction pour te mettre à genoux ! Viens !

Je me relève. Je n'aime pas être ici. Je ne me sens pas bien, je suis pris d'un vertige. Je force L. à s'arrêter pour ne pas perdre sa main. Quand elle m'embrasse, je ferme les yeux pour que l'Autre ne me regarde plus. Elle s'assied au premier rang, sur le seul banc debout, qui l'accueille en craquant, je la regarde faire.

Elle n'est plus avec moi

Son regard est devenu l'incarnation fragile d'une mélancolie presque sainte, une constellation d'émotions enfouies profondément en elle, qu'elle ne partagerait avec personne, et dont la seule preuve tangible était ce sourire rendu muet, quand le désespoir a déjà saccagé tout ce qui restait de facile, de beau et de tendre ; une tristesse maudite dans ses beaux yeux éteints par le vide.

J'aurais voulu souffler sur son cœur en larmes pour qu'il sèche

Je la regarde fixer une réalité interdite que je ne saurais imaginer.

J'ai l'impression d'assister aux funérailles d'une inconnue

J'aimerais voir ce qu'elle voit. Et la sortir de son cauchemar.

Je suis arrivé trop tard

Elle se relève enfin : « Allez, suis-moi. »

— Où ça ?

— Au fond... Tout au fond...

Elle me désigne une chapelle loin derrière l'autel.

— Pourquoi on est venu ici ? Tu veux prier ? J'croyais que tu ne croyais en rien !

Elle s'est arrêtée devant le confessionnal. Elle ne voulait pas prier, elle voulait qu'on se confesse.

Elle voulait savoir qui je suis et à qui je mens

— Suis-moi, de quoi t'as peur ?

— Je n'ai pas peur, je comprends pas pourquoi tu veux t'enfermer ici, c'est tout... Tu ne voulais pas danser ?

— On va danser après. Tu t'es déjà confessé ?

— J'ai pas envie de jouer à ça.

— On ne va pas jouer qu'à « ça »...

Elle l'a dit comme une promesse. Elle attrape ma main et elle me traîne jusqu'à un grand placard en bois sombre : il n'a pas servi depuis longtemps. Elle écarte le rideau en velours pourpre recouvert de poussière.

— Tu veux que je rentre là-dedans ?

Elle me pousse à l'intérieur. Le confessionnal est étroit et obscur. Elle me force à me mettre à genoux sur le petit banc en velours dans le compartiment à droite. Elle referme le rideau et elle prend la place du prêtre. Je regarde son visage à travers la grille ; ses joues pâles sont recouvertes de centaines de taches d'ombres survivantes aux lueurs des bougies. Elle renifle et elle dit : « Ça me rappelle le pensionnat, la même odeur de vieux... »

— T'es croyante ?

— Non. Mais je suis allée au catéchisme quand j'étais petite.

— C'est toi qui voulais y aller ou tes parents t'obligeaient ?

— Mes parents s'en foutaient, mais c'était obligatoire dans mon collège, alors j'y allais. Mais j'ai toujours eu un truc avec les églises. La première fois que j'ai sucé un mec, c'était juste ici... (Elle désigne ma place. Elle éclate de rire, pas moi.) Je rigole ! T'arrives jamais à te détendre ?

Je ne dis rien.

— Dieu, j'y croyais fort quand j'étais petite. Maintenant, c'est terminé.

— Pourquoi ?

— Parce que j'ai mis des fleurs sur l'autel pour Dieu quand ça allait mal, et il n'est jamais venu me chercher.

— Qu'est-ce que tu voulais fuir... chut ! Tais-toi ! J'ai entendu un bruit !

— Mais non, c'est dans ta tête, il n'y a que nous. Bon. On joue ?

Elle fixe les règles : on doit dire la vérité, rien que la vérité.

— Ah ouais ? Sinon ?

— Sinon tu iras en enfer...

— Peut-être qu'on y est déjà.

Elle ignore ma remarque d'un hochement d'épaules.

— Bon, alors c'est chacun à son tour, on doit répondre à une question. Je commence. Si tu étais un des sept péchés capitaux, tu serais lequel ?

— Tu les connais ?

Elle les récite par cœur.

— Pourquoi tu veux savoir ça ?

— Je te l'ai dit. Je veux savoir quel genre d'homme tu es.

— La luxure peut-être...

— Ça ne m'étonne pas... (Elle me sourit, et cette fois c'est sincère...) À toi, pose-moi une question...

— Tu vas vraiment me dire la vérité ?

Elle hoche la tête.

— T'as déjà été amoureuse ?

— (Silence...) J'sais pas... Pourquoi tu ne commences pas par des questions simples ? J'sais pas : « T'as bonne mine, t'as pris le soleil ? — Ouais, je suis allée à une soirée "Été meurtrier" au solarium des Bains », tu vois, ce genre-là ? Faut toujours que tu compliques tout !

— Je sais pas, c'est toi qui me parles de l'enfer...

J'ai cette voix dans ma tête qui veut savoir : est-ce que tu désobéirais à la loi pour moi ? Est-ce que tu pourrais mentir à la police ? Ou devant un tribunal ? Est-ce que tu donnerais mon nom sous la torture ? Est-ce que tu prendrais une balle dans la peau à ma place ?

Elle se retourne et me regarde sans aucune expression.

— Pourquoi tu ne dis plus rien ?

Tu m'entends ? Est-ce que tu t'interposerais devant le souffle d'une bombe ou devant les balles d'un terroriste ? Est-ce que tu renierais ta famille ? Ta religion ? Tes croyances ?

Elle hausse les épaules et cherche longtemps quelque chose dans son sac. Elle en sort une petite bible, la couverture est un dessin enfantin, elle l'ouvre, et à la place des pages est caché un sachet dont je devine le contenu. Son visage disparaît, elle renifle longtemps, et il réapparaît.

Je parle parce que je n'aime pas ce silence-là

— Ça sert à quoi d'être ici ?

— Je sais pas, c'est amusant, parce que c'est interdit. C'est juste un jeu…

— C'est dangereux.

— Tu as vraiment peur alors ? Tu as peur de quoi au juste ? Si j'ai bien compris, dans quelques heures, tu seras mort…

J'avais peur pour elle, pas pour moi

— Je veux seulement savoir pourquoi on fait ça maintenant ?

— Il faut toujours que tu trouves une raison pour tout ?

— Pour toi, rien n'a de sens.

— Tu sais que c'est faux, tout a un sens.

— Ah oui, tout a un sens sauf l'amour.

— Tu penses vraiment que tu sais ce qu'est l'amour ?

— Ouais, l'amour c'est toi.

— Non, tu confonds avec ça...

Elle se lève de son siège, et soulève son t-shirt. Je contemple la perfection de ses seins blanc, le piercing doré autour de son téton gauche, comme un écrin froid à la douceur pure de ses formes.

Je sais qu'ils tiennent dans mes mains

Je me force à la regarder dans les yeux. Je prends une voix détachée : « Je les ai déjà vus. »

— Et tu ne vas plus jamais les revoir.

Elle plaque son sein contre la grille, le téton dépasse.

— Maintenant, lèche !

Je la regarde, interdit. Je bredouille quelque chose d'inintelligible.

— Lèche. Je sais que c'est ce que tu veux. Allez, lèche !

L'attraction est trop forte et j'obéis, je lèche tout, j'aspire, téton et piercing, le froid et le chaud, la douceur de la peau et la dureté du métal. Avec la pointe de ma langue, avec ma bouche, avec mes dents. Elle soupire. J'ai envie de la toucher. De la prendre dans mes bras, la grille qui nous sépare excite le désir. J'y glisse mes doigts. Elle se dérobe. Elle se rassoit, et remet de l'ordre dans sa tenue comme si de rien n'était.

— Bon, on continue à jouer ?

Mon sang bat dans mes tempes en écho avec ma respiration quand je reprends mon souffle. Je le sens. Et elle aussi. L. s'en fout, elle se moque de moi : « Ça va ? »

— Pourquoi on est là ? Pour une fille qui ne croit pas, je suis sûr que tu es déjà venue souvent...

— Je ne suis plus croyante, mais j'aime bien venir ici. Quand on est ici, j'ai l'impression que ce silence peut faire disparaître une guerre… Tu ne trouves pas ?

— Je me suis jamais senti très à l'aise dans le silence total… Quand c'est trop calme, on s'attend toujours à ce qu'il se passe quelque chose.

Silence, conspiration, silence

— Bon. Alors, c'est à ton tour de jouer… Pose une question simple.

— OK, si c'est ça que tu veux, des questions sans intérêt… Tu as beaucoup voyagé avant, tu m'as dit. Quelle est ta ville préférée au monde ? Un endroit pour s'enfuir ?

Elle hoche la tête. Elle répond avec sa voix nonchalante de jeune fille déprimée épelant chaque lettre : « PARIS, Paris, la grande poubelle qui sent la pisse ! »

Je sais qu'elle joue, je vois qu'elle ment, je commence à connaître cette grimace.

Demain Paris n'existera plus, il y aura des incendies, un par jour pendant mille ans

Je dis : « T'es née à Paris, mais est-ce que tu penses que tu vas mourir ici ? »

Rien n'est éternel, chaque empire a connu la chute

— Non, je te l'ai dit, je partirai… Néo-Séoul, n'importe où… Tant que c'est ailleurs…

— Paris, c'est pas assez grand, pour toi ?

— Paris, c'est tout petit… Rester ici, c'est… déjà mourir un peu… il n'y a rien qui me retient en fait… (Silence…) Je veux dire… (Silence…)

Elle vient de réaliser qu'elle m'a blessé.

Elle se lève, et entre dans mon compartiment. Elle s'assied sur mes genoux, je sens le poids de son corps, je sens ses cuisses sur les miennes, j'ai le nez dans les boucles de ses cheveux noirs, dont j'ai effacé le souvenir de la couleur.

Elle me chevauche, nos fronts se touchent presque. J'essaie de saisir ses seins, elle retient mes doigts.

— Je vais faire ta première communion.

Elle tient quelque chose dans la main, je ne le vois pas, mais je le devine. Elle porte les doigts à ses lèvres. Nos fronts se touchent cette fois.

— Ouvre la bouche et ferme les yeux.

J'obéis. Elle m'embrasse, et je sens sa langue qui pousse quelque chose d'amer à l'intérieur de ma bouche.

— C'est quoi ?

— Tu l'as dans la bouche ? C'est bien. Avale.

J'obéis à nouveau. Le goût est horrible, mais je ne dis rien.

— Amen. T'as avalé ?

— Ouais.

— Quelle heure est-il ? OK. C'est bien. On a trente minutes. Tic, tac, tic, tac…

— On va où ?

— Je ne sais pas. Mais maintenant, le temps nous est compté.

Elle me glisse dans la main un petit paquet emballé.

— Celui-là tu le gardes pour plus tard, OK ? Ne prends pas tout d'un coup. Je ne veux pas que tu meures trop vite.

— Pourquoi tu dis ça ?

Elle sourit.

— Je te connais.

— Mais d'où tu sors toi ?

— Je te l'ai dit. Je n'existe pas si tu ne me regardes pas. J'occupe seulement le néant de nos deux existences. Je joue un rôle. Je suis une actrice.

— Et avec moi aussi tu joues ?

— Peut-être. T'en penses quoi ? Tu ne sais pas ? Tu ne sais pas qui je suis vraiment ? Regarde-moi… Tu es en train de rêver non ? Je n'ai pas besoin de toi, j'ai juste besoin d'un miroir.

Je la serre contre moi. Son corps se laisse faire, mais elle reste inanimée comme une poupée molle.

Nous sommes tous les deux fous, n'oublie pas

C'est comme ça qu'on s'est reconnu.

Il y a cette voix qui me répète : « Je suis dans ta tête, je n'existe pas, tu m'as inventée ! Et si tu meurs, je meurs. Rien de ce qui arrive ici, n'arrive vraiment. »

Ce n'est plus qu'une question de temps

Sa tête se balance de droite à gauche. Elle sait que ses paroles me blessent. Elle ne connaît rien à l'angoisse qui entre dans le corps comme une lame. Ni de ma peur de l'avenir qui dévore l'âme, qui me brûle la peau.

Hier encore j'avais le contrôle

J'ai entendu un bruit. Je pose ma main sur sa bouche, je tends l'oreille et elle me mord jusqu'à ce que la douleur m'oblige à la retirer.

— Il n'y a personne. T'es parano ! Bon, allez viens, on va danser !

— Est-ce que tu m'aimes ?

Elle me regarde, et puis elle éclate de rire.

— Qu'est-ce que ça changerait maintenant ? C'est trop tard pour nous.

Elle veut me toucher la joue, et j'évite sa main.

— Fais pas cette tête, qu'est-ce qu'il y a ? Tu es le seul homme qui m'ait jamais fait l'amour. C'est déjà pas mal, non ? Qu'est-ce que tu veux de plus ?

— Allez, ne mens pas, je veux savoir... Après, on va danser...

— Je te dirai ça dans vingt-sept minutes. Tic, toc, tic, toc...

— Je veux savoir... Avant que tu me mentes. On aime n'importe quoi quand on prend leurs pilules, ça ne compte...

Je ne termine pas ma phrase, car elle ferme les yeux, elle redevient sérieuse, et cette gravité soudaine m'inquiète.

— J'ai l'impression que quelque chose est possible, oui. Mais la violence de ton regard parfois... J'ai l'impression que rien ne peut t'arrêter... J'sais pas... Tes histoires de Paris en flammes... Tu y crois vraiment... Je crois que ça me fait peur.

— Tu ne ressens pas un truc fort ? Tu n'arrives pas à savoir ce que c'est... Quelque chose qui commence à compter ?

— J'sais pas. Si je ne sais pas si j'ai déjà été amoureuse, ça veut dire que je ne l'ai jamais été...

— Je m'en fous des autres, mais toi c'est différent. Je l'ai su quand je t'ai vue. C'est comme si, sur moi, d'un seul coup, t'avais du pouvoir. Si je peux le ressentir, tu devrais le ressentir aussi...

— Je suis une personne, pas un caprice.

— Tu peux me dire non... Je veux l'entendre de ta bouche. Ici. Maintenant.

— T'es lou

BOOOOOUM !

On a sursauté tous les deux ; cette fois, je n'ai pas rêvé, et elle l'a entendu aussi : c'est le bruit d'un objet lourd qui vient de taper de tout son poids contre la dalle en marbre de la nef; les ondes vibrantes se propagent quelques fractions de seconde dans toute l'immensité de l'église.

L. me regarde, la bouche entrouverte, les yeux grands ouverts.

Je la maintiens contre moi pour l'empêcher de se lever. Je sors mon arme. Elle retient mon poignet, je me dégage. Elle m'implore de ne rien faire. Je ressens sa peur.

Et j'ai peur aussi mais je ne le montre pas

Je vois une ombre surgir contre les piliers. L'Apparition marche le long de la travée. Je ne peux pas voir son visage, car elle porte un masque blanc sans forme, avec seulement deux trous noirs pour les yeux.

J'enlève la sécurité de l'arme, j'étouffe le bruit de la balle qui entre dans le mécanisme sous mon t-shirt. L. dit tout bas : « Non ! Ne fais pas ça ! »

Je lui dis de rester assise. Je fais un pas hors du confessionnal.

Je peux tuer pour toi

Je lève l'arme dans la direction de l'ombre. L. m'attrape par le bras, je la repousse. Je vise. Je serre un peu plus fort la crosse. Je sens la détente inerte sous mon doigt, elle ne tient qu'à un fil.

J'ai compté : une confession et deux profanations

Les secondes passent lentement. Je sens le poids de l'arme, mon bras tremble un peu. Je suis à nouveau pris d'un vertige. Je ne sens plus la présence de L., mais je n'ose pas me retourner.

L'attente est devenue froide.

Un bruit sinistre. La grande porte en bois rouge vient de se refermer. Nous sommes seuls. J'essaie d'oublier ce mauvais présage, mais il y a cette brume qui se propage sur le sol avec l'immobile lenteur d'un continent qui dérive.

Je sais qu'elle finira tôt ou tard par nous envelopper

J'ai dit :

— Allons-nous-en !

— Pour aller où ? Tu sais bien qu'il n'y a nulle part où aller. C'est trop tard.

— Je croyais que tu savais...

Tu mentais depuis le début, n'est-ce pas ?

On a attendu qu'il n'y ait plus un seul bruit, avant de partir à notre tour.

Quand le jour s'est levé, elle avait bel et bien disparu. J'ai cru l'entendre murmurer : « Je t'attendrai de l'autre côté, je traverserai cette nuit pour te retrouver. »

— Reste avec moi ici. On sera bien, à l'abri du monde. Je peux inventer quelque chose de beau, un paysage rien que pour nous, je peux le dessiner sur ces murs. Ça sera une île où il n'y aura que toi et moi.

— Tu sais bien que c'est impossible.

Je lui ai demandé pourquoi.

— Parce que ce qu'on vit, c'est pas la vraie vie.

— Ah ouais ? C'est quoi alors ?

— Des grandes vacances.

À l'oreille, je lui ai murmuré : « Pour rien au monde j'ai envie d'être ailleurs qu'avec toi. »

Nos pas s'effacent déjà derrière nous; la ville au loin est en feu, mais nous avons réussi à nous enfuir vers cette île déserte où tout sera beau.

Elle m'a répondu: « Je ne suis qu'un rêve, tu comprends ? Je n'existe pas. »

Bien sûr que j'ai tout inventé; cette nuit imaginaire où j'ai cru aimer. Et le reste.

Il a suffi d'un fil sur lequel marcher un peu

— Mais c'est ça vivre, non ?

Plus de réponse. L. a disparu, je ne l'ai jamais revue.

J'ai retrouvé mon cauchemar intime

J'aurais pu nous sauver tous les deux, mais c'était plus fort que moi, j'ai regardé en arrière, Paris et les flammes.

Le lendemain, quand le jour s'est levé, j'ai gardé cette sensation de serrement bizarre qu'on a au réveil quand on meurt dans un rêve.

O

Ce matin, les gardiens sont venus me chercher, ils m'escortent dans les couloirs du labyrinthe ; je sais où ils m'emmènent ; c'est un passage que j'ai appris par cœur, je peux le faire les yeux fermés.

J'ai l'air endormi, mais je ne le suis pas

Le gardien qui m'accompagne est très jeune, il a le visage recouvert d'acné.

Je vois des cicatrices profondes, qui ne partiront plus

Il sent que je l'observe ; il regarde timidement ses pieds. Et je suis soudain très triste pour lui.

La fausse salle d'attente ressemble à celle que j'ai connue enfant, sauf qu'il y a des barreaux aux fenêtres, et qu'il n'y a pas de magazine sur la table basse. La traîne argentée d'un avion de guerre dans le ciel traverse l'horizon en quelques secondes jusqu'à ce que le bleu l'engloutisse. J'aurais aimé être aux commandes de l'appareil ou ailleurs, caché quelque part dans la soute, près des bombes.

La ligne blanche dans le ciel s'estompe

Je pense à la ligne que j'ai tracée sur mon poignet, caché sous le bandage.

Encore raté.

Moi non plus, je ne laisserai pas de traces

Je chasse cette pensée de ma tête, en me perdant dans la brume sur la mer d'un paysage orange de Turner, une reproduction bon marché fixée au mur par des épingles à même le papier, et juste à côté, sur une vieille affiche, il est écrit : « Le suicide est la deuxième cause de mortalité chez les jeunes après les accidents de voiture » ; les seuls éléments non neutres de la pièce avec l'écran allumé.

Étrangement, je souris

Le psychiatre apparaît dans l'encadrement de la porte.

— Bonjour monsieur.

Je hoche la tête en retour.

— Entrez, monsieur, entrez !

L'esprit toujours immergé dans le vent sans fin du Turner, j'entre dans un cliquetis de chaînes. Quand je croise mon reflet instantané dans la porte vitrée sécurisée, je ne me reconnais pas : j'ai des cernes très noirs autour des yeux, j'ai maigri, mes joues sont creuses et j'ai des rides profondes sur le front.

Je suis presque surpris d'avoir vieilli.

— Comment vous sentez-vous ?

— B-bien.

— Vous pouvez tout me dire.

— Je vais bien. Et vous, ça va ?

— Toujours envie de vous enfuir ?

Je réponds oui. Et comme une leçon bien apprise, j'ajoute :

— Mais je sais que maintenant je dois me conduire comme un adulte. Et accepter mon sort.

— Vous savez pourquoi vous êtes ici ce matin ? On vous a expliqué ?

— Je vais être encore puni, c'est ça ?

— Non. La loi nous impose de faire passer les tests de routine pour que nous donnions notre feu vert pour déterminer si... (Il se racle la gorge...) pour... enfin... pour... pour être sûr que vous êtes apte à retourner avec les autres.

Il parcourt rapidement une feuille sur son bureau, puis son regard se pose à nouveau sur moi, souriant, sincère.

— Vous savez, vous êtes un cas « particulier ». Vous nous avez fait très peur. Personne ne sait comment vous avez réussi à sortir... Tout le monde vous apprécie ici. Il ne faut plus vous faire du mal comme ça. Le monde extérieur est dangereux pour vous, vous le savez, n'est-ce pas ? Qu'est-ce qui vous a pris de vouloir aller dehors ?

— La vie, c'est comme le vélo, on n'oublie jamais vraiment comment en faire.

Le psychiatre fait semblant de ne pas m'entendre. Il me demande s'il peut enregistrer la séance en vidéo. Il me fait signer un papier, j'obéis.

— Je vous trouve très calme aujourd'hui. C'est bien.

Il regarde les résultats de mes analyses, mon taux normal d'adrénaline, et tous les autres chiffres, car pour lui je ne suis qu'une addition.

— Je ne suis pas malade.

— Vous êtes malade. Le monde du dehors vous a fait du mal, et il peut vous en refaire. Ici, vous êtes en sécurité. Avec nous.

— Je suis lucide. Je veux sortir dehors. Laissez-moi juste aller voir le jardin de mon enfance.

Je veux revoir mon saule pleureur, je sais qu'il m'attend

Je sais que rien ne pourra émouvoir le médecin, pas même mes larmes. Il me fait encore passer le test de Rorschach pour la forme. Il me présente les dix planches, l'une après l'autre, je les trouve belles : les sept premières sont blanc ivoire avec un peu de rouge persan, et les autres, vert émeraude, bleu céruléum, violet de cobalt.

Je reconnais les couleurs. Je les récite.

— Ce n'est pas ce que je vous ai demandé, concentrez-vous. Que voyez-vous maintenant ?

Je vois notre futur

Il ne veut pas que je lui parle des couleurs ni de la lumière qui meurt quand le noir s'en nourrit, il veut savoir si je vois des choses, si mon imagination malade trahira une folie qui n'est pas encore décrite dans le paquet de feuilles sur son bureau.

Je regarde à nouveau ; le langage intérieur des couleurs coagule. J'ai envie de rire. Je réponds n'importe quoi, des trucs drôles, je veux lui prouver qu'il a tort, mais j'ai tellement joué à ce jeu que c'est dur d'inventer de nouvelles horreurs.

Plus je suis fou plus il m'aime

Il note tout. À la virgule près, il me ferait presque répéter.

Il a les réponses qu'il attend. Je suis conforme à l'image qu'il se fait de moi.

— Vous avez toujours eu beaucoup d'imagination… (Il me fait un clin d'œil.) Demain, vous pourrez réintégrer la zone C. Je donne mon autorisation pour que vous puissiez participer à la grande fête du réveillon avec les autres. Vous êtes content ?

Et le sourire du médecin se fige quand il lit la terreur dans mes yeux.

— Est-ce que vous avez continué à écrire ?

Il désigne mon carnet de cuir posé sur mes genoux. Je détourne les yeux. Quand je suis arrivé ici, il était rempli de pages blanches.

— Qui vous a donné ce carnet ? Vous vous en souvenez ?

Il voulait connaître mon histoire, mais comme il avait compris que je ne parlerais pas, il m'avait donné le carnet vierge sans lignes et sans marges, je n'avais pas le droit d'avoir un stylo, mais ils m'avaient laissé quelques feutres d'enfant de toutes les couleurs.

Ça a coulé comme si je m'ouvrais les veines

Les couleurs se sont mélangées, et j'ai commencé à noircir les pages, avec tous mes souvenirs, tout ce qui me touche, toutes mes peurs.

Tout ce que je gardais pour moi

Je sais que quand les lumières sont éteintes, quand je fais semblant de dormir, les gardiens viennent chercher le carnet, ils le donnent à l'Homme en Noir et je sais qu'il lit tout. Et il s'en sert contre moi.

Ils obéissent tous à mon père

— Tout va bien se passer. Vous pouvez me faire confiance. D'accord ?

Il sourit. C'est l'Homme en Noir qui lui a dit de dire ça. Il le contrôle, comme il contrôle tout le monde ici. Je ne lui fais pas confiance. Je ne fais confiance à personne. Ils sont tous complices pour que je ne sorte jamais.

Ici, personne ne me croit quand je leur parle de notre futur

J'ai demandé :

— Vous avez des enfants ?

— J'ai une fille.

— Vous êtes fier d'elle ?

— Je suis très fier d'elle. Elle étudie le piano au conservatoire. Ce soir, elle va donner un concert sur le parvis de Notre-Dame pour le réveillon.

— Quand vous rentrerez chez vous, serrez-la dans vos bras. Dites-lui que vous l'aimez.

J'ai fermé les yeux, j'ai retrouvé le noir. Le temps va passer lentement, je le sais. Mes souvenirs vont me torturer un peu. Ils vont jouer avec mes angoisses. Mais ma décision est prise. Je me raccroche à une pensée. Je sais ce que je dois faire et je le ferai.

Plus que quelques heures à tenir

— Tout est en règle pour moi. Au revoir, monsieur.

Sur le gros poste de télévision derrière son bureau, on annonce l'élection d'un nouveau président en Russie, un certain [redacted].

J'ai retenu ce nom, car ça me rappelait les noms des héros de mes auteurs russes préférés.

La date s'est affichée en grand : on allait fêter le nouvel an 1999

Sur le pas de la porte, le psychiatre a tendu mon autorisation de transfert au chef des gardiens.

J'ai suivi les hommes en noir jusqu'à l'infirmerie.

Le docteur de garde m'a fait passer tous les examens de routine. Il a changé les pansements sur mes poignets.

— Les plaies se sont bien refermées.

Lui aussi, il a signé mon autorisation de réintégration dans la zone C. Il n'a rien vu d'anormal chez moi. Il n'a pas vu non plus que j'avais volé les ciseaux posés sur son bureau quand il est parti dans le couloir pour répondre au téléphone.

Cet ouvrage a été composé
par Atlant'Communication
au Bernard (Vendée)

Impression réalisée par

NORMANDIE ROTO IMPRESSION S.A.S.
à Lonrai (Orne)

en novembre 2022
pour le compte des Éditions de l'Archipel
département éditorial
de la S.A.S. Écriture-Communication

Imprimé en France
N° d'impression : 2205212
Dépôt légal : janvier 2023